海外中国研究丛书
刘东 主编

胡缨 著
龙瑜宬 彭姗姗 译

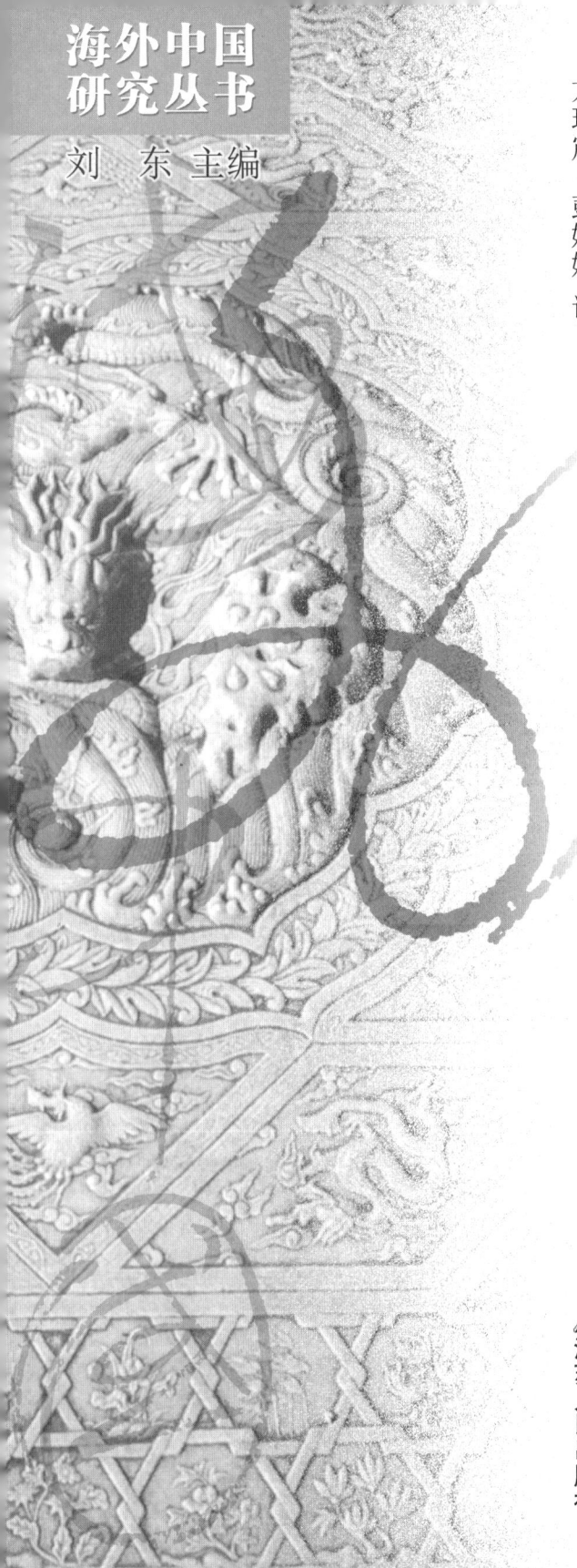

翻译的传说

TALES OF TRANSLATIONS

中国新女性的形成（1898—1918）

Composing the New Woman in China, 1898—1918

江苏人民出版社

图书在版编目(CIP)数据

翻译的传说:中国新女性的形成(1898—1918)/胡缨著;龙瑜宬,彭姗姗译.—南京:江苏人民出版社,2009.5(2021.9重印)

(海外中国研究丛书/刘东主编)

书名原文:Tales of Translations: Composing the New Woman in China, 1898—1918

ISBN 978-7-214-05666-5

Ⅰ.①翻… Ⅱ.①胡…②龙…③彭… Ⅲ.①翻译—文学史—中国—近代 Ⅳ.①I209.5

中国版本图书馆 CIP 数据核字(2009)第 023140 号

Tales of Translations: Composing the New Woman in China, 1898—1918

Copyright ⓒ 2000 by the Board of Trustees of the Leland Stanford Junior University.
All rights reserved. Translated and published by arrangement with Stanford University Press.
Chinese simplified translation right ⓒ 2009 by Jiangsu People's Publishing House
All right reserved.

江苏省版权局著作权合同登记号:图字 10-2006-098 号

书　　　名	翻译的传说:中国新女性的形成(1898—1918)
著　　　者	胡　缨
译　　　者	龙瑜宬　彭姗姗
责 任 编 辑	王　田
特 约 编 辑	刘沁秋
装 帧 设 计	陈　婕
责 任 监 制	王　娟
出 版 发 行	江苏人民出版社
地　　　址	南京市湖南路 1 号 A 楼,邮编:210009
照　　　排	江苏凤凰制版有限公司
印　　　刷	江苏凤凰通达印刷有限公司
开　　　本	652 毫米×960 毫米　1/16
印　　　张	18.75　插页 4
字　　　数	245 千字
版　　　次	2009 年 5 月第 1 版
印　　　次	2021 年 9 月第 2 次印刷
标 准 书 号	ISBN 978-7-214-05666-5
定　　　价	68.00 元

(江苏人民出版社图书凡印装错误可向承印厂调换)

序"海外中国研究丛书"

中国曾经遗忘过世界,但世界却并未因此而遗忘中国。令人嗟讶的是,20世纪60年代以后,就在中国越来越闭锁的同时,世界各国的中国研究却得到了越来越富于成果的发展。而到了中国门户重开的今天,这种发展就把国内学界逼到了如此的窘境:我们不仅必须放眼海外去认识世界,还必须放眼海外来重新认识中国;不仅必须向国内读者迻译海外的西学,还必须向他们系统地介绍海外的中学。

这个系列不可避免地会加深我们150年以来一直怀有的危机感和失落感,因为单是它的学术水准也足以提醒我们,中国文明在现时代所面对的绝不再是某个粗蛮不文的、很快就将被自己同化的、马背上的战胜者,而是一个高度发展了的、必将对自己的根本价值取向大大触动的文明。可正因为这样,借别人的眼光去获得自知之明,又正是摆在我们面前的紧迫历史使命,因为只要不跳出自家的文化圈子去透过强烈的反差反观自身,中华文明就找不到进入其现代形态的入口。

  当然,既是本着这样的目的,我们就不能只从各家学说中筛选那些我们可以或者乐于接受的东西,否则我们的"筛子"本身就可能使读者失去选择、挑剔和批判的广阔天地。我们的译介毕竟还只是初步的尝试,而我们所努力去做的,毕竟也只是和读者一起去反复思索这些奉献给大家的东西。

刘　东

目 录

鸣 谢　1

导　言　浮现中的新女性及其重要的他者　1
　　重塑女性　5
　　才女:她的本土他者　9
　　西妇:她的异国他者　12
　　译者:"叫旦之鸡"?　15

第一章　《孽海花》:一个跨界传说　28
　　迷失(Disorientation)　28
　　伪造的地图　38
　　来自柏林的一张照片　45
　　在俄国无政府主义者的教导下　57
　　历史的线索　67
　　"叙述主调"(Master Plots)及其历史性不足　74
　　《红楼梦》;或者,金雯青梦中的浪漫故事　75
　　《金瓶梅》与彩云对一夫多妻制的批判　79

名妓,缺少文化　　83

第二章　移植"茶花女"　　87
　　偶然的译者　　92
　　包装"茶花女"　　98
　　建构"茶花女"　　104
　　分解"茶花女":巴黎的多重含义　　112
　　第一次移植:林纾自己的"茶花女"　　118
　　第二次移植:"茶花"化为"鸳蝴"　　123
　　第三次移植:作为现代女性的"茶花女"　　129

第三章　从索菲亚到苏菲亚　　138
　　索菲亚印象　　141
　　索菲亚之死:传记　　144
　　苏菲亚的生活:小说的再发明　　150
　　索菲亚的中国姐妹们　　154

第四章　罗兰夫人及其中国姐妹　　190
　　全球为我所有　　194
　　"女性国民"对"国民之母"　　200
　　觉醒的梦　　208
　　关于罗兰夫人的第一印象:梁启超的传记　　211
　　第二印象:弹词所表演的罗兰夫人　　219
　　翻译罗兰夫人的通常"花样"　　227

结　语　　238

参考文献　　243

索　引　　269

译后记　　283

鸣 谢

在过去的十年中,尽管仍然无法抗拒文化比较的诱惑,我逐渐进行了知识转向,从一位比较文学专业的学生,转到了中国文学和历史领域。而这本书正是这一转变的结果。它的前身是我就读于普林斯顿大学时,在浦安迪(Andrew Plaks)、詹姆斯·布姆(James Boom)和伊莱恩·肖瓦尔特(Elaine Showalter)等几位教授的指导下完成的学位论文。特别是浦安迪教授,以身作则地向我示范了何谓学者。我感谢所有指导老师,他们给了我灵感、指导,尤其是慷允我在一个自己当时还并不十分清楚的领域进行探索。虽然眼前的这本书与他们签字认可的那篇论文已经大不相同,但依然留下了他们教导的痕迹——如果引用此书所提及的一位中国作家的话,这就"好像车辙的古道一般"。我要特别向戴梅可(Michael Nylan)致谢,这位老师、同事以及忠实的朋友,从一开始就为我提供了不断的知识指导以及慷慨的精神支持。而这本书的起源,必须归功于罗伯特·伯林(Robert Burlin)教授,正是他最先提议以"翻译"作为研究的主题。卡罗·伯恩斯坦(Carol Bernstein)、简·赫德利(Jane Hedley),以及刚刚故去的卡特瑞·伯林(Katrin

Burlin)教授的培养,则让我对批评理论以及女权运动萌发兴趣。高友工和孟而康(Earl Miner)教授将我引入了比较诗学的迷人世界。我还要感谢普利斯顿的朋友们,他们是:数年前,给了我第一份有关中国女权运动的参考书目的艾梅兰(Maram Epstein);启发了我的才智,并予我以温暖友谊的尼克·卡尔(Nick Cull)、罗宾·科曼(Robin Kornman),以及凯瑟琳·菲斯班德(Catherine Fasbender)。

胡志德(Ted Huters)教授率先向我全面地展示了晚清研究的复杂与激动人心,当时的我,正为耕耘这一边缘领域的前景感到沮丧。在我写作、思考与再思考的各个阶段里,凭借着堪为楷范的慷慨以及无尽的热情,他始终如一地为我提供了不可或缺的反馈意见和鼓励。几年来,季家珍(Joan Judge)、孟悦和曾佩琳(Paola Zamperini)这些晚清领域的同仁们,源源不断地为我提供新的文献资料,极尽慷慨地与我分享他们自己正在进行的研究。唐小兵欣然回复了我关于梁启超的多番询问,提出了自己的专业意见。韩南(Patrick Hanan)教授数次在我求助的电话中,就中国研究的技巧问题,给予我非常值得感激的提示,并让我与这个领域建立起了最有价值的联系。上海作家协会的魏绍昌先生与复旦大学的王继权教授给了我许多教诲。我尤其要感谢的是北京大学的陈平原、夏晓虹教授,多年来,他们慷慨地把他们的最新学术成果与我分享,夏教授言传身教,在晚清迷宫般的世界里,多次为我引路。我现在对晚清世界的些许了解主要得益于他们的帮助。

许多老师,同事和朋友看了我的原稿,提出了许多有益的意见,并对我的进一步阅读提出建议。尽管成稿也许并不那么符合他们的预期,但对他们的帮助,我无限感激。迈克·费伦(Michael Phelan)仔细地通读了整部原稿。在延长的修订时期,他对这一课题的热情投入不止一次地重新点燃了我自己的激情,他不断地询问"你是指什么",这尽管经常让人恼怒,却总是能找到我理解中潜藏的断裂和思考中的盲点。在全书的结构和内容方面,王德威(David Wang)和魏爱莲(Ellen Widmer)教授给了我极具价值的建议。苏珊·克兰(Susan Klein)、高彦颐(Dorothy Ko)、季家珍、曼素恩(Susan Mann)、孟悦、戴梅可、罗丽莎(Lisa Rofel)、凯茜·拉格斯代尔(Kathy Ragsdale)、安妮·沃尔索尔(Anne Walthall)以及曾佩琳等人都阅读了原稿中的一些章节,他们的批评显然提高了本书的质量。这些年来,加州大学尔湾分校以及其他地方的朋友和同事们与我分享了他们精深的专业知识,并极为耐心地回答了我的许多疑问。没有他们的帮助,这本书将要贫乏许多,我本人亦然。这些优秀的同事包括:南茜·艾伯曼(Nancy Abelmann)、切丽·贝利(Cherrie Baily)、蔡宗齐、斯蒂芬·卡特(Steven Carter)、陈幼石、庄爱玲(Eileen Cheng)、马克·艾略特(Mark Elliott)、戴沙迪(Alexander des Forges)、本杰明·艾尔曼(Benjamin Elman)、傅君劢(Michael Fuller)、贺萧(Gail Hershatter)、黄卫总(Martin Huang)、傅佛果(Joshua Fogel)、李湛忞(Benjamin Lee)、李胜生(Peter Li)、李耀宗、李惠仪、里耶(John Lie)、林培瑞(Perry Link)、米华健(James Millward)、韩书瑞(Susan Naquin)、彭慕兰(Ken Pomanranz)、唐·普莱斯(Don Price)、苏堂棣(Donald Sutton)、汪晖以及吴毓山。我要特别感谢哈佛大学亚洲中心出版项目(Harvard University Asia Center Publications Program)的约翰·齐默(John Ziemer),为了此书的完成,他所付出的努力远远超过了其原有职责。我也要向斯坦福大学出版社的约翰·芬尼罗(John Feneron)致谢,从初稿到最终脱稿,他都做了许多工作。他辛苦地审阅了全稿,进行了大量的文体整理,总体上使之成为一部更具可读性的著作。

我还想借此机会感谢我的父母,胡文仲和吴祯福,此书正是献给他们的。身处千里之外,他们却始终紧密分享着我的写作体验,并总在恰当的时候寄来恰当的书籍。确实,从我拥有自己的第一本书开始,我的父母便一直引导着我的阅读和写作,给我指出正确的方向,让我得以避开许多陷阱;但同时他们也给我足够的自由,任我求索自己的道路。

我要感谢档案总会(the General Commission on Archives),联合卫理公会(the United Methodist Church),以及密歇根大学的本特利历史图书馆(the Bentley Historical Library),它们为我提供了有关康爱德的档案材料。我还要向其他很多机构致谢。伊利诺斯大学以及加州大学尔湾分校的课程免除为我校订书稿提供了宝贵的时间。美国学术团体理事会(the American Council of Learned Societies)为我的中国研究之行提供了旅费补助。针对年轻教员学术发展颁发的一些奖项,以及加州大学尔湾分校研究委员会的奖助为我的旅行和研究提供了亟需的资金。

胡　缨
1999年于尔湾

导　言　浮现中的新女性及其重要的他者

> （历史研究）的目的在于"理解"，并通过"意义"来隐藏这一外来者的异他性（alterity），或者，等而言之，它意在安抚那些依然萦绕于现在的死者，并将他们送入经典的坟墓。
>
> ——米歇尔·德·塞尔托（Michele de Certeau）

1876年冬，中国第一个外交代表团告别清帝，扬帆驶往英国。与大使随从同行的刘锡鸿，是朝廷保守派派出的一位特使，其职责在于抑制大使郭嵩焘效法西洋的倾向。刘锡鸿对自己的政治使命十分忠心，在旅行日记中历数了那个中国文化视野之外的世界的各种异行：

> 英人无事不与中国相反，论国政则由民以及君，论家规则尊妻而卑夫（家事皆妻倡夫随，坐位皆妻上夫下，出外赴宴亦然。平时，夫事其妻如中国孝子之事父母，否则众訾之），论生育则重女轻男，……盖其国居于地轴下，所戴者地下之天，故风俗制度咸颠而倒之也。①

---

① 《英轺私记》，1877年9月4日。收录于《小方壶斋舆地丛钞》，11:48，Frodsham, J. D. 译，1974:148—149页。作者对译文做了一定修改（此中译本引文均出自刘锡鸿：《英轺私记》，长沙：岳麓书社，1986年。下文不再另行标识。——译者注）。

离奇的游记传说多半未必只是简单误传(misrepresentation)。在晚清,外交官需要完成大量旅行日记,并按月将其送返,供官方研读。① 和此处的情况相同,对中外差异的夸大往往是有意的,好为国内的政治斗争加药添弹。想而可知,刘锡鸿的修辞是颠倒性的,他对英国形象的描绘,是投合朝中那些预期读者的对跖性预期的。当他描述这些根本性的文化差异时,英国政治机体的"颠而倒之",几乎是很随意地、仿佛逻辑自明般地被调换为一种关于"女性地位"设置的明显差异。

而刘锡鸿所说的"地轴"似乎被他同时代的杨·J·艾伦(Young J. Allen, 1836—1907)给翻转了过来。后者力图证明西方的"女性地位"显示了一种关于"正确"的宇宙秩序的、截然不同的见解。更多地以其中文名字"林乐知"为同代人熟知,艾伦是19世纪下半叶,最为积极的美国在华传教士之一,他积极主张政治改革、尤其是吁求中国女性的"平等权利",在当时颇有影响力。② 事实上,"女性地位"是艾伦用来衡量一种文化之世界地位的标准所在。在他编辑的十卷本《全地五大洲女俗通考》的序言中,艾伦解释道:

> 本书则以各国女人之地位,与其看待女人之法,为比较教化优劣之定格。此即《女俗通考》之名所由取,亦即可称为万国古今教化之论衡。又即可使读是书者,得以自证中国教化所至之真地位也。③

---

① Arkush and Lee, 1989: 17.
② 除了是位多产的作家和译者外,杨·J·艾伦也是月刊《万国公报》(1889—1907)的总编辑。这一月刊致力于报道时事,在当时广为中国改革者阅读。有关传教事业及其对晚清改革者的影响,可以参看 Cohen, 1978: 579—80。
③ 林乐知(Young J. Allen):《〈全地五大洲女俗通考〉序》,《万国公报》,1904年8月29日。NQYDSL: 824。

通过关于"未教化人"(非洲人)、"有教化人"(埃及人和小亚细亚人)以及"文明教化人"(欧洲人和美国人)的三层论述,艾伦宣称:"凡国不先将女人释放、提拔,而教养之以成其材者,绝不能有振兴之盼望。"①和刘锡鸿旅行日记的情况一样,女性形象在此再次成为构建"差异性"的平台所在;不同的是,这里的女性地位变成了一种转喻符号,为殖民主义者的"教化使命"提供了重要根据。以西方为文化参照系,艾伦用典型的殖民主义话语声称自己"尤不能一日去诸怀者,则惟此振兴女学,释放女人,以提拔女人平等之地位",这种论调在当时并不少见。他在中国的工作也必然成为全球政治图景中的一部分。在其他地方,如费城,就有另一位编辑编了一部类似的著作回应艾伦的论点:"女性在任一国家具有的相对地位便是该国文化的索引,以此审度东方,会发现有许多阶段尚待完成。"②

虽然艾伦的殖民主义腔调无疑会在其中国读者中激起矛盾的心理,但他的基本设想却未受质疑。事实上,和艾伦将"教化优劣"与"女人之地位"联系起来一样,改革派领袖梁启超(1873—1929)也认为"国力"与"女学"相关:"吾推极天下积弱之本,则必自妇人不学始。"③不止一次,梁启超借助于女性形象作为其"新民"这一民族主义计划的激发器。④

---

① 这是对查尔斯·傅立叶(Charles Fourier)著名论断的典型应用,他指出女性的解放是一个时代之普遍解放的索引。而为了适用于殖民事业,"时代"在此变成了"文明"。对这一观点的批评,可以参看 Kelley,1984。
② 《各个时代与国家的女性》(Woman: in All Ages and in All Countries),1907,4:vii。
③ 梁启超,1936a,1:37,《论女学》。关于梁启超对传教士出版物之矛盾态度的详细讨论,可以参看 Chen, Chi-yun, 1962:166—125。
④ 梁启超的这一用语来自经典《大学》。而对《大学》中的这一用语,可从语义角度作两种解释:"爱民"和"革新民众"。梁启超(1936b,3:1,《新民说》)是这样界定他对该词的使用的:"新民云者,非新者一人,而新之者又一人也,则在吾民之各自新而已"。梁启超同时将此词作为复合名词及及物动词使用。有关梁启超这一概念的讨论,可以参看 Chang, Hao, 1971:149—219;Huang, Philip C., 1972:64—67;以及 Tang, Xiaobing, 1996:16—26。

在他的笔下,中国的"女性地位"并不是自然或文化差异的结果,而是中国传统之系统性问题的一大症状。

1897年,梁启超发表了《记江西康女士》,是一篇关于"中国第一位女医生"康爱德(1873—1930)的传记。康爱德被一位女传教士收养,并在美国接受了教育。当时,她刚回到中国,并开办了一所医院。梁启超强调她自幼父母双亡的经历可以说是一种因祸得福的好运,并指出美国人对女性及其教育的极度重视:

> 吾虽未识康女士,度其才力智慧,必无以悬绝于常人。使其不丧父母,不伶仃无以自养,不遇昊格矩(Gertrude Howe——译者注),不适美国,不入墨尔斯根大学,则至今必茕茕然、块块然、戢戢然,与常女无以异。①

康爱德故事的力量在于它的代表性功效:梁启超感兴趣的,并不是某一个体,而是中国女性之全体,同时,他也在暗指潜在的全体中国公民。在梁启超看来,康爱德与"两万万"中国女性的唯一区别,在于她是在美国依循着一套不同的价值体系长大的。出于对文化本质主义的反对,梁启超并不只是想以标准的美国现代女性简单地取代标准的中国传统女性。事实上,这种对比是受政治动机驱动的。毕竟,梁启超写这篇传记的意图在于将女性教育问题与民族改良议程勾连在一起,而他的名字一直是与后者联系在一起的。

---

① 梁启超,1936a,1:120。

重塑女性

与我们这个时代有些相似,晚清也许可以被描述为一个与异质文化频繁接触(而且互相对抗)的时代。19世纪期间,西方不再像刘锡鸿所说的那样"居于地轴下",而是凭借其"教化使命"使得中国及世界其他地方越来越感觉到它的存在。这是一个转型时期,国家、种族以及国家和种族的身份都处于转型之中。与当代一样,晚清的文化产品既回应了这一转型,在某种程度上也建构了它。

尽管刘锡鸿这样的保守派与梁启超代表的改革派在政治立场方面相去甚远,其文化比较的观点也截然不同,但二者都在女性形象的建构方面投入甚多。对于他们而言,"女性地位"问题为"差异性"的建构提供了空间:这种差异存在于刘锡鸿的"我们"和"他们"之间,也存在于梁启超的"现时的我们"和"未来现代世界中的我们"之间。如果说,刘锡鸿之对跖性图景的基础是这样一个假设,即中国传统女性既代表了中国传统,又在更大范围内大体代表了正确的宇宙秩序,那么,对于梁启超而言,新女性则是现代中国新公民的转喻性象征。因此,对女性形象的这一塑造,是与构建文化、种族以及国家身份的焦虑、也即所谓现代性焦虑紧密联系在一起的。同样,无论是被塑造为一种标准的旧形象,还是一种尚未详细界定的新形象,女性都显然成为一种"超定义"(overdetermined)的符号,其意义不仅不可避免地与地方,而且也将与全球政治联系在一起。

本书将聚焦于逐渐浮现的新女性形象,研究时段将从清朝最后十年延伸到五四初期,粗略地说,即从1899—1918年,在此期间,该形象逐渐形成。① 此时,"新女性",或"新妇女"这一用语尚未普遍流行。②我们也很难指出其组成部分,因为它所代表的是一个还未能明确界定的理想。这是历史上的一个临界时刻,一个存在多种可能性、很大变易性,以及充满焦虑的时刻。这也是一个建构的时刻,其特点在于,衰落的或方兴未艾的实践与话语,也即被雷蒙·威廉斯(Raymond Williams)精辟地称为"新兴"(emergent)和"残余"(residual)的两种力量纠缠混合,发生着剧烈的相互作用。③ 例如,一位反传统的革命英雄,可能与在传统诫女书中深受赞美的、至孝的女儿相仿;而像守节寡妇这样的典型的传统女性,却可能出人意料地吟诵《罗密欧与朱丽叶》(Romeo and Juliet)中的一首爱情诗。因此,现代中国女性形象并非绝对的"独创",甚至并不"连贯",相反,她必然在承载着诸多先辈之矛盾印迹的同时,也表现出与其后代相似的一些迹象。

而直面这些逐渐浮现的中国新女性、并在其形成过程中一定程度地扮演了催化剂角色的,则是一些被引入中国的西方女性。其中,在

---

① 正是在1899年,林纾首译了《茶花女》,而"茶花女"后来成为了晚清最流行的西方女性形象(本书将在第二章讨论这一问题);在1918年,钱玄同和刘半农这两位《新青年》(首要的现代杂志)的编辑对林纾及其古文写作展开了攻击,由此也在新知识分子和旧文人之间上演了一场戏剧性的对决(本文稍后将作讨论)。我没有用那些一般被视为历史分水岭的事件,而是选择了这些较小的事件作为时间界碑,是因为我相信对于我们对这一特定历史阶段的理解,它们是不可缺少的。因为,在抵抗常见的历史想象对我们的引诱、提炼,或反驳我们所珍爱的理论建构时,这些较小的事件往往是最为有用的。
② 当时最流行的术语是"新女界",即女性的新世界或新领域。此处的"女界",指明了一种群体身份。因此,人们可以说中国的"女界",或美国的"女界"。而对于女性个体,常见的术语则是"女子""女杰"或"女英雄",有时是"英雄"。而我能找到的"新妇女"(the New Woman)这一术语的最早出处,是在我研究的这一阶段的最后时期,即1918年7月,胡适(1983)在他在北京女子师范学校作的一次题为"美国的妇女"的讲演中,从英文直译了此词。按照胡适的用法,新女性被描述为那些"衣饰古怪,披着头发……言论非常激烈,行为往往趋于极端,不信宗教,不依礼法,却又思想极高,道德极高。"(《胡适文存》,1/4:662)而贯穿于这一研究始终,我都会使用不大写的新女性(new woman)一词,这也是公认的、可以权且标记这一模糊的现象的一个用语。
③ Williams, 1989.

晚清最为流行的,是"茶花女"(La Dame aux camélias)、苏菲亚·彼罗夫斯卡娅(Sophia Perovskaia)以及罗兰夫人(Madame Roland de la Platière)。此次研究将通过并置一些类型,比较来自报刊文章、传记、自传、诗歌以及小说的不同版本,追踪这些形象的生产、流传和运用情况。这些舶来女性形象的逐渐转变,体现了在地方与全球力量的互动中,想象一个异国他者与自我再想象之间的复杂关系。而此次研究的基础也许可以框定如下:异国的他者——一个性别化的他者——在当时是如何被想象的呢?她是如何被谣传、被异国化以及本土化的呢?西方女性的传说又是如何影响现代中国人身份(一个性别化的身份)的建构的呢?

为了回答上述问题,我们必须将这些质询放到一个学术新领域的语境之中。该领域即在过去几十年中出现的对中国明清女性的研究,这些研究不仅赋予本次研究以灵感,同时也带来了挑战。学者们已经充分证明,从晚明(16世纪中叶)到清朝盛年(18世纪到19世纪早期),女子诗社十分繁荣,并出版了大量诗选,"才女",或者说有着精英背景的女作家也由此获得了空前的知名度。[①] 才女在性别关系的形成和历史中都扮演了十分活跃的角色,绝非单纯的被压迫者。通过挖掘中国女性文化的丰富历史,这些研究对中国历史中的女性及其微妙地位进行了新的定义。

破除了我们将传统女性视为受难者(一种现代想象中根深蒂固的形象)的陈见,这一重审的历史极大地丰富了我们有关传统和现代、中

[①] 除了其他著述外,我主要参考了高彦颐(Ko, Dorothy ,1992a, 1994)、费侠莉(Furth, Charlotte ,1990),曼素恩(Mann, Susan ,1991, 1997),以及魏爱莲(Widmer, Ellen , 1992, 1997a)。有关历史时期划分的讨论,可以参考 Widmer, 1997: 1—2 和 Mann, 1997: 20。至于历史分期与晚清问题的详细参考书目,可以参看 Des Forges, 1998;以及 Hu Ying,1998。

国与西方之关系的理解。的确,我们还能将这两种关系视为有关晚清和五四时期的那幅熟悉的地图上的双轴吗?这些关于中华帝国晚期女性的研究其实也证明了"西方冲击—中国回应"这一范式在解释现代中国之历史转型方面的无力。① 尤其是通过挖掘一个在思想构成方面有异于西方女性主义历史的女性文化,这些研究为对所谓的"女性主义东方主义"(feminist Orientalism)进行彻底批判提供了坚实基础。② 我们不再可能将"传统中国"定位为一个愚昧的过去,在那儿,女性毫无例外地受到压迫,而直到19世纪中期西方力量的出现才打破了这一凝固在时间之中的单色画面。因此,逐渐浮现的新女性也不能被简单地视为一种西方舶来品,在朝着杨·J·艾伦所说的"文明"阶段行进。同样,我们也不能全盘接受梁启超的说法,认为现代女性截然对立于"传统女性",而将后者描述为"蚩蚩然、块块然、戢戢然"。

因此,我对这一性别化的现代中国身份认同的探询,必须考虑到这一有关中国历史的新的看法。由此,我们在上面提出的那些问题也

---

① 自1980年代以来,这一范式越来越遭到批判。例如,柯文(Paul Cohen)就对费正清(John K. Fairbank)的"西方冲击"(Western Impact)模式进行了批评,并呼吁更为"本土中心"(native oriented)的研究方法。参看 Cohen,1984。
② 近期的女性理论对欧洲中心主义和女性主义东方主义也进行了有力的批评。例如,察德拉·孟汉蒂(Chandra Mohanty)便指出存在一种她称为"第三世界差异"(the third-world difference,指那些"明显压迫了这些国家大多数的(如果不是全部的)女性的固存的、非历史的东西")的危险。参看 Mohanty,1991 和 Spivak,1987。但同时,也存在这样一种相对应的趋势,即寻求彻底的差异,这种差异将保证非西方女性主义传统的真实性。参看 Zonana,1993。有关这一对"纯粹差异"的要求的批评,可参看 Chow,1991。在我的这一研究中,我将坚持的一个基本假设是:"跨文化视角"(transcultural perspective)并不是我们的女性主义理论所需要的,如果此处的"跨"是指对文化的一种超然存在、一种超越的话。因为,对一种本土的存在进行分析,并将之作为对西方女性主义霸权的一种批评,无疑是有效的;但这样一种建构不仅将阻碍我们对第三世界女性主义传统的历史的理解,而且也带有这样一种风险,即简单维持现有的所谓第一世界/第三世界力量层次划分。在这样一种寻求真正的本土景象的研究中,真正受害的,将是对地方霸权的任何反抗。而这样的女性主义话语的需求,其实是一种预先清空的(preempted)结果,其可能性是已经前定的。

应该重新整理如下:"西方女性"是如何被再生产和使用的?在此过程中,利用了哪些不同的、而且相互竞争的本土传统?而有关女性的惯有观念是遭到了挑战,还是依然发挥着作用?通过阐述与西方以及中国传统中的对应者的差异,中国新女性又是如何在其历史、民族以及性别化空间中被想象性地构建起来的?

为了让现代中国女性的浮现过程历史化,我们必须注意到,在清末民初这一特定历史时期,她"悬而未决"的模糊地位。要了解中国现代女性,我们需要知道的不仅是她"自己",还有她那些重要的"他者",无论他们是本土的,还是国外的;是男性,还是女性。

才女:她的本土他者

在考察晚清文化舞台上那些无处不在的西方女性形象之前,我们必须先解决这样一个问题:"才女"怎么了?继盛清时期的辉煌后,这些也许与中国现代女性血脉联系最为紧密的才女,似乎在接下来的半个世纪中完全消失。在接下来的篇章中,我们将发现,在晚清的语境中,她往往(如果不是全部的话)被描述为一种属于过去的形象,对现代女性的形成少有贡献。固然,我们确实也能发现对才女的偶然一瞥,如将其描画为创作或交换诗作的女子,但这些活动明显被隐藏在更"尚武"的形象之后,或者直接与民族事业挂钩。

除了在19世纪下半叶可能严重腐蚀了才女文化之基础的经济和历史因素外[①],也许我们还应该考虑到一种将才女,尤其是其写作之

[①] 在破坏江南才女文化之基础方面,有很多历史因素都可能产生了巨大作用,其中包括1820年代的经济萧条、鸦片战争、尤其是太平天国运动等。参看 Mann, 1997:222; Hershatter, 1997;以及 Ono, 1989。

权力、对历史书写之参与从历史记忆中清除的、有意识的努力。因为"才女"并不太符合"蚩蚩然、块块然、戢戢然"的统一的中国女性形象。而这种女性形象又恰恰是一种政治需要和修辞手段。对"才女"的清除开始于一种认识论意义上的对"才"、或者说什么算"真正"的学问的重新界定。

在《变法通议》中，梁启超专门拿出一章讨论"女学"。① 该文以其将女性教育与民族进步联系起来而闻名。而与我们此处的讨论关系更为紧密的，则是梁启超重新定义"女学"之真正性质的努力：

> 古之号称才女者，则批风抹月，拈花弄草，能为伤春惜别之语，成诗词集数卷。斯为至矣。若此等事，本不能目之为学。

梁启超之所以会批评传统的才女，以下两个原因是十分明确的：首先，"才女"的形象是与少数的特权文人贵族家庭紧密联系在一起的，而现代国家要求对其公民（的母亲）实行普遍教育；其二，传统才女的才华似乎是"无用"的，它们与传统的高等文化教养紧密相关，因此与建设现代中华民族所需的实践的、"有用"的才能差距甚远。

从梁启超的措辞来看，"才女"似乎只是一种与现代生活不相容的"古老"现象，已经久不存在。但是，在另一篇文章中——也即上文提及的给那位女医生康爱德写的传记中——我们发现"才女"其实是与梁启超自己相去不远的同代人。文章篇首，梁启超总括性地哀叹道："海内之女二万万，求其解文义，娴雕虫，能为花草风月之言者，则已如

---

① 梁启超，1936a，《饮冰室合集·文集》，1：37—44。

凤毛、如麟角。"①接着,他列举并随即批判了两位特殊的才女——梁端和王照圆的成就。两人都活跃于19世纪,其作品在梁启超那个年代也都还能看到。② 而在此,她们的才学再次因为"不能目之为学"而被摒弃,并亟待西方教育的彻底修补。

在梁启超排斥性的语句中,我们再次看到了对"为花草风月之言"的明显的蔑视。可以解释这种异常情绪化的指责的,是一种与过去的有意决裂,这种决裂正是通过建构一个性别化的过去而得以实现。因为,在这样的描绘中,女诗人所代表的不只是"才女"这一群体,她们事实上成为所有诗人的替身,甚至,如果进一步抽象的话,代表了整个抒情传统。在此,这一宏大的旧传统意味着软弱与感伤,一种导致了民族性格之虚弱无力的女性化文化遗产。③ 由此,整个传统也由一种性别化的术语进行了表述,立即(通过女诗人)被具体化,并同时被抽象化(呈现为一种象征性的枯竭)。由此一击,梁启超便同时埋葬了传统的才女和由才女转喻性代表的传统高等文化。

作为意指差异性的主要途径,性别为梁启超提供了一个便利的隐喻,用来标识"一种与某一过去相异的决心"。④ 而"过去",一旦被如此命名、并被交托给古代史,就使得现代的(此处尤指通过新女性形象进行的)设定成为可能。毕竟,那两位才女在梁启超文章篇首的出现,

---

① 梁启超,1936a,《饮冰室合集·文集》,1:119。他的这段批评在其同代被广泛地全盘接受,而下一代、有着很不相同的意识形态倾向的知识分子也多接受了此论,例如何香凝这样的现代女性领袖。参看 Judge, 1997a。
② 梁端辑注了《列女传》(八卷)这部经典,而王照圆著有多卷诗集以及诗论,并集注了大量古代文献,包括《列贤传》,以及《列女传》。王照圆活跃于18世纪晚期到19世纪中期,梁端则主要活跃于19世纪晚期。可以说,她们都是近期的"才女",其成就无可制辖地属于女学的中坚。事实上,王照圆的学识极为符合清代学术传统之规范,她的一些作品甚至得到了光绪帝的朱批。参看胡文楷编,1985:242—245,544。
③ 而应取而代之的,则是梁启超及其同代的改革者所推崇的"尚武精神",参看 Chang Hao, 1971: 277—79。
④ De Certeau, 1988.

为对康爱德医生的介绍打好了基础,后者精通西方医学——最卓越的现代的"才"。通过克尽其象征性功能,新女性被赋予了一种巨大的代表性力量。我们最好记住,她的存在与可理解,是以对"过去"的遗忘为基础的,其中尤其包括了对她的同代与前辈——"才女"的排斥。

西妇:她的异国他者

在很大程度上,中国现代女性形象与假定的"传统女性"带有同样的修辞色彩,是在一个复杂而急速变化的文化、政治环境中被建构出来的。但同时,恰如中国晚期帝国时期的女性,现代早期的女性并不是简单地为新女性之修辞所封闭的,而是通过与之作战、游戏,为自身创造了极大的可能性空间。

我的研究以一个与新女性看似无涉的小说形象为开端:傅彩云,亦即晚清畅销小说《孽海花》(1905—1907)中的女主角。[①] 在这部历史小说中,彩云,这位妓女兼小妾,随她的外交官丈夫出访欧洲。虽然在很多方面,这个角色只是传统小说戏曲中无数妓女形象的一种延续,但她的广泛游历,跨越边界,以及纠缠不清、往往一次套一次的出轨还是使她区别于那些传统人物。现在我们已经很难将其与中国新女性联系起来,但她所预示的一些品质的确为不久后的五四一代新女性所珍视:对教育的热衷,对所有新的、西方的事物的渴求,对性自主的要求等等。最重要的是,当彩云有意识地出轨,即将踏入一驾时髦的小马车、与其仆人兼情人阿福前往优美的缔尔园一游时,她怜爱地自视镜中,俨然看见了"茶花女"。那么,除了以苏菲亚·彼罗夫斯卡娅这位刺杀沙皇亚历山大二世的声名狼藉的无政府主义者为原型而

---

① 曾朴,1983。

塑造的夏雅丽,还有谁能成为其西文教师呢?在中国新女性多重构成的形成语境中,这些西方女性、无处不在的"西妇"在晚清文化舞台上扮演了怎样的角色呢?

事实上,"茶花女"是晚清最为著名的外国形象,她最先通过林纾1899年对小仲马小说的译介传入中国。晚清小说翻译繁荣期的这一"初始时刻"(original moment),将最终导致对原作情节与思想情感的许多模仿,也就是所谓的"移植的茶花"。在第二章中,我们将讨论其中的三部。通过大量的移植之作,这个原本是讲述不幸的爱情与女性之自我牺牲的寓言,成为了一个媒介,被用来探究即将到来的现代性。表面上看很简单的故事改写却成为一个以各种变体形式出现的、关于无法满足之欲望的跨文化传奇。同时,对那位巴黎妓女的改造,通过种种途径又与男性译者/作家的自我建构相互交叉。这些自我建构各有不同,或是文人传统的顽强守护者,或是骚动不安的、建立写作新范式的先驱。在清末民初那个急速变化的世界里,一位翻译者和作家的自我定位,正如其创造的文化形象一样复杂而矛盾。

苏菲亚·彼罗夫斯卡娅这一形象是来自《孽海花》的另一脉络,我们将在第三章中对其作进一步探讨。她最先是通过日文译本介绍给中国读者的。这些用文言写成的简短传记随后被越来越小说化、并在报刊上连载的故事所取代。在当时,报刊这一新兴媒体十分繁荣,而其头版往往凭借图像而增色——有时为钢印的肖像画,有时则是有关暗杀情景的生动描绘。而通过小说《东欧女豪杰》(1902)详尽而戏剧化的描写,苏菲亚形象的流传与改写达到了顶点。在这部小说中,中国姑娘华明卿游学日内瓦,与俄国虚无党人结成了某种国际姐妹情谊,其中便包括了一位中国化的"苏菲亚"。这一激进的异国形象的改写历史,例证了异国化与本土化的双重过程。

为了与这位反权威的无政府主义者相对应,第四章中研究了晚清时期另一个流行的人物形象:法国大革命中的罗兰夫人。虽然不如苏菲亚·彼罗夫斯卡娅那么戏剧化和富有魅力,罗兰夫人还是扮演了一系列的角色,从其丈夫的得力助手,到一位有力的政治活动家。我们将比较有关罗兰夫人的三个版本,它们分别是:梁启超1902年为她写的那篇有名的传记;创作于1904年的、有关其生平的一部弹词(这一虚构性口头表演针对的主要是女性观众);以及1905年出版的一部女性小说《黄绣球》。在最后一部小说中,罗兰夫人出现在主人公中国女子黄绣球的梦中,并借给她自己的"花样"——即现代知识和女权思想。前文简单提及过的国际姐妹情谊在此显得充满张力,它通过中国主人公与其外国教师罗兰夫人之间的紧张关系得以体现。小说讲述了黄绣球为了为现代中国制定蓝图而不断努力,与民族主义、普世主义以及要求性别平等带来的三重困境进行抗争。

在这些跨文化故事中,有一个惊人的特点,即小说主人公使用的语言出人意料地熟便。事实上,尽管来自迥然不同的文化与历史背景,人物们却往往能毫不费力地共享一种混合语,无论是中文、德文还是法文。因此,《孽海花》中的那位俄国虚无党人夏雅丽能说一口"响亮的京腔";彩云,这位外交官的小妾在几个月时间内便掌握了德语;罗兰夫人用中文与黄绣球交流,而黄绣球自己在一次梦中,则突然可以阅读法文。当然,作品中还有一些在这个自由交流的世界中遭到冷落的人,比如彩云那位失败的外交官丈夫。然而,他们可以说是在现代历史进程中,显然已失去了所有朝气的一些人,所以他们在小说中所起的主要作用,也不过是充当笑柄罢了。

而当作者们安排夏雅丽和罗兰夫人使用中文时,也就不再强调其异国性。换言之,当她们说中国话、她们的本土化可以被轻易设定时,在某种程度上,跨文化联系的各种细则也就处于可控制的状态下了。这种控制的需要,源于20世纪早期的特殊历史。当时,伴随着文化

"跨越"(crossing)的,是一种极大的力量不均衡,"文化"本身不可能与那时国内外的政治情况分离,而只能与救国等重大命题紧密相关。晚清小说描写中,令人惊异的交流无障碍以及获得外国知识的快速,也由此暗示了一种急于与西方、与现代性达成一致的普遍情绪。

但是,对于晚清读者而言,从其本身的语言和历史背景出发,夏雅丽与罗兰夫人说中国话却显然很不"自然",即使说的是"一口京腔"。何况,她们还往往"不自然"地说着雅致的文言。而作为这些形象能被想象的关键,其化身所使用的语言是我们理解这一跨文化相遇的基础所在。语言之相遇要远比小说人物之会面逼近。因为,原本隐没的跨界焦虑在此浮出水面,而改造、本土化或反抗的过程要远为切实。在此,随着外国的声音混入原有声音,民族之争在语言的战场上展开,意识形态冲突也为有关文学之恰当媒介的争论所取代。

的确,一位译者所挑选的某一语言——或是文言,或是近俗之语——为"移植"苏菲亚·彼罗夫斯卡娅、罗兰夫人这许多"茶花"提供了特定的工具。语言之特有属性使之天然具有吸收和反抗异国他者的能力,它可以给译本注入特定价值,影响文本给读者留下的印象、及其在文化市场上的价值。因此,新女性的传说在很大程度上,就是一个翻译的传说。

译者:"叫旦之鸡"?

为了追踪新女性兴起的故事,本书对清末民初时期的一些通俗作家/译者进行了读解,他们的众多作品(无论是"原创"的,还是"翻译"的)充分暗示了追求翻译的"保真度",或要适当表现跨文化体验的困难。从来没有单纯的、或中性的语言实践,这一时期的翻译甚至更像是一个充满张力的"接触地带"(contact zone)。① 在这里,不同的传统相遇并以语言为坚实基础相互搏斗;有关全球与地方政治的文化含意以一种隐蔽的、但绝不乏紧张的方式显示着自己。

  在这一研究中,翻译范式同时在文学的与比喻的两个层面发挥作用。在文学层面上,翻译可以说是一种媒介,明显上演着这样的奇迹,即将来自某一文化、语言语境的文本的意义转入另一语境。因此,它总是面向过程的(process-oriented),并在两个不同世界之间的空隙中找到立足之处。原文(例如苏菲亚·彼罗夫斯卡娅的传记)的不同版本显示了在此过程中选择的做出与拒绝,以及译者在试图真实呈现异国的同时,用以建构其自身权威性的方式。而在比喻的层面上,翻译在此研究中也充当了一种概念——隐喻(concept-metaphor),因为它为我们理解新女性的兴起提供了一个既有历史根据、而又暗藏玄妙的范例。可以说,翻译从根本上说就是比较性的,它让自我与他者直接碰面,并迫使二者都要经历多重转化。在这种短兵相见中,文化与语言边界不可避免地要被拉伸,而对他者的理解/误读——如争取女权的、宛若观音的罗兰夫人——几乎总是为某种政治议程(例如,创造自我的特殊版本)所驱动的。

  最后,建构"自身"文化总是一个观看他人眼中之自我的过程,而建构"另一文化"则又难免要"根据"(in terms of)自身来观看他人。这一双重过程,是一个充满了焦虑的过程,但同时又是一个可能带来意外的、有时是刺激性的结果的过程。因为,在对其他文化、其他语言的想象中,不可避免地带有有关自己的想象——这种想象既有有关过去之传统的,也有关乎当前之情形的,当然,最多的还是有关未来之可能性的。所以,在

---

① 普拉特在其有关旅行写作的论述中,首先详述了这一术语。所谓"接触地带",指的是"发生殖民遭遇战的空间","往往是那些似乎是欧洲帝国之外围的地方"。这一术语自此不断被其他人精确化,例如格里瓦(Grewal)就指出,"接触地带"是所有与文化构成相关的地方。参看 Pratt, 1992 以及 Grewal, 1996。

我们能开始恰当地叙说新女性的传说前,我们必须先熟悉一些译者,他们是这一快速变化的文化领域中关键的表演者。

首先是刘锡鸿这位晚清外交使臣。前文已经提到过他对对跖性图景的特殊偏好。他本身并不是一位译者,事实上,根据他在游记中呈现的画面,翻译也几乎是一件不可能的事。在他的日记里,刘锡鸿用一些较小的、类似于脚注的文字详细描述了中国人与英国人的截然对立,而这次,他将重点放在接近士大夫阶层之核心的那些事情上:

> 在英国论文字则自右而之左(语言文字皆颠倒其先后,如"伦敦的套儿("tower"音译——译者注)"则曰"套儿的伦敦","父亲的花园"则曰"花园的父亲",此翻译之所以难也),论书卷则始底而终面(凡书自末一页读起)……①

日记中的文字显然是为了引人发笑:笑英国人格式的古怪,笑其语言的无序,而语言的任务无疑又正是给事物定序。在这种无序中,人们似乎不再能辨清是什么包括了什么(是伦敦,还是塔),或什么拥有什么(父亲或花园)。那里也没有方位或层级意识;没有什么地图或社会秩序能起到补救作用,因为这种无序显然是根植于语言本身的。当像"父亲"这样的权威人物,却连要宣告是他自己的花园的主人都做不到,那个世界的所有秩序感,以及来自外部的任何理解都将是绝无可能的。

其实,有关语序的这样一个小问题,却引发了如此离奇的、对不同世界秩序的描绘——在今天,似乎是一个有关文化差异的胡乱夸大——是与刘锡鸿保守的政治倾向相一致的。他所呈现的英语的无

---

① 刘锡鸿,1880—1891:207。Frodsham tran.,1974:149。在译文中,原来的小字均改作插入语。

序,只是再一次证明了异国他者的不可理解,其语言的无能将作为一个特殊的例子,为刘锡鸿日记的文人读者所欣赏。由此,那一迥异的世界秩序——或者,甚至可以说是完全缺乏秩序——也将被排斥、甚或不加审定地被予以嘲笑。刘锡鸿接着大加利用的,则是"文化的基本代码(那些控制了其语言、知觉框架、交流、技艺、价值、实践等级的代码),从一开始,就为每个人确定了经验秩序,这个经验秩序是他将要处理的,他在里面会重新找到迷失的路"。① 刘锡鸿日记中这些对跖性的修辞也由此确保了其读者不会有如在故里的感觉:他们绝不会设想有翻译的可能,因为归根到底,翻译必须假定两种语言和文化系统存在相当的兼容性。

不过,尽管有刘锡鸿的恐怖预言,晚清还是见证了中国文化史上最为伟大的一次翻译浪潮。在这一浪潮的鼎盛期——即 1902—1907 年期间——翻译作品超过了原创作品。② 翻译的兴趣在鸦片战争后不久被首次点燃,而倡导者正是钦差大人林则徐。他激烈反对鸦片贸易,并在接下来的 1840 年中英战争中扮演了重要角色,由此闻名于世。他授命翻译一批有关国际法、"四洲"地缘政治调查的著作,并将从西方报刊上收集而来的、外国人评述中国的许多言论翻译成《华事夷言》。③ 这些都被其魏源收入《海国图志》(1844—1852)这一雄心勃

---

① Foucault,1970:xx(此处的译文出自莫伟民译《词与物》,上海:上海三联书店,2001 年,第 8 页——译者注)。当然,这里存在一种对福柯观点的有趣的颠倒——他的出发点是寻求对西方知识组织(organization of knowledge)的进一步思考——他引用了博尔赫斯(Borges)关于"某部中国百科全书"的描述。由刘锡鸿对英语的形容,我们获得了一座绝佳的镜厅。在此,透过由另一个人举起的镜子,一位旅行者,小说家,后现代理论家,或许还有我自己,依次看到了他/她自己:显然没有人会"觉得如在故里"。
② 根据樽本照雄(Tarumoto Teruo,1998:39)的统计,1840—1911 年,共有 1288 种创作小说,1016 种翻译小说,即译作占了所有出版物的 44%。这一研究更新了阿英的相关统计(1935),后者认为晚清译作在所有出版物中的比例为 2/3。
③ 有关林则徐的讨论,可参看 Chen Qitian,1961。

勃的巨著中,刊行于世。到了1860年代,政府创建了一系列翻译机构,比如北方的同文馆(1862),南方的江南制造局(1865)。后者附设有翻译馆(1867),聘请了傅兰雅(John Fryer)和杨·J.艾伦等杰出的传教士,并翻译了逾百卷的作品,所涉范围从制造到数学,从地理学到医学,从国家法到国别历史,无所不包,其影响可说是冠绝一时。①

伴随着报刊业从19世纪下半叶开始的极大发展,一种新的媒体加入到了翻译大潮之中。从1895年到1900年,全国范围内超过三十家报馆在其报刊上开辟了翻译专栏。虽然几乎错过了翻译浪潮的最初阶段②,西方文学作品的译介却因为林纾1899年翻译小仲马的《茶花女》获得巨大成功而开始启动。仅仅是1899—1911年这十年间,便出现了大概四百部西方小说、戏剧的翻译作品。③

对恰当的文学媒介的选择,成为了当时有关翻译之争论的焦点。对于中国晚清的译者而言,无需将西方语言转为一种统一的"中文",他们有不少选择的可能:简洁的古文,华丽的骈文,或是新文这种混合了白话与日语复合词的新文体。④ 上述每一选择,都承载着各自特定的文化与历史含义,当然,对于作家个体而言,也是一种认真的私人化、情感化投资。因为,这些选择不仅意味着一位作家/译者被自我和他者想象、由此建构自己的文化身份,同时,从根本上来说,正是通过

---

① 有关魏源的情况,参看Leonard,1984;有关同文馆和江南制造局的建立,可参看Hao and Wang,1980:162—72。郝延平、王尔敏给出的1868—1879年的销售数量为31,111册,充分显示了这一时期西方知识传播的规模。近期有关这一时期西方知识之翻译问题的讨论,可参看熊月之,1994和熊月之,1998:30。
② 马祖毅,1984:250—58。有一些报纸的经营者,就是1860年代建立的外国语言学校的毕业生。
③ 根据陈平原,1989:28;以及马祖毅,1984:286。
④ Huters,1988,1989。我下面的论述特别得益于这两篇文章。在文章中,胡志德(Huters)绘制出了晚清复杂的文化图景。通过对"文"一词及其众多意味的审慎说明,胡志德令人信服地指出,对文学媒介的选择不仅是一件极为微妙的个人事件,也是一个与意识形态息息相关的问题。

这些不同的语言选择,晚清知识分子想象了传统与现代性的意义。

例如,梁启超在翻译柴四郎(Shiba Shirō)的《佳人奇遇》(*Kajin no kigu*)时,便选择了新文体。而严复,这位也许是当时最具影响力的翻译家在翻译托马斯·赫胥黎(Thomas Huxley)的《进化论与伦理学》(*Ethics and Evolution*,严译为《天演论》)时,用的则是古文。19世纪末20世纪初,这两位译者可以说为围绕"雅"和"俗"(精英的、或合宜的语言相对于通俗的、或流行的语言)这组核心观念展开的争论建立了框架。① 而不到二十年,这一框架就将被五四一代重建,他们所使用的术语已经转为了"活的"与"死的"语言。在很大的程度上,这几代知识分子——他们在政治光谱上处于极不相同的端点,提出的解决方案也有着根本的不同——体验着一种不断加深的文化危机感。他们共享着这样一种焦虑,即一旦一个民族的语言走向灭亡,那么这个民族将出让其知识分子的最后独立性,并且很快将不复存在。② 同时,他们还有这样一种共识,即时代要求他们应该发挥重要作用。

梁启超将其对语言的选择定义为对那些传统文体的对抗,后者包括桐城派所提倡的古文,以及文选派倡导的骈文,它们在当时仍处于优势地位。在其近代中国知识史论述中的一节自传性插语中,梁启超形容其提倡的"新文体"为"时杂以俚语韵语及外国语法,纵笔所至不检束",由此,梁启超的新文体形态可以说被有意识地定位为对古典文体的一种否定,因为"老辈"据说已经"痛恨"这种文体,并将其"诋为野狐"。③ 外国词汇(主要是日本复合词)所发挥的作用,是拓展陈腐的

---

① 有关"新文"和"古文"之争的更多细节,参看 Hu Ying,1995。
② 琳达·道玲(Linda Dowling,1986:29)在其有关语言和英国19世纪末之颓废问题的讨论中,也有类似观点。
③ 梁启超,1921:142,译自 Hsu, Immanuel C. Y, 1959(中译本引文出自梁启超:《饮冰室文萃·清代学术概论》,天津:天津古籍出版社,2004年,第77页。——译者注)。

中文表达所固有的狭窄边界。在这一语境下,翻译扮演着这样一种角色,即让中文受到日语的强烈影响,并经由日语而受到欧洲语言的作用。通过嫁接这些新鲜的、而且迥然相异的元素,古老的中国语言将获得新生。

而梁启超赋予自己的使命,则是熔铸出一种新的文学媒介,其受众远非局限于接受了经典教育的文人阶层。梁启超论点中的内在矛盾,也许可以以"俗"变动不居的意义为例来加以阐述:作为一种论争的姿态,新文体是相对于由传统文体铸就的雅文学而提出的,从这一点看,它也许可以被理解为"通俗的";但它大量运用"外国语法",很难为半文盲所接受,因此它其实并非严格意义上的"通俗"文体。事实上,它很难在广大的、受过教育的阅读大众(reading public)中流行,后者在当时是由那些接受过传统教育的人群所构成的。① 用新文体写成的作品销售量之有限充分证明了这一点。

另一方面,严复(1854—1921)则对"雅",即文雅或合宜的语言青睐有加。② 事实上,其译作的文雅正是它们如此流行的原因所在——当时的青年人最不济也能背诵《天演论》中的第一段,俨然将之视为了一部中国经典。因为反对使用近俗之语,严复写了一封信回复梁启超,后者试图劝服他译书改从通俗:

若徒为近俗之辞,以取便市井乡僻之不学,此于文界,乃

---

① 在其《鸳鸯蝴蝶》(Mandarin Ducks and Butterflies,1981)一书中,林培瑞(Perry Link)令人信服地讨论了主要的五四作家中,大众修辞与精英理想之间的分裂。而这一论断也许同样适用于五四前十年的情况,当时梁启超等作家倡导了理想的写作文体。
② 严复在其反复重申的翻译三原则("信"、"雅"、"达")中对"雅"一词的使用又引发了有关何谓高等文学的新一轮论争。除了常见的"高雅"之义外,该词还可以被理解为语言应该符合规范,即"雅正"。由此,也就出现了这样的问题:如何界定规范及其与文体高雅这一观念间的关系?对于严复而言,规范是指正统的古文,正是这种语言显示了传统的完整线索。

21

> 所谓陵迟,非革命也。且不佞之所从事者,学理邃赜之书也,非以饷学僮而望其受益也,吾译正以待多读中国古书之人。使其目未睹中国之古书,而欲稗贩吾译者,此其过在读者,而译者不任受责也。①

蕴含于这一忠诚观念中的,其实是这样一种理解:赋予一部文学作品真正的道德价值的,正是文体;因此,如果一部外国作品真地存在一定道德力量的话,那么,就应该选择正统的古文文体作为媒介。②

对于严复而言,对古文的使用是一个经过深思熟虑的选择,它在中国文学传统中的崇高地位赋予了它力量,使之能胜任介绍西方知识这一新任务。严复认为,他的首要任务是说服文人阶层愿意接受非中国的思想:古文正是他赢得预期中的特定读者群的媒介,这些读者都是"多读中国古书之人"。然而,内在于古文被要求承担的这一修辞功能中的,却是"说服读者"的这一最终目的,与为达成这一目的而采用的方法二者之间的悖论关系,它同时包含着两个相反的动作:一为走向外国他者,一为尽可能地坚守熟悉的自我。而只有在两个主体间建立起可公度性,才有接近普遍主义这一理想的可能存在。严复清醒地意识到了这一两难的境况,正如他自称为"达旨"者,而非译者,并警告"学我者病"。这一说法借自

---

① 《与梁启超论所译〈原富〉书》,转引自马祖毅,1984:262。
② 可以说,严复通过自己的翻译,超额实现了被视为一位古文实践者的心愿。与后世描绘的作顽固的保守派形象相反,桐城派大师吴汝纶(1840—1903)十分支持严复的计划。严复曾这样回忆其翻译的过程:"往者每译脱稿,辄以示桐城吴先生。老眼无花,一读即窥深处。……故书成必求其读,读已必求其序。"《群学肄言·译余赘语》,《严复集》,5:126。在给严复翻译的赫胥黎著作所作的序言中,吴汝纶对其文体进行了评论,认为文笔的出色,使原文之道德价值得到了阐发。较之对原文语境的忠实,吴汝纶更为提倡的是对古文这一文体的忠实。参看陈炳堃,1931:89。

鸠摩罗什这位晋代伟大的佛经翻译者。① 这一自我观念显示了一种深刻的认识,即翻译活动意味着妥协,一种个人理想与目的之间的妥协,同时也是外国与自我间的协商,以及自我的不同层面间的协商。

因此,严复对普遍主义这一理想的再三呼吁(这也是晚清一代文人的特点),既很快导致了他的成功,也造成了他不久以后的失败。正如胡志德(Theodore Huters)在其最近有关严复的研究中深刻地指出的:"任何试图以特殊的、地方实践作为其吁求普遍性之地方基础的思想家,都恰好为其下一代提供了颠覆自身权威的根据。"②而在此,至关重要的"地方基础",便是"古文",这一晚清特殊实践正为五四对传统的批判提供了一个很好的靶子。在短短的二十年中,古文便已经远远地脱离了现代中国作家的实践,最多也只能与古老遗迹联系起来。

作为最受欢迎的西方文学作品的译者,林纾(1852—1924)在其译作中也只使用文言。③ 和严复一样,他也认识到文言所蕴含的丰富意味,一旦丧失这些意味,文字就仅仅是文字罢了,而不再是充满力量的"文"——这是一种承载着道德思想,或者说"道"的媒介。而"文"之所以有这种力量,是因为它能一直追溯到中国文化的根源。④ 对于林纾而言,俗语和外国的表达,有着差不多的问题:它们都不曾分享悠久的

---

① 严复:《天演论·译例言》,《严复集》,5:1321。在这一篇序言中,严复也特别对"达"这一概念作了详细解释。我要感谢迈克尔·富勒(Michael Fuller)给我指出,严复此处所暗示的大师和前辈是鸠摩罗什。
② Huters, 1996:344.
③ 可以说是一种历史的反讽,作为桐城古文的最后两位著名的倡导者,严复和林纾都主要是以其译者身份留名历史。在康有为一句十分有名的诗句中,曾这样总结他们对时代的非凡影响:"译才并世数严林"。
④ 有关对"文"、"道"关系之早期陈述的讨论,参看 Hartman, 1986。有关桐城传统(这部分地构成了林纾的知识谱系),参看 Chow, Kai-wing, 1994。

23

文学传统。另一方面,正是梁启超所倡导的、以小说作为政治改革的大众媒介这一观点,为林纾提供了根据,可以证明自己对西方小说的译介的合理性。① 换言之,梁启超为提倡"新小说"而展开的高度政治化的斗争,事实上为林纾的翻译提供了一种"道",由此也为其打开了一片天地:民族救亡成为当代的"道"。尽管在政治观念上大体与林纾更相近的文人学士常常对小说这一文体提出传统性的批评,但上述"道"在当时却是凌驾于这一批评之上的。

到上世纪20年代,读着梁启超、严复和林纾等翻译先锋的作品长大的五四一代,在有关文学媒介之选择的争论中,获得了控制权。此时,这场争论已经以"文言"和"白话"这样的术语重构。五四一代在破除旧有偶像时,对所有传统事物、包括古典语言展开了攻击,林纾也因此成为最方便的靶子——之所以说方便,是因为其作品的广泛流行;也是因为林纾素以其对传统的激烈的守护态度而闻名。②

---

① 虽然先于林纾《茶花女》译作之初印两年,吴汝纶就为严复的译作写了序言,但该文表现出的有关"古文"文体之纯粹与忠实重现外国作品之间的矛盾,与林纾有着直接关联:在此,这一矛盾尤为突出,因为林纾所选择的文类(如果说不是他本人的文体的话),正是被吴汝纶责难、认为不适合传达西方思想的三种著述之一——小说。在"雅"与"俗"的二分以及等级排列观念中,传统的中国小说一般被认为是"通俗的",这既是因为它们被(尽管往往是秘密地)广泛阅读,也是因为其粗俗。而随着新小说的兴起——1897年,由严复和夏曾佑合著的一篇文章(《〈国闻报〉附印说部缘起》——译者注)首倡——这一切发生了变化。文章中,作者宣称"且闻欧、美、东瀛,其开化之时,往往得小说之助";数月后,梁启超宣称小说的广泛流行——"俗"或"通俗"——具有极大价值,特别是以小说为媒介,像他这样具有改革思想的知识分子可以获得广大的读者群。而新小说的上升,可以归因于这一文类既可用于说教,又易于为广大读者接受。有关新小说的兴起情况,可参看 Lee and Nathan, 1985:361—95;以及陈平原,1989。有关梁启超对新小说的见解,可参看梁启超,1936a:《变法通议:论幼学》,《饮冰室合集·文集》,1:54[首刊于《时务报》,16(1897)];以及梁启超《译印政治小说序》[首刊于《清议报》,1(1898)]。

② 作为《孽海花》的作者以及几部法国文学作品的译者,曾朴身兼传统文人与五四知识分子双重身份。他是最先指责林纾误解了译者之任务的人之一。在1917年写给胡适(白话文最重要的倡导者)的一封信中,曾朴回忆了他与林纾几年前的一场对话,当时他试图说服林纾在译作中使用白话:"(我)告诉他,如照他这样的做下去,充其量,不过增多若干篇外国材料的模仿唐宋小说罢了,于中国文学前途,不生什么影响;我们翻译的主旨,(转下页)

导　言　浮现中的新女性及其重要的他者

　　1918年3月15日,钱玄同(1887—1939)和刘半农(1891—1934),《新青年》这一首要的现代杂志的两位编辑,上演了一场守旧文人和新知识分子之间的戏剧化对抗。① 钱玄同化名为王敬轩,佯装攻击白话的使用。他的这封信是以虚浮的文言写成,充斥着文学典故。其中,林纾的古文译作被单挑出来,作为最高文学成就的证明。而就在同一期《新青年》中,刘半农以生动活泼的白话和辛辣的讽刺反驳了这一虚构出来的"王先生"。为他对文化保守派的攻击提供口实的,正是林纾的翻译。② 他主要的观点为,林纾的译作与其说是文学,莫若说是"闲文"。因此,在为了煽动性效果而穿插的诸多讽刺中,有一个便是专门针对林纾译作的错误的:

(接上页)是要扩大我们文学的旧领域,不是要表现我们个人的文章。"(《孽海花·附录》,1983:418—419页)。显然不同意曾朴之观点的林纾争论说白话文非他所长。不过,有趣的是,林纾却对曾朴本人的白话小说有着极高评价。在他1906年翻译的哈葛德(Rider Haggard)的 *Beatrice* 之后记中,林纾虽然不知道《孽海花》的作者究竟是谁,但对小说本身击赏不已:"《孽海花》非小说也,鼓荡国民英气之书也。"(WQWXCC:227—228)在1908年为翻译的狄更斯(Dickens)的《雾都孤儿》(*Oliver Twist*)写的序言中,林纾又一次特别称赞了曾朴的作品,并比之为狄更斯的小说(LSYJZL:107)。由此可见,白话文并没有多少内在特质会引起林纾的批评,也没有什么特质暗示像曾朴这样的博学之士不应该屈尊纡贵地用白话文写作。而仅仅是在他们这场对话之后十年,当五四运动开始支持白话文的使用——较之于早先的历史先驱、传统小说中的语言,白话文这一现代俗语与梁启超的新文更为接近——还是用曾朴的话说,旧文人圈中"第一个抵死对抗者是畏庐先生"。到这个时候,林纾似乎也已经发现白话不再仅仅是一种可与其珍爱的古文和平共存的写作样式,而成为一种占领了整个文学领域的现代怪物。有关胡适对白话的评论,参看其《文学改良刍议》(1917),以及《建设的文学革命论》(1918),收录于《胡适文存》,1/1:5—16,55—73。

① 可以想见,这一公开的攻击让林纾觉得备受侮辱。他迅速投入到这场交火中。有关其回应的情况,可参看胡缨,1995。

② 刘半农,《新青年》,4/3,1918年3月15日,LSYJZL:145—147。概括起来,刘半农的文章对林纾翻译的批评一共有三点:没有对原著慎加选择;谬误频出;以及这些译作不能被视作严肃的文学作品。其中,前两点足以构成对林纾译作的批评,而且也确实已经为其朋友和类似的反对者指出;而最后一点则暗示了20世纪前20年里,文学世界发生的翻天变化。

> 林先生遇到文笔謇涩，不能达出原文神奥之处，也信笔删改，闹得笑话百出。……因为先生不懂西文，即使把译文原本，写了出来对照比较，恐怕先生还是不懂，只得"一笔表过不提"。①

以这位"先生"为便利的衬托，刘半农大肆强调了林纾在文化谱系方面的不足，并以此为讽刺的切入口。在此，这一谱系已经被理解为有关西方语言的知识。最终，对于这两位年轻的批评者而言，正是这种知识的缺乏使林纾的作品不具备被称为文学的资格。

由此，对什么构成了崇高的文学这一问题的重估又回到了原点。将自己的角色定位为"叫旦之鸡"的译者②，却矛盾性地预言了一种显然不可能欢迎他这样的人的现代性的即将到来。

在接下来的章节中，我们将会集中描述浮现中的新女性的种种形象。记住（一直在发挥作用的）语言的物质性将会是十分有益的——这一重心是没有任何生产者、产品、甚至形象可以超越的。无论是在苏菲亚·彼罗夫斯卡娅传记翻译中，古文与的新文体之间的争论；还是在叙述"茶花女"的故事时，白话与文言之间的选择，都显示出了语言自身的反抗：语言显示出对其使用语境以及来自自身传统的压力的屈服。正是通过语言的具体成形（concreteness）——包含着众多选择以及附加其上的不同意义——围绕什么构建了"通俗"（the popular）的争论变得意义重大，有些意义甚至是由那些卷入争论的人在无意间造成的。同样，通过对语言的特别选择，"传统"呈现出多种意义：最初

---

① 刘半农，《新青年》，4/3，1918 年 3 月 15 日，LSYJZL：146。
② 林纾，《〈不如归〉序》，1908 年，LSYJZL：106。

的、大写的传统(Tradition)最终变成了种种传统(traditions),而大写的语言(Language)自身,也分裂为了种种语言(languages)。

虽然这种分裂未必是有意识地完成的,而且显然不会总是一件让人高兴的事——关于这一点,只要看看那种对未分裂的、也不可分裂的传统(Tradition)的怀念便足够了——但大体而言,在对完全是他人的(如"苏菲亚·彼罗夫斯卡娅")抑或自己的东西(如"古文")进行转化时,晚清展现了一种令人惊异的轻松(ease)。[①] 之所以令人惊异,只是因为在20世纪第一个十年之后,这样的轻松不知缘何变得比较少见,并且随着20世纪的慢慢流逝而越来越难以想象。

[①] 在此,我借用了乔治·阿甘本(Giorgio Agamben,1993:24)的"轻松"(the ease)这一概念,它"极好地表达了'随便使用适用者'(free use of the proper)……是'最困难的任务'"。

第一章 《孽海花》：一个跨界传说

> 无论是表演给自己看，还是给他人看，假装为他者都是最彻底的、解放性地（本体论意义上的）运用了语言的可选择性力量。
>
> ——乔治·史坦纳（George Steiner）

迷　失（Disorientation）

当一个人面对的世界，不再有他自己的语言与文化带来的那种熟悉的舒适感，而是通过来自外部的一种奇怪的凝视展现开来，这时他将感到一种迷失感。而晚清通俗小说《孽海花》（1905—1907）所反映出来的，正是这种迷失感。这个世界不存在沈复（1763—1838）在不算太久以前所假设的那种可靠的中心——他曾这样写道："余游幕三十年来，天下所未到者，蜀中、黔中与滇南耳。"①对于像沈复这样四处游历的士绅而言，"天下"或者"普天之下"的绝大多数地方都无可置疑地意味着清王朝；而其游踪所未及处，则仅仅是这个世界的边缘、所谓蛮荒之地罢了，它们虽然隐然存在，却根本不

---

① 沈复，Leonard Pratt，Chiang Su-hui trans.，101（此中译本引文出自沈复：《浮生六记》，北京：作家出版社 1995，第 71 页——译者注）。

值得加以关注。

当时是 19 世纪初期,沈复这样一位士人仍旧可以在周界俨然的中央帝国内游历。而仅仅半个世纪之后,世界成了一个大不相同的地方。19 世纪下半叶,一种不同的游行见闻录变得极为流行。引发这一趋势的,是两部重要的世界地理著作的出版,它们是:魏源的《海国图志》(1844—1852),以及徐继畬的《瀛寰志略》(1850)。① 从 1866 年开始,外交使团以及越来越多的学生被清廷派往欧洲、亚洲以及美国。1866—1900 年之间,由 61 位作者完成的、逾 158 部单行本著作出版,其中大多数都辑录于《小方壶斋舆地丛钞》(1880—1891)这样的大型丛书。② 类似的旅行见闻录或是由官方正式出版,或是由作者本人通过私人途径印行。③ 很典型的,这些晚清旅行见闻录多将"游记"这一美文(belles lettres)传统与当代的地缘政治信息结合为一体,到 19 世纪末、20 世纪初,作为"新知",它们获得了相当的威望。虽然很多旅行见闻录都是第一手的记录,但也有一些是直接翻译自西方著述及大众媒体,其取材范围,从沿海城市可获得的期刊,如《广州纪事》(*Canton Register*)和《新加坡自由报》(*Singapore Free Press*)④,到儒

---

① 有关徐继畬《瀛寰志略》的讨论,可参看 Drake,1975;有关魏源的《海国图志》,可参看 Leonard,1984。
② 这一统计,参考了 Hao and Wang,1980:171。《小方壶斋舆地丛钞》的编辑者为王锡祺,该丛书共 36 帙,收书 1366 种。分期刊印于 1880—1891 年间,内容涵盖了从清朝建立到光绪年间的历史地理资料,尤其是提供了大量有关边疆地区的社会经济信息。
③ 张德彝(随中国第一个外交使团出行的一位年轻翻译)在 1884 年出版了他自己的旅行见闻录。同年,大使曾纪泽的旅行日记在未经授权的情况下在上海出版,他本人是后来在巴黎才听说了此事。而大使郭嵩焘身在国外时,便正式出版了自己的日记,但这一举动激怒了当朝的保守派,印版不得不被销毁。参看钟叔河,1985b:39。
④ 魏源与徐继畬都曾说明,他们参考了许多西方文献,如郭实腊(Karl Friedrich August Gutzlaff)、麦嘉缔(David Bethune McCartee)以及 Richard Quarterman Way 等人的论著。有关西方地理知识进入中国概况的介绍,可参看郭双林,1995。

勒·凡尔纳(Jules Verne)的幻想小说,不一而足。① 由此,在晚清时期,本来就颇富弹性的旅行写作变得更为灵活,涵盖了取自各种来源的材料,为广阔的想象提供了确实的根据以及巨大的空间。

这一系列地理—旅行写作,对有关地球以及中国在其中的位置的大众想象产生了相当大的影响。历史学家约瑟夫·列文森(Joseph Levenson)曾将这一现象描述为"将作为整个世界的中国缩退为世界中的一个国家"。② 但这个世界很难说是一个由各国组成的"大家庭"。由于许多地理信息都是来自西方出版物的二手材料,而这些出版物在不同程度上都服务于殖民事业,"地理"很少只是客观的信息,而往往包含着世界地缘政治的潜在意图。伴随着"中国之缩退"这一为晚清文人—知识分子敏锐察觉到的现象的,是一种不可避免的迷失感——这样一种意识令人不适却又持续存在,它意味着发现自己正被他人观看,以及不得不从一个显然十分陌生的视角认识自己。这些旅行见闻录的读者,在为异国情调吸引的同时,也总是因为焦虑中国的文化、民族身份而感到烦扰。晚清的旅行写作也由此具有了多重的文化意味。

《孽海花》③虚构性地描写了一位清朝外交官以及其小妾的外交之行,可以说,它部分地建立在上述旅行者之传说的基础上。该书的

---

① 到19世纪末20世纪初,与儒勒·凡尔纳(Jules Verne)的《八十天环游世界》(*Around the World in Eighty Days*,1900,薛绍徽译)以及《月球之旅》(*Journey to the Moon*,1903,鲁迅译)一起,一大批虚幻性的游记作品被译介过来,包括《鲁宾逊漂流记》(*Robinson Crusoe*,1905,林纾译)、《格里夫游记》(*Gulliver's Travels*,1906,林纾译)等。有关这一时期的翻译史,可参看马祖毅,1984:224—331。

② Levenson,1970:288。

③ 曾朴,1983a(1905)。张磊夫、柳存仁译,1984。本文所引前五章翻译,是以张磊夫、柳存仁译本为基础,并进行了修改;此后的章节都完全由作者本人翻译。后引所有页码,均据1983年版本。

前二十回出版于 1905 年,并立即取得成功。① 在接下来的几年中,它再版了十五次,总印数达五万册,而且在整个 20 世纪上半叶都从未绝版。② 不过,虽然该书一开始便十分流行,但接下来十五章的问世却花了二十五年时间,而且还是断断续续地出版,其叙述方向也发生了重大变化。晚清这部最畅销的小说一直未能竟稿,续写的三种结局都明显与原著作者雄心勃勃的历史意图相脱离。事实上,正是小说所试图涵盖的晚清之最后三十年——一个像流沙般迷人而危险的时期——同时铸成了小说的成功与失败。就好像是小说家立誓要呈现的历史危机本身在不断地导致小说叙述出现类似的危机,这一负担是如此之沉重,以至于任何艺术上的解决都将被证明是逃避性的。

《孽海花》的作者曾朴(1872—1935)本身就是那一代人的一个很好的典型——他们活跃于世纪之交,是由旧文人与新文人(尚未成型的现代知识分子)构成的一种特别的混合体。作为一位接受了传统训练、并在科举制度中取得了一定成功的学者(曾中过举人),曾朴也广泛涉猎欧洲文学、尤其是系统地学习了法国文学。而让他有些与众不同的,与其说是他对"新学"的兴趣(在 19 世纪末期有许多文人都不乏这样的兴趣),毋宁说是他的乐于革新自我:他在同文馆为成人特设的班级中学习了法语,是同代人中罕有的几个尝试根据外国原著进行翻

---

① 这部小说的版本问题,即使是与一般的晚清出版物相比,都要更为复杂。简单概括如下:曾朴的朋友金天羽写作了四或五章之后,把它们交给了曾朴,曾朴对此进行了校订,并新增了另外五章。在 1905 年初,前十章以一卷的形式经小说林社出版,大概半年以后,接下来的十章又作为第二卷出版。1907 年,下面的五章以连载的形式发表于月刊《小说林》。1916 年,上海望云山房出版了三卷本共二十四章(缺第二十五章),并在附录中列出了出现在小说中的历史人物的真实姓名。1928 年到 1931 年间,曾朴修订了前面的章节,并出版了一个三十章的版本。大概在同时,他主办的杂志《真美善》连载了第二十六到三十五章。参看魏绍昌,1993:207—208。
② 阿英,1980:22。照包天笑的说法,在当时,一部作品能卖出两到三千册就算很不错了。能卖出一万册的,极为少见。而且,市面上很快就出现了仿作。从 1955 年到 1959 年,就有三个版本在上海与北京面世,共发行 177,250 册。参看包天笑,1971:325。

译的人之一。① 在1928年写的一封信中,曾朴曾生动地插叙了自己的艰辛征途:

> 我是连学校都没进过,更说不到出洋了。我的学法兰西语和稍懂一点世界文学门径,这一段历史,说来虽有些婆婆妈妈白头宫女谈天宝似的。其实倒很有点趣味。
>
> 我的开始学法语,是在光绪乙未年——中日战局刚了的时候——的秋天……我因此沟通了巴黎几家书店,在三四年里,读了不少法国的文哲学书,我因此发了文学狂,昼夜不眠,弄成了一场大病,一病就病了五年。②

这里所勾勒的时间框架是意味深长的,因为"文学狂"产生于中日战争之后,最先是由全民经历的这一巨大冲击所导致的。民族感、文化危机感所引发的迫切要求,将持续困扰晚清以及近代中国很长时期内的受教育阶层。③ 这里的"文学狂"被描述为疾病的源头,而更进一步,却也暗示出曾朴那代文人的这样一种急迫需求:即要重新认识世界,并想象学者在这一重建的世界秩序中扮演的重要角色。增强这种急迫感的,是一种对于历史的敏锐意识:历史似乎正在越过他们,并让他们眼睁睁地看着自己成为陈腐的一代。在三十年后、向五四一代陈说的时候,曾朴哀叹了像他自己这样、接受传统教育的文人所经受的内

---

① 他一生中共翻译、出版了十二部小说和戏剧,其中包括莫里哀(Molière)、雨果(Hugo)以及左拉(Zola)等人的作品。此外,他还翻译了大量的短篇小说以及诗歌。有关曾朴译作的完整目录,可参看曾虚白,见《晚清小说大系》,27:421—27。这些译作大部分发表在1908—1930年期间的《小说林》与《真善美》上。
②《曾孟朴复胡适之先生的信》,1928年3月16日,见《孽海花·附录》,1983:415。
③ 张灏认为中日战争是"东方秩序的转折点"。参看 Chang, Hao, 1987:8。在有关严复的近作中,胡志德(Huters, Theodore, 1996)指出中日战争起到了催化作用:它让许多知识分子彻底认识到了激进改革的迫切需要,由此也形成一个"新的松散政权"。

在阻碍:在1890年代,他们便似乎已经太老,"连学校都没进过";而到了1920年代末,他们则已显得和"白头宫女"一般衰朽。①

同样的、由民族、文化危机引发的紧迫感也笼罩在《孽海花》的叙述中,即使是在它那些明显比较诙谐或琐细的片断中,情况亦然。如果认为曾朴本人同时具备传统知识与一种突出的现代意识,那么也就可以理解小说《孽海花》主要关注的,是身陷于激烈变异的世界中的传统学者所扮演的角色。这一形象的主要代表人物,是金雯青,即洪钧(文卿,1840—1893)这一历史上确实存在的学者—外交官(1868年的状元,从1888—1891年一直出任清朝外交官)在小说中的化身。② 洪钧本人从来没有出版过任何旅行见闻录,使之闻名的,是他编辑的一部有关元朝的(虽然有点晦涩的)学术性论著。而与他一起出行的小妾,也即历史人物赛金花(1874—1936)在当时以及此后的声名都极为不堪。有许多描写她的诗歌、小说和传记;在戏剧和电影中,这一角色也往往是最抢手的。傅彩云,即赛金花在小说《孽海花》中的化身,一再地占据了叙述的中心位置。以这一被重新认识的世界秩序以及那位挣扎着的学者为参照,她的持续存在对有关"女性地位"的传统结构提出了质疑。小说追随着他们在欧洲的游踪,记录着沿途富有异国情调的人和事,并挖掘了并置"家乡"与"海外"这两个视角的叙事潜能。小说在层层镶嵌典故的同时,又不断地努力让外国形象具有其"真实性",由此,它提供了一个很好的切入口,让我们得以进入到有关晚清时期中、西方那尚有疑问的相遇问题之中。

为了适应旅行见闻录的模式,小说的叙述是从一张世界地图开始

---

① 有关《孽海花》中表现出来的、对于西学的极为矛盾的态度,可参看 Huters, 1994。
② 洪钧的传记可参看《清史稿·列传》,1977,第41册,第446卷,233传;12484—86;以及 Hummel, 1943: 360—361。

的,也就是说,是从让读者迷失方向开始的。在序言中,描写了一座据说"地近北纬三十度,东经一百十度"的神话式的小岛。而这个"岛"依然与中国保持了某种提喻式的关联,是一个"哥伦布未辟,麦哲伦不到的地方"。这里,地理位置的精确性可以说是十分惊人的,因为它已经彻底摆脱了传统有关世界秩序的表达,后者可以一句老话方便地予以概括,即"四海之内莫非王土"——君主也由此无可置疑地被置于中心位置。此外,这一对世界秩序的重组,是通过一种谨慎的、指明了的叙述视角所呈现的:虽然表达得很含蓄、但这一视角却显然是英式的。顺便说一句,这一叙述所交代的、以格林威治标准建立的世界中心,其实并不比传统中国宇宙图景更具备普遍性。由此,从一开始,叙述位置便建立在所谓"面对面"(vis-à-vis)的视角之上:不断观看正在观看中国(自我)的西方(他者)通贯全篇,都一直有意识地采用和延续了这样一种恼人的、让人迷失的视角。叙事的角度标志着与西方的突然接近,以及由这样面对面的遭遇而导致的焦虑。

而尤其惊人的,是作者曾朴积极地呈现了有关中国的人们所不熟悉的、而且显然不讨好的观点。通过引入"东亚病夫"这一虚构作者角色(authorial persona),他的叙述更进一步尖锐化了上述"面对面"的视角。"东亚病夫"一词当时被广泛用来形容清帝国,是根据衰弱的土耳其帝国"欧洲病夫"("the Sickman of Europe")的这一称呼拟造的。它不仅仅是小说叙述者的一个名字,更随即成为了作者曾朴的一个标志性笔名①;甚至在其故乡江苏常熟的曾朴墓碑上,也题刻有"东亚病夫"数字。当一位读者指出这个笔名未免"给现代青年以恶感",作者

---

① 第一版的序言中,称作者为"病夫国之病夫",将作者个人与国家的疾病同一起来。根据与曾朴相熟的同时代人包天笑(1971:326)的描述,曾朴鸦片瘾很重,近代一些历史学家将之与其不吉利的笔名联系了起来。也可参看 Link,1981:162。

答复说"觉得现在还是在赶速求医吃大黄芒硝的时候"。① 在为国家的全身性疾病开列严苛药方时,曾朴绝不是孤身作战,同样的观点也得到了当时(如严复)、及此后一些领袖性的知识分子(包括鲁迅等)的回应。②

在《孽海花》的第一章中,虚构的自我——在此,既是个人性的也是民族化的,因为虚构作者角色采取了一种集体性的身份——也因此是在外国的凝视下建构起来的。与此前传统的长篇叙事(往往占据了对另一个世界的优势位置)不同③,《孽海花》的优势位置显然位于一片异域之地。与这种虚构作者角色的变位相关联的,是对所谓"外国"受众的叙述性建构,该受众表面上是不熟悉中国传统的。由此,传统小说的基本假设之一得到了巧妙的转换:不再是对着一个共享相同的文化背景与价值的群体进行讲述;相反,可以说,叙述者是在一个开放的招待会(open house)致辞,曾经的前提如今都必须进行解释,曾经被理所当然地接受的价值,如今也必须被重审。

小说正文保持了这一变位式的叙述腔调,并以对清朝科考体系的指涉开篇。在清朝大多数时候,对一位有志获得文职的士人的教育主要包括学习儒家经典和操练八股文的写作,而这一考试过程的顶点,

---

① 参看曾朴:《编者一个忠实的答复》,《时萌》,1982:86。
② 胡志德(Huters, Theodore, 1996:328)在他有关严复的近作中,就严复对宓克(Alexander Michie)著作的翻译进行了分析,并指出严复"紧密关注西方有关中国的论著,尤其关心评论中那些否定性的主旨"。刘禾(Liu, Lydia H, 1995:45—76)也指出,鲁迅等五四作家策略性地运用了传教士有关"中国国民性"的说法,以使之"作为他们自己历史的主体以及动因浮现出来"。
③ 有关清代小说、尤其是在序言—结语叙述框架中虚构作者角色的讨论,可参看 Kao, Yu-Kung, 1977: 227—243。按照高教授的分析,即《儒林外史》与《红楼梦》分别代表了长篇小说体式中的公共与私人化处理方式,也许我们可以认为,《孽海花》是试图结合上述两种方式。

则是由清廷三年举行一次的殿试。① 长久以来,科考体系就一直是传统高等学问的象征,也是进入官场的阶梯,这个中国特有的文人官僚体系大约自宋朝一直延续至晚清。叙述者延续了传统小说的一贯做法,模仿说书人的腔调展开其讲述,不同的是,他将其受众设定为一群显然对上述考试体制一无所知的人,就仿佛他们是来自某个异邦的民众:

> 我想列位国民没有看过登科记,不晓得状元的出色价值。这是地球各国,只有独一无二之中国方始有的;而且积三年出一个……

从表面看,此处采用了旅行见闻录作者的腔调,然而,叙述者将习见者与异邦者的角色颠倒了过来,讽刺性地强调了其熟悉的中国文化特有的"异国情调"。接下来,他列举了从这一体系中脱颖而出的人所应具备的四大特点:"要累代阴功积德,一生见色不乱,京中人情熟透,文章颂扬得体。"

犹恐这一讽刺腔调对于 1905 年的受众——他们在这一年见证了这一科考制度的废除——太过熟悉,作者在接下来的比较中进一步阐明了观点:"一种富贵聪明,那苏东坡、李太白,还要退避三舍,何况英国的倍根、法国的卢骚(今译'培根''卢梭'——译者注)呢?"如果只是与唐、宋两朝著名的诗人作比的话,那这一对科考制度的讽刺性处理基本可以归并到一个悠久的讽刺文学传统,18 世纪的小说《儒林外史》将该传统推向了顶峰。事实上,此处的批判性力量来自以一种民族神话的方式来描述科举制度,并以所谓的"文化特殊性"作为批判的出发点。不仅是一种

---

① 有关晚清时期中国科举制度的重大变革问题,可参看 Elman, 1993。此外,通过对晚期帝国科考的全面研究,艾尔曼(Elman, Benjamin A , 1994)等学者指出,最少从 18 世纪开始,正统的经典作品已经受到来自儒家传统内部、特别是考据学与今文研究之兴起的挑战。

"陌生化"(defamiliarization)的修辞性策略,这里的叙述位置有效地异国化了熟悉的事物,几乎将本土的现象转变成了不可思议之事。在此,这种彻底的"面对面"视角产生了一种重要的效果:对外国人(培根与卢梭)的召唤,提供了一种新的批评的优势位置。考虑到曾朴本人便是通过科考制度成为文人中的一位成功者,而且他大多数的读者也曾在这一考试体系中倾注甚多,相信没有人能抗拒这样一种异国化姿态的诱惑:这里所激起的笑声,必将是一种为沉重焦虑所压抑的笑声。

最后,小说通过这一自我理解的对叠(doubled-up)方法,构成了对传统世界秩序的激烈批判。因为一旦进行比较,甚至仅仅只是与想象性的选择物做比较,就意味着可以被质疑、并由此被认为是可争论的。中国传统的体制因此也不可避免地失去了其绝对的权威性。无疑,变动后的位置不容易居处,但要使一种文化概念化,这样的变位却是核心性的。可以说,作者以一种极度的不自在(uneasiness)换取了一个此前绝不可能有的优势位置。这一优势位置位于其他文化的碎片与可能性之中,后者是新近通过旅行见闻录的描写而变得可见的一个空间,它在当时尚未完全建构起来,还充满着想象的可能性。

同时代对《孽海花》的解读经常是以历史和传记考证的方式进行的。而在这样一种方式的背后,存在着下列假设,即《孽海花》是一部根据真人真事写成的小说(roman à clef),是对那一历史时刻的记录。一位自认为是晚清读者之代表的批评者指出,自己"所喜者不在其文笔之周密瑰奇,而在所写人物皆有实事可指,兴衰俯仰,味乎咸酸之外"。① 确实,曾朴自己的一些措辞也经常为这种研究方法提供佐证,

---

① 纪果庵,收录于魏绍昌,1982:303。同时代至少有五个人编辑了名单,列出了小说形象以及其相对应的历史人物。参看时萌,1982:166—172。小说角色与历史人物之间的关系问题(尤其是曾朴本人是否认识年轻时的赛金花这一问题),也引起了长期的讨论。参看魏绍昌,1993:230。

如他解释说"想借用主人公做全书的线索,尽量容纳近三十年来的历史"。① 而在广告中称此小说为"历史小说"的做法,则进一步加强了这一历史化的声明。作为一位杰出的现代作家和批评家,鲁迅有效地利用了这一论据,将《孽海花》以及晚清的很多小说划归为"社会谴责"一类,这一判断直到今天仍笼罩着我们对晚清小说的阐释。②

然而,对于我而言,更有吸引力的恰恰是那些叙事性想象开始脱离"真实的"历史记录、似乎有些离题的地方。它们轻易地脱出了读者有关连贯性结构的预期。小说中描绘的那些著名的历史人物所遗留下的、以及由此前的历史研究所挖掘出的那些文集、传记、虚构性和半虚构性说明,构成了一笔丰富的遗产,使这一文本构成了一个理想的空间:在其中,可以考察有关跨界的表现,对外国他者的建构,以及有关公众性女性的矛盾的、有时甚至是对立性的表现。③

伪造的地图

金雯青展开其外交之行后的一天,他的好朋友犇如收到了一个从俄国寄来的包裹,文字故作神秘。里面装的是一张"两个西装妇女"的照片——后来发现,这其实是彩云和乔装打扮的德国弗雷德里克皇后——以及金雯青写的一封信。金雯青在信中得意洋洋地宣称自己最近得了三十五张中俄边界地图。

值得一提的是,观察这一跨文化遭遇之顶峰的视角,来自接收者、

---

① 《修改后要说的几句话》,《孽海花·附录》,1983:407。
② 鲁迅,1958(1923)。
③ 接下来有关《孽海花》的阅读分析,我要特别感谢研究晚清的各代学者。尤其是李胜生(Li, Peter, 1980a, 1980b)两部著作;以及林培瑞著作(Link, 1981)的有关章节。有关《孽海花》的新近研究,可参看陈平原,1989:124—130;Zamperini, 1994;以及 Wang, David, 1997:38—41。

也即身处境内者所在的位置。上述包裹事实上引导蓁如进入了一条他自己、以及小说读者都显然无法亲赴的神奇之路。和旅行见闻录一样，这个包裹的神奇之处在于，它来自十分遥远的地方，但其本身的切实出现，又将外国传送到了本土。① 正是这一包裹见证了两位主人公的经历，较之它所装裹的那些实在的物件，它所具有的象征性意义要大得多：通过换装的彩云，那张照片暗示了在德国皇宫这一异域的中心地带、与异国他者之间的迷人交往；而那些地图，则被赋予了边境控制的弦外之意，而获得它们的神秘方式，又让人可以嗅出国际间谍的味道。它们分别象征着彩云与金雯青所参与的外交活动，一者暗示着可能的边境侵犯，而另一者则更有力地证明了这一点。具有讽刺意味的是，这两件胜利品将变为金雯青败落、彩云取得优势的孪生符号。此外，这一寄自俄国的包裹也很好地标志了倒述的开始。

故事开始于1868年，金雯青刚刚在科举中夺魁，成为了新科状元。满载着荣耀，金雯青从传统学术的中心——苏州，也是其出生地——旅行来到了新学的中心、富饶的通商口岸上海。站在一个迥然不同的世界的门槛，他得到了冯桂芬这位圣贤式的人物的忠告。历史上的冯桂芬(1809—1874)是一位翰林学士，也是当时最重要的经世思想家之一。作为李鸿章(1823—1901)的幕僚，以及洋务运动(它和其他一些因素一起促成了上海一所教授西方语言、科学的学校的成立，该校后来隶属于著名的江南制造局)的核心人物，他备受尊崇。此外，他的《采西学议》影响广泛，也让他声名远播。而冯桂芬对科举制度之弊端的批评，在1860、1870年代看来，还是十分激进的——历史上的洪钧正是在这一时期成为新科状元。等到了小说《孽海花》出版的时

---

① 这一观点受到了苏珊·斯蒂瓦特(Susan Stewart, 1993)有关旅行纪念品之讨论的启发。

候,冯桂芬的观点已经全面实现。① 在小说的叙述中,凭借对西方的敏锐认识,冯桂芬描述了一种不同的世界概念,也对适应于这一崭新世界之需求的知识分子本身所扮演的角色进行了不同的界定。通过在战国时期(公元前403—公元前221)与当代世界之间建立一种明确的类推关系,冯桂芬调用了中国传统中最具权威性的人物,也即孔子本人,称其曾"翻百二十国之宝书"。接着,他力劝金雯青效法先人,学习外语,掌握"新学",也即西方知识。通过乞灵于孔子,说话者获得了相当的权威,这种权威扎根于悠久的文化传统。而冯桂芬的这一姿态,也对正统的、关于传统的阐释提出了质疑,并且有效地重新定义了经典知识。当他引用"一物不知,儒者之耻"这一名言时,"物"的真正含义,已经被重新界定,将西学涵括了进来。简而言之,冯桂芬这些修辞之所以能产生效用,就在于他在以一种传统权威的声音进行言说的同时,对同一传统权威的支配性阐释进行了再定义。② 按照小说的叙述,冯桂芬所扮演的角色,可以说是主角金雯青的教导者,一位在关键性的转型时期引导众人的开路者。

而预示着金雯青最终之败落的,是他仅仅听取了冯桂芬建议的表层,而未能获得其精髓。例如,金雯青并没有按冯桂芬所建议的以及像作者曾朴本人曾经做过的那样,去努力学习外语,他也从来没有系统地学习过西方知识。虽然如此,在其逗留上海期间,他确实也紧跟时风,短暂地钻研了魏源、徐继畬广受欢迎的著作,并逐渐产生了在新成立的总理衙门、也即办理外国事务的衙门谋得一个职位的雄心。而这一雄心也

---

① 冯桂芬(字林一,号景亭),与历史人物洪钧一样,也是苏州人。参看 Hummel, 1943:241—243。冯桂芬自己的著述,可参看冯桂芬,1967:《校邠庐抗议》,B:55a—56b。
② 这一内在化批评的形式在中国悠久的知识史上并不乏见。最近的例子,是康有为1897年影响广泛的《孔子改制考》。有关康有为以及有关"今文"之政治性论争的概略讨论,可参看 Elman, 1984: 22—26。

置其于旧世界(以其状元头衔为象征)与新世界的特殊结合点——他可能受命出国,开展外交活动。当金雯青最终获得了他理想中的工作,成为了四国(德国、俄国、荷兰以及奥地利)大使后,他带了一位曾经是妓女小姜彩云一同出行。此后,中、西遭遇给传统带来的危机,便浓缩在他职业生涯的轨迹之中,并围绕边界地图的获得而展开。

要理解金雯青之败落的意义,以及更进一步,欣赏作者曾朴将金雯青作为文人阶层之代表而进行的讽刺性处理,我们需要在此强调晚清外交史中两个突出的特点。一是在外交话语中泛滥的好战性修辞,二是有关"用人"问题(也即帝国,特别它在处理外国事务时,应如何正确利用受教育阶层)的长期争论。因为直到1870年代,清廷还一直拒绝派遣或接待外交使节。那些被派到清朝京城的外国外交官更被视为安插在帝国心脏的间谍人员,他们所提出的留居京城的要求也被当作证据,证明他们确实心怀叵测,希望发现京城之薄弱点。另一方面,当清廷终于被说服、认同派遣使节有利于帝国的利益时,一个一再被援引的好处,便是可以获得战时间谍:一位外交官同时也是一位情报人员。正如孙子,这位传奇性的军事战略家一再教导的,要取得胜利,就应当"知彼"。由此,金雯青以那些边界地图为其使命之关键,而最终也是它们毁了他的仕途,便不足为奇了。在"用人"、也即善用文人能士的问题上,这一永恒的话题则又带上了更多的紧急色彩,而当古典教育与国际性外交工作二者之间似乎存在很大的断裂时,情况更是如此。反对派遣使节出国的理由之一,便是这将会导致人才、或传统意义上的"才"的浪费。当被问及"当今正士,谁善外交"时,一位大学士回答道:"焉有正士而屑为此者!"①的确,两位1868—1870年间随伯

---

① 这一对话发生于外交官许珏(1843—1916)与大臣阎敬铭(1817—1892)之间。见于王曾才,1972,21。

林盖姆使团出访的外交官员回国后受到了猛烈抨击，而他们的出国经历也明显给他们日后的仕途蒙上了阴影。① 而当第一位访英大使郭嵩焘于1876年接受了其任命时，许多人都叹息他失去为君王效命的机会，而其同乡甚至试图破坏他的住宅。②

《孽海花》这部小说描写的，是1880年代末的事，但在小说写作的时候，也即二十年之后，对外交使命的态度却较郭嵩焘之同僚、同乡所采取的态度发生了一百八十度的大转变。从这时的观点来看，最杰出的传统"人才"似乎也都不再能胜任外交使命。那些边界地图将被证明是伪造的，并引发金雯青外交生涯的最大灾难，这在很大程度上与学识的错置（misplaced erudition）有关。换言之，按照叙事性想象的界定，与其说像金雯青这样的"人才"被派遣到外交使团是一种"浪费"，毋宁说传统科举体系所定义的"才"从根本上便被证明是一种废物。这样一种无用的学问，让"状元"都无法在历史中积极发挥能动性。

我们被告知，金雯青一生的兴趣，便是编辑一部有关元史的补正。这部补正得到了新获得的边界地图的帮助，因此，"就是回京见了中国著名的西北地理学家黎石农，他必然也要佩服"这部补正了。除了实现他的学术抱负，地图的历史效用也表现在可以用来阻止俄国人的领土侵犯。由此，可以理想地认为，他的学术知识是被当作为帝国效忠的一部分的。身为与金雯青一同出访的小妾，彩云明确地发问道："我不懂，你就算弄明白了元朝的地名，难道算替清朝开了疆拓了地吗？"作为一段距金雯青所处时代约五百年的历史，元史的有用性在于它与总理衙门的建制历史相关。在明朝（14—17世纪），与这样一个办事处

---

① Hsu, Immanuel C. Y, 1983: 202.
② 李慈铭，见 Hao and Wang, 1980: 183, 187。王曾才（1972: 59）也引据一些重臣高官反对派遣大使的奏章，重点讨论了一旦"人才"被派出，他们将"错失"朝廷的信用。

对等的,是礼部主客司,从文字上理解,也即礼部专司接待宾客以及访问者的一个部门。在清朝初期与中期,它被称为理藩院,即处理满人与蒙古人、偶尔还有藏族人往来事宜的部门。在19世纪中期的外交史上,欧洲诸强的抱怨之一,便是清廷没有专门的部门可以处理外交事务。1861年,总理各国事务衙门(即总理衙门)应运而生,专门与欧洲使者打交道。作为这个衙门的一位官员,金雯青对蒙古人/满人之交往关系(可上溯到元代)的浓厚兴趣,可以说理所当然地反映了这一机构自身近期的历史。他所没有认识到的,恰恰是彩云所提出的问题,即对上述历史的理解将无助于当下,因为此时的"蛮夷"已不再能为儒家伦理的权威所"驯化"。作者曾朴对金雯青这类人的批评其实正好反映了世纪之交文人阶层在世界概念方面的急剧变化,以及他们日益成熟的世界政治认识。

博学的学者也因此连一个问题都没多问,便盲目地相信了那个兜售地图的人。后者,即所谓的皮埃尔先生,是一个形迹可疑的俄国人,非常顺利地就说动了金雯青,让他将地图作为解决清朝与俄国领土纷争的官方根据呈献给了清廷。而这些地图后来被证明是伪造的,并为俄国在帕米尔高原的领土野心提供了彻底的合法性。而在获得地图的时候,唉,金雯青这位历史专家居然不会读图:例如,他甚至不能指出哪一条线是边界线。完全无视于自己的书本世界与外部世界之间可能存在的距离,金雯青很轻易地就被皮埃尔先生说服了。与他在历史方面的博学形成鲜明对比的,是他对时务的无知,战时地图尤为易变的特征仅仅是加剧了这一点而已。事实上,就因为金雯青翻印三十五张地图、并将其作为确证呈献给清廷的这一过失,在与俄国争论领土范围时,清帝国险些落败。

值得注意的是,这一重大过失并不是作为一个不幸的失误被加以描述的,对于金雯青这样的人而言,它可以说是必然的,因为他被推向了一个他并没有准备好的角色,推向了一个他并没有理解、而且显然并不着意去理解的世界。考虑到正是他"新科状元"的身份开启了小说正文的叙述,而且这一身份被全知叙述者以及他周围的人物再三强调,我们有理由认为,金雯青并不是一个特殊的、不胜任的个体,相反,他在很大程度上代表了他所在的整个军团,即接受了传统训练的文人阶层。他的不胜任也因此不能不暗示了传统学者令人不快的欠缺,并进一步反映了旧有体系的不足。描写金雯青初获地图的第十二章以及写他将地图上交给朝廷的第二十章在标题上的鲜明对比,彻底地呈现了叙述的整体性反讽——这两个标题分别是"学通中外重翻交界图"和"一纸书送却八百里"。

　　由此,金雯青的旅行也很快变得有名无实:他走得越远,越变得与世隔绝,等他到了俄国,他便一头扎入他最新获得的有关元史的历史书籍之中。自此以后,大使馆的大门便对所有外部事务关闭了:它变成了一位学者的书屋。这一隐居学者的形象之前可能激起了很多笑声,而到现在,铺垫已足,反讽直击痛处。彩云预言性地评论道:"不要说国里的寸土尺地,我看人家把你(金雯青)身体抬了去,你还摸不着头脑哩!"

　　与金雯青的外交活动仅仅关注于边界问题、突出表现了接触的焦虑不同,彩云凭借她与不同外国他者——以德国弗雷德里克皇后与瓦德西(Count Waldersee)的形式出现——之间的交往,圆满完成了她的外国之行。这样一个有关旅行与外交的故事究竟是如何转变为一个有关一位"女性"的旅行和"她的"特殊外交举止的故事的呢?而如果金雯青的传统学识是他落败的原因所在,那么,什么又为彩云的晋升提供了条件呢?

第一章 《孽海花》：一个跨界传说

来自柏林的一张照片

与金雯青的食古不化形成鲜明对比，彩云顺利地完成了一系列转变。在战时外交故事以及有关民族国家的修辞中，这位大使"夫人"扮演了一个非常暧昧的角色，尤其是这位"夫人"的生活还是从冒名顶替开始的。彩云最开始只是个妓女，随后她秘密地嫁给了功成名就的新科状元金雯青，成了他的小妾。她接着又取"正室"的角色而代之，随大使出行，开始了其外交之旅。甚至在其丈夫死后，彩云也如"自由鸟"般摆脱了小妾—寡妇的命运。如果考虑到传统社会森严的等级秩序，要扮演所有上述角色从道义上来说是十分可疑的。然而彩云变色龙般地展现出了她的所有颜色，并且欢天喜地地、统统获得了成功。

在跨洋旅行之前，她的角色明显是十分被动的。在前八章中，金雯青占据了中心舞台，而彩云扮演的角色，不过是金雯青欲望的对象罢了，她并没有正当的名分或得到承认，反而需要逃避世人耳目，尤其是躲着金雯青的正室。然而，一旦金雯青被指派为大使，彩云的故事发生了戏剧性的变化。从这开始，并直到小说结束，彩云跨越了众多界线：社会等级的界线（上等相对于下等），性别区分的界线（内室相对于跨洋），以及文化差异的界线（中国传统相对于外国做派）。

"跨越"的各种形式，如输送（transportation），翻译（translation），或转化（transformation），也随之成为彩云的招牌特色。而往往是在这些跨越活动发生的时候，《孽海花》的叙述也达到了最为华彩的部分，就好像叙述者和读者也被"变色龙"彩云光芒四射的生涯弄得目眩神迷了。不同于空间化的边界形象标识的是国家间的分界线，这一"跨越"性（trans-ness）显示的是一个难以捉摸的、蕴含有各种潜力的临界点，并由此暗示了一种不同的概念性结构。因为，即使它显示出了边界,它同时也暗示了它们不稳定的、可渗透的特性。① 正是这种边界的可渗透性(无论是民族意义上的,还是语言方面的),身份的易变性(无论是个人的,还是集体的)最大限度地凸现了彩云在小说中的作用。也正是在这些跨界时刻,金雯青这位状元一再失败,而彩云,这位曾经是妓女的小妾则得到了提升。也是在这些时刻,彩云把握住了机会,建构了她自己的身份,并轻而易举地扮演了不同的角色——而接着,她也同样轻松地摒弃了这些角色。同样是在这些跨界时刻,彩云获得了一定程度的主动性,为她自己,同时朝向历史。虽然她的多重身份不可避免地给其道德特征蒙上了一层阴影,但也正是这种多重身份极大地吸引了虚构性想象。因为在这些跨界时刻,新的可能性出现了,而随之而来的,是新的叙述空间的敞开。

在出国之前,彩云首先在家中完成了一次转化,对于她取得权力而言,这是第一个、也是至关重要的一个条件。这次转化是以这样的形式完成的:她堂而皇之地借了正室的衣服来穿,而同时,也借取了后者大使"夫人"的正式头衔。这一转化为我们提供了一个生动的例证,展现了"文化差异"以及性别问题是如何不可避免地纠缠于叙述想象之中的。在此之前,她已经被她的主顾兼丈夫藏起来一段时间了,而在他出使的前一天,彩云走下花轿,身着原本只有正室才有资格穿戴的装束,也即俗话所说的凤冠霞帔,"那时满堂亲友,杂沓争先,喝彩声、诧异声,交头接耳,正议论这个妆饰越礼"。

在当时,正式服装早已成为了身份的社会化标记(帝国性的规定),逐条明列,形式严格。彩云的婚服显然是颇为嚣张地公然越礼,

---

① 这一概念有着不同的表述法,如人类学家维克多·特纳(Victor Turner,1969)所说的"阈限"(liminal),殖民史学家玛丽·路易斯·普拉特(Mary Louise Pratt,1992)的"边境"(borderland)。

同时代的读者一读到这,便会将其视作"失序"的明显象征。① 然而,一个最不可能出面的人此时却站出来驱散了婚宴宾客们的疑虑——金雯青的正室在这个时候走上前道:

> "诸位亲长,今日见此举动,看此妆饰,必然诧异,然愿听妾一言! 此次雯青出洋,妾本该随侍同去,无奈妾身体荏弱,不能前往,今日所娶的新人,就是代妾的职分,而且公使夫人,是一国观瞻所系,草率不得,所以妾情愿从权,把诰命补服暂时借她,将来等到覆命还朝时,少不得要一概还妾的。诸尊长以为如何?"言次,声音朗朗,大家都同声称赞。

在金夫人这场漂亮的公众表演中,每个字都极有分寸,完全掩饰了她尴尬的境地。虽然已经被新娘抢尽了风头,金夫人却能退守传统的妇道,她的行为可以说是妇德的巧妙展现:不仅没有嫉妒她丈夫的新妻子,还主动帮她表现得得体,由此也让自己的丈夫高兴。当自己的特权被篡取时,金夫人没有消极地站在一边,而是聪敏地以官服为象征,将"诰命"与自己的身份同一化了。这是一种她可以决定借给别人的力量,而且毫无疑问终将还给她。除了展现出自己的妇德外,金夫人也同样言词得体地显示出了自己的民族大义。"妻职"也由此被扩大到整个国家的要求,在此委托给他人,只是因为她自己不能长途旅行罢了。

然而,在人前作为借口的"荏弱",与私下里解释所说的"荏弱"却

---

① 在同时代另一本畅销小说《二十年目睹之怪现象》(吴趼人,1903)中有一个类似的场景:满族官员苟才带他的小妾参加一个聚会,小妾的打扮与正室无二。正如胡志德(Huters, Theodore ,1997:294)在其近作中指出的:"这一幕的重点放在苟才……搅乱家庭规范的越轨行为上。"

不尽相同:就在前一章,在掩着门和她丈夫说话时,金夫人声明,她之所以决心不出国,主要顾虑的是"文化差异":

> "闻得外国风俗,公使夫人,一样要见客赴会,握手接吻,妾身系出名门,万万弄不惯这种腔调……"

可见,不能公之于众的,是她对作为大使夫人的生活图景的拒绝:作为公众人物,她需要按照中国以外的传统去与外国人发生亲密接触。根据正统教条,活动范围以性别为基础,区分为"内"与"外",一位得体的中国夫人(如金雯青的正室)甚至不应该走出内室。至于远赴海外,更是难以想象的、违背"内"/"外"之分的越轨行为,万难为她自己"系出名门"的身份意识所接受。

很久以来,两性的区分便通过空间形象加以表达。①《易经》有云:"女正位乎内,男正位乎外。男女正,天地之大义也。"②《礼记》则更进一步论证了"内"与"外"既是自然意义上的,又是象征性的:"男不言内,女不言外。"③司马光(1019—1086)和其他宋哲一起,更为谨慎详细地阐释了这种空间划分:

---

① 最近很多学者都已经指出,"内"/"外"这类道德规则与晚期帝国的实际行为二者之间存在空隙。这一研究试图戳穿近代有关传统中国社会中的女性地位的某些假设(可以证明,其中一些假设在晚清便已出现)。有些学者也据此质疑在阐释传统中国社会中的女性生活时,"内"/"外"划分等规则的有效性。其中,我主要参考了伊沛霞(Ebrey, Patricia, 1989);罗威廉(Rowe, William, 1992);以及高彦颐(Ko, Dorothy, 1994)的论述。参看书后列出的具体参考文献。虽然我完全同意这一总的观点,即不应将女性简单描述为在"传统"肆意压制下、只能保持缄默的牺牲品,但我认为保留"内"/"外"这样的术语还是很有效用的,只要我们注意区分个人在处理规范化的性别意识形态时的灵活性与意识形态本身真正的约束作用之间的差别即可。
② 《周易·家人》,《十三经注疏》,1981,4:50;Wilhelm, 1961:570。
③ 《礼记·内则》,《十三经注疏》,1981,27—28:146—170;Legge, 1967,1:454。

> 凡为宫室,必辨内外。深宫固门,内外不共井,不共浴堂,不共厕。男治外事,女治内事。男子昼无故不处私室,妇人无故不窥中门。①

此外,这种性别区分也被视为人与禽兽之间的主要分别。例如,荀子便声称:"夫禽兽有父子而无父子之亲,有牝牡而无男女之别。"②

当"内"/"外"之说被附加于"夷"/"夏"之辨,就如我们在小说《孽海花》中所看到的,这一说法本身便变得难以捉摸,而女性的角色也显得更为超定。与男性相对时,女性代表着"内";而与"夏"或者说"中国性"相关联时,她的角色则更为复杂。如果"夏"仅仅意味着担任公职,那她并不在其中扮演任何角色。但如果这一用语是相对于"夷"提出的(几乎总是如此),那么她的角色便不仅仅是公共性的,而且,颇为奇怪地,具有了某种视觉性。她对一种明确规定的女性特质的坚定支持俨然成为中国文化之优胜的象征。因此,金夫人认为,凭借着富含传统内涵的个人外在表现、及其公共性逻辑,女子代表了国家之观瞻。通过强调女子外在表现的道德影响,并服从于上述重要思想,她的观点无疑凸现了出访女性的象征性意义、其职责的公共性质以及其举止态度的国际影响。在此,她与男性的"差异"被有效地召唤来建构起了中国人与非中国人、或者说与蛮夷/禽兽之间的"差异"。她角色的代表性力量,所谓的国家的"观瞻",正好存在于她完全忠实的中国秩序,而这种忠诚是她通过其性别进行编码的。参照正统观念中异性不得发生身体接触的禁令③,金夫人也特别反对与非中国男性发生身体接触,这不仅是对女性行为准则、而且也是对她十足的中国性的一种潜

---

① 引自 Ebrey,1993:23—27。
②《荀子・非相第五》(1975,熊公哲辑:68,第 5 章)。
③《孟子・离娄上》:"男女授受不亲"(《十三经注疏》,1981:2717;Legge,1991,2:306)。

在违背;甚至更进一步,根据潜在的民族与历史逻辑,这也有悖于"夷"眼中的中国气象。

因此,在她的观念中,一位女性的出游有着多重的、彼此有所重叠的意味:首先,它是性别化的,或者更准确地说,这是一次富有性别含义的出游,而这些涵义是与狭义上的妇德相关的。因此,一位当众露面的女性(a woman in public)也就随即被转译为一个公共女子(a public woman),因而也就是道德沦丧的。彩云,这位妓女/小妾也就成了大使夫人的唯一合适的人选,同时也是唯一一位适合出游的女性,因为前身为妓女(the public woman)的她,已经无可救药地违背了"内"与"外"的划分。附加于这一伦理阐释的,是出游女子也被赋予了丰富的政治意义,因为她的举手投足都代表了整个国家。上述逻辑论述中的矛盾也为整部小说的讽刺性埋下了种子。在小说的一开始,正是彩云作为一个妓女变为小妾"模棱两可"的身份为其游动性提供了条件。而一旦开始其跨洋之行,在正室诰服的掩盖下,彩云的社会地位以及过往历史都开始变得模糊难辨。这种流动性很快便被转化成了权力,而这种权力与她最开始借自金夫人的那种"权力"有着质的不同。因为,这一权力不断地再定义她自己,为她铸造新的身份。

在毫不费力地僭取了正室的服饰后,彩云也轻易地暂时抛弃这套服饰,占用了另一套,而这一次,是一套外国服饰。当外交人员驻扎在柏林时,彩云表现得极不守妇道,经常穿上欧洲时装,并在显然没有丈夫陪同的情况下出门:

> 话说雯青驻节柏林,只等彩云觐见后,就要赴俄,已经耽搁了一个多月……雯青心中很是焦闷。倒是彩云兴高采烈,到处应酬,今日某公爵夫人的跳舞,明日某大臣姑娘的茶会……彩云容貌本好,又喜修饰……倒弄得艳名大噪起来。偌大一个

柏林城,几乎没个不知道傅彩云是中国第一个美人……

显然,这位"中国第一个美人"在柏林颇为"入境随俗",轻而易举地进入了时髦的贵族社会,这一点通过后来那张"两个西装妇女"的照片得到了充分证明。尤其重要的是,彩云不仅仅在外交与社交场合"入境随俗",在她有意识地出轨时,更是如此:当与她的中国情人、金雯青外表俊俏的年轻仆人阿福外出时,她特意穿上了西方服饰。而也正是在这个时候,小说以大量细节描写了彩云费时良久的梳妆过程,直到她从头到尾都洋溢着异国情调:又是"堆花雪羽帽",又是"雕漆乌皮靴",不一而足。① 就和她"借取"妻室的衣裳、对传统着装规范进行的第一次僭越一样,"外国的"服装再次使她现在的身份(受到"为人妻"这一角色的约束)变得模糊起来,从而也使得"上层女士"与一位随从之间的等级界线可以被跨越。她与阿福也得以在拥挤的柏林街道上"滚滚而去",并驾着一辆时髦的小马车,像"一对画中人"般畅游优美的缔尔园(Tiergarten)。顺便提一下,后来彩云与她的德国情人瓦德西第一见面的时候,她便是将其误认作乔装打扮的阿福。仿佛西方服饰本身可以使得所有的身份变得模糊不清,伪造社会地位的各种标志,并掩饰等级以及文化方面的差异,它就如一块真正的面纱,可以掩盖住前在的诸种区分。

虽然对于今天的读者而言,小说大加渲染地加以描写的彩云的装束,不过是一种常见的异国格调,然而,这样的举止无论在古代,还是

---

① 叶凯蒂(Catherine Yeh, 1996)以及曾佩琳(Paola Zamperini, 1998)就晚清上海妓女、以及她们吸收西方风尚的问题进行了广泛研究。叶凯蒂指出,她们对"西方"的呈现,是消费文化的一部分,因此也并没有表现出任何威胁性。在某种程度上,彩云在柏林的"入境随俗"也可以从同一角度进行分析。但同时,我也将指出,因为她的改变装束使她的身份变得暧昧不明,彩云确实表现出了对已有社会秩序的真正威胁。

在当时却都是被理解为严重的越轨行为的。在称颂古代贤人的治世准则时,《易经》写道:"黄帝尧舜垂衣裳而天下治。"①据说,孔子本人也曾经称赞过管仲治理有方,让齐国得以避免"蛮夷"的侵蚀:"微管仲,吾其被发左衽矣。"②以后史家也认为,古代圣贤之所以会如此关切这一看似琐细的事情,就是因为需要借此区分贵族与平民,以及提倡善行与美德。可以说,服装不仅仅是等级社会中,一种可视易辨的社会标记,同时,也是个人道德素养以及统治者管理有术的一大表征。着装规范是"礼"的外在显现,而后者正是儒家思想的核心所在。更进一步说,界定一个好的政府的凭据,便是文化的标志,这也是区分身处文明世界的"我们"与"他们"(无论是禽兽,还是蛮夷)的重要符号。正是这种极端的重要性,使得各个朝代的帝王都颁令要求"守正拒奇",也即坚守正确的,拒绝奇异与不寻常的(服饰)。"冠带"一词也随之成为中国文化的一个代称。

严格的着装规范不仅仅出现在古代。作为文化自我界定的一个极为显著的依据,"冠带"作为中国文化之符号的使用,在晚清与在班固那个年代一样深入人心。我们可以再一次地以保守的外交官员刘锡鸿作为一个生动的例子。上文提到,之所以派出刘锡鸿,明显是为了监控开明大使郭嵩焘的"媚外趋势"。两人之间不可避免的冲突削弱了第一个外交使团的力量,并导致了它的早早回国。而当他们的冲突达到顶点时,刘锡鸿上疏指控思想开放的大使犯下了严重的叛国罪。在十项罪状中,第二条便是在访问英国海军时,大使接受了招待方提供的一件大衣——尽管当天天气极为寒冷。按照刘锡鸿的说法,一个人"即令冻死,亦不当披(洋人衣)"。③ 值得顺便指出的是,十大

---

① 《周易·系辞下》,《十三经注疏》,1981,8:85;Wilhelm,1961:256。
② 《论语·宪问》,《十三经注疏》,1981:2510;Legge,1991,1:282。
③ 钟叔河,1985a:25。

罪状中的第一条罪状是大使纵容他的小妾学习外国语言,并去欣赏歌剧。而这些恰恰是小说中彩云同样享有的特权。

不过,翻开赛金花的传记,我们会发现彩云的这位历史原型在陪同丈夫出访欧洲时,从来没有参加过任何舞会。她也未被允许穿上西方服装,在被德国弗雷德里克皇后[维多利亚(Victoria),1840—1901,英国维多利亚女皇的女儿]接待时,尤其如此。赛金花冷淡地接受着"中国着装习惯"与她被教导采用的"西方问候方式"二者之间的不协调。而她与外界的接触范围也明显局限于当大使招待西方政客时,与他们握握手罢了,握完之后,她便立即退回到内室。她的丈夫洪钧,也即金雯青的原型,认为西方时装,和其他那些西方风俗一样,都是"野蛮"的,不可仿。他自己便"一点洋物也不肯用",甚至当他的脚因为终日穿着中国布袜而"磨坏"时,也坚持如此。①

因此,古人所说的将中国人与野蛮人区分开来的"大防"本应被不懈谨守,即使代价是身体的直接不适。事实上,正是旅行者的身体被象征性地召唤,扮演了文化差异之"防"(floodgate),就如身体本身也成为铭刻这些差异的地方所在。同时,刘锡鸿与洪钧那些戏剧化的表现,其实也证明了所谓的"大防"是多么脆弱,尤其是当一个人身处"他们"之中,而他的每一个举动,无论多么琐细,都能被阐释为文化的、民族的、甚或种族性的越轨时,这一点表现得就更为明显。

当"现实世界"如此戏剧性地建构着文化差异时,虚构性想象又是如何描绘类似的越轨行为的呢?而要使这些越轨行为对于读者而言,是可读的(如果不是完全可以接受的话),又需要采取怎样的叙述策略呢?与洪钧与刘锡鸿力图通过自己的身体表现"差异"形成鲜明对比,

---

① 刘半农:《赛金花本事》,《孽海花·附录》,1983:501。虽然被宣传为一部自传,但它是以对赛金花的一系列采访为基础,由刘半农写成的。

虚构人物彩云表现出"我们"与"他们"之间的"相同性",且其程度之深,使得身份的混淆(这一材料可以编织出上好的小说)——彩云成了一位"外国女士",而她的德国情人则被认作阿福——成了最终的结果。

小说《孽海花》的叙述,其实还回应着另一小说文本,后者也是当时的一部畅销书:彩云的外国装扮,让人联想到"茶花女化身"。这里指的是小仲马《茶花女》中的女主角玛格丽特·戈蒂耶(Marguerite Gautier),晚清来自西方文学的两个最流行的形象之一[另一个是福尔摩斯(Sherlock Holmes)]。小说是在1899年翻译过来的,比《孽海花》的出版要早六年。① "茶花女"这一形象将在下一章中讨论;这里需要指出的只是该翻译小说问世后立即引起轰动,"茶花女"很快成为西方文学的象征,并成了一个家喻户晓的人物。通过利用当时这一最为流行的文化偶像将彩云转变为一个外国人物,小说有效地让她以及她的越轨行为异国化了。由此,大众声望(popularity)成为了一种唤起认同的策略,并在一定程度上让她的行为变得可读(如果不是完全合法化的话)。虽然在小仲马的原著中,也小心翼翼地涉及了妓女玛格丽特·戈蒂耶对等级界线的潜在违犯,但一旦被彩云借用,异国服饰本身便让她得以摆脱通过"中国大使夫人"这一身份而强加在她身上的各种约束。颇有讽刺意味的是,彩云也因此成功地完成了玛格丽特未能成功的越轨行为。因为明显漠视"真实"的自我身份,彩云对自

---

① 我们有理由推断,和他同时代绝大多数受教育人士一样,曾朴曾经读过林纾的《茶花女》。在对林纾的翻译进行总体评价时,曾朴的敬意比较勉强,并明确指出两人志趣不同。而另一方面,林纾对《孽海花》则给出了极高的评价。参看曾朴:《修改后要说的几句话》,《孽海花·附录》,1983:409;林纾:《〈红礁画桨录〉译余剩语》(1906),WQWXCC:227—228。

已能够"消失"在柏林街头的人群之中十分高兴。

就仿佛为了记录她"入境随俗"式的、短暂而不可思议的越轨行为,彩云的形象通过"两位西装妇女"这张照片得到了叙事性地呈现①——像这样捕捉一瞬间的"历史"是 19 世纪晚期的一种科技时尚。整个事件都笼罩在神秘之中:在柏林时,一位神秘的"维亚太太"与彩云交好,而后来发现,此人便是维多利亚,德国的弗雷德里克皇后,这一人物的出现必然让读者想起历史人物赛金花。一天,彩云被带到了一辆窗户被封上、乌洞洞的马车,车载着她直接驶向了德国皇宫。与马车里的黑暗不同,宫殿本身的形象是光芒四射的,到处都装有玻璃和镜子:

> (彩云)刚跨下地,忽觉眼前一片光明,耀耀烁烁,眼睛也睁不开。好容易定睛一认,原来一辆朱轮绣幰的百宝宫车,端端正正的,停在一座十色五光的玻璃宫台阶之下。……(宫外广场上)点缀着几处名家雕石像,放射出万条异彩的喷水池。
>
> *116*

在这一片"映像之地",彩云所扮演的角色,是一位被动而茫然无知的游客。而在这座水晶宫殿,她的向导不是别人,正是"维亚太太"。无论从哪一方面看,两人之间虽然有点不大搭调,此时却似乎处于同一社会等级:一个是乔装打扮、款待彩云的皇后,一个是伪装为大使正室的小妾。而"维亚太太"在向彩云解释对她的特殊礼遇时,给出的理由

---

① 很明显,到了 20 世纪的第二个十年,西方时装已经成为上海妓女自我展示的保留节目,大量照片都记录了这一现象。参看 Hershatter,1997:81—84。而彩云这一虚构的人物也因此走在了她的时代之前,更加重要的是,通过与一位"真正的"外国女性,也即与德国皇后本人并肩,她胜过了她的后来人。

实在让人震惊:

> (我)以为天地间,最可宝贵的是两种人物,都是有龙跳虎踞的精神,颠乾倒坤的手段,你道是什么呢?就是权诈的英雄,与放诞的美人。英雄而不权诈,便是死英雄;美人而不放诞,就是泥美人。

接着,"维亚太太"称赞彩云自己便是这样的一个美人,蕴含着"颠乾倒坤"的力量。就这样,"维亚太太"向她传播了一个价值体系,而这与她所熟悉的那一套是如此地不同,原本被视为有伤风化的品质,如今却被公开加以称颂,而原本被鄙夷的品性,如今却被认为是一种英雄气概。① 在这一价值体系中,像彩云这样的人应该是举足轻重的——不仅对于世界、对于整个历史也如此。

皇后接下来又唱了一首歌献给彩云,并在歌曲的结尾提出合照的请求。随着光线转暗,所有人又都神话般地消失,彩云再一次被送到了黑暗的、紧密包裹的马车中。在这样光彩炫目、满是镜像的神奇世界中,唯一可以证明她们这次相会的真实性的,便是那张照片,它无可争议地(因为有着科技的保证)代表着现实。照片见证了两人的亲密,而彩云的越轨行为(像一位贵妇人那样行事)被她那位地位崇高的同伴的越轨行为(仅仅像位贵妇人那样行事)合法化了;同时,她在历史上的存在也被相机的记录所确认。而矛盾的是,就是在彩云显然"并非她自己"、化形为另一个人的时候,她却最"自我",被捕捉到的那一刻,正是她试图尝试另一角色的时刻。

---

① 这一场景显然套用了《红楼梦》第五章中一个类似的场景。在那个场景中,宝玉初游太虚幻境,并被警幻仙姑告知自己是"第一淫人"。参看 Hawks and Minford, tran, 1973—1986(1973): 124—148。

而从小说自身写作的层面来说,那张照片及其代表的现代科技则为这一虚构性文本提供了十分必要的"硬证据"。不仅仅是好奇心的一个过时的对象,也不只是重现真实的发达科技,照片捕捉到了历史书写中的一个瞬间,原本遥不可及的,变得近在眼前,原本只是瞬时的,变得永恒持久。而一如它所描绘的那张照片,虚构性小说自身也成为真实事件的见证者,历史的见证者。

在俄国无政府主义者的教导下

如果说彩云通过借取正室的诰服所完成的第一次越轨是一个合法化的过程,使她得以拥有妻室的权利,占据一个合适的位置;她穿着西方服装完成的第二次越轨,便是对伴随着上述妻室权利而来的种种束缚(尤其是上层中国女性的行为规范)的一种颠覆。而通过采用另一个不同的身份,彩云得以"闪避"(shed)日益紧缩的双重身份——或者说,一种双重跨越的行为。就如此前对阶级界线的跨越,跨越文化界线成为了彩云地位上升、获得权力的条件。

而对于彩云而言,另一条通往权力的道路的开辟,则得益于她非凡的语言能力,也即一种语言的易装(cross-dressing)。起行后不久,彩云便获得了一位不同寻常的语言老师。她们的相遇十分契合时机,当时彩云和金雯青刚刚启程,登上一艘德国轮船萨克森号,因为使团在出使之初十分平静,金雯青第一次、也是最后一次调戏了一位外国女性:

> 雯青……忽觉眼前一道奇丽的光彩,从舱西特角里一个房门旁边直射出来,定睛一看,却是一个二十来岁非常标致的女洋人,身上穿着纯黑色的衣裙,头戴织草帽,鼻架青色玻

璃眼镜,虽妆饰朴素的很,而粉白的脸,金黄的发,长长的眉儿、细细的腰儿,蓝的眼、红的唇,真是说不出的一幅绝妙仕女图,半身斜倚着门,险些勾去了这金大人的魂灵。

这位"洋美人"那些富有异国情调的标志——即众所周知的金发蓝眼——立即让她在金雯青眼中变得充满诱惑。顺便指出,这一图像中的种种说法虽然充满了异域风采,但其实却是非常传统的,依照的都是"仕女图"这一视觉形式中典型的表现法与僵化习套。① 但对于金雯青而言,正是这种差异性(无论是文化的,还是别的)让那位女子格外地迷人,且容易征服——这里,再次暴露了他在看见彩云、也即他现在的小妾时,所表现出的那种窥视癖倾向。假装热心于"外国法术"表演,也即所谓催眠术,金雯青要求皮埃尔先生(后来卖给他假地图的那位可疑人物)在这位"洋美人"身上施展法术。当她"端着那盆冰梨雪藕,款步而来,端端正正地放在雯青坐的那张桌上,含笑斜睇,嫣然倾城"时,雯青"这一乐非同小可,比着那金殿传胪、高唱谁某的时候,还加十倍"。

然而,这次既有异域风情又充满魅惑的经历很快就变成了金雯青的一场噩梦。对于他而言,十分不幸,这位"洋美人"夏雅丽原来是俄国虚无党人。不久后的一天清晨,她便拿着一把雪亮的小手枪冲入金雯青的船舱之中,并要求他补偿自己因为催眠一事所受的损失。与这位如画般美丽、动人的外国女子的短暂相遇却很快让金雯青大丢面子,更损失了一大笔现金。值得注意的是,这一勒索情景是以双语进行的,由彩云担任翻译兼谈判代表。虽然很久之前便有人建议金雯青学习外语,但他却从未认真对待此事。而与之形成对比的是,彩云一

---

① 有关这一绘画类型的讨论,可参看 Wu Hung,1997。

直以来便要求学外语,并抓住了她获得的第一次机会。可见,彩云已经与传统小说中描写的那些典型的小妾有所不同,她们往往仗着得宠向其夫君索要珠宝、家具。而彩云想要的,却是晚清最为时兴的东西——新学,纵然她这么做也是为了自己切身的利益。

彩云通过近日来向那位夏雅丽的求教,已经掌握了基本的德文。她也因此得以积极地参与到整个勒索过程中,这与金雯青的措手无策形成了鲜明对比。值得注意的是,她谈判的特点在此已现端倪,即通过不完整的、或者令人误解的翻译同时出卖谈判双方。结果金雯青只知道夏雅丽的威胁,却并不清楚谈判的条款。从表面看,彩云是在救金雯青的命,因为她的话似乎成功地让夏雅丽放低了手枪;然而,在暗中,她其实只是参与到诈骗之中,并从中获取了高达1/3的利益罢了。对此,谈判的双方都毫不知情。作为一个"双重间谍",她以自己的利益为主要驱动力,同时背叛了谈判的双方。这件事也附带证明了语言知识的力量,金雯青在这一方面的无能导致了他在此次交锋中失去了主动性。而彩云在语言方面的知识,则不仅仅意味着经济上的收益,因为正是通过这一事件,彩云的角色发生了变化:从被动地充当金雯青欲望的对象,转而成为在一定程度上可以掌握自己命运的一个积极的主体。

象征性地,夏雅丽的手枪阉割了金雯青,因为他从始至终都被吓得呆在一边,随后更失去了对这位"如画般"的外国美女的所有兴趣。在此,异国情调已经显得太过危险,让人生畏,而不再有任何肉欲的吸引力。同时,彩云的语言能力也同样有效地阉割了他,虽然与夏雅丽比起来,彩云的把戏伪装得更好,她的策略也更为隐蔽。

除了为彩云带来经济利益外,语言能力也为她的红杏出墙起到了辩护作用。这一次同样是在撒克逊号上,不过是在他们的归程中:金雯青几乎当场抓到她与船长偷情,而彩云又一次仗着语言的优势从此困境中脱身。对于金雯青的质疑——"你还出来干什么?"(这里,他用"内"与"外"的传统语言表达了自己的愤怒)——她却反过来指责他,扭转了局面:

> (彩云哭道):"这都是老爷害我的!学什么劳什子的外国话!学了话,不叫给外国人应酬也还罢了,偏偏这回老爷卸了任,把好一点的翻译,都奏留给后任了。一下船,逼着我做通事……。"

仗着金雯青不懂德语,她接下来又扔给他一封用德文写的信,声称自己来找船长只是为了请他给自己在柏林的女性朋友写封回信。不仅她的德文知识,以及她对金雯青不懂德文这一事实的了解,让她得以安然脱身,她对外语的支配也为她"出来"提供了一个更为有力的借口。在她对金雯青的回击中,其实暗示着这样一层意思:她的语言能力导致她不得不与外国人打交道,事实上,这种能力虽然是她力量的源泉,却不是她所能掌控的。作为对金雯青"内外相对"这一说法的反驳,彩云通过将讨论对象从"男"/"女"转变为"外国人"/"中国人",迂回利用了传统的二分概念,而对外语的掌握也由此与不可避免的越轨行为明显地联系起来。当彩云利用她的语言能力为其出轨辩解时,其逻辑中最引人注意的,便是语言的一贯(单一语言)被与身体的忠诚绞缠在一块了。

确实,在其社会流动中,彩云的语言才能起到了催化剂的作用。值得注意的是,在小说之前的叙述中,彩云被描写为一个中文文盲,这一不足也许将成为她任何改变自身社会地位的期望(例如成为文化修养高的名妓)的最大障碍。而当她在欧洲之行中,学会说与阅读德文时,外语成为她获取力量、尤其是反转与其丈夫金雯青之权力关系的捷径,后者本来拥有掌控她的一切权力。彩云的语言能力不仅让她可以理解她周围的世界,同时也让她可以改变这一世界,让其变得最为符合自己的利益。最后,彩云的跨语言也凸现了外国对中国原有情景的破坏性影响,在这里,上等与低等社会阶层的传统区分(其标准为高等/书面文化)被暂时削弱。

非常重要的一点是,彩云最开始是从夏雅丽这位俄国无政府主义者那儿获得德语知识的。这对师生其实大不相同:虽然接受了"现代"教育,彩云却"粗俗"如故,而夏雅丽则总是一副"优雅"的样子,她中名的中国音译"雅"(夏雅丽)字面意思即"端庄"或"优雅";彩云的行为从根本上说是为己的,因此也是未得救、并且也不能救赎的,而夏雅丽的一生则献给了无政府主义事业以及对俄罗斯人民的拯救;彩云还是可以被描述为一位传统女性(多种传统女性类型中的一种),而夏雅丽则彻彻底底地是位新女性,有着新的行为方式和新的信仰体系。然而,这样两个截然不同的女性,如今却被绑在了一起,关系密切。双重的叙述策略也由此产生了两个重要问题:要如何描绘一个性别化的西方存在?以及如何表现西方知识及其传播?要了解彩云以及建构这一形象所具备的历史条件,就有必要知道她的亲密"他者",夏雅丽。

在写完夏雅丽讹诈金雯青的钱财,并作了彩云的外语老师之后,小说另表一枝,写道了夏雅丽个人的政治活动以及爱情史[①],这占了小说整整三章的篇幅,可以算得上是真正的离题了。[②] 根据《孽海花》的解释,夏雅丽与海富孟是同父异母的姐妹,而海富孟在 1881 年暗杀沙皇亚历山大二世时,和著名的苏菲亚·彼罗夫斯卡娅一起牺牲。因

[①] 对夏雅丽的界定,可参看 Bijon, trans, 1983:405,注释①。比军(Bijon)的这一界定则又是以普实克(Průšek, 1970:169—178)为基础的,也收录于 Průšek, 1980:110—120。
[②] 例如,普实克(Průšek, 1980:117)便认为小说有关夏雅丽的这一枝蔓叙述,是"一个彻底的失败"。

此,夏雅丽在很小的时候就接受了无政府主义思想,她立誓要为其姐报仇,并且加入了察科威团。为了躲避残暴的父亲,她在中国呆了三年,并在回国的旅途中遇到了彩云与金雯青。

一到柏林,夏雅丽便急着自己的恋人兼同志克兰斯见面。克兰斯一见到她,激动得难以自已。值得注意的是,正是在这一刻,夏雅丽不仅表现出极强的自我克制力,甚至还批评对方情感过于外露:"克兰斯,别这么着,我们正要替国民出身血汗,生离死别的日子多着呢,哪有闲工夫伤心!"在此,夏雅丽拒绝与克兰斯共诉衷肠,被塑造成了积极行动的一方;但很明显的是,她的主动性并不来自于行动的"正当"(proper),而是来自其否定性——这是通过一种(自我)否定的行为建构出来的。仿佛浪漫情感作为一种个人的放纵,是与伟大的民族解放事业不协调的——附带一提,这一主题在近代中国的文学中将变得十分常见。不久后,没有向克兰斯或其他任何人解释,她便嫁给了她一位富有的表兄。而看似令人费解的是,接下来她又杀了自己的丈夫,并为自己在皇宫里买了个缺职,意图暗杀沙皇,结果被处决。在一张克兰斯的照片的背面,她写下了自己未曾说出的情感:"心嫁夫"。曾经有一段时间,甚至连克兰斯都对她的道德产生了严重的怀疑,并用鲜明的传统话语表达了自己的质疑:"既然不忘记我,就不该嫁加克奈夫,既嫁了加克奈夫,又不该二心于他!这女子的人格,就可想了!"而最后,随着她嫁给加克奈夫的原因被揭示,对她不贞的误解也随之消散。只是到这个时候,她也已经死了。正如另一位女同志鲁翠所说的,她可谓"辱身赴义"。有关夏雅丽个人与公众生活的复杂情节,也因此可以说是围绕着自我牺牲这一中心问题的。

对夏雅丽个人生活的想象性塑造中,有一些有趣的因素。这位新女性的核心特点,如她的教育、她的国际旅行以及独立的精神等等,都因为她献身于无政府主义革命事业以及民族主义这一最终目标而被合法化了。当她的自由不能为她带来任何个人的快乐时,她动机的纯粹性得到了证明——事实上,在她的一生中,几乎没有什么个人性的东西。就如她责怪其恋人时所说的话,以及文中所暗示的两人间柏拉图式的关系所表现的那样,英雄主义的无私忘我似乎要求她摒弃个人的欢愉。此外,这位巾帼英雄的无私也要求她牺牲作为一位女性最为宝贵的东西,也即她的"身"(字面意义上的"身体",以及象征意义上的她的生命和她的性),她已经完全将自己献给了革命事业。而有意思的是,虽然夏雅丽首先是作为一位外国的激进分子与传统中国女性进行比较,民族主义的身份却带给她另外一套约束,而这些约束有时却似乎并不完全相异于传统的那些束缚:这位俄国无政府主义者在精神上的忠贞、彻底忘我让我们想起了一些中国的"巾帼英雄",例如传奇人物西施和貂蝉,她们也"献身"给了古代的,但也可谓准民族主义(quasi-nationalist)的事业。①

确实,通观全书,通过利用各种微妙的方法来调用中国传统叙述中"巾帼英雄"这一特殊类型,激进的外国女子夏雅丽已经被本土化了。与这些巾帼英雄一样,她被描绘得具有惊人的美貌以及非传统的举止,而在这一切的背后,又有着根本的美德。在塑造这种女性形象时,基本的矛盾就在于她的性:她需要被描绘得既具有性方面的诱惑力,同时又必须是不可染指的。这一矛盾总是难以解决——因为贞洁是女性美德的基本要求——所以,这类女性的最终结局往往是自杀或准自杀,从而在叙事的层面解决了矛盾,并为巾帼英雄的越轨行为脱罪。

第十六章中的诱惑场景最好地例证了这一矛盾性的描写。当发现无政府主义党面临着严峻的经济危机时,夏雅丽决定引诱她的表兄

---

① 参看 Hu Ying,1993:99—112。

加克奈夫与其结婚,尽管她自己一直十分讨厌这位表兄,但他却偏偏是圣彼得堡"富可敌国"的大富翁。引人注目的是,加强这一场景的,是语言的本土化。因为这一引诱场景在很大程度上模仿了《红楼梦》中一个类似的情景,也即尤三姐——可以说是这类非传统意义上的贞洁女子中一个极为重要的例子——引诱/拒斥对方的一幕。与这一文本间的呼应产生于这样三个层面:巾帼英雄的体态描写,其举止的效应,以及她独特的语言。

对夏雅丽的生动描写与对尤三姐的有关描写可以说是完全对应的,甚至包括对服饰的细节性描写。下文所引即《红楼梦》中,尤三姐给其所厌恶的追求者下套的有关描写:

> 这尤三姐松松挽着头发,大红袄子半掩半开,露着葱绿抹胸,一痕雪脯。底下绿裤红鞋,一对金莲或翘或并,没半刻斯文。两个坠子却似打秋千一般……本是一双秋水眼,再吃了酒,又添了饧涩淫浪……①

下文则是《孽海花》中一个描写夏雅丽与其可憎的表兄饮酒的非常类似的情景:

> 此时夏姑娘几杯酒落肚,脸上红红儿的,更觉意兴飞扬起来,脱了外衣,着身穿件粉荷色的小衣,酥胸微露,雪腕全陈,臂上几个镯子玎玎珰珰的厮打……

---

① Hawks and Minford, tran,1973—1986(1973):4:282—283,第 65 章(此中译本凡《红楼梦》引文均出自人民文学出版社 2004 年第 2 版——译者注)。

与尤三姐一样,在扮演这样一个勾人魂魄的尤物时,夏雅丽也无疑是"失仪的"。除了这些有关夏雅丽之放荡性的视觉呈现,以及她对其追求者的窘迫近似虐待狂的把玩(附带一句,这也是小说中唯一一个写道她的欢愉的地方)之外,小说同时也依然强调了其贞节的不可玷污。在这一幕的最后,她声称:"我的话说完了,我的兴也尽了,人也乏了,我可要去睡觉了",接着便回房并关上了门,把加克奈夫晾在一边。甚至连最后的一声关门声也完全回应着《红楼梦》。当尤三姐"酒足兴尽,也不容他弟兄多坐,撵了出去,自己关门睡去了"。而这种情景对两人的追求者的影响也是相似的,他们都摸不着头脑,"近又不敢,远又不舍"。[160][283]

更进一步,两个场景之间的回应关系如此之密切,甚至连这位俄国无政府主义者的语言也类同于尤三姐那明显的北方白话,以及她独树一帜的辛辣辩才。下文是对尤三姐的描写:

> "你不用和我花马吊嘴的……这会子花了几个臭钱,你们哥儿俩拿着我们姐儿两个权当粉头来取乐儿,你们就打错了算盘了……若大家好取和便罢;倘若有一点叫人过不去,我有本事先把你两个的牛黄狗宝掏了出来,再和那泼妇拼了这命,也不算是尤三姑奶奶!喝酒怕什么,咱们就喝!"说着,自己绰起壶来斟了一杯,自己先喝了半杯,搂过贾琏的脖子来就灌……[282]

虽然传统的中国酒被置换为了一瓶圣彼得堡的白兰地,尤三姐的上述措辞其实被编织到了夏雅丽的话语之中,《孽海花》的语言与《红楼梦》的十分相似:

65

> 加克微笑,又挨着姑娘斟道:"妹妹喝个成双杯儿!"夏姑娘一扬眉道:"喝呀!"接来喝一半,就手向加克嘴边一灌道:"要成双,大家成双。"
>
> ……
>
> (夏雅丽道:)"别给我蝎蝎螫螫的,那些个狼心猪肺狗肚肠,打量俺们照不透吗?……难道是真看得起俺们吗?真爱上我吗?呸!今儿个推开窗户说亮话,就不过看上我长得俊点儿,打算弄到手,做个会说话的玩意儿罢了!"

看似不协调,尤三姐生动的方言却为夏雅丽的描写提供了一种大胆活泼的语言。就如夏雅丽在用双重声音说话,俄国无政府主义者的直接意图与隐藏着的那个经典小说中的著名人物的声音二者交织在一起。而她激进的革命故事,也由此被重新收回中国文学语境之中,并获得了相应的意义。

而真正的文本诱惑,则存在于这样一个事实,即对追求者欲望的满足最终有所保留,巾帼英雄贞洁如故,最少是在象征意义上。叙述的焦点就在于对她的性以及其绝对的不可染指之间的矛盾呈现。在尤三姐的故事中,她依然为(并不接受她的)真爱柳湘莲保持了贞节;而夏雅丽对其"心嫁夫"、无政府主义同仁克兰斯,也保持了精神上的忠贞。虽然她最终确实嫁给了加克奈夫,这一事件却是在小说关注视野之外的,在文字上也没有多少交待。然而,在尤三姐与夏雅丽之间,还是存在着一个关键的不同点:在她们这种不同寻常的举动背后所隐藏的动机。尤三姐不幸为庶出孤女,是贾府的一个穷亲戚。而追求她的,又是贾府中尤其寡廉鲜耻的一个子弟,绝对无意明媒正娶她,因此,她故意表现得模棱两可。使她不能与自己的心上人结合的限制性原因,也因此是一目了然、且难以回避的。而夏雅丽的情况则不然。她显然是一位有着反抗传统女性规范之独立精神的女子。仅仅是因为有关巾帼英雄的叙事性表现,她的自我约束才会显得如此不可避免。虽然动机有所不同,但最终自我毁灭的行为,还是都免除了尤三姐与夏雅丽两人的道德模糊性;她们的死,最终向所有人证明了她们的忠贞,或目的的纯洁性。因此,叙事策略先是通过独立女性的性来逗引读者,而最终则通过砰地一声关上限制之门,带着潜在的威胁一起走向结束。

可见,激进女性夏雅丽这一小说人物的塑造借助了一个传统的原型。但这样做的代价,则是对新女性形象之越轨行为的牵制策略。因此,与彩云不同——当彩云化身为诸种形象时,她已远不只是一个"被玩弄者"——夏雅丽的故事是向着死亡推动的,预定这一结果的,是她作为一位伟大的巾帼英雄的偶像化身份,这一点是没有什么可含糊的。她的真实性通过她的自我牺牲、并最终由她的死亡得到了保证。可以说,夏雅丽这一形象是明晰而平静的,而且颇为矛盾的是,她并不是威胁性的。

历史的线索

与对夏雅丽的描写不同,凭借着不停的行动,多重的身份,以及永不停歇地追求自我满足,《孽海花》中的彩云一直都保持着模糊性。更加值得注意的是,在对彩云这位妓女兼小妾的描绘中,有关女性自由的所有重大问题都潜在地在场,虽然投射其上的,只是一道模糊的光线——这些问题包括经济独立,女性教育,公众领域的参与,甚至性自由等等。在接下来的几十年中,所有这些问题都将并入新女性的建构。彩云这一形象所明显欠缺的(尤其是以五四运动的后见之明来审视),是不曾为一种意识形态议程,或政治纲要而努力,正是它们可以让她对自由的追求合法化。在最后的分析中,彩云的行为依然是没有升华的——她自己的快乐是她的一个、而且是唯一的目的。小说没有提供任何阐释框架，可以将她放入其中，并使之成为一位巾帼英雄；也没有实施任何"理想的赏罚"，将其作为一个坏人予以谴责。在1928年版的最后一章中，彩云在金雯青死后离开了金家，而这一章的标题"好鸟离笼"也真是恰如其分。可以说，从表现的角度看，直到最后，彩云也仍然是逍遥自在的。

与这种虚构的暧昧性形成对比的，是彩云故事的所本、历史人物赛金花(1872—1936)往往被描绘得十分极端：或是被当作一个典型的"妖孽"(具有异常力量的女妖或女子)，辱及国体；或是一位民族英雄，在危急关头，凭着一己之力拯救了民族。赛金花之所以能在民族、历史想象中占有一席之地，主要是因为她在1900年夏天的混乱中，所扮演的传奇性角色。在这一时期，为了报复义和团，八国联军一举攻入北京，在京城中烧杀抢掠，清政府也被迫逃亡。在这样一个旧有秩序被暂时颠覆、甚至连慈禧太后都觉得最好伪装为平民的历史性时刻，赛金花被推向了舞台中心。据说因为她可以说几种欧洲语言，臭名昭著的瓦德西(统帅着当时驻扎在皇宫的联军)对她青睐有加。传奇叙述中，两人同卧慈禧太后的龙床，而赛金花也借机劝阻联军的野蛮行径，有时还确实收到了成效。[①] 在赛金花的传记中，她坚决否认与瓦德西有私情，但也隐晦地承认，确实与他交好。

这一话题成了作家和普通大众长期感兴趣的问题。尤其是因为赛金花获取权力的方式极其可疑——在有些人看来，这会给她个人以及民族带来污辱——她在1900年的角色具有巨大的象征性价值。通常，女子进入到公共领域会被视为一种侵扰，有史为"证"，这将会导致国家的衰败，以及帝国的覆灭。并不出人意料的是，同时代有关赛金

[①] 参考蒋瑞藻与柴小梵，收入时萌，1982：167，175。对这一历史人物的全面介绍，以及由其故事产生的众多阐释，可参看 Wang David，1997，第2章。

花的很多作品都将她描绘成了一个"妖孽"。《梵天庐丛录》将她列在"北京四人妖"之下。吴趼人的《胡宝玉》(1906)写的是另一个有名的妓女的故事,文中称赛金花为"二怪物"之一。① 因此,赛金花的地位上升、获得权力被认为宣示着社会的彻底失序,而她滥交的女性身体则标志着国家的腐败。

可以说,有关赛金花的描写,在20世纪前十年趋于矛盾(如果不是完全谴责的话);而在1930年代,她似乎时来运转。1933年,北京大学著名的中国文学教授刘半农对赛金花进行了详尽的采访,随后写成所谓的《赛金花本事》一书。此书后来重印了多次。夏衍,这一时期另一位重要的文人,写了一部话剧《赛金花》,扉页上还有赛金花雅致的手迹:"国家是人人的国家,救国是人人的本分。"②另外一些剧目也在1940年代初上演。这些表演均塑造了一个巾帼英雄的形象。她骑着一匹骏马巡视着混乱的京城,尽力减少军队与平民的冲突,为无辜的旁观者和旧相识等求情。作为"北京城的救星",她被称为"赛二爷",这一名称包含着敬意——因为它一般用来称呼"社会之栋梁"——同时也有"侠"的意味,好似她是一位骑着白马周游的武者(附带说一句,之所以有这么一个称呼,传说是因为她与一位地位显赫的资助者拜了把子,互称"兄弟")。因此,夏衍等作家力图为赛金花"整顺"故事,将其塑造成一位爱国巾帼英雄。③ 这些有关她的正面作品大部分出现

---

① 吴趼人:《上海三十年艳迹》,《近代中国史料丛刊》,1972:101—102。
② 夏衍,1936。
③ 甚至在当时,围绕下述问题就存在着相当大的争论:赛金花是否是"国防文学"中一个可以接受的"巾帼英雄"。上述戏剧在1936年完成后不久,便最少引发了两次辩论,上海许多活跃的知识分子都参与其中。鲁迅写了一篇文章来嘲讽这一倾向(《这也是生活》,《且介亭杂文》),茅盾走得更远,甚至说出了这样的话:"用赛金花为题材,倘使不是受了记赛金花的小说的迷,便是企图以这昔年名噪南北官场的女人作为号召观众的幌子。"参看巫岭芬,1990,2:864—934。从1930年代到80年代,有关夏衍这部戏剧的争论,与围绕曾朴对赛金花之运用展开的论争有着类似的主题,下文将进一步讨论。

于 1930 年代末，当时日本全面侵华战争日益迫近，推出一个妓女作为爱国精神的代表，可以说是一种政治上的权宜之计。① 对于那些团结在"国防文学"这一旗帜下的作家而言，赛金花似乎提供了合适的象征符号，地位低下的妓女秉持着一种崇高的忠诚，这种爱国妓女形象在中国历史悠久——其中最出名的，便是著名戏曲《桃花扇》中的晚明名妓李香君。

与这些不白即黑的涂饰完全不同，在《孽海花》中，赛金花的形象始终是暧昧不明的。正如王德威（David Wang）在其有关晚清小说的近作中所敏锐指出的："曾朴既发扬也戏拟了妓女小说的那些惯例。"尤其是在处理她与瓦德西之间那段臭名昭著的奸情时——这一关系包含着大量阐释的可能性，并极富历史意味——小说《孽海花》"简直政治化了欲望活动，正如它色情化了权力游戏"。② 小说叙述渲染了瓦德西和彩云此前的相遇，通过调用传统的浪漫情节，本土化了这一危险的跨国奸情。他们第一次见面是在柏林，第二次则在俄国——注意，这是一个多少可以说得上是中立的国家。

在柏林的缔尔园，彩云与瓦德西初会。小说从彩云的角度描写了瓦德西，当时他俩仅仅瞥了一眼对方：

> 彩云……却见屋里一个雄赳赳的日耳曼少年，金发赪颜，丰采奕然，一身陆军装束，很是华丽……（彩云）心里暗忖，那个少年，不知是谁，倒想不到外国人有如此美貌的！我们中国的潘安、宋玉，想当时就算有这样的风神，断没有这般

---

① 在对上海卖淫行业的研究中，贺萧（Hershatter，1997：171—174）注意到，五四运动之后，"对国家命运的关心几乎成了对妓女行为的一大要求"，简言之，如果一个妓女不能熟悉地运用"爱国"词汇，那么她的生意就会变得冷清。
② Wang David, 1997：106。

的英武。

在这一次相遇中——附带一提,与金雯青初见夏雅丽的情形颇为相似——瓦德西的形象立刻被色情化了。当他被拿来与传统美男子的代表潘安和宋玉进行比较时,小说很快建立起了一种相似性,但同时也强调了他的外国特征。可以说,他的异域风情直接增加了他的诱惑力。这一次见面,他显然十分被动,更像是彩云观看的一个对象。

而两人更重要的一次相遇,则发生在圣彼得堡。当时金雯青正紧闭使馆大门,埋头研究元史,彩云觉得十分无聊。两人的相遇完全是按照流行的才子佳人爱情故事来书写的。这种故事的一大习套,便是总有一件小的物事,或是一件珠宝,或是一条手帕,起到"媒"(催化或调解)的作用,让两位恋人走得更近。而在这次邂逅中,则是以彩云丢失的钻石发簪为"媒",将瓦德西带到了她的面前。按照传统爱情故事的惯例,巧合之处在于,偏偏是由瓦德西捡到了发簪,并且他假借还簪,制造了与佳人相见的机会。第十四章结尾处的对句便很可以用来形容这种流行的才子佳人爱情故事:"紫凤放娇遗楚珮,赤龙狂舞过蛮楼。"可以说,使这次相会传统化的,正是这样一些习套式的元素,例如龙凤相配,以及将彩云的发簪概称为类型化的"楚珮"。正如发簪在故事中扮演了媒介的角色,对传统的有关"媒"的情节的运用,也在异域与本土化之间起到了勾连交通的作用。由此,通过套用传统小说的典型情节来描写彩云的异国/色情性经历,这一原来根本属于异域性的、难以接受的事件得到了转化,变成了更为易读的东西:依靠叙事惯例,异域性被转译得十分熟悉亲切。

然而,易读并不等于容易阐释。风流韵事极度私人的性质——此外,应该注意到小说并没有涉及 1900 年的事情的这一事实——意味着瓦德西与彩云两人间颇有问题的邂逅可以允许一定的模糊性。彩云此后的角色也因此是不明确的:她既不是一个妖孽,也不是一个救国家于危难之中的巾帼英雄。事实上,在1928年"真美善"版的后记中,作者曾朴便刻意强调,他无意写一个《桃花扇》那样的故事。曾朴表明自己的写作意图与其友金天羽(金一、金天翮、爱自由者)对小说的最初构想不同,他这样描述《孽海花》的诞生:

> 吾友金君松岑……发起这书,曾做过四五回……但是金君的原稿过于注重主人公,不过描写一个奇突的妓女,略映带些相关的时事,充其量,能做了李香君的《桃花扇》,陈圆圆的《沧桑艳》,已算顶好的成绩了……在我的意思却不然,想借用主人公做全书的线索,尽量容纳近三十年来的历史……①

虽然对于彩云在小说中的作用给出了一个形式主义的解释,但曾朴这个有些搪塞推诿的阐释仍然回避了问题的实质:即使如他所说,那么,既然被认为是小说应有的主题,作为"线索"的彩云与历史之间的关系又究竟是什么呢?这恰恰是后来由五四知识分子领袖蔡元培(1868—1940)提出的一个问题。在为曾朴写的、其他地方基本持称赞态度的悼念文章中,他写道:"我对于此书,有不解的一点。就是这部书借傅彩云作线索,而描写的傅彩云,除了美貌与色情狂以外,一点没有别的。"②"美貌"——隐隐论及了这一人物的魅力所在;而"色情狂"——

---

① 《修改后要说的几句话》,《孽海花·附录》,1983:407。不过,与曾朴所描述的颇为不同,金天羽对自己的写作意图另有一说。对于金天羽而言,小说的中心主题应该是中俄两国之间的关系。他也暗示,赛金花的出现,是他将小说未竟稿交给曾朴的原因之一:"赛之淫荡,余不屑污笔墨。"见他收于时萌,1982:182中的信件。
② 《追悼曾孟朴先生》,《孽海花·附录》,1983:429。

则是对其肆无忌惮的性行为十分明显的谴责,而且也不那么讳言地表明这位读者对其魅惑是免疫的。遗憾的是,曾朴已经不能回应这个严肃的指责;而他的儿子曾虚白所给出的答案,只是加剧了这个明显的矛盾。因为,他仅仅简单地将其父先前的形式主义的解释推到了极致:

> ……彩云这个人,在组织的技巧上,她是一个重要的工具——因为作者利用她来联络许多绝不相干的事件而完成整个作品的统一性的——可是,在孽海花本身的中心意义上说,她是一个无关文化的推移,无关政治的变动的绝不相干的人物。①

在公开为作者代言时,曾朴的儿子处于一个特殊的位置,必须为小说的目的(此时离小说最初的写作已经整整三十年)、以至父亲的文学遗产进辩护。要让彩云的存在说得通,就必须搬出她的叙事性魅力,这一争论本身便凸现了阐释的难度。蔡元培提出的问题植根于小说自身的文本性,在此,彩云这一人物的这种悬而未决的暧昧性显然已经游移于"作者意图"之外,但它却获得了巨大的成功。

那么,保留彩云之模糊性的叙述策略究竟是什么呢?须知,这些策略导致了多重的阐释可能,它们可能彼此矛盾,让人费神。的确,总是存在各种尝试(包括蔡元培的质疑),希望将阐释的可能性缩小到"美貌"与"色情狂"、或任何其他往往可以用这类语言加以描述的、界定清晰的人物角色。而《孽海花》的叙述又是如何做到让彩云不能被

---

① 《虚白附识代答》,《孽海花·附录》,1983:431。

很好地纳入这些框架、并总是存在逃逸于框架之外的其他意义的呢（这与彩云本人那种喜欢"消失"于柏林拥挤街头的脾性颇为相似）？

"叙述主调"（Master Plots）及其历史性不足

最后一节，我们将尝试根据三个所谓的"叙述主调"，来分析小说对彩云的表现，它们包括：《红楼梦》中苦恋的林黛玉，《金瓶梅》中的潘金莲，以及名妓。比起继续论证另外的观点、搜求难以捉摸的"作者意图"，或局限于挖掘更早文本中隐藏的暗示，我更感兴趣的，是探讨这样一些叙述主调是如何做到、或未能做到为《孽海花》这样一部作品提供阐释框架的。长久以来，这些叙述主调便被编写道了文化结构之中，在这一文本写作的特殊历史时刻，它们已经在文化精英中流播着，并作为文化遗产的一部分，为读者和作者所共享。这些叙述主调也因此成为一种文化编码，指示着人们所熟悉的文学传统。而作为一位文人作家，曾朴也毫无疑问地浸染其中。他所创作的文本不断地指涉着——其中的一些指涉尤为直接——这些叙述主调。

这些叙述主调程度不一地出现在小说《孽海花》中，而最引人注目的，是直到最后、尤其是关于女主角彩云，它们都并没能提供一个恰当的阐释。这些叙述主调深植于叙述之中，对读者产生了有力的诱惑，仿佛他的阐释预期将很快被实现。然而，这些预期一再被挫败，彩云令人惊叹地抵抗着阐释性还原。我还将进一步讨论，正是这些叙述主调将她吸收入内的尝试的失败，让彩云这一角色变得如此变化多端：她是承受着有关巨大历史转变的叙述重压的"线索"所在，同时，无论多么让人怀疑，她都称得上是新女性的一位先驱。

《红楼梦》;或者,金雯青梦中的浪漫故事

让我们从诸叙述主调中,作者最为有意识地编织到《孽海花》之叙述中的一条,即《红楼梦》分析起。事实上,在仿拟《红楼梦》方面,《孽海花》并不算什么独特现象。因为自从清朝中期《红楼梦》开始流传以来,便已经出现了大量续作和仿作。① 到晚清,它已经被不断地续写与模仿,在那些以妓院为背景,详细描写各种性冒险的小说中,情况更是如此。根据鲁迅对晚清狎妓小说的经典论述,它们主要流于三种模式:浪漫化的模式,即将妓女理想化,比之于林黛玉;现实化模式,按照真实生活进行描写;以及贬损模式,即讽刺性描写无情的妓女以及戏拟《红楼梦》。② 在某种程度上,可以认为《孽海花》介于第二与第三种模式之间。而《孽海花》比一般的模拟之作要走得更远的,是它的历史意识:让《红楼梦》作为一个阐释框架并不那么胜任,不仅是这里描写的是一个无情的妓女,更是因为小说主角所处的历史语境已经发生了彻底的变化。③ 而《孽海花》与《红楼梦》文本间的回应,带来了一个鲜明的对比:当叙述主调的语言渗透到了小说话语之中时,它却表现得与当下的个人以及历史境遇并没有多少联系。《孽海花》中的叙事声音始终是讽刺性与戏拟性的,而并非怀旧、或嗜古的。如果说,对文化遗产的利用往往可

---

① 参看 McMahon,1995:第八章,以及 Wang David,1997:第二章。
② 鲁迅,1958(1925):第二十六章。近来学者们已经指出,鲁迅的研究有简单化当时之情况的嫌疑。参看韩南(Hanan,1998);王德威(Wang David,1997);以及曾佩琳(Zamperini,1998)。而在我看来,这一简单化倾向最为典型的表现,就是他对现实主义的过于稳定化定位(overvalorization),好似现实主义作家不像浪漫主义作家那样需要依靠传统——虽然依靠的是另一套传统。
③ 我要感谢王德威,是他指出《孽海花》戏仿了晚清戏仿《红楼梦》的作品。

以让刻意选择的自我身份合法化,那么在《孽海花》中,戏仿的不断运用,便可以被称为一种征用行为,是对一种不再可行的文化身份的剥夺。①

并不让人意外的是,《红楼梦》所呈现的那种悲剧性浪漫只是在金雯青的脑中编织而已。和所有的戏仿之作一样,《孽海花》与《红楼梦》之间存在着相当多的语言以及叙事相似点。例如,金雯青与彩云的第一次邂逅,便让人想起《红楼梦》中的主角贾宝玉与林黛玉那次著名的相见②;而金雯青那种与彩云前世便已相识的奇异感觉,也与宝玉对黛玉所说的话相似,也即所谓的"前生旧约"。金雯青的话读来往往像是对投胎再世以及因果报应这一主题的指涉,这一点,我们从小说标题中的"孽"字也可一窥一二。根据这一主题,金雯青将彩云视作另一个妓女的后世,在他年轻时,他曾向那位妓女求欢,而最终又抛弃了她。然而,甚至是在这个小小的指涉中,我们也能发现叙述主调《红楼梦》与当前情景间的分裂:宝玉的似曾相识之感,是宝黛二人在前世曾衷肠互许的结果;而金雯青的相识之感,则颇有讽刺意味的是,只是因为他违背了与另一妓女结合的誓言,而这最终导致了后者的自杀。更进一步,在《红楼梦》中,虽然最终只有宝玉说了出来,但宝黛二人均有相识之感。因此,作为一种共享的经历,前世的确实性得到了确认;而在《孽海花》中,这种"相识"却显然只是单方面的,因为彩云并没有表现出任何相识之感,而只是像任何妓女在这种情景下都可能做的那样,热情地迎合着对方。自始至终,前世再生的传统故事都只是在金

---

① 从1968年克丽斯蒂娃(Julia Kristeva)首创这一概念以来,有关文本间性(intertextuality)已经有大量的研究论著。我接下来的讨论,主要参考了巴赫金(Bakhtin,1981)以及琳达·哈琴(Linda Hutcheon,1985)有关戏仿性文本间性的讨论。
② Hawks and Minford, tran,1973—1986,1:101—103。

雯青的头脑中上演罢了。①

而对《红楼梦》最为明显的戏仿,则发生在身卧病榻的金雯青产生奇异幻觉时。当时因为呈献假地图一事,他遭到朝廷的申斥,而且刚刚目睹了彩云的又一次公然出轨。随着身体情况日益恶化,他沉浸在疯狂的梦境之中。而他所说的话也和宝玉的越来越像。

在《红楼梦》第五十七章,宝玉同样身患重病,而且满脑都是黛玉即将离开的疯狂幻象。他一听到来了一些林姓仆人,便误以为是林黛玉的亲戚来了,要带走她。接着:

> 一时宝玉又一眼看见了十锦格子上陈设的一只金西洋自行船,便指着乱叫说:"那不是接他们来的船来了,湾在那里呢。"
>
> 97

而同样的幻想场景也发生在金雯青身上,"西洋船"成为文本戏仿的顶点所在。首先,金雯青瞥到卧室墙上一幅威廉·毛瑟(Wilhelm Mauser,1834—1882)的画像,他将其误认为了瓦德西将军,到这要把他的彩云带走。当他的妻子试图让他相信自己"睡在家里,哪儿有外国人"时:

> (金雯青)一时间眼光溜到床前镜台上,摆设的一只八音琴,就看住了。原来这八音琴,与寻常不同,是雯青从德国带回来的,外面看着,是一只火轮船的雏型,里面机栝,却包含

---

① 有对《孽海花》不同版本的研究指出,从最开始由金天羽完成的五章,到1905—1907年的"小说林"版,再到1929—1931年的"真善美"版,曾朴不断减少投胎再生这一主题的分量,直到整个主题都变成金雯青脑中的一个幻想。有关这一分析,我需要感谢1995年冬,加利福尼亚大学洛杉矶分校(UCLA)由胡志德教授主持的晚清小说毕业讨论班。

77

>着无数音谱……不想雯青愣了一会，喊道："啊呀，不好了！萨克森船上的质克，驾着大火轮，又要来给彩云寄什么信了！"

在他这的胡言乱语中，火轮船模型成了外国人侵入的、让人害怕的象征，永远停驻在他的架子上。与宝玉那个来自异国却无害的玩具不同，这个船模让金雯青想起了在萨克森号上的经历。毕竟，正是在萨克森号上，金雯青第一次失去了对彩云的控制力，也失去了对他自己的世界的控制力。萨克森号成为了他失败的象征——这不仅是作为外交官，还有作为一个男人（彩云的所有者）的失败。在下面两种角色的尖锐对比中，戏拟的效果达到了极致：一是金雯青实际的角色，即一个被背叛的老迈丈夫，喜剧中的一个常见角色；另一个则是他幻想自己扮演的角色，浪漫悲剧中一个饱受折磨的年轻恋人。与宝玉的故事形成鲜明对比，这里有的，只是一种滑稽可笑的浪漫，充满着虚伪与背叛。在《红楼梦》中，黛玉也许可以被认为是宝玉他自己（的一个影像），而在《孽海花》中，有着根本的不同，彩云绝对不是金雯青真实自我的一部分，而毋宁说是他的一个他者。这种个人的迷失、不能在熟悉的文化叙述主调中看到自己，进一步加剧了主人公的悲惨地位。在这个反浪漫的世界，金雯青不幸地找寻不到自己的位置。

这里所举的两个误认的例子之所以特别有意思，就在于它们将外国人指认为金雯青假想的敌人，尤其是以情敌的形式出现，争夺着金雯青自己最为珍贵的所有物——他年轻貌美的小妾彩云。在《红楼梦》中，船模是要带黛玉回苏州，而在此，则是要带着彩云去到那个金雯青害怕而疏远的异域——讽刺的是，在亲身完成了外国之旅后，这种感觉竟然变得更为强烈。通过金雯青无法抵御的软弱与无能感，外国事物所带来的危险感觉（在此物化为"情敌"）被带回了家（字面意义上的,因而也是更具威胁性的)。再进一步比较,宝玉的恐惧产生于当时的家族结构,这种结构从他手中夺取了两人关系的控制权,而金雯青的无力则是因为他无法在新的情景中发挥作用,这也是为什么出游至今都仍是他恐惧的主要来源。同样的无能更进一步指向了面对日益严峻的西方入侵时,清帝国的集体虚弱——这正是《孽海花》起笔之处。旅行一事时隔已久,而对未知的恐惧依然无尽;冥冥之中,外国已经找到了通往内部的道路,并一直来到了金雯青的病榻。假想的入侵几乎完成,而这种恐惧可以说是致命的。

除了恐惧外,出游似乎没给金雯青带来任何东西,他的语言表现出一种对家的留恋,离开家乡,只能更加强这一情绪。然而,如果通过熟悉的文学传统以及《红楼梦》的浪漫语言来进行标绘,"家乡"只能是一个让人产生幻觉的空间,一个金雯青只能毁灭性地进入的空间,一个对于彩云而言,最多也只能说是彻底无意义的空间。因为,像她这样的一些人,存在于另一个截然不同的世界里,在那个世界里,"林黛玉"这个名字其实是属于上海名妓的。①

《金瓶梅》与彩云对一夫多妻制的批判

如果说《红楼梦》的结构似乎不太适合绘制彩云的故事,那么显然更合适的文化脚本,则应该是《金瓶梅》,明代一部有关家庭生活的著名小说。它具有绝对非浪漫,或者说反浪漫的倾向。确实,学者们已经指出彩云与《金瓶梅》核心人物潘金莲之间的相似,后者可能是中国文学中,最彻底的"淫妇"形象。② 与彩云一样,潘金莲也是一个"美

---

① 晚清上海,最少有两个妓女取"林黛玉"为名,参看 Hershatter, 1997:145—151。
② 例如,王德威(1987:77—94)在其研究中便指出,潘金莲与彩云同属于中国文学中"坏女人"形象,只是类型有所不同。

貌"的年轻小妾,如果让蔡元培来评价她的话,也许也会称其为"色情狂"。作为性财产,两人最显著的特点,便是她们的出轨行为:小说中,她们都与幼仆有"私情";两人的丈夫在一定程度上都死于她们的过度纵欲;而丈夫死后,她们两人都放浪如前;最终也都离开了家庭。①

此外,她们都公然逾越私人领域与公共领域间的界限,任自己的越轨行为公诸于众。在《金瓶梅》第十五章,有这样一幕,说的是元宵节,潘金莲和另外一个小妾在一座赏灯楼上展示自己:"(潘金莲和孟玉楼)笑个不了,引惹的那楼下看灯的人,挨肩擦背,仰望上瞧,通挤匝不开,都压踒踒儿。"②在《孽海花》第十四章中,有一个类似的情景,描写的是彩云与她的恋人、年轻的仆人阿福当众调情。一个无聊的下午,金雯青在中国驻俄使馆的楼下,一心扑在他的元史典籍上。彩云与阿福决定在阳台唱曲取乐:

> (阿福)就把中国的工尺按上风琴弹起来。彩云笑一笑,背着脸,曼声细调的唱起来。顿时引得街上来往的人,挤满使馆的门口,都来听中国公使夫人的雅调了。

顺带一提,她所唱的曲子其实是一首在任何妓院都能听到的粗俗的黄色小调,小说中的"雅"字可以说是对彩云与听众的嘲讽。与赏灯楼一样,阳台也是这样一种空间:表面上看是"内",潜在地,却是向外展现自己的一个舞台,因此往往被表现为两个领域之间的一个暧昧空间。通过在这一空间展现自己,彩云与金莲公然挑衅了女子行为规范。在这两个场景中,女性都逾越了她们"主内"的位置界线,并有效地吸引

---

① 有关《金瓶梅》中性别政治问题的讨论,可参见 Carlitz, 1986,尤其是第 44—52 页。
② Roy, 1993:303—304.

了外界男性的注视,而这,是十分典型的失序的标志。①

然而,即使存在着如此之多的相似点,这种相似性的建立也似乎只是为了再一次证明又一个阐释框架的不胜任。两位女性间最显著的差异,就在于她们越轨后的结果不同——也即各自设计的解决之道不同。当潘金莲与幼仆调情被捉、面临着丈夫一顿凶狠的鞭打时,她的辩护凸现了作为被占有的财产,她的那种不可流动性:

> "常言道:家鸡打的团团转,野鸡打的贴天飞。你就把奴打死了,也只在这屋里。"

242

通过与她丈夫光顾的那些妓女做间接的对比,潘金莲强调了自己的妾室身份,向丈夫表达了制度层面的效忠关系(即使她的不忠曾被逮了个正着)。而当彩云面临相同的、有关不忠的指责时,她却扮演起了"野鸡",与潘金莲自比为"家鸡"的做法形成了鲜明对比。彩云根据纳妾与贞洁观念之间的关系,十分有效地对一夫多妻制本身提出了质疑:

> "话可不差。我的破绽老爷今天都知道了,我是没有话说的了。可是我倒要问声老爷,我到底算老爷的正妻呢,还是姨娘?"雯青道:"正妻便怎么样?"彩云忙接口道:"我是正妻,今天出了你的丑,坏了你的门风,叫你从此做不成人、说不响话,那也没有别的,就请你赐一把刀,赏一条绳,杀呀,勒

---

① 浦安迪(Andrew Plaks,1987:90—92)详细讨论了《金瓶梅》第十五章,并指出赏灯楼这一情景回应着第二章中更早的一幕。在那一幕中,潘金莲初遇西门庆,当时"甚至连瓜子都既是一种象征,也是一种工具,用来进行危险的调情"。

> 呀，但凭老爷处置，我死不皱眉。"雯青道："姨娘呢？"彩云摇着头道："那可又是一说。你们看着姨娘，本不过是个玩意儿，好的时，抱在怀里，放在膝上，宝呀贝呀的捧；一不好，赶出的，发配的，送人的，道儿多着呢！……这么说，我就不必死，也犯不着死……"

作为对自己行为的辩护，彩云有效地拿纳妾制度作为其靶子，也由此彻底颠覆了所谓的贞洁观念。

潘金莲和彩云都是小妾，也都完全清楚这一身份会给她们带来怎样的结果。然而，她们对此的运用却完全不同。归根到底，这是因为彩云并不像潘金莲那样害怕被抛弃。对于潘金莲而言，被丈夫赶出门是无比危险的：对付一个小妾的"道儿多着呢"，很容易让她成为一件完全不能掌握自己命运的物品，一份得不到主人庇护的财产。事实上，《金瓶梅》的结局也完全证明，对于潘金莲而言，被赶出家门就是一种致命的危险。而同样的命运之所以并没有吓倒彩云，关键就在于"外"的意义已经发生变化。最终，通过先发制人，彩云依然是她自己命运的主人：在金雯青死后，她没有坐等被赶走，而是自己选择了离开。因此，除了彩云机敏的话语以及抢先一步的行动外，让《金瓶梅》无法成为一个合适的阐释框架的，是它不同的叙述结局。通过安排潘金莲在被卖出西门家后，终死于大英雄武松之手，《金瓶梅》展现了传统的善恶报应；而根据《孽海花》的描写，彩云得以没有任何负担地离开，即所谓的"好鸟离笼"。最终，小说的叙述也没有对她最后的选择做出任何明显的谴责。

在评论上引彩云关于不忠的辩词时，五四批评家蔡元培找到了又一个例子可以证明他的观点，即彩云"一点没有别的"："（她这番关于'姨娘'的）似乎有点透彻的话，可以叫纳妾的男子寒心"，然而从她前面有关"正妻"的一段话,"可见他的见地,还是在妻妾间的计较,并没有从男女各自有人格的方面着想"。说这些话的时候,是在1935年。蔡元培之所以失望,是因为彩云并没能实现他对新女性的想象,也即关于独立女性的后五四(post-May-Fourth)理想。然而,究其根本,这可能是他的失败,因为"还是在妻妾间的计较"的传统框架让他无法看到彩云对这一体系远具颠覆性的批判。而更难否定的,是他对"纳妾的男子"刹那间的(虽然是隐秘的)同情,凸现了他对旧男性(the Old Man)不自觉地认同,尽管表面上他是在寻找新女性。蔡元培对新女性的界定不仅显得狭隘,而且从根本上说,也仍是男性中心主义的,他显然没有承认男性与女性、或正室与小妾之间基本的力量不平衡。虽然他自认为是后五四时期的新知识分子,他无法——正如他对彩云的不满所显示的——应对彩云的激进陈述,这一陈述并没有表现出对某种意识形态议程的信奉。再一次,彩云被证明违背了太多的规范,她是一位不容易被归位的违规者。

名妓,缺少文化

考虑到赛金花,也即彩云之历史原型的重要性,那么,描绘彩云时最为明显的叙述主调则应该是有关"名妓"的——然而,这却是最为小说抵制的一个叙述主调。正如作者曾朴在后记中所说,他并不想再创作出一部《桃花扇》,或者《沧桑艳》。这两部作品都是描写名妓的代表作。作为一个妓女,彩云的名气当然已经够大,而且正如小说已经充分展示的,她也按照自己的方式表现出了种种才能。她之所以不能融入"名妓"这一悠久传统,是因为她缺乏传统文化资本。或更准确地说,《孽海花》的叙述坚决地否认了她与文化的任何关联,从而保持了她面对中国传统的边缘地位。①

在晚明至清初有关名妓的描述中,她们往往是文化怀古的象征,而这种怀古又是富有政治含义的。② 学者们也对下至清朝早、中期,名妓文化的衰落,以及依附于这一文化之上的文化怀古情绪的逐渐消失进行了追踪。③ 在《孽海花》中,文化怀古情绪也在一定程度上投射于一位名妓身上。不过,承担传统文化价值观的重担并没有压在彩云身上,而是交托给了另一个更为边缘的人物:褚爱林。后者正是这样一个与最高等的文人圈有着紧密联系的小妾兼妓女:置身于各种文物之中,她自己便是一个珍贵古物的真正的鉴赏行家。与彩云的命运极为相似,褚爱林一开始也是一个妓女,接着嫁给龚孝琪[著名文人龚自珍(1792—1841)的儿子]做妾;龚孝琪变得穷困潦倒后,她又重操旧业,这也是她进入我们视野的由来。在她的新居里,依然摆放了许多令人瞠目的珍贵文物,这些都是龚孝琪送给她作纪念的,也是她赖以谋生的文化资本。在此,小说花了大量笔墨来写她的寓所:商朝(约公元前1066年)的陶器,晋代(约265—420年)前后的碑文,甚至连她给金雯青和他的文人朋友们坐的椅子,也都是古董珍品。对于褚爱林的描绘,也直接将其置于名妓传统之中,让其部分地发挥了文化怀古情绪之承载者的作用,尤其是当这一文化正统的继承者已经"穷得不得了"了。

相反,彩云则几乎从未与象征性的文化珍宝一起出现过。小说中,她一再被描写得品位"低俗",与传统意义上文化资本沾不上边——她甚至不通汉字,而这可以说是任何有关"文化"之自负的最低

---

① 并不是所有有关赛金花的描写都顺从了这一思路。事实上,赛金花是否有一笔好书法(这有效地标志着一个人的文化谱系),也是当时论争的问题之一。参看 Hu Ying,1996。
② 与名妓联系在一起的文化怀旧问题,可参看 Li,Wai-yee,1997。
③ 参看 Ropp,1997,以及 Chang,Kang-i Sun,1991。

限度的先决条件了。就是在她嫁给金雯青、与众多西方名人交往、并就学于夏雅丽之后,她依然保留了"低俗"的自我。相较于在书中地位更为核心的彩云,褚爱林应该更适合与名妓理想联系起来。这也进一步凸现了曾朴对《桃花扇》模式的拒绝。对这一叙述主调的召唤、以及最终的拒绝,进一步显示出该叙述主调并不适合用来阐释彩云——或者,更宽泛地说,不适合用来阐释彩云生于斯,长于斯的晚清世界。因为与晚明——正是在当时的环境下,出现了以名妓为代表的文化怀古作品——形成对比,传统的价值观念本身在晚清日益成为批判的对象。有鉴于此,在《孽海花》中,即使出现了通过褚爱林召唤而来的文化怀旧格调,其中也流露出一种明显的局促感,它事实上是与对那些知识浅薄、忠诚性也颇让人生疑的文人的喜剧性处理并置而来的。可以说,对于我们的讨论,历史学家罗溥洛(Paul Ropp)有关清朝中期的分析显得极为重要:"清朝中期,妓女形象的衰落……相应地折射出晚期文人自我形象的衰落。"[1]

那么,到底是什么让彩云如此之与众不同,以至于我们难以将她纳入上述任何一个阐释框架?为什么在标绘其前行足迹时,这些长期有效的文化叙述主调每每捉襟见肘?就如金雯青不能让彩云配合自己演出那出幻想中的古典浪漫故事一样,蔡元培或夏衍的有关观点也不能揭开这些谜。虽然二十年后,曾朴最终还是对自己选择彩云作为中心角色表现出了一些不安,但他的写作动机无疑还是要表现历史性变化。然而,让他感兴趣的,并不是所谓的"宏大叙事",而是"避去正面,专把些有趣的琐闻逸事,来烘托出大事的背景"(后记,第407页)。例如,在讲述瓦德西与彩云之间的风流韵事时,曾朴有效地将彩云(或

---

[1] Ropp, 1997:19。

她的历史原型赛金花)后来在 1900 年所扮演的角色融入到了背景之中,对她的地位上升、获取权力进行了说明,否则,这一点将显得神秘难测。

  的确,当皇室出逃,一干重臣都无计可施时,是什么让赛金花/彩云这样的人可以登上国家/国际舞台、并发挥作用?上文已经提到,她的权力主要来自于她的转变,这种转变的起点是她对正室服饰的"借取"。彩云一刻也不曾忘记,按照规则,这样的权力并不真正属于她,因此,她也从未效忠于任何权力地位后面的传统规则。相反,她专注于当下,专注于获得更多的转变途径,并迎向来自不断变动着的当下境况的挑战。那么,也许正是她的缺乏忠诚,使得她可以在危难关头发挥作用,因为在这样的时刻,规则与惯例已经失效,传统等级秩序也已经被颠覆。无论如何阐释赛金花/彩云在北京占领时期所扮演的角色,都不能否认,她是一个积极主动的参与者。甚至不仅仅得益于她对外国侵略者那些相对温和的行为模式的熟悉,更是依靠她的变色龙本性,才让她得以在历史上这样一个特殊时刻起到关键性的作用。在清朝统治的最后一段时日里,彩云确实可以说是一朵"花",怒放在其理想环境、也即一片浪涛汹涌的剧变之"海"上。

第二章　移植"茶花女"

>　　如果翻译的终极本质只是千方百计地向原作看齐,那么就根本不可能有什么译作。原作在它的来世——要称其为来世,就必然要经历生命的转化与更新——将经历一个变化的过程。
>
>　　　　　　　　——沃尔特·本雅明(Walter Benjamin)

在彩云立意出轨的时候(她即将登入一驾时髦的马车,与其仆人兼情人阿福同游美丽的缔尔园),她揽镜自照,看到的正是一幅"茶花女"像。身处与异域遭遇的门槛——同时,也是进一步出轨的门槛——彩云"入境随俗",头戴"堆花雪羽帽",脚蹬"雕漆乌皮靴"。正是这身原属于一位充满异国情调的小说人物的装束,让她作为一位中国大使"夫人"的身份变得模糊不清,而她与阿福也因此得以在拥挤的柏林街头"滚滚而去",宛如"一对画中人"(《孽海花》,第十二章)。虽然这里对这一外国形象只是一带而过,但它作为文化偶像的功能却是不容忽视的。凭借着让人着迷的魅力与神秘感,"茶花女"这一形象仿佛拥有一种变形的能力,纵容了行为准则的变更,为越轨行径大开方便之门。

那么,究竟谁是"茶花女"呢?她出自亚历山大·小仲马(Alexander Dumas *fils*)1848年的同名小说。这部小说讲述的是在巴黎风月场中人称"茶花女"的妓女玛格丽特·戈蒂耶（Marguerite Gautier）与富家子弟阿尔芒·杜瓦（Armant Duval）之间的悲剧故事。阿尔芒的父亲反对他们的交往，在他的恳求下，玛格丽特被迫答应中止两人的关系。她回到孤独的生活，还承受着不知情的阿尔芒的蔑视，最终心碎而死。当阿尔芒终于知道了她的自我牺牲与逝世时，他也陷入了悲痛之中，并向挚友、也即小说《茶花女》（*La Dame aux camélias*）的第一人称叙述者讲述了整个故事。①

从表面看来，"茶花女"与彩云并无不同，她也只是一个包裹在陈旧的风流故事中的妓女，一个与新女性这一正在浮现的形象相去甚远的人物——一言以蔽之，只是历史转型的宏大叙事中一个无关紧要的角色。那么，是什么让她在半个世纪之后，出现在一部中国小说中，并赋予了她这样一种能力，让她可以去改变彩云这样的小说人物呢？这一形象的哪些特质让晚清读者如此沉迷？她是否仅仅是"晚清西方文学接受过程中的一个错误"②？

事实上，"茶花女"无疑是晚清对西方的想象中，最为流行的一个人物形象。1899年这部法文原作由林纾及其合作者王寿昌译成了文言文，并立即大获成功。其中文译名《巴黎茶花女遗事》，简称《茶花女》不久便成为了一个家喻户晓的名字。③ 虽然这部小说是最早翻译

---

① 文中所引页码据下列版本列出：法文原著，参看小仲马（Dumas, Alexandre, 1903）。英文译本参看高斯，出版日期不详。林纾的中文译本，参看林纾，1930。林纾译文的英译本由作者本人译出（此中译本引文出自王振孙译《茶花女》，北京：外国文学出版社，1986年，根据英译有一定改动——译者注）。

② 另一个突出的例子是赖德·哈葛德（Rider Haggard）的流行。陈平原列出了晚清这样的"创造性错误"的三种类型：(1) 误解了小说在西方的地位与功能，由此判定"小说是西方政治改革的工具"；(2) 弄错了流派的内在层级，例如，晚清读者认为侦探小说具有很高价值；(3) 对特定的一些作家的错误定位，例如，认为托尔斯泰是"政治小说家"。参看陈平原，1989：53—64。

③ LSYJZL：11—61。

的几部西方文学作品之一,而且对它的翻译也多少有些偶然,它让人意想不到的成功还是促成了晚清文学翻译的极大繁荣。一旦晚清热切渴望的阅读界获得了这一译本,深受爱情之苦的玛格丽特就获得了相当可观的文化价值,并以其中文译名"茶花女"流行于世。正如文学史家陈平原所敏锐地指出的:"新小说家更感兴趣的是作为小说人物的茶花女,作为一种情节类型的茶花女的故事,而不是作为小说作品的《茶花女》。"①

很快,她成为了一个偶像,一个悲剧性爱情与受难的象征,让人崇仰。这一人物如此之流行,以至于晚清到民初,大量小说均源出于此。其中的一些只是简单提及《茶花女》,而另一些则从小说结构到人物设置,都更为精细地模仿了这部作品。例如,在周瘦鹃(1895—1968)的《花开花落》中,女主角在为情自杀前,作了一首诗,其中便提到了自己阅读《茶花女》的经历:

少小嗜说部,腹中知几许,一笑掷郎怀,同看《茶花女》。②

此处对《茶花女》的征引,有力地证明了这一小说已然获得现代经典的标签,位列于当时的文学"书目"之中了,由此它才能够赋予一场有问题的爱恋以合法性与崇高意味。③ 另一部小说《新茶花》(1909)的作者钟心青则非常坦率地表达了自己对原文社会历史背景的漠视,在作

---

① 陈平原,1989:11(14)。在下文中,凡指的是《茶花女》一书时,将用书名号标识;指的是"茶花女"这一形象时,则加引号。
②《花开花落》,引自陈平原,1989:14。
③ 文本间性起到象征性作用的情况在传统中国小说中并不少见。所引典故一般出自人物与读者所共享的文学书目。例如,《红楼梦》(第二十三回)中有一个相似的场景。黛玉与宝玉两人品读着经典戏曲《西厢记》中示爱的一幕。通过与戏中人物的认同,两位主人公第一次将他们一直埋藏在心底的爱恋之情向对方倾诉,这也同样是一种经由文本先例认可的越轨行为。

品的题词中,他写道:

> 茶花不是巴黎种,净土移根到武林。①

"茶花女"的传奇跨越类属、跨越文化变迁,持续流传,并发展出了众多带有自身特殊文化、历史背景的中国"茶花女"。从最初1899年译本中对"茶花女"的转化,到此后二十年间"移植的茶花"的出现,这一个案提供了一个有趣的窗口,通过这一窗口,我们可以一窥清末民初社会道德观念的转变。更具体地,我们可以从中获取一个难得的机会,一探与道德规范以及两性关系紧密相关的文化价值体系的转变,而框架它的,正是中国与西方之间那种疑问重重的关系。

作为一个文化神话,"茶花女"在来到中国之前,也有其自身的历史。据说,"真正的"玛格丽特·戈蒂耶,是一位名叫阿尔丰西娜·普莱西(Alphonsine Plessis),又名玛丽·迪普莱西(Marie Duplessis)的女子。年轻的小仲马在1844年开始与她交友。此后,对她的描写层出不穷,内容涉及她作为一位外省牛奶场女工的经历,她后来成为巴黎名妓的风光,以及她在蒙马特公墓的坟墓等等。在"真实的生活"中,玛丽·迪普莱西也许对茶花并无特别偏好,但这并不影响她以这一虚构的名字大受欢迎。② 她的坟前至今仍然摆放着鲜花,在每年的2月3日,也即她的忌日,花束尤其之多。在悼念她的人中,人们可以

---

① 这一对句出自《新茶花》主人公。引自陈平原,1989:14。
② 在这个问题上,小仲马态度有些含糊,一方面说他杜撰了玛格丽特的名字,同时又暗示玛丽·迪普莱西很可能喜欢这种花,这显然与这种花没有香气、尤其高雅有关。参看 Clark, Roger J. B., 1972,第13页,注解1。

第二章 移植"茶花女"

找到伯爵夫人,也可以看到旅馆看门人。① 作为一个文化传奇,她被赋予了许多不同的意义,从忠实爱情、充满女性自我牺牲精神的悲剧人物,到象征着特异个人与非人社会激烈冲突的浪漫符号,再到一个有关爱情以及"小资产阶级之盲目性"的"神话"。② 没有《茶花女》,她只能是一个漂亮的妓女,一旦死去便被人遗忘。事实上,小说人物玛格丽特为玛丽·迪普莱西的墓地注入了永恒的"生命",可以说,文本本身占据了一具真实存在的尸体。③

接下来的时间见证了更多的"转世"。得益于戏剧作品,对她的追悼得以持续:1851年,小仲马亲自将小说原作改写成一部引发争议的戏剧。两年后,它在威尔第(Verdi)将永传于世的歌剧《茶花女》(*La Traviata*)中再次获得新生。至此以后,许多著名的歌手和演员,如克里斯丁·倪尔森(Christine Nilsson)、阿德利娜·帕蒂(Adelina Patti)以及莎拉·伯恩哈特(Sarah Bernhardt)都曾赋予这种祭仪新的生命。1907年,由留日学生组织的中国第一个现代话剧团体春柳社搬演了这部作品。李叔同(1880—1942,后来作为一位僧侣作者,本身也成为一位偶像式的人物)扮演的玛格丽特大获好评。④

显然,对"茶花女"的祭仪得益于她在民间的吸引力,前往玛格丽特墓地的旅行者们所表达的敬意建构起了一个共同体,在此,悼念者

---

① 伊迪丝·桑德尔(Edith Saunders,1951:x)在她受欢迎的著作中,曾提到一个让人觉得意外的仰慕者,一位罗莎莉夫人(Mme Rosalie)。这个蒙马特的"严厉、恶毒的女人"每周日都会带着鲜花前往墓地。
② 参看 Barthes,1972。
③ 对这个问题的探究受到了凯西·N. 戴维森(Cathy Davidson,1989)关于美国文化传奇夏洛特·藤布尔(Charlotte Temple)的研究的启发。
④ 很有可能春柳社用的不是小说原著,而是一个戏剧版本,也许就是小仲马自己的改写本。因为这一改写本里有描写阿尔芒之父与玛格丽特见面的、异常激烈的一个场景。而在最先的话剧演出中正上演了第三幕中的这一场景。关于中国现代戏剧的发展历史,可以参看 Mackerras,1975,以及《20 世纪中国戏剧选》(*Twentieth-Century Chinese Drama*),1983。

们通过他们的仪式姿态彼此相连。与之相反,"茶花女"这一跨文化偶像的流行,则存在于"真实故事"的魅力,现实主义的"逼真"(verisimilitude)传统确保了这一外来者的可靠性。

要更有根据地回答"在彩云的镜子中出现的映像究竟是谁",我们首先要做的,便是审视林纾初译《茶花女》,并在晚清读者中引起轰动这样一个历史性的"意外"。要用文言文表现巴黎人的世界,困难重重,而译者对这些问题的解决则对我们理解《茶花女》这部复杂的跨文化作品至关重要。除了对具体塑造了"茶花女"这一流行形象的翻译文本进行解读,我也将关注在不同的生产模式中,这部书所采用的包装(packaging)——或是作为一件私人收藏品,或是作为一件商品,抑或作为一部现代经典。通过这些不同的包装,《茶花女》的书史将显示出晚清文化市场价值观念的起伏。作为文本的具体呈现,物质性的书籍本身见证了这一呈现的历史与实质性原因:预期读者与真实读者之间的差别,有关作者的大量想象,以及紧系于一个西方文化象征之上的迅速变化的价值观念。最后,对三株"移植"的"茶花"的进一步分析,将导向我们一开始所提出的问题的核心:在现代中国女性的建构中,"茶花女"扮演了什么样的角色?

偶然的译者

虽然林纾连续翻译了大约一百六十部西方作品,他作为一位翻译者的生涯却是在很偶然的情况下开始的。1897 年,林纾已经四十六岁,在过去的岁月中,他将自己的全部精力都投入在经典的学习上,并以举人的身份六次参加会试,但却屡次落第,仕途受挫。在接下来的一年里,他还将做最后一次尝试,此后便和历史上的许多文人一样,彻底放弃这一梦想。在此前不久,他二十八岁的妻子亡故。也许部分地是为了舒缓自己的悲伤之情,在这一年的夏天,林纾和友人王寿昌一起翻译了《茶花女》。

在林纾踏入西方文学世界一事上,王寿昌起到了极为重要的作用。① 王寿昌毕业于福州船政"前学堂",学习的内容主要是造船,学堂聘请的是法国教师。② 接着,他被送往法国深造,主修法律。1890年代末,王寿昌回国成为了一位地方外交官,并偶尔出任行政官员。作为清朝第一所海军军官学校的毕业生,以及首批留学归国的学生之一,王寿昌也许可以称得上是"洋务运动"(从1860年代开始的西方化运动)中的典范,他的学历背景充分显示了这一运动的成果。③ 正是通过王寿昌这样的年轻一辈的朋友,林纾得以接触学堂的新式教育。事实上,他曾经哀叹,自己太老,已经不能"抱书从学生之后,请业于西师之门"④,并引为生平一大憾事。1884年,也即福州船政局及其附属的海军军官学堂成立大概二十年后,中法战争在福州海岸前线爆发。战争中,清朝水师节节败退,九艘海船沉毁,七百六十人丧生。根据林纾在当时写的一首诗可以判断,他和一些朋友采取了一个古老而危险的方式进行公开的抗议——他们上街"在马前拦住左宗棠",揭露前线指挥官在报告中隐瞒、矫饰战争之惨重损失的卑劣行径,而左宗棠

---

① 在翻译《茶花女》获得成功后,王寿昌没有再与林纾合作,自己也没有再翻译任何文学作品。在他之后,林纾还先后与十八人合作,其中包括王寿昌的养子以及严复的一些亲戚。他们中绝大部分人都是洋务运动的产物,从不同的西方国家归国,并服务于民用业或军用业。其中一些人因为受命于外交使团而中途退出了翻译工作。关于林纾合作者的讨论,可参看寒光,1935。
② 王寿昌的母校马尾船政学堂是福州船政局的分支,由左宗棠(1812—1885)、当时的闽浙总督创立于1867年。该校招收16岁以下的学生,学制五年。严复也许是"后学堂"最出名的毕业生,该学堂聘请英国教师,最优秀的学生毕业后被送往英国进一步深造。关于福州船政局的简明历史以及它与江南制造局的对比,可参看 Kuo, Ting-yee, 1980: 532—537。
③ 对"洋务运动"不断变化的定义的简明讨论,可参看 Hao and Wang, 1980: 167。
④《撒克逊劫后英雄略·序》(1905),LSYJZL: 119。林纾比《孽海花》的作者曾朴要年长关键性的一辈,后者要年轻二十岁,并确实"抱书从学生之后,请业于西师之门"。

当时的身份是钦差大臣。① 战后,学堂虽然一直未能完全恢复,但毕竟为像林纾和他的年轻朋友这样的一些主张改革的文人/知识分子提供了一个聚会的场所。

以上,便是翻译《茶花女》的历史背景,而这部著作的译介也开启了一项最终发展出一个门类的事业。这部诞生于日渐败落的福州船政学堂中的译作,从一开始便孕育于民族危机的历史背景下。有关翻译这部小说的想法是如何产生的,有一些不同的解释版本,这些版本的不同也进一步揭示了最初引介"茶花女"的历史与个人背景。

根据其中的一个版本,当时的林纾正因为丧偶而抑郁寡欢,他的朋友王寿昌见状,便提议两人合作翻译,以渡此难关:"子可破岑寂,吾亦得以介绍一名著于中国,不胜蹙额对坐耶!"② 按照这种说法,翻译一部外国爱情小说,有解闷娱乐之功,热情的友人冀望借此让闷闷不乐的林纾振作起来,这也是人们一般认为像《茶花女》这样一部通俗的爱情小说可以做到的。根据这一版本,合作者王寿昌应该是主动的一方,而林纾则沉浸在悲痛之中,只是被动地卷入了这一翻译活动之中罢了。

而另一个版本则提到林纾最初是反对王寿昌的这一提议的,原因不详。而他最终之所以允诺,是因为与王寿昌达成了协议:作为他参与翻译工作的报偿,王寿昌要请他登览著名的胜地石鼓山。③ 在稍后的一部译作的序文中,林纾生动地回忆了这段经历:"回念身客马江,与王子仁译《茶花女轶事》时,则莲叶被水,画艇接窗,临楮叹喟,犹且

---

① LSYJZL:18。关于总指挥张佩纶(1848—1903)与钦差大臣左宗棠,可参看 Hummel,1943,1:48,以及 2:762—767。
② 杨荫深,1939:486。
③ 此处参考的是福建同乡黄浚(1891—1937)在回忆录中的说法,引自钱锺书:《林纾的翻译》,LSYJZL:306,注释2。

弗怪。"①心情也许确实不佳,但工作却是富有效率的。这一版本将一种交换行为引入了此项翻译活动中,据此,林纾的参与显然被视为是十分有价值的,很值得他的朋友为此承担一次旅游的费用。对林纾之参与的这种重视,显示了王寿昌的眼光,因为正是林纾典雅的古文使得这部译作大受欢迎。事实上,此书出版后不久,读者们便彻底忘记了林纾的合作者。这一反应也成为他此后漫长的翻译生涯中,一个突出倾向的开端:林纾的名字成为书籍销售的保证,虽然大家也都知道总是存在着某个合作者。

第三个版本——也是林纾自己的解释——则指出他之所以参与此项翻译活动,是出于不同的动机:

> 晓斋主人归自巴黎,与冷红生谈巴黎小说家均出自名手。生请述之。主人因道,仲马父子文字,于巴黎最知名,《茶花女马克格尼尔遗事》尤为小仲马极笔。眼辄述以授冷红生,冷红生涉笔记之。②

在此,"巴黎小说"的形象与用于解闷消遣的爱情故事读物的形象显得截然不同。前者是一种享有特殊荣光的媒介,由"名手"创作。既然《茶花女》是"精华之作"(crème de la crème),那么像林纾这样的学者也就大可不必为称赞它而觉得羞愧了。作为译作的序言,这种描述也将译者勾勒成了一位对世界文学抱有热望的学生。在此,林纾同时树立起了一部可敬的文学作品,以及一位可敬的译者的形象,二者相互确保了对方的价值,可谓一举而两得。

---

① 林纾:《〈迦茵小传〉题词叙》,引自阿英:《关于〈巴黎茶花女遗事〉》,收录于 LSYJZL:275。
② 林纾:《巴黎茶花女遗事·引》,LLZL:24。

这三个版本,尤其是它们的相异之处,显示了这一翻译活动之启动的多重面貌,并暗示出它未来的功效。林纾自己的解释版本将最初的主动权归于自身,并追溯性地将此次翻译活动提升到"将西方文学引介到中国的先锋"这样一个地位。而其他的两个版本则显示了与翻译此书之最初构想有关的林纾个人生活、机遇等因素。正如林纾的翻译生涯所充分说明的,在晚清译者的生涯中,清高学者与通俗作家二者的形象之间,总是存在令人烦恼的矛盾。

　　而对于后人而言,更麻烦的则是林纾总是有一个合作者,是这个合作者"述以授"林纾,而林纾再"涉笔记之"。晚清中国最畅销作品的译者居然不懂得任何一门外语,对此,五四一代的学者往往报以嘲讽的态度,或至少也感到尴尬。然而,林纾并不是唯一一个需要与人合作的翻译者,当时这种方式被称为"对译",也即译者们面对面地进行翻译。事实上,虽然对于今天的读者而言,"对译"之法似乎颇为奇怪,在翻译史上,它却往往是首选的方式:例如,公元2—8世纪佛经转为汉语的翻译,以及16、18世纪耶稣会士对圣经的翻译,均属此例。①

　　在晚清,在官办翻译机构以及私人性质的文学翻译活动中,"对译"这一方式都被广泛采用。② 英国学者、传教士傅兰雅(1839—

---

① 参看马祖毅,1984:13—84,180—211。例如,在伟大法师玄奘(600—664)之时,有十一个不同的翻译职务,各自负责"对译"的一个阶段。
② 像梁启超自己也试图采用这个办法,通过朋友(一般认为是罗普,参看第三章165页注①)的帮助翻译柴四郎的日文著作《佳人奇遇》。林纾之"对译"与梁启超之"对译"的区别不在于翻译过程本身,而在于他们各自选用的语言的文化价值。其中,林纾选择的是"古文",这是古典书面语言的一派,极端关注传统伦理,重视写作规范,有人甚至会认为它过于严苛。而梁启超所选择的,则是他所谓的"新体",中国白话与日本复合词的一种混合物。当日后的评论界嘲笑林纾所谓的"翻译"时,他们所攻击的靶子,与其说是他对于个人译者身份的假定,莫若说是让他的翻译如此流行的那种情境,后者后来成为一种历史的尴尬。关于梁启超的翻译,以及对柴四郎看法的变化,可参看 Huang, Philip,1972:48—53。关于梁启超"对译"的详细情况,也可参看下面的"结语"部分。

1928)是最早由清廷任命、进入江南制造局翻译馆的人,在那里,他连续工作了二十八年(1868—1896),并翻译著作一百二十九种——他可以称得上是在中国最为多产的西方译者了。① 下文是傅兰雅对"对译"的描述,他在整个翻译生涯都一直成功地采用了此法:

> 必将所欲译者,西人先熟览胸中而书理已明,则与华士同译,乃以西书之义,逐句读成华语,华士以笔述之。若有难处,则与华士斟酌何法可明;若华士有不明处,则讲明之。译后,华士将初稿改正润色,令合于中国文法。有数要书,临刊时华士与西人核对;而平常书多不必对,皆赖华士改正。因华士详慎郢斫,其讹则少,而文法甚精。②

可见,采用"对译"之法,部分地是为了穿越外语与中文之间的隔阂,部分地则是为了穿越中文口语与书面语之间的隔阂。最终的成果,即使称不上"文法甚精",至少也"合于中国文法"。在傅兰雅的评价中,"郢斫"这一引人注目的典故的运用,极大地凸显了其合作者的技巧。该典故出自《庄子》中一个古老的传说:郢地一个天才的泥瓦匠挥动斧头,除去了他一位邻居鼻尖上的一个小小的白灰点。"郢斫"一般用来描述出众的技能或非凡的文学成就。可见,在傅兰雅看来,中国译者在整个翻译过程中、尤其在让作品得以被知识阶层接受这一方面,起到了极为重要的作用。

贯穿整个翻译生涯,林纾扮演的,都是这样一种合译的角色,他的

---

① 傅兰雅后来接受了加州大学伯克利分校东语专业的阿加西(Louis Agassiz)教授职位,在那他继续翻译工作。他的大部分译著都与实用科学和军事科学有关,并由江南制造局出版。关于傅兰雅的简明传记,可参看 Cohen,1978b。
② 傅兰雅:《江南制造总局翻译西书事略》,引自马祖毅,1984:233。

合作者向他口译源语言文本,而他则将之记录下来。他的合作者受益于1860—1890年代的自强运动——可以说,这一运动最先推动了翻译浪潮的出现——他们都就学于傅兰雅一类的学者。林纾古文的重要性,也可以通过这一事实得到有力的证明,即他的搭档即使被人们记得,也总被认为是"合译者"中的次要人物,而他自己,则因为这些译作的成功而一跃成为译者中的首要人物。

包装"茶花女"

人们也许有很多理由可以将"茶花女"的出现归结为明显的偶然性,但同样,我们也有理由认为,按照当时写作的文化逻辑,她的确应该在晚清文学中扮演重要的角色——事实上,林纾或者其他任何一个人都只是在历史理解的一个特定时刻获得了这样一个"迻译"(translatorial)的机会。

《茶花女》的出现标志着翻译小说史上的一个新纪元,或者,在一个更为宽泛的意义上,开启了中国小说写作的新纪元。在《茶花女》出版以前,西方的形象总是与"财富与力量"勾连起来,科技被视为其基础所在。而另一方面,文学则被视为中国文化的专属以及标志所在。因此,19世纪末,旅行国外的人们往往会不断地对旅游地的铁路、造船业、政治以及社会风俗等进行评论,却很少涉及当地的文学。就算最初对《茶花女》的翻译只是一个偶然事件,它也是一个建立在历史必然性基础上的偶然事件。正是晚清此前四十年的特殊历史,使得福州船政学堂的一位毕业生与一位精通古代经典的学者进行合作、完成第一部流行的中译西方文学作品成为可能。

第一版《茶花女》以木刻线装限量本的形式于1899年初面世。这一版本是经林纾本人授权,由来自船政学堂的另一位朋友魏瀚出资印行的,他也是最初鼓励林纾翻译此书的人之一。该书采用的版式是所谓的大巾箱本:一个高6.2、宽3.6英寸的袖珍本。① 长久以来,巾箱本便一直与富有学养的学者阶层联系在一起,后者会将珍爱的书卷放入巾箱以方便携带。巾箱,最初是用来装放手帕、头巾等物的小箱箧,随着学者们随身携带自己最为珍爱的书卷这一方式日渐成为传统,"巾箱"一词也被赋予了"博学"、"文雅"等内涵。② 《茶花女》的第一版采取巾箱这一版式,也暗示了其预期读者是富有古典修养的文人。而它以私人印刷的形式印行,则凸现了这一活动的个人化性质。第一版的外观以及给人的感觉也因此部分地传达了"茶花女"故事的意义。

第一版《茶花女》的书名题写在一张粘贴在封面上的签条上,是由林纾亲笔书写,后来在京城中变得十分有名。而在扉页与封底,则写着"己亥正月(1899年2月),板藏畏庐(林纾书房名)"这样两行字,它们同样出自林纾手笔。在书的最后一页,标有福州当地刻书家吴玉田的名字。林纾及其合作者王寿昌的真名都没有出现在第一版《茶花女》上,考虑到当时对西方文学的普遍漠视,这一点也就不难理解。事实上,在小说的扉页上,译者被称为"晓斋(王寿昌的书房名)主人"以及"冷红生"(林纾)。"冷红生"这个充满诗意的笔名③,出自著名的单行诗"枫落吴江冷"。④ 这个为了这一特殊事件而取的笔名,很有可能

---

① 有关《茶花女》的版本学史,可参看阿英:《关于巴黎茶花女遗事》,LSYJZL:274—279。
② 关于这类行为的最早记录载于葛洪(284—364)的《西京杂记》。在此书的序言中(葛洪,1986:279),他记录了这样一件事:一位学者的家宅全部被烧毁,所剩的只有两卷书。而这两卷书正是由他放在"巾箱"里随身带着的。
③ 夏晓虹将这一笔名解释为"冷对红妆之人"。关于林纾在其篇幅短小的自传《冷红生传》中的自我表现的深刻讨论,可参看夏晓虹,1995:123—136。
④ 崔信明的这一单行诗记载于《新唐书·文艺传上·崔信明》。传说由于其他的诗作明显远逊于这一著名诗行,一位专门来挑取这位作者更多诗作的读者将它们都扔到了河里。

源自一常见的隐喻,意指特别优美的文学语言。① 因为《茶花女》故事的流行在很大程度上可以说得益于林纾那些浸染着悠久的古典文学传统的精巧措辞。②

1899年第一版面世后仅四个月,市场上就出现了另一个版本,而这一次是凸版印刷。出版者是在通商口岸上海的一家报馆,这里是容易激发新思想的地方,也是通过报纸这一新兴的大众媒体来传播这些新思想的中心所在。在这次出版中积极出力的报人汪康年(1860—1911)曾经与康有为、梁启超等维新派领袖交往甚密。事实上,这家《昌言报》(1898)的前身便是更为有名的《时务报》(1896—1898),汪康年曾任该报经理,梁启超则担任编辑。对于那些对时务与新知感兴趣的文人/知识分子而言,《时务报》可以说是首选。如果说上一版《茶花女》与文人传统中优雅的纯文学相联系,那么新版则明显将此书与新兴的印刷技术、西学以及现代都会联系了起来。这一版本也标志着这部译著第一次基本脱离译者、展开其自身命运。③

报纸上登出的有关新版《茶花女》的一则声明为我们提供了一个生动的例子,可以说明译者与其译著的分离:

---

① 林纾在整个写作生涯中还有成打的笔名,与那些特别谦谨、散发着学者味的笔名相比,"冷红生"这个名字的浪漫内涵分外突出,而且其形象与此前的才子佳人爱情故事传统,或者即将出现的鸳鸯蝴蝶派都十分切合。林纾笔名较为完整的清单,可以参看陈玉堂,1993:558。

② 再接下来的几十年里,小说又被重译了几次,其中包括刘半农(上海:北新书局,1930年),夏康农(上海:知行书店,1947年),陈绵(上海:商务印书馆,1947年)。较近的译本是陈林、文光合译的版本(南昌:江西人民出版社,1979年)。

③ 1920和1930年代,众多版本的林纾译著不断刊行,其中包括由商务印书馆刊行的一个版本。该印书馆是建成于上海的、中国最成功的近代出版社。它推出的这套《林译小说丛书》,是一个印刷精良的盒装本,被钱锺书等日后将成长为文学巨人、而当时还只有十几岁的人所珍藏。参看钱锺书(LSYJZL:295),至于其他版本,可参看阿英,LSYJZL:276。

《茶花女遗事》告白

此书闽中某君所译。本馆（《昌言报》）现行重译，并拟以巨赀酬译者。承某君高义，将原板寄来，既不受酬赀，又将本馆所偿板价捐入福州蚕桑公学。特此声明，并致谢忱（1899年5月26日，LSYJZL，276）。

这里有些细节颇值得玩味。林纾所赠送的印版并没有被用到，这一点其实暗示了实际产品的变化，因为对于报纸印刷厂而言，利用凸版印刷这一更好的技术重制印版，经济效益会更为可观，后者将在相当程度上降低纸张成本，使得成书的定价可以相对降低。[①] 同样值得注意的是，这里依然没有提及译者的姓名；只是这一次，他被描绘为了一位无名的英雄。[②] 这则声明所塑造的译者形象是两种身份的融合：通过对地方产业的支持，表现出民族情操的晚清"志士"；同时，也是重视社会公益、不计较个人金钱收益的传统文人典范。这已经偏离了林纾早前那个忧郁赋闲、通过翻译打发时间的学者形象；与他稍后的形象——在二十年中赶出近一百六十部作品，由此建立起"林译小说"这一门类的一部名副其实的翻译机器——更是相距甚远。

1899年上海凸版印刷版赋予了《茶花女》独立生命的另一个证明，

[①] 在历史上，印版被认为是十分珍贵的，不是保存于官府部门，就是作为私人印书馆的传家宝代代相传。它们有时也会被出售。参看 Rawski，1979：236，注释㉕。然而，到了晚清，在一些关键性因素（例如因为1860年代的太平天国起义，以江南为中心的书业遭到毁灭性打击；凸版印刷技术的进步；以及印版木刻造价较高，而使用寿命有限等等）的影响下，上海凭借着现代印刷技术，迅速超越江南，成为印刷文化的中心。从这一角度来看，林译《茶花女》的书史也在讲述着一个典型的时代的故事。关于晚清上海印刷业的讨论，可参看 Meng Yue，1996。

[②] 林纾捐赠酬金的养蚕学校是由私人慈善机构建立的，作为对实用知识的一种支持而成立于1900年，从中可以发现萌芽中的地方资本主义以及形成中的民族主义内涵。荣孟源等编，1992，2：743。

则是它的合订者——这部小说并不是单独出版,而是与另一部翻译小说《华生包探案》[原著作者为阿瑟·科南道尔(Arthur Conan Doyle)]合刊的。然而,"茶花女"与"福尔摩斯"之间这种偶然性的联系却是持久的,并不仅仅局限于这次合刊。这两个人物一起成为译介来华的、最著名的外国偶像,并共同为中国读者呈现了一个受人欢迎的西方文学形象。事实上,他们经常被当时的读者同时提及。① 甚至连林纾本人,在1907年自己翻译的科南道尔的《歇洛克奇案开场》(*A Study in Scarlet*)序言中,也称自己对科南道尔的兴趣源于上述上海版《茶花女》。②

对于年轻的鲁迅(1881—1936)和他的弟弟周作人(1885—1967)而言,林译小说的包装呈现出更多的意义。在即将到来的五四论战中,周作人一度成为林纾的主要论敌。而在1900年代,他们还在日本留学,对林纾的译作十分喜爱:

> 我们对于林译小说有那么的热心,只要他印出一部,来到东京,便一定跑到神田的中国书林,去把它买来,看过之后鲁迅还拿到订书店去,改装硬纸板书面,背脊用的是青灰洋布。但是这也只以早期的林译本为限,……到了末后两部已

---

① 参看陈平原,1989:11—12。
② 林纾在这些话里流露出追赶上时潮的企望,虽然他宣称他的第一本能是坚持古典知识:"当日汪穰卿舍人为余刊《茶花女遗事》。即附入《华生包探案》,风行一时;后此续出者至于数易版,……余曾译《神枢鬼藏录》[(*Chronicles of Martin Heweitt*,作者阿瑟·莫里森(Arthur Morrison)]一书,亦言包探者,顾书名不直著'包探'二字,特借用元微之《南阳郡王碑》'遂贯穿于神枢鬼藏之间'句。命名不切,宜人之不以为异。今则直标其名曰《奇案开场》,此歇洛克试手探奇者也。"见 WQWXCC:242—243。1907 和 1908 年,从数量上看,林纾的作品达到了高峰:短短两年时间内,有 27 部译著刊印。因此译者会想在自己与流行人物福尔摩斯之间发掘出某种附带联系,便也就不让人觉得意外了。

看得有点厌倦,但还是改订收藏……①

周氏兄弟对林纾译作的小心保存很明显地表现出这些译著在当时享有的文化地位与知名度。对于像周氏兄弟这样、对任何形式的"新学"对抱有渴求态度的年轻学子而言,这些西方文学的早期翻译无疑具有重大意义。②"改装硬纸板书面",暗示了译作不随时间流逝而改变的价值,这也是通常加于经典名著的一种永久性收藏方式。这套建立私人图书馆的方法,从购买、改订、再到收藏的整个仪式化过程都进一步显示了对于未来的中国现代文学巨子而言,这些译作所具有的非常私人化的意义。按照周作人的描述,他们一开始的目标,部分地是为了模仿林纾的文体。然而,远在它们因为时间的流逝而被淘汰之前,这些硬皮包装的书册便不再能激发其收藏者的想象。仅仅过了十年,这两位曾经如此迷醉于林译小说的年轻人,便十分热切地希望能够革除它,备受青睐的"林译小说"成为了"前尘旧蜕"。③

---

① 周作人,1957;也见于 LSYJZL:239—240。
② 也许可以不夸张的说,更年轻的五四一代是读着林纾的译著长大的。例如,作为其中的一员,钱锺书(LSYJZL:296)认为从林纾的翻译中获得了早期的激励:"假如我当时学习英文有什么自己意识到的动机,其中之一就是有一天能够痛痛快快地读遍哈葛德以及旁人的探险小说。"另一位领袖级的现代作家郭沫若(1892—1978)也深情地回忆了林纾译著(1979:118):"林译小说中对于我后来的文学倾向上有决定的影响的,是 Scott 的《Ivanhoe》,他译成《撒喀逊劫后英雄略》。这书后来我读过英文,他的误译和省略处虽很不少,但那种浪漫主义的精神他是具象地提示给我了。我受 Scott 的影响很深,这差不多是我的一个秘密。我的朋友似乎还没有人注意到这一点。我读 Scott 的著作也并不多,实际上怕只有《Ivanhoe》一种。我对于他并没有什么深刻的研究,然而在幼时印入脑中的铭感,就好象车辙的古道一般,很不容易磨灭。"关于郭沫若青年时代的研究,可参看芮效卫,1971. 显然,郭沫若是以这个比喻来形容林纾自身语词的那种持久影响力。
③ 此说出自钱锺书,参看 LSYJZL:296。

建构"茶花女"

当我们仔细探讨《茶花女》一书的实际内容时,会发现"茶花女"呈现出了大量的矛盾。后来的读者已经指出了林纾译本中一大堆的错误、省略、乃至添加。其中的一些错误,译者本人可能会称之为"润色",在他那一代人,与他浸淫于同一传统的大多数作者和读者都是可以接受这种做法的。① 忠实原文,对于后世的译者而言,可以说是基本的要求,而在晚清译者与读者看来,则并非理所当然之事。要理解"茶花女"这样一个文化偶像的转变,对翻译"失真"之处的研究将是十分有必要的,因为它们不仅仅只是单纯的错译,更往往是某种内在张力的表征,这种张力存在于外国形象的具体化与实现这一具体化的语言之间,也存在于原文的真实性与译者的权威性之间。

事实上,甚至在法文原版中,"所有权"这一问题也并不那么明晰。针对"这是谁的故事"这一问题,《茶花女》呈现出的是一幅分层图景:它当然是玛格丽特·戈蒂耶"的"(of)故事,文题对此已有明示;另一方面,它也是一个"出自"(by)阿尔芒的故事,因为是他进入了她的故事,并作为在世者讲述了这个故事。此外,也可以说这是小说第一人称叙事者/虚构作者角色"我"的故事:"我"目睹了阿尔芒的激情,在其病中照料他,听他口述这一故事,并最终将其写成文本。而在中文译本中,非常明确的一点是,"我"即小仲马:在印刷排版上,他的话是与

---

① 有一处这样的"润色"已经为许多学者(如胡适、钱锺书)指出:原著曾短暂地脱离主线,叙述了一位妓女的怀孕及后来的堕胎。林纾的翻译甚至比原文还要简短,各用一字便交代了这两个不幸的事件:"孀"和"下"。这两个词模糊难解的古义,不仅使译者可以与原著保持最低限度的忠实,而且也让那些不是那么精通古典传统的读者有机会略过这一叙述。参看钱锺书,LSYJZL:314—315。

文本正文区分开来的,这和中国古典传统中,(官方或其他)史家通常所采取的方式一样。这意味着,译者是、而且仅仅是叙述者之链中又一位这样的"史家",故事的所有权从玛格丽特传递给了阿尔芒,又从后者传递给了"我",而最后,则交到了林纾与王寿昌手中。通过删改与润色,在中文的这一版本中最引人注目的人物成了译者。译者获得了与其他三个重要角色"面对面"的位置,并且和他们保持了不同程度的身份同一性。

一个生动的情节很好地说明了这种所有权的分层。故事原文是以一场玛格丽特(她当时已经去世)财产拍卖会开始的。"我"以一百法郎的高价买下了其中的一本《玛侬·莱斯科》(*Manon Lescaut*)——这是阿尔芒在两人分手以前送给她的礼物。接着阿尔芒来拜访"我",希望要回此书,而"我"也欣然将之奉还。不过,"我"虽然拒绝收下书款,心里却很想听听阿尔芒与玛格丽特之间的神秘故事:用一个成文的故事交换一个"真正的"故事。当阿尔芒终于在病榻上向"我"坦承一切时,"我"适时地将之记录下来:"下面就是他跟我谈话的内容,这个故事非常生动,我几乎没有作什么改动。"

原文中简单的"生动"(touchant)一词在中文版本中被精心发挥,"我"的情感状态也由此表现得更为明显。而同时,《玛侬·莱斯科》——对于小仲马这样的浪漫的小说家而言,可以说是关键性的小说之一①——这本书的重要性则在很大程度上被简化。② 作为虚构作者角色,"我"这一角色在林纾的笔下也就被赋予了远为重要的意义,他对

50

---

① 关于《玛侬·莱斯科》对司汤达(Stendhal)、巴尔扎克(Balzac)、梅里美(Mérimée)以及小仲马等人的影响,参看 Gilroy,1980。
② 林纾明显省略了那些提到其他文本的段落。由此带来的结果是,一位读者将《玛侬·莱斯科》与玛格丽特自己写的日记混为一谈,后者同样是由阿尔芒交给"我"的。参看阿英,WQWXCC:587 收集的六首诗中的一首,该诗最先发表于 1901 年。

阿尔芒故事的情感反应也明显被凸现:"余倾听至终,或愕或叹。归遂编次成书,不为增损,盖纪实也。"仿佛需要更多地强调叙事者的资格,译者在文本中插入了他自己的一行话。而且这一次,这些具有合法性的言词直接来自阿尔芒,比起第一人称叙事者,他也许更容易被视为这一故事的"拥有"者——"吾叙马克事以年月出之。君文人,可为润色则润色之"——由此,便通过"我"与阿尔芒之间的关系,反映出了林纾与原作者小仲马之间的关系。

　　"可为润色"之处对于译者林纾而言,成了徘徊于浪漫激情与原文之现实主义二者之间、引发出自己的儒学化狂想曲的这样一些时刻。在这些时刻,儒家伦理似乎为译者提供了一个解决之道——或者说是一个圈套?——让那些奇异的外国人的异国困境得以被顺利翻译。"礼法",或者简称为"礼",是林纾在译作中经常使用的一个术语。作为儒家经典中的一个核心原则,"礼法"的大意是指礼节的正确性或合宜的准则。在特指约束两性关系的准则时,"礼法"与男女各自领域的区分紧密相关。①

　　译者不断求助于"礼法"的一个棘手问题,是对妓女以外的——即行为应该受到礼节约束的女子的爱。例如,与玛格丽特初次约会之后,阿尔芒比较了妓女的爱与一位"纯洁的少女"的爱,认为前者更难获得,并为自己取得的这一成功感到喜悦。原文中,对此有一长段论述,指出"少女越是相信善良就越是容易失身",因为"要把所有这些可爱的小鸟关在连鲜花也不必费心往里抛的笼子里,修道院的围墙还不够高,母亲的看管还不够严,宗教戒条的作用还不够持久"。而在中文翻译中,通过加入"礼法"观念,这一段几乎被改得面目全非:"然而古

---

① 这个问题,尤其因为涉及到道德训导与真实的历史实践二者之差距而十分复杂,已经引起相当的学术关注。近期的一些研究,可以参看 Ebrey, 1989, 1993; Rowe, 1992; Ko, 1994, 以及 Hu Ying, 1997。

人之设为礼法以防卫,亦犹树栅立障,以卫女子外向之心。第智慧已开,虽有峻防,亦不能拒。"在原文中当然没有提到这样的"古人"。在此,被小仲马简洁地称为"爱"的情感,被颇为笨拙地表达为"女子外向之心"——这是对不合"礼法"之行为的一种委婉表述。通过一系列语言技巧,也许还有对伦理规范一定程度的扭曲,林纾的版本实现了一种精巧的平衡:甚至都没有暗示"礼法"的被违反,她们的越轨行为,或者说是"外向之心"就被描述为了一种自然的、因此也就是难以防卫的行为。

也许小说中最戏剧性的一幕,发生在玛格丽特和阿尔芒的父亲之间,后者刚刚得知了儿子的私情。为了说服玛格丽特放弃这段感情,阿尔芒的父亲提到了自己恋爱中的女儿,并说如果她恋人家里知道了阿尔芒与玛格丽特的关系,她将惨遭拒绝。在原文中,阿尔芒的妹妹被描述为"年轻漂亮,像一个天使那样纯洁。她在恋爱,她同样也在把这种爱情当作她一生的美梦"。这些用语给中文翻译者造成了难题,因为上述举止显然是违背礼节规范的,因此,在文言中也没有现成的褒义词语可以用来形容一个出身名门的女子所怀有的这种"爱"。和前文一样,林纾的翻译也回避了"爱"的问题,而将之转化为"自思有其室家",由此将本该禁止的欲望收束在一道"自然"之光中。她的婚约也被翻译为似乎是由其父母商定的"既成之局"。就此,林纾的语言表现出了礼法与小说的无所节制、奇异的外国习俗与熟悉的中国伦理之间的一种妥协。

对于女性的越轨行为,译者表现出了相当的宽容,而在描写男主人公阿尔芒时,他使用的那套礼法用语则造成了远为严重的问题。在玛格丽特与阿尔芒两人的一段对话中,现实的玛格丽特质疑后者感情的真挚与持久性。原文如下:

"请听我对你说,玛格丽特,你曾经生了两个月的病,在这两个月里面,我每天都来打听你的病情。"

"这倒不假,但是为什么你不上楼来呢?"

"因为那时候我还没有认识你。"

"跟我这样一个姑娘还要这么仔细吗(Need you have been so particular with a girl like me)?"

"跟女人在一起总应该仔细(One must always be particular with a woman),至少我是这样想的。"

而林纾的译文为:

"马克(今译玛格丽特——译者注)前病时,余不尝日夕至此问閤者乎?"马克曰:"良然,尔时何以不排闼入?"余曰:"女子寝室,胡得唐突?"马克曰:"若吾辈者亦可绳以礼法乎?"余曰:"吾一生见妇人,恒以礼自律。"

林纾用来对译"particular(se gêne)"这个颇为美好的词语的中文为"礼",也即礼节合宜。而稍后,当玛格丽特试图解释她为什么会接待阿尔芒之外的男士时,这个无比重要的"礼法"又再次被搬了出来:她机智地称此人为"一个庄重的朋友(a serious friend)",林纾将之译为"礼法中之友",至于阿尔芒的猜忌则被翻译为"深夜女子之室,而礼法者至乎"。

很明显,有关"礼法"的词语是译者的第一选择,这一点如此强烈地影响了他的笔头,以至于他忽视了一个严重的矛盾:阿尔芒不久前才宣称的"恒以礼自律"又何在呢?事实上,他也和她其他的主顾一样深夜到访。如果说原文显示出了一位充满浪漫情致的年轻人的那种天真（他像对待女伯爵一样对待一位妓女）；那么译文中的阿尔芒则以这样一种方式对待这位妓女（或任何一位"妇人"），好像她是一位为儒家伦理所约束的幽居的中国女子。既然那种浪漫情致被一种建立在儒家道德伦理基础之上的、奉受终生的准则所代替，那么，阿尔芒行为中原有的那种矛盾也就被扭曲为一种无意中的讽刺。

由此，"茶花女"这一形象恰好在这些矛盾的美妙时刻中呈现出来，之所以会出现这样的时刻，是因为译者希望能够弥合自己眼中的那些文化隔阂。这些矛盾源于翻译这一特殊活动内在的张力，即一种语言自身的张力。最后，跨越语言差异的需要也揭示了跨越道德伦理差异的需要。为情所困的女主人公身上那种巨大的情感吸引力为这些矛盾增色不少，而正是这些矛盾使得"茶花女"成为了一个格外丰富的形象，多元化的阐释以及各种重写也随之成为可能。

译文中以多种形式不断出现的矛盾可以概括如下：巴黎是充满异国情调的异邦，但同时又令人惊异地如此之熟悉。它的居民实践着中国传统教义，它的情感也与儒家"礼法"颇为契合。在翻译完两年之后林纾写的序言中，这一矛盾被进一步激化。① 在文中，林纾回顾了他的翻译过程：

> 余既译《茶花女遗事》掷笔哭者三数，以为天下女子性情，坚于士夫，而士夫中必若龙逄、比干之挚忠极义，百死不可挠折，方足与马克竞。盖马克之事亚猛，即龙、比之事桀与纣，桀、纣杀龙、比而龙、比不悔，则亚猛之杀马克，马克又安

---

① 对于林纾《茶花女》译序的心理分析式阅读，可参看 Chow, Rey, 1991：121—28。我与周蕾（Chow, Rey）阐释的主要差别在于关注点的不同。周蕾考察的主要是译者通过"受难"（suffering）这一比喻性修辞与玛格丽特实现认同，而我希望提出的是另一个认同形象——这个形象是关于"忠诚"（loyalty）的。

得悔？吾故曰：天下必若龙、比者始足以竟马克。①

在这篇序言中，作者进行了一套古怪的比较：一方面，以中国古代传说中两位以"忠义"闻名的大臣比照玛格丽特；另一方面，阿尔芒则与两位大臣的君主桀、纣——他们都是声名极尽不堪的暴君——等而论之。在小说中，阿尔芒，按他自己的说法，对女士总是彬彬有礼的，而现在却与中国历史上臭名昭著的暴君相比照。反观玛格丽特，可以说是堕落的巴黎生活的具体代表，在此却成为了至高"忠义"的象征，与最忠诚的大臣相提并论。

这一比较之所以显得奇怪，倒并不全然是因为比较的双方不相匹配，毕竟，贯穿于中国古典诗歌，大臣对其君主的忠诚经常被比之为女子对其恋人的忠贞。它之所以奇怪，是因为译者改造了这一比喻。很明显，这一比喻的喻体——女子的爱恋，特别是不求回报的爱——通过美学化（aestheticize）赋予君臣关系以结构与意义，而君臣关系对于文人士大夫阶层而言，是核心性的关注点。而在这里，两边却被颠倒了过来。不再是以臣子的忠诚为本体、女性的爱恋为喻体，在林纾的表述中，女子的爱恋成为了本体，也即这一比喻的意旨所在，而臣子的忠诚则变成了喻体。按照他的比拟，虽然玛格丽特的爱情仍然被理想化了，但它还是占据了中心舞台，而按照儒家观念，这场爱恋至多也只能算是一份有问题的感情，因为它的成功将暗示对父命的违抗。比之为臣子对君王的忠诚，可以说是译者的一个花招：在使这一越轨的感情合法化的同时，这一比喻的司空见惯成功地让读者放下了警惕。

而在等式的另一边，阿尔芒被比作了这样两位君主，众所周知，他们如此无德，以至于根本不能赏识臣子对自己的忠心。由此，阿尔芒

---

① 《〈露漱格兰小传〉序》（1902），见 WQWXCC：198。

最多也就只能算是玛格丽特爱情的反衬了,他失去恋人的命运也就彻底是注定的了。他的爱情和由此经受的折磨并未获得同情,而玛格丽特的情况则不然。原本属于情投意合的恋人的位置现在空了出来,并被译者逐步占据:林纾,带着他的热泪,取代了阿尔芒,同时也取代了第一人称叙事者,只有他能真正欣赏玛格丽特的爱情;而且,这种赏识能力并不是最不重要的。因为在这个故事中,玛格丽特对阿尔芒的爱正是基于他对她的"欣赏",而她后来的牺牲也是通过阿尔芒父亲的"认同"(recognition)而被赋予了意义。① 林纾给予玛格丽特的,正是一种认同,他的泪水正是移情的表现。

之所以能建立起这种身份的同一,得益于培养了林纾这样的文人的历史语境。他作为一位读者所表现出的情绪,正是抒情传统的典型反映,即超越一切时空障碍,与诗人完全共鸣。"知音",或者说共鸣,是中国诗学传统中一个基本概念,它超越时空,连接起了诗人与读者。② 译者的泪水在此便成为了这种共鸣现象的表征:开始,它们似乎影响了林纾的写作("掷笔");但最终,正是泪水这一符号建构了林纾的诗人/译者身份——它是原文价值的最终证明,戏剧性地展示了它在读者身上产生的作用;同时它也成为这个读者(林纾)作为译者之最佳人选所具有的权威性的最好保证。这个故事呈现了初试身手的译者的"原初场景"(primal scene),它也因此恰如其分地成为了另一部译作的序言。

对于译者而言,这种认同/身份同一的关键在于它是围绕忠诚问

---

① 参看 Barthes,1972。
② 这一概念起源于《列子》(公元 200 年?)中记载的一个历史传说:相传,钟子期是唯一一个能够完全理解俞伯牙音乐的人。在刘勰的《文心雕龙》(6 世纪)中,这成为一个重要的比喻/概念。关于这一概念的近代讨论,可参看刘若愚(Liu, James J. Y.,1975),尤其是《交感与综合》(Interactions and Synthesis)一章。

题展开的——这是一种对一个可能辜负自己的伴侣的忠诚;更重要的,这种忠诚是浪漫而神话式地自足的。忠诚的对象很可能是不值得如此对待的,甚至根本是缺席的——事实上,对象的缺席在逻辑上是成立的,它更好地展示了忠实的内在性与抽象性。

"茶花女"之忠诚的巨大吸引力产生于译者生活中一个特别的主题。对于林纾本人而言,也有这样一个人让他寄托着自己的忠诚之心,此人即清朝光绪帝(1875—1909)。从1913年到1922年,林纾先后十一次谒拜光绪陵墓,有时候还是在雪天,而最后一次则是在他已经七十一岁高龄的时候。在官修《清史稿》中,适时记录了林纾的这份忠心:"(林纾)忠悃之诚发于至性……十谒崇陵,匍伏流涕。逢岁祭,虽风雪勿为阻。"① 既然光绪本身是清末一位无能的帝王,林纾的拜谒也就成为一种象征性的姿态,体现出对清朝的忠诚,旅途中不顾风雨的各种艰辛也就更加证明了林纾的拳拳敬意。在林纾自己的墓碑上,按照他本人的意愿题有碑文:"清处士林纾墓"。② 和玛格丽特一样,在他身上体现出的是一个身居低位的主体的永恒而抽象的忠诚,这份爱是献给一个缺席的对象的。正是这种忠诚最终定义了主体——它建构了这个作为译者的主体。由此,通过中国人与外国人的这场相遇,或者更准确地说,不同的中国人借助外国人而相遇,译者也得到了建构。因为玛格丽特已经被转化成了传说中的忠臣,而林纾则变形为玛格丽特。

分解"茶花女":巴黎的多重含义

和在《茶花女》中以儒家道德伦理解读故事一样,林纾在其他译作

---

① 《清史稿·列传》,44册,486卷,273传:13446—48。
② 林纾,《御书记》(1923),LSYJZL:98。

中,同样读出了与传统儒家术语靠拢的孝道、忠诚以及正义。他一再论证,虽然欧洲人并不真正知道儒家教义,但他们的作品证明了同样的道德价值规范。他后来那些译作的标题挑明了这一观点。它们中很少有严格与原文对译的:查尔斯·狄更斯(Charles Dickens)的《老古玩店》(*The Old Curiosity Shop*)被翻译为《孝女耐儿传》;赖德·哈葛德(Rider Haggard)的《蒙托珠玛的女儿》(*Montezuma's Daughter*)被译成了《英孝子火山报仇录》;而维克托·雨果(Victor Hugo)的《九三年》(*Quatrevingt-treize*)则译成了《双雄义死录》。

在《英孝子火山报仇录》的序言(1906)中,林纾进一步阐述了自己的这一观点,他自信地写道:

> 书言孝子复仇,百死无悍,其志可哀,其事可传,其行尤可用为子弟之鉴……西人为有父矣,西人不尽不孝矣,西学可以学矣。①

1919年,五四运动前夕,在一封写给北大校长蔡元培的信中,林纾再次批驳了"儒家道德伦理只有中国才有"这一论断:

> 外国不知孔孟,然……五常之道,未尝悖也……弟不解西文,积十九年之笔述,成译著一百二十三种,都一千二百万言,实未见中有违忤五常之语……②

后人经常批评林纾论断中的那种勉强的普世主义修辞。然而,从其历

---

① LSYJZL:108。
②《致蔡鹤卿书》(1919)。见 LSYJZL:86—87。

史语境来看,这种修辞的目的是十分明显的。在 1906 年,该论点是针对林纾同代人中的一种主流态度提出的,后者往往认为"我们"与"他们"之间的差异是无法超越的。林纾和他同时代的文人一样,也将儒家五常视为划分"文明"与其对立面"野蛮"的界限所在。因此,普世主义话语其实为学习西学,特别是他自己翻译西方小说的活动提供了合法化的理由。在十或二十年后,随着西方的话语地位(discursive position)再次发生戏剧性地转变,林纾的主张似乎也变得没有意义。到 1919 年,曾经的"西学"已经获得了"新学"这样的崇高地位,而儒学作为一种普适性话语的力量正迅速丧失。① 林纾试图重建的,正是这种普适性力量,而这次,却是祈灵于西方实践的权威——毕竟,甚至连外国人也不曾"违忤五常"。

即使是在晚清的语境下,这样的普世性修辞在建立起译者权威性之基础的同时,也可能对他反戈一击。因为它暗示了外国文本与译者之间的同一性,这种同一的程度如此之深,以至于后者可能被认为对前者负有责任。当道德伦理的纯正性,或者翻译文本的语言的纯正性成问题的时候,情况更是如此。此时,译者将要为创作"有害的"文学作品而负责。林纾翻译的《迦茵小传》(*Joan Haste*,原著者为赖德·哈葛德)为这种所谓的"玷污"现象提供了一个惊人的例子。该译本于 1905 年出版,并引发丑闻。林纾的未删节译本透露了主角的未婚先孕,而在之前蟠溪子发表的译文中,这一情节是被删削的。在晚清自称为破除旧习之革命者的金松岑(笔名"爱自由者",《孽海花》前五章的作者),哀叹阿尔芒和迦茵的受欢迎使得社会道德进一步恶化。以一种典型的夸张修辞,金松岑对古代严格的两性区隔规范大唱颂歌,

---

① 我要感谢胡志德教授指出,1913—1915 年前后,针对社会道德伦理之衰败,个人态度发生了巨大转变。林纾自己的态度在 1913 年左右发生了显著变化。而在这章将单辟一节讨论的苏曼殊,在他 1916 年的作品《碎簪记》中,对社会道德最持悲观态度。

声称自己"宁更遵颛顼(传说中的古帝,公元前 2550 年)",受奉"祖龙(秦始皇,公元前 259—公元前 210)之遗教"。① 另一位读者寅半生,则发表了一封怒气冲天的公开信,激烈抨击林纾的译本:

> 盖自有蟠溪子译本,而迦因之身价忽登九天;亦自有林畏庐译本,而迦因之身价忽坠九渊……且传之云者何谓乎?传其品焉,传其德焉,而使后人景仰而取法者也……今蟠溪子所谓《迦因小传》者,传其品也,故于一切有累于品者皆删而不书。而林氏之所谓《迦因小传》者,传其淫也,传其贱也,传其无耻也,迦因有知,又曷贵有此传哉!②

通过呼吁作者的道德责任,这位读者从下述两个方面对林纾进行了声讨:未向读者提供道德榜样的不负责任的态度;以及不掩饰丑行,对小说主角形象造成伤害。对翻译之主旨的指责轻而易举地被转化为对译者本人品性的谴责,因为迦茵故事的道德模糊性在此玷污了作者/译者的道德伦理。又一次地,在这位读者的理解中,译者之职责与对原文的忠实几乎无涉。相反,作者/译者对译本的读者以及原文中的历史人物却负有双倍的责任。虽然这位读者的想法显然十分天真,然而他的发难却是建立在这样一个古老的预定之上的,即一位作者的基本范型应该是史家/传记作家,后者的社会与伦理责任至少在太史公司马迁,甚至可能在孔子手中便已完全建立。

在同一封公开信的后面,这位读者更直接地对译者提出责难:

---

① 松岑:《论写情小说于新社会之关系》,最先发表于《新小说》,2/5(1905),也见于 WQWXCC:31—33。
② 寅半生:《读〈迦因小传〉两译本书后》(1907),收录于 LSYJZL:131。

……林氏则自诩译本之富,俨然以小说家自命,而所译诸书,半涉于牛鬼蛇神,于社会毫无裨益,而书中往往有"读吾书者"云云,其口吻抑何矜张乃尔!甚矣,其无谓也!

林纾声明了其译作的著述权——也就是说,在译文与译者之间建立了紧密的同一关系——而这实际上成为一把双刃剑:它有利于确定可信性与权威性;但同时,也可能对同一可信性与权威性造成损害。

其实,林纾本人也并不曾忘记作者应该承担道德责任。在1913年的一篇随笔中,他抱怨社会道德的江河日下,并列出了这种衰退之势的各种表征——例如,衣着与发型时尚的快速变化,在他看来这代表着两性区别的消除——最后得出结论:"想今日社会将渐渐化为巴黎矣!"接着,林纾作出了严肃的警告,指出如果任由这股潮流继续发展,"国将不国"。① 有意思的是,林纾并没有像那些同处于他这一情况的作者通常所做的那样,将当下的情况与中国历史上那些为人熟知的乱世相比较;相反,他拿来做比较的,是一个奇异的外国景象,也即颓废的巴黎。颇具讽刺意义的是,恰恰是林纾本人,从他的第一部流行翻译小说《茶花女》,到随后的那些译作,在某种程度上需要对这种衰颓形象的创造负责。他曾经以玛格丽特为节操与忠诚的典范,如今却又说中国正在变成另一个巴黎,并视之为衰败的象征,林纾在此再一次地扮演了迥然不同的、彼此矛盾的角色。在此前,与玛格丽特的认同确立了译者的身份,并使之合法化;而现在,这种疏远化的修辞,部分地起到了将他与那些鼓吹全盘西化的政治激进分子区别开来的作用。

自我形象(self-image)的连贯并不容易实现。在这篇文章中,作

---

① LSYJZL:197.

者显然采取了一种传统主义者的姿态,这与那个令一些读者不满的、"有害的"外国小说的翻译者的形象相去甚远。林纾对自己的描绘同样与那位激动难抑的《茶花女》译者颇有出入:

> 余,伤心人也,毫末无益于社会,但能于笔墨中时时为匡正之言;且小说一道,不述男女之情,人亦弃置不观,尽亦仅能于叙情处,得情之正,稍稍涉于自由,绚时尚也。——然其间动有礼防。[197]

这一自画像包含着复杂的疏远化策略,林纾从其道德伦理普遍相似的早期论调逐渐后退,并承认文本中存在成问题的道德信息。在与原文保持距离的同时,林纾也指责读者们总是渴求那些译者勉而为之的"有害的"作品。更进一步,这一指责其实是针对小说这一文体本身的,后者可能激发了读者的这种预期,而作者只能被迫对之进行满足。这当然与一般意义上"小说"的传统地位是相一致的。之所以强调这种距离,显然是为了通过区分译者与传统史家——写公开信的读者正是采取了混同二者的阐释模式——从而解除前者承担的责任,毕竟,传统史家的写作被假定是不受时潮所影响的。

　　林纾与其同时代的很多人都感受到了一种关于写作的文化逻辑,而由林纾的普世主义话语所造成的上述矛盾正是这样一种逻辑的表征。在描写外国景象时,这种逻辑试图平衡"同"与"异"的修辞。这种试图努力达成的平衡,表现出当时与外国联系起来的那些品质的范围发生着变化,其中,一极是"至为野蛮的",而另一极则是"高度文明的"。当"科学和民主"这样的西方概念成为五四一代心中"文化"的同义词,儒家伦理则被指定了这样一个位置,它与当初林纾对它的使用意义正好相反:它被定位为"野蛮"的一个同义词。林纾为了合法化其翻译而采取的修辞,一方面记录了正在发生的变化①,同时也部分地促使了意义的转变,因为正是他那种关于相似性的论调,在帮助外来者不断地接近着本土。

第一次移植:林纾自己的"茶花女"

在"茶花女"的生产过程中,林纾显然不满足于仅扮演"译者"这样一个角色,在他发表于 1916 年的短篇小说《柳亭亭》中,林纾借用了《茶花女》的基本情节,但对女主人公及其周围的角色进行了彻底的重塑。卸掉了作为一位(不是那么)忠实的译者的重担,作者林纾将原来那个不幸的爱情悲剧转变为了一个完美的浪漫故事。我们记得,在他翻译的《茶花女》中,林纾与"茶花女"的情感认同有力地冲击着他本人公开承认的道德顾虑,在整个翻译生涯中,他一直饱受这一冲突的折磨。由此,这位译者兼作者会在他自己的作品中选择摆脱悲剧,同时也以此解决悲剧性冲突以及他自身的道德困境问题,便是意料之中的事了。在《柳亭亭》中最有意思的,便是使上述逆转成为可能的那些手段。

短篇小说《柳亭亭》最先发表在 1916 年的《平报》上。从 1913—1916 年,《平报》一直有专栏刊登林纾的笔记小说,它们是以文言写成的短篇小说/短文。《平报》主编臧荫松随之将这些作品结集成册,重印为《践卓翁小说》。② 在这版的序言中,臧荫松给出了林纾的真实履历,以推广此书。其中,提及了林纾的古典知识,并尤其提到其所谓

---

① 将"中国的"与"野蛮的"联系起来的做法,在曾朴 1905 年的小说《孽海花》(1983a)中便已有所表现,可参看第一章。
② 1922 年,这些故事的合集以另一名为《畏庐漫录》的版本形式出版(四卷,上海:商务印书馆)。

"史笔",以及流行译作。① 的确,当林纾作为一位报刊专栏作家开始其创作时,他西方小说翻译家的身份已经牢牢建立,当时他已经发表了差不多七十部译作。

在他自己给这版《践卓翁小说》写的序言中,林纾提出了他关于小说写作的看法:

> 余年六十以外,万事皆视若传舍。幸自少至老,不曾为官。自谓无益于民国,而亦未尝有害。屏居穷巷,日以卖文为生。然不喜论时政,故着意为小说……即有闻见,或具出诸传讹,然皆笔而藏之。能否中于史官,则不敢知。然畅所欲言,亦足为敝帚之飨(LSYJZL, 121)。

在这幅隐居写作的自画像中,政治(民族主义)、经济(卖文为生)、编史与小说写作以一种紧张的方式结合在了一起。此文写作于1911年民国建立后不久的混乱时期,林纾和很多人一样,对于政治有深深的幻灭之感。作为隐居文人一种诚实的工作,小说使他们得以回避与政治现场的交锋。此外,林纾的问题表明了编史作为一种标尺的重要性(即使在此他修辞性地将自己的写作与宏大历史疏远开来)。与1884年中法战争后那个拦住左宗棠的马,公开抗议的林纾不同,民国早期的林纾退回到了小说写作之中,此时的他沉醉于那种似乎可以由小说提供的表达的自由之中。

可以说,在《柳亭亭》中,作者林纾的确让那根"译者"的弦松了下来。故事的背景是秦淮河畔,这个地区与妓女文化有着极为丰富的历史联系,二者俨然成为了同义词。林纾对小仲马故事的主要改动,即

---

① 《〈践卓翁小说〉第二辑·序》,LSYJZL:36。

对妓女之身份背景的设计。柳亭亭出身于书香门第,"少受庭训,填词书画、皆能得古人遗法"。① 在被一个无良亲戚卖入青楼后,亭亭凭借其书画造诣而声名远播。年轻男子姜瑰与她相恋,两人往来的乐曲、诗歌和信件都大量引用典故。在那部法国小说中,类似的交流(音乐,信件)仅仅"补充"(supplement)了玛格丽特与阿尔芒两人之间经济/性的往来,而在《柳亭亭》里,这些交流彻底"取代"(supplant)了妓女与其恩客之间的经济/性的往来。② 此外,亭亭生病时,姜瑰悉心照料,直到她恢复,这一情节让我们想起了阿尔芒对生病的玛格丽特的恳求。然而,当柳亭亭因为感激而要以身相许时,姜瑰却拒绝了,这与心存感激的玛格丽特提出类似的建议后、阿尔芒的反应形成了鲜明对比。此时,为了说明她的爱并未被其职业所玷污,一个妓女可以采取的最后手段,便是彻底放弃她的职业,而亭亭也确实这样做了。事实上,这也正是在法国原著中,阿尔芒建议玛格丽特做的,然而,这种可能却被经济逻辑彻底碾碎了,这一逻辑是原著的基础所在,也支配着巴黎的风月场(也许也同样支配着秦淮河的那个世界)。

在《柳亭亭》中,无坚不摧的经济逻辑却被一个更为强大的逻辑所推翻,即文化、或曰"文雅"的逻辑。经过身为文士的父亲严格调教,"礼法"的观念大概已经深入亭亭心中;年幼之时便习得古典才艺,她其实已经完全可以进入"文雅"之列。当这位妓女与姜瑰之父相见时,"文雅"的重要性变得极为明显。在法国原著中,对应的场景充满了戏

---

① 林纾,1985,1:67。
② 很明显地,20世纪初上海的作家经常强调妓女在性方面的难以接近。对妓女生活这一特殊方面的历史研究,可参看 Hershatter Gail, 1997:103—116。贺萧指出:"这种拒斥性赋予(妓女)及其主顾以更高的文化程度以及更多的优雅品性。"我也要感激曾佩琳指出,在居住着玛格丽特这样的人的巴黎风月场,也有相似的抑制存在。由此,林纾在其作品中所做的,便是将一个传统惯例推向了极致,他小说中的妓女也因此和上层女性、甚至林纾这样的文人一样,受到同一套伦理规范的约束。

剧化的冲突。而在此,这位中国的父亲得知了儿子的行为后,不像杜瓦先生那样表现出震怒。他问起了这位妓女的名字,并立刻想起曾见过这个名字——一次是在挂在"尚书公子斋中"的一幅书法作品上,另一次则是在一位文人朋友手中的画扇上。在确定了她就是两者的作者之后,这位父亲感叹道:"风尘中乃有此等隽品!"与被描绘成一位典型的文化消费者的玛格丽特不同,柳亭亭是一位文化的创造者。而姜瑰之父通过那些在文人士大夫中流传的艺术品所认同的,是这位创造者本身的文化血统。最终也是出于这种认同,姜父不但没有阻止柳亭亭与自己儿子的结合,反而认为自己应当竭尽所能地促成此事。因此,原文中父亲对玛格丽特的戏剧性造访,在林纾的小说中却变成了一个假的警报,因为这位中国父亲只是来宣布,他同意儿子与这位妓女结婚。在故事的结尾,这对相爱的人幸福成婚,并育有三子——这可以说是传统的中国故事中"大团圆"的标准表现了。由此,对"文雅"的陈述——这种"文雅"由这位妓女表现出来,并被内行的父亲适时洞察——使得悲剧得以避免。爱情也许不能做到战无不克,但"文雅"却显然能做到这一点。

  林纾小说的语言本身便充分体现了"文雅"的这种补救能力。小说以简洁的古文写成,各种典故为其提供了基本的结构。因此,亭亭与姜瑰第一次见面时所演奏的,不是别的,而是能让人想起唐朝诗人白居易(772—846)之名篇《琵琶行》的琵琶,该诗描述了他欣赏到的一次琵琶乐;因此,她的书法不仅仅是什么笔法漂亮的作品,而且是仿褚河南(遂良,约 596—658)之作,其字体以流畅雅致闻名于世;也因此,她的画不仅仅是什么表达个人或临摹山水之作,而且是仿山水画大师龚半千(名贤,17 世纪)之作。通过不断调用古贤之名,小说将这位妓女直接纳入了古典传统之中。她的才能不仅是其天生聪慧的证明,更是一张通行证,让她得以获得文人阶层在文化层面的接受。因此,姜父对她的认同,其实就是对自己这一类人的认同。

林纾小说所秉承的,是"将妓女转变为文化偶像"这样一个悠久的传统。长久以来,文人往往在妓女形象上投射了一种自我认同,使之成为高雅文化的缩影。例如,在晚明,由于王朝的衰亡,以及更广泛意义上的"历史的兴衰动荡",这一文化偶像身上便被倾注了李惠仪所说的那种"个人与文化的怀旧之情"。① 柳亭亭被赋予了一种高贵的血统,她与晚明名妓柳如是同姓,后者为著名的晚明学者钱谦益(1582—1664),以及杰出的近代学者陈寅恪(1890—1969)所铭记。和钱谦益一样,林纾也写作于一个伴随着巨大骚动的历史关头,当时清朝刚刚覆灭。李惠仪在那些关于晚明妓女的 17 世纪的作品中所观察到的"强烈的哀悼情绪",在林纾的故事中再次变得清晰可辨。正是作为一个已经失落的世界的代表,妓女柳亭亭才得到了如此亲切的描绘。近代历史学家陈寅恪在给柳如是写的传记中,流露出"一种扩展到整个中国传统文化的怀旧情绪",与之相似,林纾通过《柳亭亭》这一故事赞美着博雅的书画艺术。林纾本人便对这些古典艺术颇有研习——他生前每天都要吟诗、绘画和练习书法——因此,他对女主人公,这位妓女—艺术家的移情式的认同,其实根源于一种深植的文化怀旧心理。②

通过将这种诗的破格(poetic license)发挥到极致,林纾纵情于一个幻想的世界之中,将"茶花女"重写为了"柳亭亭":在此,他的女主角仅仅生活在一个语词的世界,一个由多层经典典故编织而成的世界,一个从历史变迁中游离出来的、摒除了经济关系的世界。

---

① Li, Wai-yee, 1997. 和林纾相似,钱谦益也着手为名妓柳如是建立了一套尊贵的宗谱,将柳宗元、柳永这样的伟大文人收列其中。
② 比之钱谦益等人,对于林纾而言,这一用来承载其文化怀旧情绪的妓女文化,甚至是更加历史化地从其自身经历中清理出来的。关于妓女文化在 19 世纪晚期的衰落,可参看 Hershatter, 1997,尤其是第 10 章。

在他1899年的译本中,林纾第一个将"茶花女"的故事从19世纪法国通俗文化语境中剥离出来,并将其安置在另一个通过对儒家伦理体系稍加改动而成的语境之中。当"茶花女"传奇获得了自己的生命之后,它很快便超出了译者的掌控。然而,这并不意味着翻译已经与之无关。相反,对译文的所有利用都表现出译者活动的深远影响。这一影响显然不在于译者对原文是否忠实,也与他在翻译时宣称的动机关系不大,更重要的,在于他的翻译在文化现场中发挥的功能。这一复杂的效果的产生,与其归因于关于翻译的那种假定的透明性,莫若归之为翻译中的生产性差异(productive difference)。重组活动不仅根据他的翻译,也根据对其自身进行的文化利用开始展开,它们本身反映出了文化产品那种多重重组的能力。

"茶花女"遭到的众多"误读",进一步显示了其作为一个跨文化传奇的力量:林纾本人所创作的《柳亭亭》不过是民国早期各显神通、成为传奇故事的诸多"移植品"中的一个罢了。在那些更为精致的"移植的茶花"中,有两株尤其突出,它们就是徐枕亚的《玉梨魂》和苏曼殊的《碎簪记》。通过这些移植品,一个关于悲苦的爱情与女性自我牺牲的、似乎很简单的寓言故事,以各种变体形式成为一个关于无法满足之欲望的跨文化传奇。在这样一个传奇中,"茶花女"的形象一方面被具体化为"真实的"——产生了许多有声有色的文学轶事——同时又被高度符号化了,以至于在她身上可以反映出本土主义、民族主义、抑或现代主义意识形态。在这个故事的日益中国化与西方存在的日益明显之间产生了张力,而且这种张力关系变得越来越紧张。

第二次移植:"茶花"化为"鸳蝴"

1911年,《茶花女》的一位读者抱怨说"中国能有东方亚猛(今译

"阿尔芒"——译者注),复有东方茶花,独无东方小仲马。"① 次年,徐枕亚(1889—1937)的《玉梨魂》问世,作者自称为东方的小仲马。这个感伤的故事由骈文写成。这种华丽的文体大量采用对句,讲究声律与用典。② 该小说被追认为"鸳鸯蝴蝶派"的奠基之作③,在民国早年一直十分流行。

这部小说最先是在《民权报》的副刊上连载。该报是清朝覆灭后不久,在上海发刊的政治性报刊。接着,报馆出版了小说的单卷本,第一年便印了五版,后来又再版了三十二次之多④,还很快被改编为话剧和电影。作者徐枕亚以制造宣传噱头而闻名,例如,在《玉梨魂》话剧首演之夜,他曾发表诗作,很明显地暗示笔下的男主人公其实就是他本人,这一点与西方的小仲马不可谓不相似。由此,和《茶花女》一样,《玉梨魂》获得了一种"纪实"故事的吸引力。传说徐枕亚的第二任妻子,清朝科考最后一位状元的女儿,便是在读了《玉梨魂》后,爱上了虚构作者角色/作者。半个多世纪后,在香港、台湾、大陆与美国的学术刊物上,还围绕这一传说的"事实"展开着持久的、有时还十分激烈的讨论。⑤

---

① 侗生:《小说丛话》,最初发表于期刊《小说月报》,2/3(1911);也见于 LLZL:365—366。
② 骈文最初大盛于 5—6 世纪前后,在徐枕亚笔下发出了最后的余光。关于它的讨论可参看 Hightower,1950。
③ "鸳鸯蝴蝶派"这一术语最先出现于 1910 年代末,当时用来贬称古典风格的爱情故事,在这些故事里大量运用鸳鸯、蝴蝶之类的传统象征来指称爱侣。徐枕亚往往被追溯性地定位为这一一直持续到 1940 年代的文风的奠基人物。参看 Link,1981:7—8。
④ 当时的印数一般为 2000—3000 册。因此大概可以估计总的发行数量为 70000—100000 册。不过,考虑到存在大量翻版盗印,一些史家认为这个数目应该达到了几十万到一百万。徐枕亚还曾就此书的版权问题诉诸法律。在一则为数年后以同一故事写成的扩充版小说《雪鸿泪史》打出的广告里,还将《玉梨魂》作为免费的附赠品。参看 Hsia, C. T.,1984。
⑤ 1970 年代港台出现了一些由"目击者"写成的文章,此时离事件发生已经超过半个世纪。在 1980 年代初,夏志清与林培瑞的著述里还继续争论了这一问题。参看 Hsia, C. T.,1984;以及 Link,1981:41—53。

在《玉梨魂》的结尾,虚构作者角色称他自己为"东方仲马"。① 这一戏剧化的姿态意在借取小仲马已经建立起的声名,同时也有与之一较高低之意。另外,这一挑战也突显了一种将原著中国化的自觉的意图,小说那个带着明显的民族主义色彩的结局很好地配合了这一意图:在经历了悲剧性的爱情变故之后,男主人公不像阿尔芒那样徒然憔悴,而是在1911年的辛亥革命中阵亡。在对"茶花女"这一文化传奇的延续和转化中,徐枕亚的《玉梨魂》在象征的领域记录了近代中国文学与西方存在二者之间日益增长的那种曲折关系。在华丽的文字中,在俯拾即是的、对传统文学的暗示中,在旧有的伦理道德中,这个爱情寓言的徐枕亚版本中最引人注目的,其实是西方的奇怪的存在,它们有时通过最不合适的角色表现出来,并经常出现在最不恰当的时候。

在徐枕亚的故事中,一些重要的角色有所变化。与《茶花女》原著不同,《玉梨魂》的女主角不是妓女,而是一位唤作梨娘的年轻寡妇。她的心上人,是她儿子的家庭教师梦霞。在传统礼仪规范中,寡妇和妓女一样,都是没有资格为人妻室的。和玛格丽特一样,梨娘也将这一伦理教条完全内化了。她对自己的爱情的最终证明便只能是放弃它:她安排梦霞与自己的小姑筠倩成婚。和玛格丽特一样,一旦这种自我舍弃的戏剧性行为完成,留给她的,除了慢性自杀外便别无他选。② 另一个做了变动的关键性人物,是几乎缺席的父亲。在《茶花女》中,父亲这一角色让情势大变。而在《玉梨魂》中,与这个权威性的角色最相似的,是梨娘的公公,这位老人被描绘得宽容而随和,在整个悲剧的演变中,至多只能说是发出了一点微弱的声音。因此,只有女主角本人要对将自己与恋人约束在礼仪界限之内、并最终造成悲剧性

---

① 徐枕亚,1936:157。
② 徐枕亚作品中的这些变化进一步习俗化处理了"礼"的问题,其程度如此之深,以至于《玉梨魂》的舞台版本被宣传为一部关于"寡妇再婚"的剧作。

结局而负责。

通过加入年轻的小姑这一人物形象,《玉梨魂》将法国原著中一隐藏着的紧张关系显现了出来。从表面看,筠倩是小仲马小说中不存在的一个新角色,但她也许可以溯源为阿尔芒的妹妹,后者像一个影子般存在于《茶花女》中。比起玛格丽特,她的爱情的性质据说是更好的——也就是说,更能为礼仪规范所接受的。正是为了其爱情与婚姻的成功,玛格丽特被要求牺牲她自己的一切。在《玉梨魂》中,小姑筠倩同样被描绘为一个年轻、纯洁的女子,一个比梨娘更符合条件的未来的妻子。在这部中国小说中,玛格丽特与阿尔芒之妹之间那种隐藏的紧张关系被大大激化,因为梨娘与筠倩二人不仅彼此熟悉,而且被结构性地呈现为相对的两极。梨娘是安静而内向的,而筠倩则是直率而活跃的。指定给梨娘的空间是幽僻的内室,而筠倩则自由地来返于城里的教会学校。梨娘与中国传统女性范式是联系在一起的,而与筠倩相关的,则显然是现代与西方范式。在《茶花女》中,以花喻人的手法使用得极为成功,而在此,纯白的梨花则成为了梨娘的象征,对应筠倩的,则是红艳的辛夷。而在小说的叙事模式中,红辛夷也许很可爱,却一再被认为逊于白梨花。①

然而,小说模式并不像其开始显现的那样稳定,因为现代女性本身已经成为了一个矛盾的形象。起初,筠倩被描述为一位新式女性,满脑激进思想,并表现出许多外国习气。例如,当她发现梨娘生病了的时候,她的反应是在其床边跪下祈祷,这一行为引起了病人的嘲笑:"姑入校读书乃学得师婆子术归耶?"这里的反讽在于,她的谈话者,那位害着相思病嫂嫂此时正在考虑为她安排一门亲事,而后来,对于这门亲事,筠倩甚至连一句反抗的话都没说便接受了,尽管之前她曾明

---

① 关于早期近代小说中这类成对人物的讨论,可参看 Link, 1981: 41—42。

确表示赞同自由恋爱、谴责传统女性规范。

更令人惊讶的是,梨娘自己作为守节寡妇的模范,也并不完全免疫于外国观念和外来做派。在小说中有几处,梨娘似乎从中国女德之代表这一预定角色中游离了出来。例如,当梨娘决定留下爱情信物时——趁梦霞不在,她去了他的书房——她把自己的一张照片藏在他的被褥下。与传统的才子佳人爱情故事中那些传统的爱情信物,如手帕、发簪或玉饰大不相同,照片可以说是现代技术的一种象征。更让人感兴趣的是,在这张照片里,梨娘"(身着)西洋女子装,花冠长裙,手西籍一册"。与那个幽居的传统女性形象绝不相类,这张照片表现的是另一个梨娘,她与彩云在镜中看到的那个"茶花女"倒颇为相似。尤其值得一提的是她手中的"西籍一册",这是"新学"名副其实的标识,与她时常吟赋的古典诗词形成了鲜明对照,而后者是她往常自我表达的唯一外显方式。由此,这种不和谐的细节也损害了"梨花"的纯洁性,照片所显示的,是作为梨娘之镜像的新女性筠倩,而这本该是与她正好相对的一极。

类似的不协调的细节,还出现在梨娘与梦霞一次相会快结束的时候。梨娘以一种最奇特的方式催促心上人梦霞离开:

"天将明矣,君宜速去,此间不可以久留也。"乃低唱泰西罗米亚名剧(即《罗密欧与朱丽叶》——译者注)中"天呀天呀,放亮光进来,放情人出去"数语,促梦霞行。①

---

① 见《罗密欧与朱丽叶》,3.5.40—41:"Nurse: The day is broke, be wary, look about. Juliet: Then, window, let day in, and let life out."莎士比亚剧作的基本故事大要最初翻译于 1903 年,与他的其他九部剧作收录于一册。1904 年,林纾根据查尔斯·兰姆(Charles Lamb)的本子翻译了莎士比亚的二十部戏剧,命名为《英国诗人吟边燕语》。《罗密欧与朱丽叶》被翻译为《铸情》。在《玉梨魂》中,朱丽叶的台词不是被念,而是被唱出来的,这一点也许反映出徐枕亚,以及他同时代的许多人根据中国歌唱式的戏曲范式对西方戏剧的想象。

这一幕发生在小说叙述过半的地方。此时,两位恋人已经交换了许多信件、诗歌,并经历了众多挫折和误解。这次事实上是两人之间第一次真正的相会,因为想证明二人感情的纯洁,在这一幕中,两人严格遵守礼法。整个晚上,他们的交流都是通过写诗,以及读对方的诗进行的,其间两人泪流不止,而这也是此次相会中唯一的实体性因素。就是在这样的场景里不合时宜地、戏剧性地出现了朱丽叶的语词,而且与中国古典诗歌的互赠并置,梨娘那明显的外国唱腔也显得极不和谐。①

然而,正是这些外国成分的奇异地在场,为变化中的时代——换言之,也即为小说本身的历史存在,提供了关键性的索引。这个故事的娱乐价值部分地在于它是对不断变化的"茶花女"的中国化处理。如今,她的悲剧被灌注了传统的才子佳人爱情故事中的那些情感。同时,通过描写她的照片与歌剧演唱,也对传统的女主人公梨娘进行了明显的现代的包装。因此,在《玉梨魂》中,关于爱情与欲望的话语就必然是存在于它自身语境与相异的外国语境之间的边界之上的。中国经典的那些文本必然与外国文本并肩而行,而传统诗歌的语词则必然被"西籍"的形象所覆盖。表面上,通过再三在梨娘和筠倩中选择前者,这位"东方仲马"表现出对西方的拒绝,但在其文本的真正表达中,他仍然在记录着西方的无处不在。

---

① 这一唱曲明显呈现出道德上的问题,读者为此对作者提出抗议,就如他们批评林纾翻译的《迦茵小传》一样。在后来以《雪鸿泪史》(1915)为题、重写这一小说时,这一咏唱的情节被删除,而寡妇也变成在有侍女陪同的情况下拜访梦霞了。参看 Link, 1981:52—53。

第三次移植：作为现代女性的"茶花女"

1916年冬，另一部本自《茶花女》故事大纲的《碎簪记》出版。① 这部短篇小说以从容雅致的古文写成，将传统中国文化与当时已无处不在的西方二者之间的张力进一步凸显了出来。

小说的作者苏曼殊（1884—1918）在近代早期的中国文学图景中，是一个不同寻常的人物：一位中日混血的诗僧，他的自我呈现往往是辉煌多彩的，有时还是革命性的，而且总是带有传奇性。② 他以对欧洲浪漫主义诗人——包括拜伦、雪莱、彭斯和歌德等人——作品的翻译而闻名③，一度有他要重译《茶花女》的传言。④ 和小仲马的原著以及徐枕亚的《玉梨魂》一样，苏曼殊的小说也成为了文化传奇的素材，激发着各种浪漫的故事：据说，他的照片为年轻的女学生所珍藏；更吸引人的是——并让人想起玛丽·迪普莱西/玛格丽特享有的祭仪——苏曼殊自己的坟墓也成为悼念者长年前往的一个祭祀地点。⑤

发表于新成立的民国的初期，苏曼殊的《碎簪记》预见了即将到来的五四时期。这一短篇小说最先连载于很快将拥有广泛影响力的《新青年》杂志（1915—1926），该刊一年前由陈独秀以《青年杂志》的名义创刊。作为倡议"文学革命"的首要杂志，《新青年》为萌芽中的"新文化运动"提

---

① 《新青年》，2/3（1916年11月）：1—9；以及2/4（1916年12月）：1—7（苏曼殊，1991，1：199—219，最早由亨利·麦克利维[McAleavy, Henry]翻译，1960：38—48）。作者译文主要以柳无忌，1978为基础。下文标出的页码指的是柳译本的页码（此中译本均引自苏曼殊：《苏曼殊文集》，马以君编注，广州：花城出版社，1991年——译者注）。
② 参看黄鸣岐，1949。英文传记可参看柳无忌，1972。
③ 参看 Lee, Leo Ou-fan, 1973：58—80。
④ 这一重译计划曾公开通告过，但从未真正进行。他的一位朋友高吹万，曾就这一传言写了两首诗，参看 WQWXCC：587。
⑤ 关于苏曼殊的传说，可参看 Lee, Leo Ou-fan 1973：58—65。

129

供了一个论坛。通过发表陈独秀(1879—1942)、李大钊(1889—1927)以及几年后鲁迅等激进知识分子的文章,这一杂志孕育了也许可以被称为五四意识形态的思想:批判儒家传统,拥护科学与民主。苏曼殊的小说连载的时候,该刊的物质形态仍取用了十足的传统格式,刊登的文章主要以文言写成,没有现代标点符号。两年之后,这一切将发生改变,所有的文章都以白话写成,并围绕易卜生的《娜拉》(*Nora*,1918 年 6 月)、马克思主义(1919 年 5 月)等主题发行专刊。然而,到那时,苏曼殊已经离开人世。

在《碎簪记》中,"茶花女"这一跨文化传奇经历了另一次重大变化。表面上,这一短篇小说保持了法国原著的一些基本特征:它也是一个浪漫的悲剧,男主人公庄湜与女子灵芳相恋,然而灵芳却不为男方权威的长辈所认可。和原著一样,这个爱情故事是由男主人公在病榻上讲述给一位挚友听的,而后者成为了第一人称叙述者"我"。在原著的基础上,主要增加了莲佩这一人物,她是父执辈精心挑选的一位年轻女子。她也同样深深吸引着庄湜。最终,男女主人公以自己的痛苦赎救了他们的德行,在最后一章中,三个人都选择了自杀。由此,原有的悲剧被逐步升级为一出感伤的情节剧。尤其是在此,导致悲剧性结局的原因极不明晰。[①] 因为这两位年轻女子都完全适合婚配,丝毫不像妓女或寡妇那样有所障碍。她们都同样美丽,并同样钟情于庄湜。她们和他也都十分般配,因为他精通"新学",而两位年轻女子则都受过西方教育,一位在罗马学习过四年,另一位的英语和法语均十分流利。事实上,为其本身考虑,他们可能有点太"现代"了,因为对这样的情形,传统的解决办法自然是"两女配一夫",而对此,三个人,或

---

① 《新青年》的编辑陈独秀,在给《碎簪记》写的《后序》中,十分含糊地将这一悲剧归咎于"黑暗野蛮时代",以及"社会恶习"的沉重压迫。收录于柳亚子、柳无忌,1928,5:49。

者说是作者本人已经无法接受。①

　　唯一的明显的阻碍,来自庄湜的叔父。在庄湜父母去世后,他承担起了父母的责任。这位叔父之所以看中莲珮,原因不外是她是自己的外甥女,而且比较熟悉。作为一个权威性的人物,叔父严格遵守传统伦理,明确反对自由恋爱一类的"蛮夷之风"。例如,有一次,他引用一部经典中的文字来申斥主人公:"衒女不贞,衒士不信。"②问题在于,这一批评对三个年轻人都同样适合。尤其重要的是,虽然上述声明是毫不含糊的,这一权威性的引语却并非来自正统的儒家经典,而出自一部颇为可疑的著作,一部可追溯到公元1世纪汉朝的私修历史,而该书是以其虚构才能闻名的。③ 与他的这一引用相似,这位叔父所行使的权威同样是被代理的,因为他本人毕竟不是拥有正统的家长权威的父亲。

　　因此,故事的悲剧性冲突被呈现得令人尴尬地轻淡,因为它缺乏像《玉梨魂》里那样的对礼仪规范的尖锐定义以及明确坚守。徐枕亚小说中无比珍视的那些典故和传统文人艺术都一去不复返了。取而代之,西方的存在渗透到了故事中的每件事物、每个人,尤其是莲珮这个为叔父所青睐的女性形象之中。无论是在家里,还是在公共场合,她都很典型地以精致的西方装束出现,穿着"玄色天鹅绒"的鞋子,"上衣为雪白毛绒所织,披其领角,束桃红领带"。与彩云那身"茶花女"的

---

① 关于这一问题的讨论,可参看 McMahon, 1995:114—122。马克梦(McMahon, Keith)认为,在清代的爱情故事中,这种形式的婚姻安排"标识着对保持贞洁的限制"。有趣的是,在《玉梨魂》中也暗示了类似的安排,这也是我们所讨论的一部与民初小说最相近的晚清传统爱情故事。
② 对"衒女不贞,衒士不信"一句,柳无忌的翻译为"A coquette is without chastity and a libertine without loyalty",作者给出的翻译("A woman who exhibits her beauty cannot be chaste; a man who boasts of his learning must be lacking in sincerity")更贴近原文。
③ 叔父在此引用的是东汉学者袁康在《越绝书》中的话。这是一部关于春秋时期的私修历史著作,一般被认为是小说写作的先驱。

服装不同,在此,相似的西方装束已经不再意味着越轨行为。相反,它仅仅记录着当时当地的风尚。

因为,这是在上海这个充满西方魅力的通商口岸,它为故事提供了主要的背景。事实上,在《碎簪记》中,对上海的描述很容易让人联想到林纾在其译著《茶花女》中对巴黎的描写。如同阿尔芒与玛格丽特,庄湜和"我"徜徉于中心大道——南京路代替了香榭丽舍大道——在一辆敞篷的双马马车里,他们的女伴莲珮所穿的时髦的西方服装引得路人频频注目。主人公们可以从惠罗百货(Whiteaway Laidlaw)这样的西方公司里购得自来水笔和观剧望远镜之类的西方消费品。白天,他们游览徐家汇路附近由耶稣会士修建的园子;夜里,他们就寝于圣乔治旅舍。而晚间,他们还说服婶母一同去欣赏西方歌剧。在那里,莲珮为婶母做了长达两小时的同声传译。如今,西方的意义由各种消费品包裹着,它依然是富有吸引力而且有趣的,但却不再是越轨或危险性的了。

然而,西方的意义,尤其是它对于女性行为的暗示,依然深刻地存在于小说的矛盾中。当男主人公庄湜为这两位思想独立、并都受过西式教育的少女所深深吸引时,他的朋友、也即小说的第一人称叙事者对她们的行为举止抱有很深的成见,并因此一再阻碍她们与庄湜的交往。与苦恋的庄湜形成对比,"我"在小说中始终保持着冷静,并常常对他周围的世界进行激烈的批评。例如,在目睹了莲珮与庄湜二人见面的情况后,"我"对现代女性的行为暗自评论道:

> 方今时移俗易,长妇姹女,皆竟侈邪,心醉自由之风,其实假自由之名而行越货……

虽然没有点名道性,但"我"显然对莲珮与灵芳两人公开的示爱持一种颇为怀疑的态度。考虑到第一人称叙事者所占据的位置——比起《茶花女》中与之对应的角色,他扮演了一个更为重要的角色——造成《碎簪记》的悲剧性结局的,也许不是来自无力的父权的那种反对,也不是庄湜与两位女性角色之间的三角恋关系。相反,最终的悲剧只能是这样一种逻辑的结果,它源于庄湜的爱情烈焰与"我"的犬儒主义之间不可调和的冲突,以及对女性,包括那些由女性所体现的东西的恋顾与厌恶之间的冲突。①

继续沉浸在上述情绪中,并将主题从女性道德扩大到了整个社会,"我"流露出了浓重的悲观主义态度:

> 盖余此次来沪,所见所闻,无一赏心之事。则旧友中不少怀乐观主义之人,余平心而论,彼负抑塞磊落之才,生于今日,言不救世,学不匡时……

由此,困扰第一人称叙事者的,就不仅仅是不道德的个人,更是整个衰颓的现代世界,这引起了一种绝望的情绪,我们在心忧国家命运的林纾身上也看到过类似的情绪:对于知识分子在近代历史的演变中所扮演的角色的绝望。而比林纾的作品更甚,西方对于苏曼殊而言,是一种道德污染的根源,但同时,又是巨大文化资本的来源。

的确,在苏曼殊小说叙述的特殊语言里,现代世界无处不渗透着西方的存在。一次,主人公和一位友人在西湖旁的孤山上遇到了几位西方游客(碧睛人)。这些游客当时正在放鹤亭中听回声取乐:其中一人开玩笑地喊出:"Love is enough. Why should we ask for more?"

---

① 苏曼殊本人显然不喜欢那些接受了西方风尚的女性,称"(吾女国民,多有)奇特装束……(此后勿徒效)高乳细腰之俗"。参看《曼殊全集》,1:167。

("有爱便足矣,我们何须要求更多?")而另一个人则回应道:"Oh! you kid! Sorrow is the depth of love ."("啊!你这孩子!爱的深处便是悲伤。")听到山谷延时传来的回声,他们周围的人都笑了,唯有主人公却被深深触动,抑郁不已。值得注意的是,西方人说的这番话是用英语来表达的,而且未做翻译地、醒目地保留在小说中。另一个这样的场景发生在听西方歌剧时。当剧中人物念出台词:"What the world calls love, I neither know nor want."("世人之所谓爱,我既不懂得也不向往")时,莲珮一直都十分流畅的翻译突然停了下来。尽管不通英文的婶母一再请求,她仍然无法继续翻译。在这幕戏中戏里,作为一个拥有特权的目击者,"我"懂得英文,并且对这位译者沉默的真正原因了然于胸——她与剧中人物发生了感情上的认同——关于这一点,他并没有告诉其他人物,也没有告知读者。而婶母,因为已经无人提示台上发生了什么,便只能猜测"优人作狎辞"。她也因此不高兴起来,立刻命令所有同行的人离开剧场。

回想林纾最初翻译的《茶花女》,原文中文本间互涉的成分很明显地被省略了。小仲马多次提及的《玛侬·莱斯科》尤其如此,这是欧洲浪漫主义的关键性小说之一。换言之,《茶花女》这一文本被译者从其历史、文化语境中剥离了出来,并由此展开了它的跨文化之旅。而在苏曼殊这,浪漫主义的语境(虽然是拐弯抹角地)得到了还原。然而,外国语境并不能与中国语境轻易共存;也许《碎簪记》中真正的矛盾冲突,就存在于语言的拉锯中。因为,一方面,苏曼殊的小说是以古文写成,且异常雅致,为时人所颂。据此也许可以猜想,预期读者应该来自文人阶层,和徐枕亚《玉梨魂》的读者一样,他们都精通古典传统;而另一方面,在文言的流动中,又不断插入了未做翻译的英文文本。苏曼殊小说的文人读者被置于和发愣的婶母一样的处境之中,清楚地注意到这些神秘的英文字句产生的效果,却不能洞悉其含义。典型的、传统的学者不像苏曼殊以及他不多的几位朋友那样，曾出国留学，他们只懂得一国语言。对于他们而言，这些段落完全是含糊难测的。似乎作者在此已经厌弃了他的读者，他的拒绝翻译便是这样一种厌恶情绪的表征。① 似乎他已经感到绝望，不再相信交流的真正的可能性，也不再相信可以真正弥合新旧世界之间的裂缝，尤其是考虑到这两个世界都无法完全在他身上根除。

由此，在《碎簪记》中便存在两层扭曲的关系：男主人公与西方化的女性之间的关系，以及文本与其读者群自身的关系。在这两方面，对西方与现代事物的矛盾性应对——既受到吸引，又感到厌恶——都进一步强化了关系的扭曲。原来那个关于失谐（mismatched）之爱的寓言，由此被改造为了一个爱之不可能性的寓言，无法解决的矛盾冲突使得欲望也变得麻木了。最终，关于失谐之爱的寓言被转化成了一个关于失谐之语言的寓言，它们各自有其（含糊难辨的）语境，都在吸引读者的同时，又拒斥着他们。

从《茶花女》的原著到清末林纾的译著，通过民国早期三株"移植的茶花"，这个流行的跨文化偶像显示了长久而繁盛的生命，从中我们可以探知其大量意识形态的潜台词。这些潜台词就像"茶花女"的形象一样多变。

让我们一起回想，从一开始，对小仲马《茶花女》的翻译便孕育于民族危机的大背景中：严格说来，小说的翻译产生于日渐衰颓的福州船政学堂。并不出人意料的是，几次"移植"也同样挟裹着各自不同的历史议程：通过对妓女—艺术家的描写，林纾发扬了古典艺术之"文雅"；徐枕亚则在《玉梨魂》中，安排失意的男主人公在辛亥革命中战

---

① 这一讨论受到了 Robinson, 1991 的启发。

死；而苏曼殊则哀悼了革命后社会道德的日渐败坏，无论是语词还是知识，都无法挽救这个世界。关于民族危机的这样一个更为宏大的历史语境是任何一位作者都无法忽视的，即使当他们哀叹自己与之无涉时，情况亦然。事实上，民族政治本身已经成为了一种热门商品：大致从世纪之交开始，精神市场便出现了"一份报纸越是关心政治，它的发行量也便越大"的局面。① 甚至在作为娱乐品的、不那么尊贵的大众文学里，各种中国的"茶花"也都在反复诉说这时代的危机。一个关于资产阶级之爱情的寓言由此成为了一种媒介，人们通过其中男女之间，以及父与子之间迅速变动着的关系来探究即将来临的现代性。自由恋爱与传统伦理之间的冲突提供了一个战场，在此，那些被认为是属于传统中国的，不断赢取或丧失着其文化资本，而与之相对的，则被认为是西方的。由此，我们看到林纾精湛的古文是如何极大地提升了他翻译的外国故事的价值；看到徐枕亚和他的读者是如何赋予其骈文与诗作以大量文化资本的；以及苏曼殊不予翻译的英文又是如何颠覆性破坏了读者的预期的——虽然关于这一做法，一直同时存在着正反评价，但它还是很快凭借其自身之力成为文化资本的一种形式。

那么，"茶花女"这一形象究竟为何如此迷人呢？在建构20世纪初期正在逐渐浮现的中国新女性的过程中，她究竟扮演了怎样的角色呢？也许，让"茶花女"对晚清民初的读者拥有如此之大的吸引力的，是这一形象中"旧"与"新"的融合。因为正是这种融合使得"茶花女"成为彼此不同、甚至是矛盾的众多女性形象的起源：扭曲的新女性尚未被充分想象，高度理想化的传统女性特质也同样如是。"茶花女"中"旧"的，是其关于"失谐的爱情"的故事情节。正如我们已经看到的，这一情节可以很容易地套用于各种落空的欲望。同样陈旧的是，"茶

---

① 参看 Meng Yue, 1994: 7。

花女"与中国传统中的名妓形象是从相同的模子里铸造出来,它自身是一种可长期为不同历史性调拨所利用的原型。因此,可以说,这个基本的故事模式完全是中国化的。而另一方面,"茶花女"之"新",则在于在呈现给读者时,对她的包装。从构成了故事背景的充满异国情调的巴黎世界,到她贯穿于故事始终的时髦装扮,再到逐日描写的她的新奇的生活方式,"茶花女"公开展示了一位西方女性在公共与私人生活中的面貌。"茶花女"故事的"真实性"进一步保证了这是"真实"而可信的外国,同时,它也像一副来自惠罗公司的观剧望远镜一样,是可供消费的。她的新意同样还与《茶花女》一书的包装关系莫大——由上海的报馆提供的清晰的凸版印刷,这种印刷方式本身也是自西方世界引入的。由此,她又是十足的西方化的,呈现了一个极为形象而且诱人的西方。

身着"茶花女"的服装,任何一个彩云、梨娘或是莲珮看起来便也如一幅西方女性的画像,无论她是在畅游缔尔园,抑或端坐内室、规规矩矩地写着中国诗文。随着在民国初期,"西方的"日益与"现代的"等同起来,浮现中的新女性形象便时常按照"茶花女"或其他一些流通于晚清文化市场的相似的"外国"偶像着起装来。

第三章　从索菲亚到苏菲亚

> 关于他者的话语是一种建构他者所授权的话语的手段。
>
> ——米歇尔·德·塞尔托

> 对物质世界、物之世界的描绘对记述男主人公或女主人公在那个世界中的前进来说是必需的……这种描绘提供了一个价值分类表；其细目把语言的抽象性与事物的物质性联系起来了。
>
> ——苏珊·斯图尔特

让我们回忆一下《孽海花》中萨克森船甲板上的诈骗场景。俄国无政府主义者夏雅丽冲进大使金雯青的舱室,挥舞着她"雪亮的小手枪",发表了一通对传统中国妇女的批评:"你可打听打听看,你姑娘是大俄国轰轰烈烈的奇女子……谁知道你们中国的官员,越大越不象人,简捷儿都是糊涂的蠢虫!"这通话引起了金雯青的直接反对,其驳斥利用了女性行为规则方面的措辞:"男的还罢了,怎么女人家不谨守闺门,也出来胡闹?"值得玩味的是,正是无政府主义者的女性身份为金雯青的怨愤提供了便利的发泄口。这样,这个俄国无政府主义者的形象成了中国妇女的有力对照。她为构造一种不同的现代女性潜在地打开了一个新空间。那么,这个说一口流利北京话、拿着雪亮的小手枪、献身于民族主义事业的俄国女子来自何处呢？她最初是怎样被引进中国，在晚清政治文化环境的旅行中又如何繁衍转变的呢？

诚然，在《孽海花》中，我们与激进的俄国无政府主义者的接触是短暂的、间接的。在本章中，我将沿着小说叙述中的这段旁枝去探寻其历史根源：晚清对女无政府主义者索菲亚·彼罗夫斯卡娅（Sophia Perovskaia）的迷恋，后者因暗杀沙皇亚历山大二世而闻名。夏雅丽作为索菲亚的小说版本，不过是当时流行的众多传记体、小说体的版本之一。1902年，第一部根据索菲亚早年生活改编的小说《东欧女豪杰》出版了。这本小说出版之后的五年中，又有三篇索菲亚传出版，更不必提报纸这一最新流行媒体上对她数不胜数地涉及了。多期报纸的头版都刊载过她的肖像或者活灵活现地描绘暗杀场景的译文，以此来为报纸增色。著名的革命烈士秋瑾（1875—1907）在她的弹词《精卫石》中提到索菲亚的名字，把她作为值得效法的榜样之一：

> 余日顶香拜祝（中国）女子之脱奴隶之范围，作自由舞台之女杰、女英雄、女豪杰，其速继罗兰、马尼他、苏菲亚（即索菲亚·彼罗夫斯卡娅）、批茶（即哈里特·比彻·斯托）、如安（即贞德）而兴起焉。①

索菲亚是最卓越的舶来文化偶像之一，在当时关于妇女之公共作用的争论中处于中心位置。她的生死经历孕育产生了许多的故事，一些故

---

① 秋瑾，1960：118。秋瑾所提到的这些西方女性人物在晚清著述中常常会碰到。玛丽·里昂（Mary Lyon，1797—1849），美国教育家，因促进女子高等教育而闻名。她1837年创建了蒙特荷约科女子学院（Mt. Holyoke Female Seminary），现在叫作蒙特荷约科学院（Mt. Holyoke College）。哈瑞特·比彻·斯托（Harriet Beecher Stowe，1811—1896）是《汤姆叔叔的小屋》（*Uncle Tom's Cabin*）的作者。贞德（Joan of Arc，1412—1431），法国圣徒和民族女英雄，在晚清文学中常常被当作民族主义爱国者援引。

事热烈支持其政治奉献和自我牺牲,其他故事则谴责与之相关的魅惑力及反传统倾向。

本章开头追踪了索菲亚这个人物被生产、传播的过程及其在此一过程中的改写。说到对她的改写,从以文言文写作的短篇传记到发表在新近流行报纸上的长篇传记译文,最后发展成为血肉丰满的小说版本,即小说《东欧女豪杰》和《孽海花》中一个长长的叙述分支。经由这一改写过程,这样一个索菲亚浮现出来了,这个人物在真正的外国和熟悉的本国之间保持着一种微妙平衡:她常常被中国化为一个文化偶像,从她的名字到她的道德品质都被中国化了。

的确,这里有双重真实性:真实的外国妇女和生产这一形象的中国文本的真实性。这儿的问题并不在于中国的索菲亚——在中文中以苏菲亚之名而为人所知——是否忠实可靠地复制了俄国的索菲亚,毋宁在于中国的索菲亚是如何在一种真实的"外国性"氛围中被生产出来的?从而,这一真实的外国氛围的作用是什么?它如何与下面这种明显的冲动共存:经由文学和文化传统使她本土化,并把她置于一个熟悉的价值系统之中?更精确地说,何种本土价值通过她稳定下来了——是那些当时占优势地位的价值,还是那些更边缘的若非如此便会被抑制进而消失在视野之外的价值呢?在文本真实性的层面,使刻画一个截然"不同的"妇女成为可能的叙述策略是什么?进而,如果有任何新的想象潜能被开启了,那又是什么呢?

即使在对外国妇女的精细描述中,也总是存在一个重新定义中国妇女的次文本。本章通过讨论关于索菲亚的众多描述,分析了现代中国妇女——一些是真实的,一些是虚构的——最初的建构;让我们来看看她的教育、她的职业以及被归诸于她身上的政治文化意义。

索菲亚印象

世纪之交,中国知识分子对无政府主义产生强烈兴趣与他们觉察到中俄之间的相似性紧密相关:两国都幅员辽阔,帝制悠久顽强。如同当时的一种流行理论所设想的,两国人民所遭受的压迫将不可避免地导致民众反叛。认识到两国之间的相似为倡导改革提供了一套现成的修辞策略。比如,梁启超呼吁:"今日为中国谋,莫善于鉴俄。"① 仅仅1903年这一年,关于虚无党(nihilist party 的字面译语)的文章就出现在了至少三种报纸和两种期刊上。② 1904年,《孽海花》头五回的作者金天翮以"爱自由者"的笔名出版了《自由血》,这是一部译自日文、流行于西方的虚无党史。1902—1911年间,至少有三十个关于俄国革命的故事以中文出版,翻译和原创都包括在内。这促使历史学家唐·普莱斯(Don Price)得出如下结论:"在中文小说世界中,俄国最初并且最重要的象征便是她的革命。"③ 对俄国革命者的强烈兴趣持续到五四以及之后的年代。④ 在深入探讨索菲亚·彼罗夫斯卡娅传记描写中的特定表现模式之前,需要简要说明一下出版界的情况。

1898—1911年是学生创办期刊最为昌盛的时期,中国学生在日本

---

① 《俄人之自由思想》,《清议报》第96号第1版(1901年11月1日)。
② 对俄国无政府主义最初的接受及无政府主义与虚无主义之间混淆的详细说明,参见 Dirlik, 1991:63—75。马丁·伯纳尔(Martin Bernal)查明了这一开端:1902—1903年间从虚无主义到无政府主义的用法变化。参见 Bernal, 1976:202—207。在这一章中,我用无政府主义这个术语指虚无党和无政府党。
③ 唐·普莱斯基于阿英的《晚清戏曲小说目》及对这一时期所有小说杂志的考察列出了这个数字(Don Price, 1974:195, n. 5, 264)。关于当时中国知识分子和西方新闻记者都察觉到的俄国和晚清中国境况的类似,普莱斯提供了一个完整的论证(特别是92—112页)。
④ 俄国革命者对五四文学的影响,参见 Ng, 1988。

出版了大概六十种报纸和期刊。① 许多从日文译过来的西方哲学和政治理论在这些刊物上发表。在地理及象征层面,这些刊物都提供了一个沟通中西的媒介空间。其中一些刊物逐渐成为激进思想传播、各种新观念交锋鼓荡之地。这些期刊的读者由留日学生及国内读者构成,因为一些期刊也在上海发行。例如,坦言女性主义议题、出版于东京的月刊《中国新女界》(1907年)有10000的发行量。② 第一期包括六个部分:(1)插图:中国女留学生的两张班级合影、一张美国女记者玛格丽特·福勒·奥索里(1818—1850)的照片和一张弗洛伦斯·南丁格尔(1820—1910)的照片;(2)主笔文章:关于妇女的平等权利、女性道德以及为何医疗是特别适合妇女的职业;(3)以白话发表的公开演讲;(4)翻译,亦是白话:弗洛伦斯·南丁格尔和玛格丽特·奥索里的传记;(5)新闻:在日本的女学生、美国妇女和近两百年来俄国妇女史;(6)传统诗歌。③

这些期刊的一个显著特征是有着大量的小传,通常还配有大量小照;这些照片为刊物头版增色不少。在这里,晚清对摄影技术的迷恋及其对传记的兴趣刺激产生了代表新女性的文化偶像。比如,《女学报》(1898—1890)发表了"世界十女杰"的传记和译自日文的"世界十二女杰"(1902)。《清议报》刊载了梁启超著名的《记江西康女士》(1898),后者是"中国第一位女医生"。《新民丛报》稍后又特别刊载了另一位杰出的女医生和政治激进分子张竹君的传记(1902)。

---

① 黄福庆(Huang Fuqing, 1975:188—195)在他的《清末留日学生》中列出了六十五种期刊。大多数刊物基于同乡会,由一些有着相似意识形态倾向的朋友创办。
② 比较一下,同盟会的机关报《民报》曾经有过12000份的发行量,而《天义报》只有500份的发行量。参见李又宁,1981:241, n. 71。
③ 参见 NQYDSL:787。这个期刊在东京出版,其主要的特约编辑是燕斌(1869—?),一位来自河南的女学生,同盟会成员。现存的五期《中国新女界》1977年由台北幼狮文化公司再版。

小传这一文类与传统的妇女传记截然有别。例如,行状这一传统亚文类(sub-genre)往往是受已故妇女的一位亲戚委托,由某位著名却未必了解死者的人物写作;其目的是颂扬贞女烈妇身上值得效仿的美德。① 例如,如曼素恩(Susan Mann)所说,帝国晚期,存在着"无数单调俗套的妇女故事,或者是为了贞洁而自杀,或者是守寡终生以侍奉公婆。"② 与之相反,晚清期刊上的小传常常关于那些仍然活着或至少在近代历史中依然活跃的人物。这些传记的一个特色是将个人的反常怪癖描绘为个人领先于其时代的一个标志;在这一点上,这些晚清的传记在某种程度上与传统关于反叛者的传记类似。

同时,丰富的小照为新女性的建构提供了视觉资源。每期《中国女报》(1906年)都刊载了世界著名女性的肖像。包括像索菲亚·彼罗夫斯卡娅和罗兰夫人这样的著名西方女性,以及像12世纪词人李清照这样中国历史上的著名女性。考虑到中西"伟大女性"这一宽广的范围,至少有两种截然不同的视觉资源并存着:大多是照片,还有一些属于传统的仕女图。报刊上两种视觉资源的并置预示了一种混合的储备,从中将会形成一种新的女性概念。一方面,这种并置例证了至迟肇始于清初的对妇女历史的广泛挖掘;对这一传统的回溯有助于使妇女不断扩展的职责合法化。③ 然而,另一方面,正是这种并置可能引起对女性特质之传统界定的质疑;女性特质的传统界定奠定了仕女图这一传统绘画体裁的基础,但却不再能令这些期刊的读者信服。在

---

① 对中国文化传统中传记的作用及其在现代初期的演变的讨论,参见 Twitchett, 1961; Nivison, 1962: 457—63; 和 Wang Gungwu, 1974。如果我们接受王赓武的看法,"中国的传记一直是史家的一个牺牲品",那么,妇女的传记或许更加受制于她们在家庭美德方面"对历史的贡献"。
② Mann, 1997: 2. 曼素恩(Susan Mann)进一步评论说,"女性传记变动不居的特征表明了中国帝制晚期妇女行为典范的历史转换"。这一评论也适用于晚清妇女传记。
③ 例如,可参见,Kang-i Sun Chang, 1992: 119—60。

人物肖像的框架下，晚清传记常常使得个人生活中的一些因素——那些模糊掉公共与私人之间传统性别化的区分(gendered separation)的因素——前景化，从而生产出非传统的行为模式。

索菲亚之死：传记

对无政府主义的强烈兴趣常常体现在对索菲亚·彼罗夫斯卡娅这个人物的流行想象中，她作为暗杀沙皇亚历山大二世的年轻女贵族而广为人知。第一篇索菲亚·彼罗夫斯卡娅传发表在《浙江潮》1903年9月13日的那一期上；《浙江潮》是一本由激进学生创办的月刊，带有明确的反满情绪。这篇传记由任克以简洁的古文写成。① 在政治议程方面，传记作者似乎亟欲驱散读者可能感受到的不适——对与俄国无政府主义者联系在一起的暴力的不适：开篇头一句他便强调"夫天下惟最不忍之人，而后能行最忍之事"。唐·普莱斯(Don Price)已经令人信服地说明了以真正动机的名义将不忍与暴力并置的直接政治原因，认为暴力变成了"(无政府主义者)向高贵目标献身的外在表现"。②更重要、也与当前讨论更相关的是，修辞中这种引人注目、自相矛盾的措辞具有明确的性别编码，因为"最血腥的行为"据说"乃几个极仁慈、极温和的妙龄女儿，倾国美人为之耳！"对公众而言，似乎女性和暴力的这种并置使得暴力女性化并进而无害了。1907年发表在《中国新女界》上的一篇文章确实将女性与暗杀明确联系起来，主张"暗杀是妇女参与革命的最好方式"，从而将一种可能是偶然的联系转变为

---

① 《浙江潮》第7期(1903年9月13日)，收入 NQYDSL：331—34。
② Price，1974：210.

一种必需的甚至是"宿命"的联系。① 这样,传统女性特质与公共暴力行为的混合产生出两种相互依存的结果:无政府主义的政治动因被正当化了,这反过来又使得女性积极主动的公共角色正当化了。

在索菲亚传记的叙述策略中,有不少戏剧性的、多姿多彩的笔致借自传奇,一种常常讲述侠——视情况被译为游侠(knight-errant)或反叛者(rebel)——的非凡行径的传统叙事亚文类。例如,当索菲亚的父亲发现她与一些激进同学往来的时候,

> 于是遂不见谅于其父,锢之于斗室中,沙勃笑曰:"生我者,权操而父,杀我也,恐权不操而父。"漏深月白,乃越万仞铜围,匿身于同学之家,遂斩发易男子装。

331

冲破禁闭逃走的戏剧形象在熟悉的侠客传统中广泛存在,再配上优美的背景和充满传奇色彩的武林秘技便完美无缺了。

反传统的英雄的文学传统可追溯到伟大历史学家司马迁的《史记》中的"游侠列传",其中典型的侠客兼具非凡的品德和高超的武艺。其行往往不循常规,以武犯禁,故而常常为人所侧目或避之唯恐不及。② 司马迁这样定义侠:

> 其行虽不轨于正义,然其言必信,其行必果,已诺必诚。不爱其躯,赴士之困厄。③

---

① 《中国新女界》,第6期;转引自冯自由,1964,12:676。女革命者与暗杀的联系被蔡元培领导的爱国女校(1903—1906)加入到基础课程之中。参见林维红,1979:297—345。
② 对侠或侠义传统的讨论,可参见陈平原,1992a;Liu James,1967 和 Wang David,1997,第三章。
③ 司马迁,1959。

当"正义"被用来意指现状时,这一传记传统就为描绘那些信仰激进平等主义理想的晚清无政府主义者提供了丰富的资源。同时,伟大历史学家对侠客毫不利己、自我牺牲精神的嘉许也为刻画为民族主义事业而奋斗的英雄储蓄了巨大潜能。①

在这一悠久传统中,女侠有其独特的形象。与男性侠客一样,女侠也武艺超群,行为超常。例如,索菲亚传记中的易装一段在有关女侠的文学传统中司空见惯。此外,别有特色的是索菲亚的女性特质被异乎寻常地夸大了,似乎是对于她违反女性行为规范及其上"男性"特征的过度代偿。通过其女性魅力,更通过其女性美德,她的女性特质被凸显出来。

所以,毫不奇怪,索菲亚一身兼具打破旧习的越轨行为与年轻未婚女子所应有的传统美德,即,事母至孝。在此传记中,孝顺有一种拧反,使得它可以被解读为一种革命道德的表达。因为,与作为典型专制家长的父亲相反,她的母亲被描绘为和蔼可亲、通情达理的:当父亲切断其经济来源时,母亲给她送来钱交学费;在她临刑前,母亲前来探访。回应传记开头对不忍的强调,叙述在悲情基调中结束了,母女俩没能在临刑前的最后一刻会面。为了进一步突出索菲亚的柔情,传记引用了她在狱中致母亲的家书:"儿万死,与母长别之日近矣!然儿之有今日,果自求之也,无甚悲恨,惟不得承欢膝下,实儿痛心泣血也。"成语"承欢膝下"的字面意思是"在父母膝前令他们快乐",这使得打破旧习的无政府主义者与那些具有传统美德的妇女接近了。所以,即使在最最打破旧习的现代女英雄的传记中,也融合进了贞妇"行状"这一传统亚文类,此一融合值得我们注意。

---

① 陈平原令人信服地指出,晚清革命者"把死亡当作一种美学体验"(陈平原,1992a,3:29—70)。对侠的历史性讨论,参见陈平原,1992b。

第三章 从索菲亚到苏菲亚

索菲亚传的权威版本稍后发表在同盟会的机关报《民报》1907年7月5日号上。① 作者无首[廖仲恺（1877—1925）假托，孙中山的亲密同志]，改编自烟山专太郎（Kemuyama Sentaro）的《近世无政府主义》(1902)。传记充斥着大量放在括号里的英文术语和乐波轻（Kropotokine）伯爵一本文集中的冗长引文，开篇的短序讨论了先前中文材料对索菲亚·彼罗夫斯卡娅的涉猎，文章最后以巴枯宁对她的简短颂词作结。传记语言典雅，与1903年版的风格相比，有点儿不那么生动。与早期传记相比，《民报》版本进一步强调了"女员之多，虚无党之特色也。"接下来作者宣称："岂北极灵秀之气，果独钟于女子乎？何大慈大悲大无畏者，多出于女员耶？"

此外，与早期版本相比，索菲亚的烈士身份被大大提升，传记变得有些圣徒传的意味，对死刑场景描绘尤为详细。这个革命偶像身上最显著的特征是她所体现的暴力，既通过其暗杀企图，也通过她自身的死亡。从政治功利层面说，妇女之奋不顾身有目共睹，革命意图的纯洁性从而被证实了。在巴枯宁的权威评语中，宣称女性成员是"女员者，党人之灵魂也。若有女员发愿随喜者，吾党当事之以圣徒"。"发愿随喜"这一佛教术语把女性与一种无私奉献、自我牺牲的准宗教热情联系起来了。这一术语的使用再次显示了文本生产性之所在，因为这些词令我们回想起传统妇女能合法投身其中的、家庭之外的少数事业之一。"自我牺牲的精神"，这一政治运动所孕育的道德②在索菲亚的故事中被含蓄地性别化了。这似乎就是一位打破旧习的非传统女性、一位必须暴力的女性的目标——似乎对于

---

① 《民报》第15期（1907年7月5日）；收入NQYDSL：346—50。
② 德里克（Arif Dirlik）主张，中国革命者所感受到的与俄国无政府主义者的"血族关系（kinship）"与"自我牺牲的精神"密切相关，其中，暗杀常常与自杀相伴。参见Dirlik，1991：73。

如此超出女性行为限度的生命而言，惟有死才是一个可接受的借口、正当理由和赎罪。死亡场景提供了一个令人满意的叙事结局，因为它不仅使得抬高那些华而不实的理想有了可能，还绕开了索菲亚生命中的那些离经叛道。凑巧的是，参与辛亥革命的中国女烈士秋瑾在这一传记发表刚刚十天之后就牺牲了，她自身正是留学生激进环境的一个产物。许多同时代的人拿她与索菲亚相比。① 像索菲亚一样，某些人也为她的死拍手喝彩——或者，如同鲁迅当时所论，她可以说是"被拍手拍死的"。②

鲁迅尽管有着令人难堪的敏锐，但在索菲亚被迫赴死的传记描绘与她在秋瑾那样的人心中的形象之间仍然存在着一道显而易见的缝隙。③ 除了女性无政府主义者最终的自我牺牲之外，索菲亚这一形象也体现了其他的品质，一些与过一种有趣生活有着莫大干系的迷人品质。无政府主义的精髓是对权威的批判，包括政府（清廷）与（家长制）家族权威。索菲亚反抗父亲、秋瑾反抗身为母亲和妻子的传统约束实际上都挑战了传统中国女性行为规范的核心：三从，即服从父亲、丈夫和儿子。取代三从，无政府主义者对自由和个人权利的要求使得女性在历史中的角色有可能化为一套截然不同的概念，从而使其可能在公共事务中发挥积极能动性。

维拉·查苏里奇（Vera Zasulich），索菲亚之前的一位俄国无政府主义者，也曾进行政治暗杀但并未成为烈士。她曾经说过，

> 1870年代的俄国女性革命取得了前所罕有的成就：可能不再作为男人的鼓舞者、妻子和母亲而行动，而是完全独立

---

① 关于当时对秋瑾之死的巨大反响的分析，参见夏晓虹，1996。
② 鲁迅对秋瑾的看法，参见 Lyell，1976：83。
③ 秋瑾自己的作品中，凡涉及苏菲亚的地方，都在页码上作了标记。参见《秋瑾集》。

地、与男人们平等地参与他们的一切社会活动。①

与查苏里奇关于俄国人的主张如出一辙,历史学家沙培德(Peter Zarrow)相信中国无政府主义者在女性主义领域也"做出了独一无二的贡献",尤其是有关女性自主方面。② 确实,"女界革命"是无政府主义事业不可或缺的一部分,以至于无政府主义者的报刊《天义报》将之视为理所当然:"以破坏固有之社会,实行人类之平等为宗旨;于提倡女界革命外,兼提倡种族、政治、经济诸革命,故曰《天义》。"③对像秋瑾这样的中国妇女来说更重要的是女性无政府主义者的形象所蕴藏的对妇女的潜在解放。俄国无政府主义及其中国版本中的女性潜能恰是令20世纪初的中国妇女——秋瑾及众多籍籍无名之辈——如此着迷于1870年代的俄国无政府主义者的缘由,她们试图将这一理想付诸实践。正是因为无政府主义提供了重新构造女性这一概念的可能,秋瑾才能从中找到行为的榜样,而不仅仅是一种以死为目标的牺牲;而像《孽海花》中彩云这样的虚构人物也才能在索菲亚形象所暗示的别种可能性的基础上被想象出来,这别种可能性并不全都能纳入革命烈士的崇高身份之中。那么,这一被刻画出来的文化偶像的别种可能性是怎样的呢?同样重要的是,这些可能性又如何影响了中国新女性的(自我)建构呢?

---

① 转引自 Maxwell, 1990:25—26。
② Zarrow, 1990:239. 尽管中国无政府主义者在这方面是否"独一无二"可能仍有争议,但沙培德的论点还是可以听取。
③ 转引自 Dirlik, 1991:101. 沙培德(Peter Zarrow)主张,何震而非刘师培才是《天义报》女性主义议程的主要负责人。参见 Zarrow, 1990:130—35。

苏菲亚的生活：小说的再发明

对索菲亚的更加精细的描写出现在小说《东欧女豪杰》中。1902年11月至1903年6月期间，这本小说的五个章节在《新小说》（1902—1906）的头五期上连载；《新小说》是梁启超在日本创办的文学月刊。小说基于烟山专太郎的《近世无政府主义》，后者几个月前在东京出版。小说作者是岭南羽衣女士。[1] 小说最初发表时配有谈虎客［韩文举（1855—1937年）假托］的系列评注，此人是康有为的弟子，也是梁启超的亲密伙伴。虽然对女英雄暴力行为的赞颂使得它在政治光谱中处于激进一翼，但它也打出了民族主义的醒目标题，故而与改革者梁启超所支持的女性新角色部分一致。

小说开篇的框架故事是一位中国女学生华明卿在日内瓦学习哲学；小说其余部分是明卿转述她从一位俄国同学那儿听来的索菲亚的故事。小说中索菲亚的化身与报纸上的传记叙述相当不同。她的名字也进一步中国化了：中文音译为苏菲亚，苏变成了她的姓；在整个叙述中，她被亲密地提到时便被称作"菲亚"。小说不再聚焦于她的悲壮惨烈死，而浓墨重彩其多姿多彩的生：《东欧女豪杰》中的菲亚在为她展开的虚构空间中茁壮成长，而其中国对应者明卿在菲亚的存在所帮助创造的空间中茁壮成长。小说未曾写完本身可能更是一种暗示：虽然索菲亚的名望对这一文化偶像的流行来说至关重要，然而，可资想象挪用的真正有趣的部分不是她的死，而是她的生。在对索菲亚/菲

---

[1] 岭南羽衣女子，1978。烟山专太郎的书是中国关于无政府主义的著作的主要来源。参见Price, 1974：122—141。至于对晚清小说之作者身份的更多讨论，参见本章最后部分（此中译本中《东欧女豪杰》的引文均出自阿英的《晚清文学丛钞 小说一卷》，上册，北京：中华书局，1960年——译者注）。

亚形象的虚构改写中,两个附加的叙事特写使得她的肖像格外丰满,因为它们为女性的公共和私人角色的重新概念化提供了想象的结点:她的教育和她多次的身份转变。

在简要叙述了菲亚的贵族家谱之后,叙述暂时聚焦于她因遭到专横父亲的反对在教育上所遇到的困难。在她上大学的时候,其父得知她与"议论纵横,好为诡异"的人结交。作为一个"性情顽固,守旧异常"的人,他随即禁止她回去上学。两本传记都提到了这个事件;在它们的叙述中,父亲反对的首要目标仍然是政治的——他不喜欢索菲亚与激进团体混在一起。1907 年的版本还暗示父亲的愤怒与索菲亚对学习不够专心有关。虚构版本保留了父亲不悦的政治原因之外,还为他的反对创造了另一个理由:他在原则上反对女子受教育,因为他相信"俗人说的什么'女子无才便是德'"。考虑到在小说中,故事是由一个女学生(俄国)讲给另一个(中国)的,菲亚求学的困难必须要迅速引起虚构听众的同情。事实上,在前面的故事中,"中途废学"这个词也曾被用来描述明卿继续学业的困难。此外,菲亚的困难以当时中国读者非常熟悉的方式表现出来,因为菲亚父亲口中说出的恰是中国的俗语,"女子无才便是德",一句企图捕获习俗智慧与传统惯例的表达。从历史上来看,这样一种宣告已经被 18 世纪的文人批判过了。① 在晚清,它也常常成为那些赞同女性教育的人方便的靶子。通过语言使得菲亚的境遇本土化也使得她更接近一个中文小说的主角,从外部来说也更容易为同时代的中国读者所接受,否则她就会立刻被等同于异己的俄国妇女。

聚焦于菲亚教育的叙述直击同时代的争论核心,因为妇女教育最

---

① 其中,曼素恩主张,这种观念"在 18 世纪真的不流行了",并且"那个时代的主要论调并不认为妇女不应受教育,或她们没有学习的能力。"参见 Mann,1992:40—62。

近已经成了引起广大公众兴趣的一个主题,妇女在求学中所面临的困难也已经成为所有流行刊物讨论的议题。例如,梁启超就坚决强调妇女教育与民族健康之间攸关生死的联系:

> 居今日之中国,而与人言妇学,闻者必曰:"天下之事,其更急于是者,不知凡几。百举未兴,而汲汲论此,非知本之言也。"然吾推极天下积弱之本,则必自妇人不学始。①

梁启超进而将女学的发展与国家的强大明确联系起来,根据女学发展由盛至衰的程度,列出了一个国家的等级序列:美国、英国、法国、德国和日本,而印度、波斯和土耳其显著地居于底层。② 在梁的论证中,国家繁荣强盛的根源在于其女性国民的教育。女学这一主题将在下一章进行充分的讨论,在这里只要指出下面一点就足够了:这一主题是晚清现代性想象的关键,全面改革计划都将大众的读写能力与国民理想紧密结合起来。

于是,在小说《东欧女豪杰》对菲亚的虚构描写中,调用在当时人人瞩目的女学是非常有效的叙述策略。除了直击争论焦点本身就非常引人注目之外,女学问题也为其他两个问题作了合理的铺垫;这两个问题对建构未来新女性来说必不可少,也在虚构的菲亚身上形象地阐明了:教育为反抗父母权威提供了合理理由,也为个人独立提供了跳板——既包括无政府主义者的激进活动,也指单纯身体上的行动自主。女学这一在意识形态上相对中性的议题也就成了创造独立身份

---

① 梁启超,1936a,1:37,《论女学》。
② 国家发展的这种等级并非梁启超的独特看法。当时的报纸杂志上可以找到类似的"记载"。参见逐年记叙的《泰西妇女近代史》,《京话报》1902年第1—6期,收入 NQYDSL:193—209。

合法化的第一步。

与父亲通过中国老话表达出来的对女子狭窄的定义截然相反,菲亚不断创造她自己的多种的新身份。当她决定参与草根阶层的革命,煽动乌拉尔山地区的矿工叛乱时,她"尽把簪饰除去,又换了一套不新不旧的衣服,打扮着正和那贫家女子一样"。在前面的叙述中,已经明确指出了她的贵族背景:如同明卿初次看到菲亚的一张照片时所立刻做出的评论,她"越扮得质朴,越显得名贵"。顺便说一句,对阶级的暗示是一个循环出现的主题。尤其令人印象深刻的是,菲亚改换装束是一个高度自觉的行为,她无疑很享受改装后的戏剧效果:"菲亚改了贫家女子的装扮,自觉有趣,不免摄影了一幅小照,分送各处相知的朋友。"①这里使用的中文词是"装扮",字面意思是"装束起来,扮成"某人,就好像在进行戏剧表演一样。还有一次,当她必须穿过家乡圣彼得堡的一个熙熙攘攘的城区时,菲亚卸下了她贫家女子的全套装扮,改扮成一个修女,"身上穿着一件黑色斜纹绒的摇曳长衣,头上戴着一顶遮天蔽日的圆阔平冠,脸上盖着一面乌染线纱织成的密网,网上又压着绿色玻璃造成的眼镜。"重要的是,与之前一样,菲亚再次表现得非常享受假扮成不同的角色,外表不同,身份各异:"菲亚打扮毕,揽镜自照,暗道:'这样打扮,恐怕我的母亲在路上碰见了我,也认不出来哩。'"

玛格丽特·麦克斯韦(Margaret Maxwell)在她关于俄国女性无政府主义者的历史研究中指出,她们不仅符合"女虚无主义者"的流行形象——蓝色眼镜,故意剪得乱糟糟的头发和朴素的服饰,一些人还自己设计服装。维拉·查苏里奇"就精心计划了她打算穿去暗杀特雷

---

① Maxwell,1990:27,63。索菲亚·彼罗夫斯卡娅及其他受过教育的年轻俄国人在1870年代"到人民中去"的运动中试图与农民打成一片,但显然并未成功,因为村里的孩子们追在索菲亚后面,大叫:"穿裤子的小姐!"

波夫(Trepov,圣彼得堡市市长)的服装,因为她知道她将会被拍下穿着这件衣服的样子,而这张照片会公之于众。"①于是,精心构建的破除偶像的身份为了公开露面的印象而被扮演——结果却产生了一个新的偶像。

着迷于戏剧风格在几个层面上都至关重要。可以说,它为多重的自我发明提供了舞台,召唤出一个自觉作为历史能动者的自我。同时,戏剧风格伴随着某种不安,泄露出对"真实"身份的渴望——一种在书中逐渐浮现的有些暗藏的渴望,将在后文讨论;这种渴望与先前享受的阶级特权和社会地位有关。这种高度自觉的姿态因而要求被摄影这一现代技术记录,与朋友分享,由公众的眼睛作证,并在历史中得到名副其实的纪念。

索菲亚的中国姐妹们

在《东欧女豪杰》中,一个框架叙述导出了苏菲亚的故事;整个第一章详细描述了一个中国留学生华明卿的生活,一位对照着这个俄国无政府主义者想象出来的新女性。在日内瓦美丽的湖畔,明卿研习哲学,结交那些"满脑子激进观念"的俄国学生,恰如菲亚的大学生活。尽管明卿的故事不像索菲亚的故事那样逐步展开,但仍然是通过她,索菲亚的故事才被讲述。她的存在不仅使得俄国无政府主义者的生活不再遥不可及,也构成了索菲亚故事存在的原因。下面的讨论就从

---

① Maxwell,1990:25—26。维拉·查苏里奇(Vera Zasulich)在她的传记中写了一个有趣的事。事情发生在她去瑞士的路上,那里有大批离乡背井的俄国学生。当查苏里奇到达火车站时,她穿着一套自己设计、做工粗糙的亚麻衣服,非常扎眼,令人印象深刻。这种装扮与来接她那些人的那种上流社会的样子很不一样,他们都穿着浆洗得笔挺的衬衫、长裙,套着长袜,拿着手帕。

第三章 从索菲亚到苏菲亚

华明卿的故事开始,从她被某个西妇收养到她在日内瓦受大学教育。小说逐渐展开的情节把我们引向几位真实的中国妇女的生活,她们为女性教育小说提供了不同的原型;同时,她们自己的作品,无论是诗歌、小说还是传记,都揭示了测绘新的女性特质的多重困难,以及想象历史能动性的新的可能。

收养情节

在第一章开头,明卿的出生被大大渲染。这种叙述主要是吸取了两类古典中国小说的特点:志怪和侠义。首先,她的母亲不仅未婚,而且年逾古稀;按志怪小说的惯例,这是非凡个人将要诞生的标志。① 在受孕的时候,她的母亲做了一个梦,梦中"看了一部什么蟹行鸟书的册子和一幅什么倚剑美人的图画"。梦是志怪传统中的另一个典型手法,经常被各类小说家采用;主角,无论是人还是超自然者,都通过其母在受孕或分娩时做的怪梦来预告。梦中蟹行鸟书的文字呼应着另一个志怪小说的特征:谶纬,奇怪的笔迹有待于将来的解码。② 然而,在这里,由于其现代语境,传统特征在某种程度上已经被解码了,因为"蟹行鸟书的文字"是当时对西方语言的典型描述。最后,"倚剑美人"向另一叙事传统侠义小说匆匆致意,因为母亲关于女儿未来的怪梦很接近女侠传统中的描述,这被传记用来将索菲亚本土化,前文已经讨

---

① 志怪这个术语到明代学者胡应麟(1551—1602)手中才开始明确意指超自然的小说,尽管志怪小说的巅峰在汉魏六朝时期。《庄子》内篇最早使用了志怪这个词,意思是"记录奇异的事情。"作为后起用法中的一个类属,"记录奇异的事情"包括了被认为是不同寻常或超凡特出之事的宽广范围,分类详细:神仙、异人、鬼怪、超自然的灵异、自然的异物、凶兆或动物精灵、反常或无序的事件。对其早期形式的次类型的讨论,参见 Campany, 1996。关于明清对"志怪"类别之明确论述的讨论,参见 Zeitlin, 1993 和 Li Wai-yee, 1993。
② 康儒博(Campany, Robert Ford)把谶纬译作"prognosticatory apocrypha"。遵循古代的宇宙学传统,东汉的谶纬学者解释某个征兆或预兆,以维护皇子的合法继承权;他们还进一步把这些征兆与当时流行的以训诂章句为手段的经学阐释学联系起来。这样,天命被认为经由"奇怪的文本"传达出来,对这些文本的正确解释能够提供掌握政治权力的特殊途径。

论过了。所以，在中国主角出生前，几股不那么协调的力量已经出现了：女性异人、女侠和经由书写语言与某种外国东西之间的难解联系。

梦之后是令人难堪的现实主义的细节，因为母亲在女婴出生后就马上遗弃了她。诚然，这一事件的刺目有点儿被文学惯例减轻了，因为志怪文学传统中的母亲总是被描绘为离奇受孕之后被非自然力量给吓坏了，故而遗弃她们的孩子。遗弃女婴这一昭然若揭的行为从而被织入文学传统的叙述中，具有了可读性。然而，即使在文学传统的包容下，对这一事件的描绘仍然为文化价值系统及其对婴儿性别的特指之间的对照提供了叙述空间，这一对照必然引发对中国妇女位置的批判性再审视。因为这个裹着破布躺在梅子树下的女婴后来被一位美国女传教士发现并收养了。

这里，小说叙述所借用的是晚清公共场景中的一种崭新的存在：受外国教养的职业女性。康爱德医生（Ida Kahn，1873—1931）可能是当时这群妇女中最知名的一位，因为《清议报》1898年发表了梁启超为她作的传记。有一段时间，她成了现代中国女子的海报女孩儿，她被收养的故事和在美国受教育的经历成了女性教育小说名副其实的原版情节。为了理解关于华明卿的小说建构，有必要追溯到这一形象最初的引进者梁启超。

对梁启超来说，康爱德故事的力量在于其代表性功效：梁感兴趣的并非某一个体，而是妇女之全体，并进一步暗指潜在的全体国民；他所讲述的，并非个人的故事，而是预言新民族的故事。所以，康爱德的故事并非偶然，因为它为系统批判"中国妇女的位置"提供了机会：

> 吾虽未识康女士，度其才力智慧，必无以悬绝于常人。使其不丧父母，不伶仃无以自养，不遇昊格矩，不适美国，不

入墨尔斯根大学,则至今必蚩蚩然块块然戢戢然与常女无以异。乌知有学?乌知有天下?呜呼,海内二万万之女子,皆此类矣。①

这里,传统中国妇女被梁描绘为"蚩蚩然块块然戢戢然"——强调她缺乏知识,缺乏政治意识,缺乏身体活动。梁的主张提出了两套对立的词语:美国妇女对中国妇女,游历模式对幽闭形象。幽闭的家庭妇女这种中国妇女形象被描绘为乏善可陈的,与梁启超改革纲要中对现代国民的定义截然相反。

是什么使得康爱德迥异于"二万万"中国妇女呢?在梁看来,是她作为孤儿的塞翁失马般的好运,因为这使得她可能去到美国,依循一套不同的价值标准被抚养成人。通过对收养情节的大肆渲染,梁把家庭传奇引入了新女性的建构:通过父母的转换,象征意义上的承继关系代替了家庭中的承继关系。这个被收养的女孩不再被幽闭在中国妇女的传统形象中,她不仅最终受到了医学教育——卓越的现代科学形象——而且"靡所不窥,靡所不习",从而成为现代中国女性典范。

然而,对收养情节的进一步考察揭示出一项重要的省略。按照梁启超在传记中所呈现的,康爱德幼而孤,伶仃无以自养。一个美国女旅行者昊格矩(Gertrude Howe)"爱其慧,怜其穷",在康爱德九岁稚龄时把她带到了美国。仅仅给出了一个名字,没有更多细节,这位美国替身母亲完全是一个空白。也没有提到母女之间的互动:这一刻,女儿尚幼,下一刻,已独立成人(母亲则完全淡出了画面)。收养故事中被抑制的是这位受外国教养的女医生的改变——她与传教士的联

---

① 梁启超,1936a,1:120。

系。① 所以，康的养母昊格矩（1847—1928）这位美以美会（the Methodist Episcopal Church）的美国传教士会被描绘为"美国学士有宦籍者之女公子也"。她在中国的出现被解释为一次短期逗留，而非长期的传教，虽然到梁启超写这篇传记时她事实上在中国已经呆了二十多年了。康爱德自己也致力于成为一名传教士医生。②

根据昊格矩所言，收养故事完全不同于梁启超讲述它的方式。据称，康爱德出生两个月之后，她的父母将其许配给人的打算落空了，因为她的八字与原定的新郎不合。昊格矩的中文老师建议这个家庭把孩子给昊格矩收养；昊格矩当时刚到九江，并于当年早些时候开办了一所女学。那时，昊格矩还收养了三个别的女孩和几个男孩。③

梁启超剥去了康爱德故事的历史细节，在传记中赋予了这个受西式教养的妇女形象以巨大的代表性力量。故而这位替身母亲被抽离了宗教背景，摆脱了她原有的棘手却真实的文化包袱。取而代之，她变成了"纯粹差异"（pure difference）的方便标志，为中国妇女进入全球家庭提供入场券。这位养女也从一个社会边缘位置被提升到一个新的中心位置，因为她的个案与民族改革计划勾连起来了。康爱德于是变成了一个现代神话的一部分。

---

① 梁启超没有意识到康爱德故事背后的历史并非是不可能的，然而，有两个因素削弱了这种无知的可能。尽管梁启超关于康爱德的信息是二手的，但他的信息提供者邹凌瀚与昊格矩见过面，并且采访过她。左不太可能对围绕着这个故事的传教士的强大在场毫无所知。第二个也是更重要的因素是梁启超自身为分裂——并且，埋葬——西方知识与基督教之间的关联所做的努力。与康爱德传同年发表的"西学书目表"中，梁启超坚持排除了有关基督教的著作。这份书目的确包括了《圣教史》（*History of the Holy Church*）和《圣经论集》（*Collected Writings on the Old and the New Testaments*），对此梁启超作如下解释："这两本书包括了某些关于西方国家的历史记录。"[《质学丛书》（1896 年），序言，第 3b—4 页]，转引自 Chen Chi-yun, 1962:111—112。
② 对康爱德及她与传教活动的联系，参见 Hu Ying, 待刊。
③ 参见关于昊格矩和康爱德的两份文件: General Commission on Archives and History, the United Methodist Church, Drew University, NJ. 对这个时期及民国初年中国女留学生的历史记述，参见 Ye Weili, 1994。

回到小说《东欧女豪杰》中的收养情节，很明显，小说版本的基础是梁启超的传记，虽然改动了几处重要特征。一个明显改动的细节是，主角是被她的亲生母亲自愿遗弃的，这一点无巧不巧类似于康爱德被收养的真实故事，却有别于梁启超的版本，其中的幼女只是单纯是个"孤儿"。母亲自愿的遗弃行为使得小说叙述可能展开隐蔽却严肃的批评，不仅针对可疑的母亲——无论如何她是无名的——也针对认为女婴无价值的文化价值体系。小说版本进一步强调了替身母亲赋予婴儿女性性别截然相反的价值："西妇心中怪道，'这样灵秀的女子，不知疼爱，还要抛弃了，真不知道他的父母是什么心肠呢！'"女孩非同寻常的价值又通过"西妇"精心抚养她长大的过程被再三强调，"抚如掌珠，珍若拱璧"。[3]

小说版本进一步擦掉了有关替身母亲个人身份的任何蛛丝蚂迹，她的名字从未被提及。作为一个充满母性本能、匿名的、完全缺乏血肉的人物，这个西妇似乎来自不具任何文化历史背景的外太空，因为她的传教士背景明显不具有任何持久的重要性。在完成她的工作之后，也就是把明卿送到美国之后，她死了，完全是偶然地。由于养母完全是一片空白，所以不存在什么冲突、适应过程、身份斗争，不像人们在这种明显的跨国、跨种族、跨文化的收养中预期会看到的那样。这样，这位美国母亲仅仅是一个替代者，一个"差异"的标志，一个把明卿从一种价值体系送入另一种的媒介。最终，这位"西妇"不仅给一个中国妇女带来了受教育的机会，而且总的说来，还向中国妇女允诺了一个崭新的未来。

以几年前被梁启超描述的历史人物康爱德为原型来刻画小说中的新女性明卿，《东欧女豪杰》的叙述达到了足可乱真的地步。它也进一步普及了正在浮现的中国新女性的形象——受外国教养、独立的职业女性。此外，由于这部小说最初是在梁启超的《新小说》杂志上连载,在文本生产层面与梁启超写的康爱德传产生的互文呼应使得叙述本身显得真实可信,创造出一个不断增生扩散的互文指涉网络,从而确立起两个叙事的有效性。

一旦中国妇女被转送到美国,她在那里的教育和生活便呈现出一种额外的重要性,因为她立刻变成了面向世界的中国代表,就像梁启超所写的传记中那样,同时,对国内的观众而言,她也变成了外国世界的目击证人,就像《东欧女豪杰》的虚构世界中一样。

学校教育

根据梁启超的传记,康爱德要经受美国教育系统的考验,"遂通数国言语文字、天文、地志、算法、声光、化电、绘画、织作、音乐诸学";这份课程表因其混合了现代科目和传统视为学者绅士之必备的艺术而格外引人注目。最后,她获得了医学学位,在这一现代学科上出类拔萃,并归来报效祖国。

梁启超的传记着意渲染了文凭本身。梁启超宣称,得此者"荣幸视中国之及第,或复过之"。这样,来自美国这一遥远国度的文凭证明了一位中国妇女在一个异己的教育和价值系统中所取得的成就,它的力量部分源自其难以企及。文凭是一种全球流通物,尽管文化语境变了,其价值却完美无缺。它所指示的价值是现代性,意味着一个以普遍性交换特殊性的前景。从而,文化对比的术语以如下方式建立起来,康爱德之美国教育的价值也从而变得可理解了:她的成就被比照于传统的男性教育,而非才女之才,从而将之归入了一个与"春怨离愁"之诗完全不同的类别。该教育属于公共范围,被视为为民族/国家服务。在一定程度上,现代女性及其传统对应者之间的差别经由她对民族宏大历史的参与被记下了。同时,正如我们将要看到的,当现代通过一个女子体现出来的时候,她的性别特征也被文化对比的术语擦掉了,因为这些术语赋予她男性文人的位置。①

传记中最引人注目的是梁启超对密西根大学毕业典礼的详细描述,不厌其烦地描写仪式细节。开头,舞台被设置在密歇根大学,它坐落在"美国之大都会","大学中之学生以千计,殊域异种负笈而来者,盖十余国焉"。以这种方式描绘毕业典礼势必令他的读者——其中绝大多数是具传统教养的士大夫——联想到胪唱这一宣布殿试最终结果的盛大仪式。就像新科进士们通过太和殿觐见的仪式,象征性地进入仕途一样,密歇根大学的新毕业生们据说也与该城及远道而来的官员们结成了一体。②

那一天,两千多名毕业生中的两位毕业生,康爱德和她的朋友石美玉登上了这个世界性的舞台:

> 次及女士,则昂然儵然。服中国之服,矩步拾级,冉冉趋而上……西人本侮中国甚,谓与土番若。于是二子者进,结束翘然异于众,所领执据,又为头等,彼中所最重也。彼校校习,若他校之校习,其地之有司,若他国之有司,睹此异禀,则皆肃然而起,违位而鞠躬焉以为礼。门内门外,十余国之学徒以千计,观者如堵墙,则皆拍手赞叹。

梁启超描绘这两位中国女性走台阶的语言充斥着成语,比如"矩步拾

---

① 然而,当我们考察有关邹凌瀚的历史记录时,并不会感到她的故事中的性别变形——邹凌瀚来自江西,是梁启超的朋友,也是最早把康爱德的故事告诉他的人。事实上,邹凌瀚第一次见到同乡康爱德的时候,她的养母昊格矩不得不出示文凭来取信他,使他不再怀疑康爱德在国外的成就。邹凌瀚随后借了这个文凭,把它挂在"反缠足协会"(他和梁启超在1898年创建,其时正是康爱德回国之后的几个月)的墙上,以便"二十万中国妇女知道妇女之所成。"参见康爱德的个人文件:General Commission on Archives and History, the United Methodist Church, Drew University, NJ.
② 对清代唱名仪式的详细描述,参见宫崎市定(Miyazaki Ichisada, 1981:83—86)。

级"和"冉冉趋"。这些短语专用来形容士大夫在觐见仪式过程中的举止,含有丰富的传统意味,即,公共影响和个人外表之道德效果。她们"矩步拾级",语言自身所包含的言外之意令人忆起士大夫的端正举止,也在其他学生和教员面前代表了中国,因为来自"十余国"之"观者如堵墙",组成了一个名副其实的联合国。

朝向传统的仪式姿态与观看仪式表演的观众之间呈现出尖锐的对照。在梁启超对毕业典礼的描绘中,对那些差异的记录便成了反向的观看:观看他者观看自身。观众惊讶的反应,文本本身对这一细节的描绘,使我们对康爱德的举止,尤其是她的装束,有了双倍的意识;其差异在这样一个截然不同于"殿试及第"的语境中被强化了。因而,正是仪式表演,正是在异文化面前文化差异的戏剧化表演,使得毕业典礼成了一件值得进行历史记录的事件。因为它所表演的是中国象征性地进入了民族—国家大家庭的通过仪式,是密歇根大学的舞台上一个重大的仪式瞬间。

此外,还有另一个差异在康爱德传的写作中被抑制着:性别差异。中国的文化传统在转喻层面(metonimically)由中国毕业生们所代表,但是她们是女生反串男生出演。当她们像士大夫们在太和殿前那样"矩步拾级"时,她们自身的性别特征被擦掉了。女毕业生的装束象征性地代表了中国,但这装束是抽象的,她们的表演是没有语境的。虽然梁启超注意到了她们装束的中国性和因此有别于那群观众的品质,赋予了她们代表性的力量,但我们不能假装那些装束是男性官服,以便与她们那男性官员的步态一致。[①] 从历史记录中,我们得知这两个女子的服装是为毕业典礼特地从中国定做的,与她平常的习惯相

[①] 在几部清弹词中,女子假扮男人,通过殿试,她们总是乔装掩饰,穿着男性服装。例如,参见陈寅恪,1975。

反,她们平常总是穿着当时的西式服装。虽然我们不能确定服装的样式——可能是适合家庭欢宴或皇帝接见的正式礼服,因为这个公共的毕业场合是前所未有的——但我们确实知道她们毋庸置疑穿着女性服装。毕业生们的装束必然有着双重代表性,代表她们的国家,也代表她们的性别。于是,在梁启超试图将康爱德转换为中国这个崛起中的国度的一个抽象代表的企图、和他性别意识形态内部的矛盾之间,一道裂缝产生了。

占据一个外国空间

在《东欧女豪杰》中与梁启超对康爱德的美国生活的处理不同——集中在一个展现民族—国家荣耀的瞬间,就像真的如此似的——小说的描述更加专注于抓住真正的外国。在围绕着女留学生华明卿的叙述中,异族的新奇事物接踵而来,对外国事物分条列目的描绘对任何微小的细节都津津乐道。明卿在日内瓦的进步通过"对物质世界、物之世界的描绘"被记录下来了,而且这种描绘还"提供了一个价值分类表"。[1] 实际上,这种对事物物质性的描绘为舞台提供了精心布置的背景和小道具,在这个独特的"外国"舞台上,熟悉的规范不再适用,并且正是这种"外国性"使得进行不同行为规范的实验成为可能。此外,就像文本使得读者更加亲近外国事物一样,它也召唤出了旅行见闻的氛围。通过对异国空间的发明和证实,叙述赋予了文本以可信性,似乎这就是对外面的世界的见证一般。最终,关于空间的叙述创造出了叙述空间。

通过旅行去见识外面的世界在当时关于教育改革的讨论中是一个反复出现的主题。例如,1895年科举考试的一道策问就要求应试者

---

[1] Stewart, 1993: 28.

阐述"旅行即学习的西方观念"。① 考虑到中国女性幽闭的传统形象，鼓吹女性公民新教育的人也支持女子留学就毫不令人惊讶了。在发表于学生杂志《江苏》上的一篇名为《劝女子留学说》的文章中，作者呼吁：

> 不登山者，不知泰岱之高；不赴海者，不知沧溟之深。我中国女子，日居深闺，耳无所闻，目无所见，故外国之如何强盛，中国之如何衰弱，女学之如何不振，皆毫不相关。②

这篇文章的作者接着论证说，由于中国过去四千年都没有正式的女子教育，妇女们更应该去国外学习。

从而，在小说《东欧女豪杰》中，明卿的旅行—学习就记录了报刊作者所召唤的"见"和"闻"。在养母去世后，明卿在中国移民团体的资金支持下得以在美国修完中学学业。然后，靠着母校提供的奖学金，她去到瑞士的条利希太学（今苏黎世大学）学习哲学。正是在此，小说叙述花了较长的篇幅来描绘风景，尤其是描绘一栋外国房子的内部设计。

《孽海花》通过对德国皇宫的生动描绘，表现了一个神秘外国空间，一个令无所不知的彩云也眼花缭乱的空间；与《孽海花》不同，《东欧女豪杰》表现了一个具有异国情调的空间，更加切近，也更加亲密。通过旅行见闻的老套手法和留学生日记的结合，明卿被描绘为外国的一位旅行者和居住者——在那里住得久到足以获得亲密的友谊，足以在某种程度上认同于收养她的国度。在这里，外交官日记中展示出来

---

① 参见 Elman，1993：254。
② 陈彦安，《劝留学》。收入 NQYDSL：672。最初发表在学生月刊《江苏》1903 年第 3 期上。

的那种与外国之间的巨大距离感被大大削减了。对异国新奇事物的使用触手可及,与异国情调并行不悖的是一种强烈的熟悉感。这种效果是一种与本国之间的特殊的距离感,因为读者们大概会对这些异国事物感到惊奇;但对记日记的人来说,这种异国情调已经变成了日常生活,如果不是完全的凡俗生活的话。

正如叙事者在小说开头明白表示的,小说的目的是"普告国中有权有势的人,叫他知道水愈激之愈逆行,火愈煽则愈炽烈"。虽然叙述宣称有一个明确的政治议程,但许多描绘的章节似乎与此并不相干。确实,对外国日常生活细节的叙述似乎本身便魅力十足了。12

例如,当明卿去一个俄国朋友宝华的公寓拜访时,对升降梯有一段仔细的描绘。这件东西当时在中文中还没有一个适当的名字:

> 只见楼底当中开着一个丁方大窗,底下竖着几枝铁柱,中间放着一块不厚不薄的檀香木板,两人踏足板上,只见宝华伸手到那机关妙处轻轻一拨,便见那木板离了地,徐徐自下而上,不上一分钟工夫,恰好升至三楼。13

这一段直接插在苏菲亚被捕的故事的中间,而苏菲亚被捕正是整个叙事的高潮,所以这些描写显得特别细枝末节。的确,它描绘的似乎并非一个机械装置,而是一个值得爱抚的、奉若神明的对象。对电梯的描绘所蕴含的那种风味证明了这种细节对作者和读者来说具有很大的魅力。考虑到晚清对任何与电有关的东西的迷恋,一部电力的升降梯就不仅意味着外国,而且意味着现代性。这一叙述魔力由对先进技术赤裸裸的崇拜触发了。并且,对先进技术的描绘常常伴随着一种近似魔法的气氛,就像在这个例子中一样。更重要的是,这类细节的堆砌进一步证实了一个显著不同的空间。像旅行见闻一样,这些描绘具体展现了差异感,就像旅行带回来的纪念品令外国的他者血肉丰满、纤毫毕现一样。

《东欧女豪杰》的叙述集中关注直接围绕在中国角色明卿周围的外国空间。在第一章中,详细描写了明卿住处的风景:"太学近处有一个名湖,叫做舍弥华湖,瑞士风景甲于地球,这湖又是瑞士国中第一名胜。"瑞士似乎确是许多晚清作家最钟爱的。著名的《瀛寰志略》的编者徐继畲(1795—1873)将它比作陶潜的乌托邦式的"桃花源",称它"山水奇秀,风俗淳古",为官不当,便会受罚,并且去职。① 这里,叙述遵循的是游记这一文类悠久的风景美学传统;这一纯文学的传统至少可以回溯到魏晋(公元 3 世纪),在晚清仍很流行。典型的游记美学便是将对附近风景的描绘与对观看者/作者内心的描写结合起来。按照中国古典诗歌强调情景交融的美学原则,外部与内部的平衡在游记中被有意地维持着,这样,风景就绝非仅仅为抒发胸臆提供了一个契机,描绘也并非仅止于细节罗列。这一文类传统一个最显著的特征是写作的私人语境:写作常常发生在旅行者/作者流放的时候;这样,作者就被描绘为在不同寻常的环境下,进入了一个意味深长、与众不同的空间中。②

在《东欧女豪杰》中,一块有着明显外国标记的土地代替不同寻常的流放背景为非凡的经历提供了舞台。③ 传统游记的两个主要要素在小说中很早就呈现出来了,即风景描摹及对作者情感的反映:

---

① 《瀛环志略》,10 卷(福州,1848 年),卷五,第 31a—b 叶;转引自 Drake,1975:147(此中译本所有引文出自《瀛环志略》,上海:上海书店出版社,2001 年——译者注)。
② 对游记传统的讨论,参见 Strassberg,1994:Introduction。对情景交融的讨论,可参见 Pauline Yu,1987 和 Andrew March,1966。
③ 在他的《瀛环志略》(1848 年)中,徐继畲把瑞士描绘得非常像"桃花源"。《瀛环志略》,卷五,第 25 a—b 叶;转引自 Drake,1975:147。

> 一日明卿清早起来,但见阴霾四合,天气凄凉,午后乍暖乍寒,陡下了一天大雪,直至黄昏之后,又是细雨横飞,狂风怒叫。不一会天容开霁,但见皓月一轮,悠然西上,恰好倒影在那舍弥华湖心,摇摇荡荡。

虽然这一段是传统游记中典型的描写段落,强调季节更替、气候变迁所带来的景色变化,但这段描写的开头部分也调用了旅行者的孤独情绪,由可怕的天气所触发的孤独寂寞。

更重要的是,外面阴沉的景色与公寓内私密舒适的场景形成了鲜明对比。当明卿越来越冷,回到她的房间时,读者得以好好打量一番这个外国空间的内部:"只见炉火飞红,春生斗室,电灯滚白,光析秋毫。"与彩云所经历的那个明亮耀眼的德国宫殿相呼应,明卿的房间内部也灿烂夺目,但对她来说显然并不令人眼花缭乱。因为这个内部空间虽然明显是外国的,却被布置得如家一般,由这个中国女子所占据。它是外国的,因为它不像传统文人的书房,甚至不像被女性挪用的文人书房,就像《红楼梦》中出现的女子书房那样。与黛玉或者探春的闺房/书房相比,明卿的书房似乎完全缺乏传统文人书房的典型装饰:丝毫没有提及诸如毛笔、笔架、砚台之类的东西——那些传统文人文化中身为一名文人的标记和情结。① 这些文人物件暗示着伟大的传统,在这里取而代之的是外国的、现代的内部标记——壁炉和电灯。更重要的是,内部设计也显示着不同的空间划分和不同的生活结构。因而,它是一个有别于中国的"文化差异"标记,标识着一种可能的别种生活哲学。

最后,真正激发《东欧女豪杰》大肆铺陈新奇事物的是一种不同的

---

① 对传统学者书房的讨论,参见 Watt, 1987:1—13。

哲学,当时流行的一系列书籍所明确表白的一种哲学。从而,当明卿被明亮的炉火和电灯所簇拥,处于情绪激荡的状态时,她开始阅读卢梭:

> (她)又起身回翔了数十百步,转向书架上拿了一册法国大哲学家卢梭著的《民约论》,息心静气坐定了,方才从头念下。忽而点头,忽而拍案,忽而仰视,忽而俯思,忽而搁管批评,忽而高声吟诵。

跟这个亲切的外国空间相配合,明卿激情澎湃的样子再次强调了与卢梭的精神交流,后者被公认为现代最伟大的思想家。

在对充满异国情调的升降梯的描绘之后,读者再次读到了一串长长的书单;这个单子包括黑格尔的《法哲学》,卢梭的《社会契约论》,赫尔岑的《谁之罪》,车尔尼雪夫斯基的《怎么办》和半打日记。就在《东欧女豪杰》出版前几年,几种被认为对新知识分子的教育非常重要的书目被梁启超(1896年)这样的杰出改革者编辑出版了。① 小说中提到的所有书确实都在这些书目中出现了。在与小说一起发表的原初评注中,谈虎客乘机详细说明了无政府主义党的历史:"黑智儿(今译黑格尔——译者注)唯心派哲学是虚无党经典。《谁之罪》、《如之何》两小说皆虚无党宗旨者。"在更早的一个评论中,谈虎客解释得更加透彻:"俄国虚无党思想是由德国黑智尔、麦客士(今译马克思——译者注)、法国仙士门(今译圣西门——译者注)诸大哲孕育而来。日人所

---

① 《西学书目表》,收入《质学丛书》(上海:1896—1897)。根据唐·普莱斯(Price, 1974:232, n. 23.),书单本身也是一个流行的参考书目,在不到一个月的时间内售出了 2000 份。

谓社会主义也。"①于是,关于空间的叙述建基于当时的书目,书写文本预先绘制出了将要被写出的这个异国空间。反过来,小说中虚构的书目又复制了同样的藏书。对这些缺席文本的虚构描绘进一步巩固了它们在新的知识整体中已经牢牢建立起来的经典地位。除了借用梁启超的权威,叙述乞灵于书目氛围也是一种创造新身份的策略,或者如梁启超所言,是一种"新民"的策略。异国细节的堆砌从而与异国书籍的编辑联合起来——互文性的物质实体化——一起确保了虚构文本的真实和权威。

充满着异国新奇事物的叙述旨在引起读者的好奇。相反,它的主角明卿显然毫不惊奇。对这一切,明卿并未顿生敬畏,而是从容不迫的。毕竟,这个异国的地方也是她(暂时)的家,这些异国人物是她的朋友,她与他们就像拟同胞(pseudo-siblings)一样。与对菲亚的教育的处理类似,小说在这些年轻女子之间设置了好几个可能的认同点,无论她们是无政府主义者、俄国学生还是中国学生。为了调和关于明卿的框架叙述和苏菲亚的故事,另外两个在日内瓦的年轻俄国女生向明卿详细说明了俄国无政府主义的原则。她们提供了联系四个女生的认同链条。对俄国与晚清中国之类似的认知使得这种认同更加容易产生,就像她们所说的:"当时以为这样野蛮政府,在今日开明之世,是有一无二的了。不料贵国平日以文明自许,其顽恶犹复如此,这可真算物必有偶,天生成一对大虎国了。"明卿对俄国女英雄的认同使得她成了理想的见证人/故事讲述者。虽然明卿被设置为革命场景中最被动、最疏离的,然而由于她想像性地重复了索菲亚/苏菲亚,也就远程参与了革命,相互的认同循环从而完整了。

比起《孽海花》中的彩云来说,明卿同化得更厉害。然而,与彩云

---

① 《新小说》1902年第1期,第13页;同上,1902年第2期,第20页。1980年再版。

不同,明卿作为一个人物几乎没有发展:她仅仅是这个新创造的满是惊奇的空间中的一个存在。她与俄国学生共享的这个既具有异国情调又熟悉万分的空间对于叙述来说至关重要,因为在创造出一个不同的女性人物之前,需要把她从幽闭的内闱迁移进一个不同的空间,而这个空间通过其差异提供了新的可能性。

阅　读

虽然明卿阅读卢梭被描绘得颇为戏剧化,但在文本中真正落实的既非卢梭也非穆勒,而是另一位中国女旅行者/作家的著作:据说由一位匿名的逆旅女子所写的四首组诗。与明卿读卢梭的情节不同,此处从同时代的一本《平等阁笔记》(1990)中全文引用了这位"逆旅女子"的诗。明卿明显熟知这本书,以至于这些诗歌已经牢牢印在了她的脑海中。

明卿所记住的这些诗歌在清末/民初非常流行。它们最早出现在1900年的这本笔记中,1902年又被《新民丛报》梁启超的论诗专栏引用了。这些诗歌后来又被徐天啸雄心勃勃的《神洲女子新史》(1912年)再次全文引用;最后,它们被陈东原收入了他的权威史书《中国妇女生活史》(1937年)中。在笔记最初的叙述中,男性叙事者把自己描绘为与日本朋友一起从日本旅行归来的留学生。一个寒冷的黄昏,在朝鲜和中国东北交界的某个地方,在路边的一个小旅馆前,他看见了下面的图景:[1]

> 一女子姿容倩雅,妆服澹素,冷月凝辉,寒山魇翠,携一姥一仆,匆匆更往北发。

---

[1] 各种版本似乎有着同一来源,因为无论是诗歌的艺术处理还是它们被发现的背景都不存在文本差异。参见陈东原,1928:351。

一走进旅馆,他就看见了写在墙上的四首诗:"墨痕未干,字体秀逸。"这四首诗中,只有三首被记录下来了,因为最后一首"字体潦草,不能辨识。"匿名女旅行者出现的背景明显被边境化:在中国东北和朝鲜边界的某个地区,被一群来自多个国家的旅行者看到了。人物描写强调了典型的侠一般的冷峻气质,当然还有作为先决条件的不可逼视的美丽。这幅肖像的重要成分是她的孤独,熟悉背景的缺乏、恰当的男性护卫及其神秘来去都传达出这一点。事实上,她的在场正是通过缺席的标记显示出来的:目击者恰好在她离开的时候看到了她。甚至她"墨痕未干"的笔迹虽然以一种高度的直接证明了她的存在,但也只能证明一种文本的在场——再次强调了她身体的缺席。这个旅行的女性后来被笔记作者构建为有点儿像是女侠传统中的神秘人物;她文本的和身体的存在最终都通过这种模糊性被标记出来了。①

然而,如果读者透过墨痕未干、"秀逸"的笔迹看过去,真正的诗歌"所说的"绝非仅仅是简单的革命感情。这些诗歌是建构一种切实可行的现代女性特质之困难的有趣样本,面临着传统的家庭生活意识形态和现代民族主义意识形态之间不可避免的协商。第一首诗以一个传统的"家"的形象开头:"本是明珠自爱身,金炉香拥翠裘轻。"对她出行之前在庇护所一般的家中之经历的描绘从花间词传统中汲取良多,后者常常会追溯到晚唐的词人温庭筠(公元812—866年),历经北宋到清代的常州词派。通过有关柔软、温暖、芳香及金碧辉煌之色彩的感官隐喻,传统的花间词描绘出一幅生动的女性化环境,强调其封闭、隐密;居住其中,浓妆淡抹、披金戴翠的女子总

---

① 这些诗歌属于题壁传统,即,被题在客栈、寺庙、或其他公共场所的墙壁上的诗歌。妇女写作的传统呈现出表现对自我表现这一复杂问题,因为即使这个例子中的自我表现,仍有赖于后来他人表现的效验。对妇女及题壁诗传统的讨论,参见 Ko, 1992:451—488。

被描绘为怀春。①

就像之前所论证的,"内闱(inner quarters)"作为一个恰如其分的女性住处的概念源自传统道德哲学中的伦理关注。然而它又不仅仅是一个道德规定:对于"逆旅女子"来说,内闱气氛的价值在于其可描绘性(representability)。来自诸如花间词传统的现成套路对女性特质的描绘有着巨大的吸引力,因为固定的形象散发出某种像美学地心引力一样的东西。对"家"及"金炉"和"翠袤"的俗套描绘从而与年轻女性的价值联系起来:她被"珍爱着"。仿佛一旦上路,她就不只与一个稳定的存在及其附随的特权、地位和物质上的舒适断绝了关系,更重要的是,她失去了她的女性特质/她的家庭价值,因为它们正有赖于她所抛下的幽闭状态。

既然"家"渗透着价值意象,"离家"就要求巨大的合法化辩护,诗人于是反问:"为谁抛却乡关地,白雪苍茫无限程。"温暖私密的内部世界与寒冷广阔的外部世界形成了鲜明的对照,关于她身份的舒适假想也让步给了下面这些令人不胜烦扰的问题:有关其理想之价值("为谁")以及追寻之道("无限程")的问题。接下来,第二首诗描绘了一幅旅行者的肖像,进一步渲染了这种对比:"明镜红颜减旧时,寒风似剪剪冰肌。"遭受风刀霜剑折磨的女子令人回想起一个悠久诗歌传统:描绘那些独坐秋寒的女子,她们永远单薄的衣衫作为一种转移的修饰词暗示着不在其位的妇女的脆弱。② 第三首诗中,旅行者"丝丝清泪揾红巾",进一步强调了旅途的悲伤,虽然这种感情被升华了,因为她的眼泪显然是为国运而非她自身而流。最后一首诗歌把诗人表现为一

---

① 对这类诗歌的通论及对温庭筠的简论,参见 Fusek,1982:Introduction,10—21。对温庭筠的一代表诗作的细读,参见 Frankel,1976:56—59。对这一诗歌传统的女性主义批评,参见 Robertson,1992:63—110。
② 对有关旅行中的妇女的文学传统及其晚清固定阐述的讨论,参见 Hu Ying,1997。

个孤独的革命者,同时也通过对拒绝觉醒的男性国民的谴责将这种境遇性别化了。于是,这些诗歌中所描绘的"逆旅女子"既打破了旧习,又遵循着传统;文学修辞对其涉于险境的女性特质做了过度补偿。虽然描写家庭生活的笔调是感伤的,作为框架的旅行却仅仅意味着个人的牺牲。

从笔记的生产层面看,笔记本身跨越在虚构/传奇领域和事实领域之间,后者因为作者的亲身经历而增强了。笔记(英文通常译为 notes, sketches, jottings)传统① 总是强调一种"不饰雕琢(artlessness)"的美学。笔记形式灵活,对当代事件能做出直接、个人化的反应,这使得它刚好成为跨越新近流行的报刊文体与高度政治化的新小说(New Novel)之间的桥梁。小说《东欧女豪杰》引用了一本同时代的笔记中的诗歌,从而分享了或许可谓之新闻-小说(news-novel)的话语,这种话语模糊了事实与虚构之间的界线,公然介入了读者的"真实"生活。②

在小说新的上下文结构中,明卿作为这些诗歌的女性读者立即与诗人/旅行者形成了认同:"怎么这簇新题壁的诗句,那高平子就把它第四章看不清楚呢?可惜,可惜!"明卿不只被"逆旅女子"的神秘缺席激起了兴趣,还因不得其门接近这位志同道合者而感到失望;嘲笑完这些诗歌的第一位读者(男性)的粗心之后,她毅然开始写诗以补全这组诗歌。补全诗歌使"字体潦草"的第四首诗清晰可辨的行为更多揭示了"逆旅女子"的真实身份,或者更确切的说,明卿与这位女旅行者

---

① 广义地看,笔记正是韵文的反义词。在这里,我采用它的狭义,意指宋明时期流行的一种随意成文或草草拟就的短篇。即使采用这一定义,这类短篇与小说之间的界线也仍不明晰。
② "新小说话语"(news-novel discourse)这个术语是欧洲文化历史学者用来指组成小说——例如,包括流行杂志——的书写文本整体。这一话语的关键特征是模糊事实与虚构以及读者的高度参与。例如,参见 Davis, 1983 and Shevelow, 1989。

所共享的身份。① 和诗，按照原诗的格律作诗的行为，一直是文人契友之间交流的传统方式。明卿和"逆旅女子"之间的诗歌酬唱被想象为以诗的破格（poetic license）的形式所进行的一种超越时空的"答复"，确立了她们所共享的新女性身份；该身份依据其流动性及读写能力而被规定。

事实上，"真实的"读者回应这一组诗歌的方式非常类似于虚构的人物明卿——他们的和诗发表在流行的期刊上，正如这部小说本身在流行刊物《新小说》上连载一样。阿英的《晚清文学丛钞》收录了五组回应小说中原诗的和诗。这些读者的诗发表于1904年，在《女子世界》②、《觉民》和其他几份刊物上。一些诗歌由马君武这样的著名人物所写，像权威书评那样，对原始文本进行评价、交换评估意见。其他诗歌由匿名或使用笔名的读者所写。③ 例如，一组诗的作者署名为"广东女士同怙"，其简短的序言这样写道：④

> 甲辰春夕，独坐挑灯，偶读羽衣女士《东欧女豪杰》唱和诗，神韵魄力迥异寻常，唤起国魂断推此种。依韵感和。

这位读者自我认同为一名文化修养很高的女性。此外，她将自己的阅读活动定位在一个孤独的背景中，在那里，她与其他文本化的女性读者/作者交流。从而，她在流行刊物上的文本化存在进一步建立起了

---

① 莫林·罗伯逊（Maureen Robertson）主张，"妇女作品中的自我表现特别包括对与其他人共享的阅读、写作和文学活动的显著涉及。"Robertson，1992：101。
② 这份杂志由曾朴和丁初我创办。虽然它不是最激进的妇女杂志，但它持续最久（1904—1907），影响巨大。
③ 所有诗都采用原诗的格律，遵照严格的"次韵"格式。这种"次韵"的方式一直是展示诗人高雅修养和熟练技巧的一种方式。
④ 收入 WQWXCC：570—72。

围绕这个文本的共同体,一个被认定为女性的共同体。一种类似的"才女文化"在晚清以前已经存在很久了,其特征常常是血族关系(母女和女性亲戚)和家庭日常生活背景。① 虽然《东欧女豪杰》文本内外的诗歌声音都延续着这个女子文化共同体的传统,但它现在被新闻/小说话语——处在公共舞台聚光灯下的话语——中和了。由诗歌写作所表现的传统女子文化现在进入了公众领域,对一切能读会写的人开放。借助于这一新的媒介,新女性共同体超越了血族关系和地区联系,扩展成了一个基于文化教养的潜在的更大共同体。即使文化教养这一先决条件本身仍然严重阻碍了对这一女性共同体的参与,就像过去几百年中的情况一样,但大众媒介这一重要存在还是使得读者和作者日益联系起来,纵使他们之间远隔千里。

一个远离家的旅行者会阅读另一位离家的旅行者的作品,这暗示着出外旅行同时也总是回家之旅;与其说旅行者发现了一个绝对的他者,不如说旅行者更多认识到了她自身。于是,可以中肯地说,中国新女性的教育被其他同时代的中国文本影响着,证实着。

表演身份

虽然对教育的追求为把妇女从传统家庭的限制中合理解放出来提供了首要的条件,但对这样一种新的公共角色的锻造仍有某些暧昧不明。正如苏菲亚戏剧性的例子一样,中国新女性似乎要经历一系列的身份变换。

像我们记得的,在《孽海花》中,彩云的海外旅行以她妓女的卑贱地位为基础,以她之前抛头露面的生活为基础。大太太虽是一位教养良好的贞洁妇女,却可能承担不起大使夫人的公共职责。所以,"逆旅女子"即使有着民族主义的合法理由,也仍然必须以她先前生活中专

---

① 参见 Ko, 1994。

注于家庭的合乎礼教的形象对她于礼不合的公共外表做出过度补偿,似乎这样才能保证她值得尊敬一样。整部《东欧女豪杰》中,中国学生明卿都在国外,那里大概有着不同的准则。我们现在必须抛开她,调查一下国内新女性的建构情况,在那儿,一位名誉不佳的妇女(a public woman)与一位公开露面的妇女(a woman in public)之间的界线并非总是清晰明了;实际上,在描绘中,这条界线常常被故意混淆。

在当时的畅销书《文明小史》(1903—1905)中,就有一个这种混淆的场景。一天,几个从外省来的年轻人来到上海,打算去听一些现代妇女所做的公开演讲。在路上,他们遇到了几个坐着敞篷轿子去做生意的妓女:"这些女人,坐了敞轿,见了男人,毫不羞涩,倒像书上所说,受过文明教化的一样。"① 在另外一段情节中,这些年轻人在一个公共茶馆中认出了三个"现代"男人和一个女人:

> 看那妇人年纪不过二十上下,头也不梳,脸也不洗,身上穿了一件蓝湖绉皮紧身,外罩一件天青缎黑缎子镶滚的皮背心,下穿元色裤子,脚下趿着一双绣花拖鞋。拿手拍着桌子说话……贾家兄弟见了,以为这女人一定是人家的内眷,所以才有如此打扮,及至看到脚下拖着一双拖鞋,又连连说道:"不像不像!人家女眷,断无趿着鞋皮就走出来上茶馆的!"

我们的一个外省年轻人最后推断这个女人定是那些"不缠足会"中的一个,他听说过很多这些协会的事。在这段讽刺性描写中,这个"现代化的"女人毋宁说是低等粗野的,她缺乏划分内外界线的"容"(适当的

---

① 李伯元,1974:150。对上海时髦妓女的讨论,参见 Yeh, Catherine, 1996:381—405 和 Hershatter, 1997。

女性外表)便证明了这一点。再一次,我们发现阶级问题与性别紧密联系着;再一次,"现代"被描绘为一个令人恐惧的无序世界,尤其是男性与女性角色的无序。

那么,正在浮现的新女性如何才能一面井井有条地操纵着与各种声名狼藉的形象之间的关联,一面获得其公共外形呢?在多种形式的破除旧习的(自我)描写、女扮男装的情节和公共角色(the public personae)中,新女性如何建构一个真正的自我呢?毫不奇怪,"真实自我"与"公共外表"之间的相互作用成了当时文化表现的一个中心问题。

正如我们说过的,《东欧女豪杰》抓住了晚清对肖像照的迷恋,菲亚在每次愉快的自我转换之后都立刻拍了照片。这些照片抓住了她不是"她自己"的非凡瞬间:它们有点非传统,甚至干脆是故意要吓人一跳。于是,这些照片记录了暂时的逾矩,使之成为永恒;不过,这些"不真实"的形象仍是高度写实的。对于建构新女性来说,摄影这一现代技术提供了一个尝试新的身份、新的习惯的契机,在这一过程中,产生了一个高度形象化的,往往是公共的身份。因为照片中体现的身份提供了一份记录,可供过后欣赏,与朋友共享,甚至永存史册。

晚清烈士秋瑾本人常常勇敢地打破旧习,在照片中穿着日本服装摆姿势,或者穿着男人的西服,挂着一根绅士的文明棍——这个道具当时无处不在。[①] 当她被问到为何不顾巨大的公众喧嚣仍然要采取男人装扮的时候,她回答说她希望自己像男人一样自由,所以第一步就是把外表转换成能象征自由的。这种穿着异性服装的戏剧化姿态常常被解读成一个革命者破除旧习行为的一部分,有时又仅仅被当作特质给打发了。

---

① 对秋瑾的讨论,参见 Rankin,1975:39—66。

在中国和西方,女扮男装都有悠久传统;秋瑾诗词之类的晚清著述常常乞灵于这一传统。圣女贞德,对维多利亚时代的女性主义者①和中国早期女性主义者来说同样都是一个流行人物。她虽然总是一幅骑士打扮,但显然从未想要否认其女性身份,因为她坚持自称为姑娘(La Pucelle)。女扮男装的传奇女英雄花木兰常常与圣女贞德一起被援引。在通俗文学中,女主角常常装扮成男人,然后考中科举,从而担任官职。② 在两个传统中,女扮男装的女子所追求的更大程度上是"象征的"转换,而非"身体的"转换:男性装束能扩展她的角色,从而参与公共事务。秋瑾打破旧习、女扮男装自然会令人回想起这个传统。但对她来说,男性装扮似乎也是对女性特质之意义的激进质询,是对中国妇女可能的新定义。在拍完男装照片之后写下的一首诗中,秋瑾沉思着这个她自己新创造的形象:

俨然在此望何人?侠骨前生悔寄身。
过世形骸原是幻,为来景界却疑真。

相逢恨晚情应集,仰屋嗟时气亦振;
他日见余旧时友,为言今已扫浮尘。③

在诗歌所使用的呼语(apostrophe)中,诗人对照相机所捕捉到的另一个自我讲话。这另一个自我体现了别种潜能,宣布了今后的革新,成为将会"讲述"今日奋斗故事的唯一见证人。"相逢恨晚",这一爱情

---

① 参见 Showalter, 1990:29。
② 至于这类故事,参见《再生缘》和《笔生花》。两个都是作于 18 世纪末 19 世纪初的弹词故事。对这些弹词的讨论,参见陈寅恪 1975、Hu Siao-chen 1994 和 Widmer 1997。
③ 《自题小照》,《秋瑾集》,第 76 页。译文据 Spence, 1982:87。

诗——或者说自恋诗——的老套措辞,使呼语显得意味深长。诗歌所透露出的毫不害羞的自恋当然是非传统的,因为作为一个妻子和母亲的秋瑾应该不会被认为有那么一个需要被爱的自我。仿佛在久别之后遇见她真正的自我一般,似乎诗人在找到她自己的同时,也体验到了一种强烈的孤立。这种孤独寂寞被照片冲淡了,事实上,是被附加在照片上的诗歌冲淡了。在她挑衅地维护个性时,诗人便以她破除旧习的姿态开启了革命的潜能。

这首诗歌写在异装这一"身体"转换之际,开头便如预期中那样抱怨陷入了女性的身体之中;然而,第一节的最后两行诗调用了佛教的二分法,即肉身的真实对更高的真实,宣称物质外表无足轻重。尽管革命与佛教的联系并非秋瑾所独有①——实际上,菩萨这一理想常常与自我牺牲的典范一起被援引——但在这里,佛教概念进一步为秋瑾重新发明身份提供了合适的语汇。同时,诗人推进一步,宣称自我表现(self-representation)中的"真实"自我最终的不真——然而,并未放弃男性装扮这一便利的伪装(一个能表演强大身份的"假的"自我)——似乎展示了一切身份的不真和建构性(constructedness)一样。

诗歌所呈现的幻与真之间的重要二分,在那个时代杰出的改革家和革命者对真实自我的追寻中都能找到回音。例如,当梁启超为他的老师、改革运动的元老康有为写传记时,他特别强调了他的描绘的真实性,尽管他的描绘可能被认为是作为弟子义务的歌功颂德:

英国名相克林威尔,尝呵某画工曰:"paint me as I am."
盖恶画师之谀已,而告以勿失吾真相也。世传为美谈。吾为

---

① 至于同时代与佛教有联系的革命者的其他例子,参见 Rankin,1971:259 n. 45。

> 康南海传,无他长,惟自信不至为克林威尔所呵。①

同一句引文也被金天翮援引过。金天翮是《孽海花》前五回的作者,被称为"中国女界之卢梭"。他援引克伦威尔的话来质疑对中国妇女女性特质的文化界定:

> 夫不闻克林威尔之诃画工之语乎?曰"勿失吾真相",吾同胞试自问何为而失真相也。又不闻李白与汤临川之诗与曲乎?曰"秋水出芙蓉,天然去雕饰";曰"一生爱好是天然";我同胞其自爱,愿以天然二字与天赋人权同其珍贵也!②

这一段发表在金天翮著名的《女界钟》上;这是一本讨论妇女问题的激进小册子。在对中国妇女重新定义的语境中,幻与真的二分被用来向"容"提出挑战;"容"与"德"、"言"、"工"一起构成了对女子的四种传统要求。类似地,学生刊物《江苏》(1903年)的第四期上发表了一个女子写的一封信,讨论改装的问题。这封信的作者强调传统女子装束与缠足之间的关联,宣称"若要化转我国女子缠足之心,必要先改装扮"。③

在一篇写给所有中国女子的著名文章中,秋瑾把传统的装束、缠足和妇女在中国社会中受到的压迫联系起来:

> 二万万的男子,是入了文明新世界,我的二万万女同胞,还依然黑暗沉沦在十八层地狱,一层也不想爬上来。足儿缠得小小的,头儿梳得光光的;花儿,朵儿,扎的、镶的,戴着;绸

---

① 梁启超:《南海康先生传》(1902),收入梁启超,1936a,6:59。
② 转引自陈东原,1928:332。
③ 收入 NQYDSL:391。

儿、缎儿，滚的、盘的，穿着；粉儿白白、脂儿红红的搽抹着。一生只晓得依傍男子，穿的、吃的全靠着男子。身儿是柔柔顺顺的媚着，气虐儿是闷闷的受着，泪珠是常常的滴着。①

秋瑾希望通过完全抛开女性的装束来抛开女性梳妆打扮的复杂程序，进而摆脱装束所建构的传统女人特质（Womanhood）的束缚。所以，女扮男装的尝试除了暗示着男人（尤其是西方男人）所享受的自由之外，也可以被解读为拒绝女性特质（feminity）之传统规定——传统规定现在被理解为文化所定义的标准，而非一种本质或"真实的我"。从传统所规定的"容"的语境来看，女扮男装在象征意味并不十分激进。但在实践意义上它是朝着重新定义女人气质迈出的第一步。因为女性特质一直都是一个被习惯力量所规定、填满的角色，又因为四德之一"容"的字面意义就是"化妆得像一个女人一样"，所以，转换"自然"应从习惯于一套不同"习惯"、一套被文明规定的"习惯"开始。为了填满这个先前所规定空间之外的角色，虚构和真实的妇女自然都需要先去试试它，去切实"填满（inhabit）"这个角色，带着不同的道具，穿着不同的服装。

以她的名义授权

如明卿母亲受孕时的梦所预示的，中国的新女性由不同却重叠的原型所构成，例如，革命无政府主义者和受传教士教养的专业人士。尽管这两类人之差异显而易见，却也共享着几个特征：她们都不受家庭的约束，从而能够献身于一个公共（激进的或是启蒙的）事业。更重要的是，这两类人特有一种克己奉公、自我牺牲的精神，这不仅保证了

---

① 秋瑾：《敬告姊妹们》，收入 NQYDSL：433—434。最初发表在《中国女报》1907 年第 1 期上，该报由秋瑾编辑。

她们意图的真实性,也方便地类似于《列女传》这样的正统规范读物所赞美的传统中国妇女的美德。① 这样,革命人物与专业人士之间的相似使得叙述想象有可能记下虚构人物明卿身上大有可为却自相矛盾的潜能。

作为无政府主义者的对应者,我们现在转向女医生张竹君(1879—?)的故事;她也是一位讨论妇女问题的有名作者。她有个著名的笔名——"岭南羽衣女士",小说《东欧女豪杰》最初就是以这个署名发表的。更早的时候,张竹君以同样的笔名发表了许多报刊文章;这个笔名暗指她的家乡——广东番禺。

小说《东欧女豪杰》的作者身份早已是学术争论的一个题目。直到 1950 年代末,阿英关于晚清文学的权威著作都认为小说是张竹君创作的。然而,在两个同时代人的记录的支持下,晚近的研究将作者身份归给了罗普(?—1939)。罗普是康有为的弟子、梁启超的同志。不过,历史学家唐·普莱斯主张,罗普肯定知道张竹君,至少对她的名声有所耳闻,所以故意"借用"了她的笔名。② 确定晚清作者身份之难众所周知,因为如此众多的作者使用了变动范围如此广阔的笔名。性别问题又使作者身份的难题更加复杂,令人寸步难行。因为许多"女性主义者"实际上是男性,一个听上去像女性的笔名可能与作者的性别风马牛不相及。考虑到被压迫的妇女和新女性的形象都可能作为发言形象,女作者的自我表现就很容易淹没在民族主义话语之中。说到底,作者身份难题把我们带到了问题的中心:梁启超和其他许多人所热心的中国新民的创造,实际上创造了一个性别化的存在(a gendered being),虽然这个创造可能是不自觉的。

---

① 新近对《列女传》的讨论,参见 Carlitz, 1991:117—152。
② 冯自由和包天笑都把罗普确认为作者。参见 Price,1974:250, n. 23。

这种装扮成异性的作者在晚清频频出现,例如,《中国新女界》的第四、五期上,有一个年轻女子写的关于包办婚姻之悲剧的小故事,据称是由一个男子从一户有钱人家的废纸篓里收集来的。在叙述中,男性叙事者的声音与她的声音重叠在一起。男性叙事者清楚表示他是"替她讲话":对她的故事的讲述从而"授权"(authorizes)给了他的声音、他的作品。① 更惹人注目的是,不管是正儿八经,还是出于戏谑,男性作者采用听起来像女性的笔名都并不罕见。有一个关于晚清四大通俗小说家、报刊编辑之一李伯元的传闻说,一个使用女人名字作为笔名的朋友交了一篇手稿给他,刻意用了"纤细秀丽的笔迹",在手稿发表之后才表明了他的"真实"身份。② 浏览世纪之交的笔名目录,这样的例子比比皆是:男子使用具有鲜明标志的女性笔名,以"某某女士"或日本女人名字中的"子"作为后缀。③

故意"借用"笔名的行为至关重要,因为它授予了作者另一身份——一个明确性别化了的身份——的潜在权力。故而通过笔名装扮成女性的作用首先是隐喻性的,使得男性作者能够宣泄他们对家庭所代表的传统体制的不满。托闺怨而"讽喻",就像中国文学传统中男性诗人数百年来所做的那样,新男性们试图借用女人的声音来拆除家庭权威这幢传统大厦。或是通过"纤细的笔触",或是经由听上去像女性的笔名,女性性别认可了男性作者——他们仍然在摸索如何定义他们自己的正在浮现的声音,如何阐明他控诉传统体制的真实性。

然而,假托女子的声音进行传统"讽喻"的阐释并非完整的画面。故意"借用"女作者的笔名也可以被解读为暗示着有意模糊作者性别

---

① 转引自李又宁,1981:232—33。
② 张乙庐:《李伯元逸事》,收入魏绍昌,1980:14。
③ 参见张静庐,1972:12。例如,周作人常常使用的七个笔名中,就有两个有女性后缀——"女士"。

的愿望。从17世纪以来,对女性作者之作品的收集、出版就一直持续不断,颇成体系。① 到晚清时,女子可以写作发表的文类范围一直在扩展,包括诗歌(不管是传统的还是像弹词中那样的通俗诗歌)、散文和政治小册子。大概在世纪之交,这一趋势在新的报纸杂志的推动下大大增强了,因为这些报刊常常用女作者打广告,有时也确实是由女性编者创办的。② 女作者于是日益频繁地出现在晚清文化场景中。所以,把"妇女的声音"变成一个有待男性作家填满的象征性空白难上加难。这种情形可能部分地解释了为什么隐喻性的代入会被另外一种更加戏剧性的代入形式——"借用"笔名——所取代。因为到这个时候,女作家形象伴随着可观的文化政治资本,"女性"声音的真实性也具有相当大的权威。从而,在写作中故意模糊性别界线给了男性作者作为另一个人讲话的机会,并且在这个过程中,新的自我也有了一个成形的机会。在故意模糊新女性和新男子之间的界线时,写作本身成了一个群体过程,具有创造一个新的共同体的潜力——至少通过报纸、杂志和连载小说页面上出现的那些交叉引用,可能创造出一个新的共同体。

无疑,张竹君的笔名必定赋予了《东欧女豪杰》这样的长篇小说可观的权威。那么,藏在这个名字后面的人物是谁呢?她的名字如何在晚清的文化市场上变成这种贵重的流通物的?最后,她的名字授权别人去写了什么呢?

张竹君出生于广东番禺。她童年的时候深受脊髓灰质炎之苦。广州的一家教会医院治愈她的病之后,她改信了基督教,并到教会医院附属的夏葛女子医学校继续学习西医。1900年前后,她以优等成绩

---

① 参见 Widmer, 1989: 1—43;和 Sun Chang Kang-i, 1992。
② 对晚清流行媒体的讨论,参见 Lee and Nathan, 1985。对女编辑创办的期刊的讨论,参见李又宁, 1981 和 Judge 1997。

毕业,并在广州开办了她自己的诊所。张竹君一边行医,一边还趁星期六和星期日在邻近医院的一个临时礼拜堂里宣讲福音。以讲道坛为公共讲台,她频频议论时政,证题包括妇女的平等权利以及个人自由的意义。像秋瑾一样,她出诊时显然非常引人注目,"恒西服革履,乘四人肩扛之西式藤制肩舆","观英文书"。① 1904 年之后,她到上海行医,其间开办了好几家医院。许多她的亲密同事,比如胡汉民和史坚如后来都成了杰出的辛亥革命志士。1911 年辛亥革命期间,张竹君发起成立了中国赤十字会,为战斗前线的伤员提供医疗援助。在历史记载中,张竹君的名字与红十字会的先驱连在一起。

在她做出与 1911 年的历史事件有关的英雄行为之前很久,张竹君的名声就已经广为人知了,因为 1902 年 4 月号的《新民丛报》上发表了一篇她的传记。传记作者是一个名为马君武(1881—1940)的年轻人,他曾经师从康有为,在当时以擅长典雅的文言文兼通新学而知名。马君武很快变得更加著名,他成了日本的留学生领袖及反满革命团体同盟会的共同创办人,稍后又成了民国政府中的一个重要人物。他是最早把约翰·斯图亚特·穆勒(John Stuart Mill)、赫伯特·斯宾塞(Herbert Spencer)和让-雅克·卢梭(Jean-Jacques Rousseau)的作品译成中文的人之一。②

马君武在传记开头强调"无一句虚饰语",宣称将忠实描绘张竹君,记录他所亲闻的一切。马君武的张竹君传并非一份以民族主义的词语记录其成就的公共档案,而带着强烈的个人崇拜的色彩,以他所

---

① 冯自由:《女医生张竹君》,收入冯自由,1981,2:40—44。
② 关于马君武的传记资料,参见黄嘉谟,1985:243—70。重要的是,现代浪漫形象产生之处即传统高等文化之所在——悠久珍贵的古典韵文。并非不同寻常的是,像马君武这样一位自称新知识分子的人,公开鼓吹革命,也有着多重身份侧面,会深深沉浸在古典传统之中。他在今天还被记住,更多是因为他用典雅的古诗翻译了拜伦、歌德和席勒的诗歌。

写的附在传记末尾的诗为证：

> 沧胥种国悲贞德，破碎河山识令南。
> 莫怪初逢便倾倒，英雄巾帼古来难。

这首诗把张竹君比作另一个流行的新式妇女偶像——圣女贞德，后者常常与索菲亚·彼罗夫斯卡娅并列，被视为可敬可叹的"女豪杰"。此外，传记作者自身变成了现代女英雄的证人，或者更确切的说，他变成了有能力识别现代女英雄的现代英雄。因为按照传记所说，"我"在1901年逗留广州期间首次听到张竹君的公开布道时就吃了一惊："吾窃不解23岁之弱女子，何以文明程度，高起如此。"于是，"我"得出结论："黄种可畏也。"根据马君武的其他作品判断，他所谓"文明"似乎并不仅仅指医学学位所显示的西方学问，还意味着诸如精神独立和自由选择这样的品质——简言之，梁启超所鼓吹的新国民的全部特征。然后，这些显然是普遍性的现代品质立即被加上了一个种族化的调整。更显著的是，宗教在张竹君的生活中所起的作用被马君武轻描淡写，还再三地说到张竹君在她的讲道中对基督教的诸多教条都加以批判。与梁启超对康爱德的教会背景的处理相似，这也是一次改善新式妇女形象的努力，以使它与民族主义的主题合拍。

此外，传记的写作本身体现了一种与新女性和新男子（含蓄地）相关的新的行为方式。没有媒妁之言，没有父母之命，甚至没有对传统惯例一丁点的敷衍，马君武的新式求爱因这篇公开刊行的传记变成公共的了。值得注意的是，传记也毫不害羞地记录了她对他的求婚的拒绝。故而，在传记中坦言对新女性的爱也就愈发变成了一种象征性的姿态，一种新男子破除旧习的戏剧性的姿态。冯自由之类的同时代人所写的片段回忆记录了其他几次对张竹君的公开求婚，都同样被她拒绝了。她对这一决定给出的理由只是不嫁主义——将独身生活的个人信仰被抬高到了主义的高度。① 呼应着苏菲亚所坚持的柏拉图式的恋爱,张竹君被表现为将生命奉献给一项使命而非家庭义务。更进一步,新女性的单身身份呈现为一种生活原则,取代了传统叙述中的女英雄。一个著名的例子是女战士花木兰在取得赫赫军功之后回到家中,"脱我战时袍,着我旧时裳。当窗理云鬓,对镜贴花黄。"立刻成了一个乖巧的女儿,大概在将来某天还会成为一个乖巧的儿媳妇。一旦张竹君选择单身被说成是一种主义,就把她放在了整个家庭领域之外,这样,对其行为的诸多传统异议充其量也不过是离题万里罢了。像苏菲亚一样,她的个人生活成了一种戏剧性的公共景观。求婚和拒绝都沸沸扬扬、不同寻常,都像橱窗一样展示着她的思想独立。

这样,张竹君被塑造为新女性的一个流行偶像,被誉为那个时代的"女梁启超"。她与虚构人物明卿共享着一些已成为新女性特征的重要特性:外国教育、过一种公共生活(政治的或具典型男性身份特征的职业)和性的独立(至少就决定独身而言)。② 她们往往毫不受阻地频频迁移、旅行,公开演说,总是从事着至少与民族主义的公共目标有着修辞关联的职业。一般而言,她们似乎有点从规定前现代中国妇女的传统家庭关系中脱离出来了:绝不会提到她们的父亲,甚至几乎不会提到她们的母亲。作为环境或虚构特许的一个结果,家庭关系便利地消失了,以至于积极将自己从家庭中解脱出来这一困难的任务都不必公开涉及了。与反叛父母权威相比,婚姻关系问题在这个时代显然更加棘手,而对婚姻的摔门而去还有待于五四时易卜生的娜拉的到

---

① 冯自由,1981:43。
② 请注意,第一章讨论过的妓女彩云分享了新女性的一切特性。遗漏掉的,也是彩云之所以成为一个有局限的、暧昧不明的人物正是这些特性的升华物:彩云不能被说成,至少很难被说成是献身于民族主义或革命事业。

来——在意识到她不过是家中的一个"玩偶"之后,她毅然离开了她的丈夫。

故而,马君武在传记中宣扬他向张竹君求婚的失败经历;其叙述巧妙地结合了"事业"(民族主义者)和"爱情"(自由和现代)。在刻画新女性的同时,马君武的文本同时也被她的形象权威化了。因为"它结合了对他者的表现、作为他者之见证的文本的虚构及可信"。① 马君武的政治承诺、写作活动与他被公开宣扬的私人生活中的行为混合在一起。似乎正是这种结合塑造了新男子。

那么,新男子的形象或者是新女性的完美同伴,或者更甚,是她的完美替身。从一起写作到男性作者扮演女性作者这一跨越并不太远——虽然是引人注目的一跃。张竹君不仅为自传"提供了权威(authorizing)",她的笔名还像"authorized"的字面意义所指那样署在了小说《东欧女豪杰》上。文本生产出的性别身份等于一种匿名的男扮女装,而这在晚清并不罕见。远甚于索菲亚/苏菲亚和彩云这样的人在小说中所展示的戏剧化的身份创造,这里,一个身份(新男子)的创造不仅基于另一个身份(新女性)的创造,而且正是在写作的过程之中构建起来的。换句话说,写作行为本身成了一种戏剧表演。

首先,新男人把自身定义成像无能的大使金雯青这样的旧男人的反面。旧男人们受传统教养,不能适应新的环境以及随之而来的机遇和风险,最终不能成为现代中国历史演变中的有效能动者。② 新男子

---

① Michel de Certeau, "Montaigne's Of Cannibals", 1986: 68.
② 在《孽海花》中以讽刺和悲叹的笔调写完"老旧的男人"之后,曾朴又写作发表了另一部不那么有名的小说《鲁男子》(1927年)。作者自己承认这是一部自传体的小说。主角鲁男子可以被解读为新男子的一个原型,他的青年生活由缠杂不清的恋爱构成,以从专制家庭的权威下解脱出来。小说并未直接把这两个年轻人呈现为"现代的",而是集中向抽象的旧礼教发起攻击。在这个方面,这位男主角混合了传统经典中的反叛者贾宝玉和巴金的《家》中的高氏兄弟那样的五四青年的特质。

们不再在科举考试的阶梯上孜孜以求,因为1905年科举制被取消了。他们通过留学,通常是留学日本来掌握多数新学。与典型的清代学术——比如,金雯青倾注毕生心血的元史著作——相反,新男子写作/翻译许多不同的西方社会理论,诸如让·雅克·卢梭和赫伯特·斯宾塞的理论。与传统的包办婚姻及纳妾、狎妓相反,新男子与一位平等的女人自由恋爱。凭着后见之明(hindsight)的特权,我们可以指出,许多新一代的知识分子在性行为上与老一辈差别并不很大,特别是他们年长以后。然而,在这个时候,他们为重新定义(男性)知识分子的角色所付出的巨大努力直接关联着拯救民族的强烈动机——用梁启超的话来说,"为了新民"。尽管梁启超并未明确将"人民"性别化,也未在男子和女子之间设置一种不同的关系,使之成为"新民"的重要成分,但在新男子和妇女的(自我)创造中,一种关于性别关系的不同概念无疑发挥了重要的作用。

这些中国新女性的故事在某种程度上模仿了索菲亚,被文化差异"赋予了权威",表现出广泛的可能性。通过海外旅行,真实的秋瑾和虚构的华明卿试验了极其不同的女性行为模范;在国际性的女性团体的环绕下,真实的康爱德和虚构的华明卿遵守了成为世界公民的承诺。下一章将转向家庭场景,在那里,逐渐浮现的新女性必定要在一个迅速变化的文化政治背景(国内的和国际的)中被想象。在晚清政治小说《黄绣球》中,新女性被比照着当时另一个流行的外国偶像——法国革命中的罗兰夫人——来建构。

第四章　罗兰夫人及其中国姐妹

> 当一个人达到其最终阶段并实现其定数时,这一刻,他发现自己正因此处在邻居的位置上。每个造物所最最固有之特质就是其可替代性,它无论如何都是在他者的位置上存在。
>
> ——乔治·阿甘本(Giorgio Agamben)

上一章所讨论的女留学生是一个世界主义的人物,是世界家庭中的一分子。司空见惯的是,她被这个世界家庭收养,就像中国"第一位女医生"、真实的康爱德和《东欧女豪杰》中虚构的主角华明卿那样。梁启超写作《记江西康女士》时,中美在分派"妇女位置"方面的差异表明了中国传统中牵一发而动全局的一个难题。传记把收养情节当作了解决这一难题的速效剂:正如梁启超所坚决主张的,新女性所需要的正是一位美国替身母亲(surrogate mother),以便被"恰当地"抚养成新中国的现代国民。似乎为了成为新的中国国民,她必须先"属于"某个非中国人,被一个外人"接管",接受那些非其所有之物为其所有。

然而,正如我们已经谈到的,收养情节中仍然有着一种隐蔽的紧张,大量删减这位替身母亲的历史文化细节证实了这一点。与其说收养情节提供了一套特殊的文化价值,不如说提供了一张进入世界家庭的入场券。从而,在作为大量现代中文话语动力的民族主义要求与遍及诸多梁启超之类的知识分子思想中的普遍主义修辞之间不可避免地存在一种紧张;换句话说,在参与世界文明的渴望与在同一过程中失去独特"我们"的忧虑之间存在着相当的紧张。所以,我们才会看到明卿在日内瓦的湖边抒发民族主义情感,而回国之后的康爱德迅速转变成了新国民的一个象征。

正在浮现的中国民族主义与欧洲启蒙运动的普遍主义遗产之间的紧张将晚清文化产品放入了同时代的地方与全球政治之中。哲学家伊曼纽尔·沃勒斯坦(Immanuel Wallerstein)把这种紧张描绘为现代历史的一个特征:

> 在一个建立在等级和不平等之上的历史社会系统中,普遍主义是强者给弱者的一件"礼物"。它使后者面临着双重困境:拒绝这件礼物是失败;接受这件礼物也是失败。对弱者来说,唯一似是而非的反应是既不拒绝,也不接受,或者既拒绝又接受——简言之,弱者所走的貌似无理性的之字形道路(文化与政治双方面的)正是多数19世纪、尤其是20世纪历史的特征。①

本章将考察这种"貌似无理性的之字形道路",研究晚清对另一位流行的西方人物的接受:罗兰夫人(Madame Roland,1754—1793),法国大革命中温和派吉伦特党的领导人,后来被马拉送上了断头台。罗兰夫人的许多变形都揭示了现代中国妇女的建构与西方女性主义之间的问题关联,揭示了与普遍相关的地方/特殊的性别特定表达(a gender-specific formulation)。研究将聚焦于中国新女性的建构——她是"文

---

① Wallerstein,1991:217.

化差异"的换喻体现,"新公民"的造就中的重要人物。在这一语境下,民族主义与普遍主义之间的紧张就可以被重新构造为一个三向的困境:民族主义的意识形态、普遍主义的修辞和性别平等的要求三者不断冲突的困境。

小说《黄绣球》(1905)①是颐琐(笔名)的女性主义先锋作品,也是本章的主要文本。《黄绣球》最初在最新流行的小说杂志《新小说》上连载时,被宣传成一部"政治小说","一部论述'妇女问题'的小说"。②黄绣球既是小说的名字,也是主人公的名字,意思是"绣地球的人"。她试图令村子达到理想状态,作为绣成一个全地球的"基本花样"。小说中深切的民族、种族意识与同样强烈的献身于国际主义的意识紧密交织。小说的主体致力于讲述女主人公被唤醒,以及后来她为在村中开办女子学堂的改良计划而尽力寻找同道者的故事。

小说中的两个人物在主人公"绣地球"的尝试中起着导师/助手的作用:一个是她的丈夫,兼通旧学与新学的启蒙学者;另一个是罗兰夫人,她是黄绣球在梦中遇到的,其形象改变甚巨。我们前面看到的潜伏的在索菲娅故事中的紧张在黄绣球与她的两位导师对话时直接浮现出来了。恰恰因为主人公被安置在这两位导师之间,这就要求她进行战略选择,以应对迫在眉睫的困境。虽然两位助手都在某些时刻给主人公提供了不可或缺的帮助,但他们都没有取得绝对权威的地位——事实上,他们有时候如此针锋相对以至于他们的权威都被削弱

---

① 颐琐:《黄绣球》。最初的二十六章于 1905 年在《新小说》上连载,1907 年《新小说》又发表了后面的四章,共两卷。这里使用的版本是曹禺(1989)编辑的;译文则出自笔者本人。关于作者,我们几乎一无所知。据陈玉堂(1993:222)所说,颐琐是商务印书馆的总记室汤宝荣(? —1932)的书房名。《黄绣球》的作者与汤宝荣之间的关联在我看来仍然十分可疑(此中译本《黄绣球》引文一律出自阿英的《晚清文学丛钞 小说一卷》,上册,北京:中华书局,1960 年——译者注)。
② 阿英,1980:89。

了。并非热切接受民族主义的召唤或者毫不犹疑地采取普遍主义的修辞,《黄绣球》的叙述试图走一条艰苦的路,找寻解决民族主义、普遍主义和性别平等之间困境的临时方法。虽然这部小说的中心关切点可谓"妇女问题",但它并非单线的女性主义,而必须加入到与难以解决的另一线程——民族身份对一个被神话化了的西方——的多面战略协商中。

作为她的导师之一,罗兰夫人出现在黄绣球的梦中,并以传授地理知识与女性主义思想的方式借给了她"新的刺绣花样"。罗兰夫人不像索菲娅·彼罗夫斯卡娅那样特立独行、引人注目。索菲亚的形象是非传统的、美丽的年轻女子,经常做出一些让人们大跌眼镜的事,而罗兰夫人正相反,是一位年长的妇女,不那么引人注目,也不怎么富有魅力。即使如此,她仍可能被安排成下列范围内的一系列角色:从她的丈夫的助手到本身就极具威力的政治积极分子。所以,小说《黄绣球》与有关索菲亚的文本的政治立场稍微有些不同:它是实用的,而非空想的;改良的,而非革命的。

小说中一段较早的情节充分说明了这种实用主义方法。黄绣球在梦中受到罗兰夫人教导的激励,第二天,她就跑出家门去打听有关这个神秘外国女子的事。然而,她还没有走出门多远,就被村民们围住了,他们惊奇地看着一个女子拖着一双新放开的脚走来走去。接下来她得知,由于"女扮男装,做出妖异之事",她被逮捕了。如果这样的场景出现在与索菲亚的故事有关的文本中,那么,文本必定会为创造一个公共奇观提供丰富的背景,也必定会把它叙述成一次异装(gender-bending)表演。然而,在《黄绣球》中,这个场景只是满腔抱负的女主人公的一个虚假开端,或者说是一个预警征兆:叙述暗示,为了完成她所认定的生命使命,黄绣球必须避免这种行为,因为它将直接导致谣言和牢狱这种死局。在其他地方,小说也以一种闹剧的调子描[35]

绘了许多新女性的形象。通过一个广东女医生之口——她自己也可以被描绘为一个新女性——所谓解放了的女学生,据说是为了她们的个人利益才自甘于此的(常常按性冒险这种不雅的框架来描绘)。再次,传达的信息很清楚:像黄绣球这样真正的积极分子必须把他们自己与假革命者判然分开。如果说《黄绣球》与索菲娅的文本共享着一个主题的话,那就是对政治积极分子之意图纯洁性的强烈关注,而意图的纯洁性必须通过这种或那种形式的自我牺牲来证明。

在这个文本中,收养的情节被压缩了,似乎发生在梦这个暂停的时空中:替身母亲(罗兰夫人)和女儿(主人公黄绣球)作为成人进行知性互动,处在同一时间框架中。这次,这一互动没有被设置在某个富有异国情调的日内瓦湖边,而是在一个国内空间中,在中国中央的某个黄氏村庄。那么,什么叙述策略使得这一处在历史、民族、性别空间中的复杂女性主体可能被清晰表达呢?在政治方面,这个女性主体最初是怎样对照着她的开明丈夫及其西方对应者被建构起来的呢?

全球为我所有

小说开头,主人公黄绣球看来似乎是那个时代的传统妇女:她本来名唤"秀秋"。她缠着足,呆在大门里头,生活就是绕着丈夫和两个儿子转。有一天,她的丈夫试图说服一些男村民重建老房子(关于重建国家的一个露骨的隐喻)而不成,便开始向她(这个自愿的倾听者)详细说明"自由"这个词儿的深层含义:"我们村上的风俗人情败坏到不成样子,名为自由村,自己村上的人全不知振作,反被外村人挟制,受外村人糟蹋……"。这时候,她突然打断他,问道:"原来如此!可不知世界上也有女子出来做事,替得男子分担责任的么?"她的丈夫是个颇有些自由思想的人,便随意答道:"怎么没有?"因为黄绣球要分担的"责任"显然

第四章 罗兰夫人及其中国姐妹

是建设国家,于是,她的潜在角色就成了国家的一个公民——尤其是一个风俗人情败坏、男性公民又惰性十足的国家——这就为她最初的行动提供了理由。至少到目前为止,公民的形象作为一个激进的平等动因,令她与其他男性公民在表面上平等了,把她从传统教养的束缚中解放出来了。

这时,叙述回到了黄绣球的童年,回到了她觉醒的背景。在成长的过程中,黄绣球过着一个传统女子的寻常生活,长成了一个"寻常女子"。她虽然生在书香人家,却从小殁了父母,由一个远房亲戚抚养长大,当做丫鬟使用。幼小的秀秋处境艰难:丫鬟的悲惨生活之外,还要忍受书香门第对一双缠得紧紧的小脚的要求。当她作为跟班陪着她的堂弟去上学时,她琢磨着自己生为女子的不幸。恰恰是"寻常女子"的这种寻常生活使得这个小女孩儿对性的明显的不平等产生了疑问。然而,她早先的这些思想在从来便是如此、此乃天道的教导下被压下去了。后来,她嫁到黄家做了童养媳,渐渐"人反把她娘家的姓一时忘了"。跟了黄通理十几年,"习惯自然,这种思想也渐渐的忘了"。[12]

这个时候,她的质疑被丈夫宣布为合法的——尽管是漫不经心地,黄绣球立刻付诸行动:先放了足。"放足"是这部小说的中心主题之一,就像它是那个时代妇女运动的中心主题之一一样。对于黄绣球来说,恢复能走路是一个直接的实际问题,就像她推论的一样,"要做事,先要能走路"。接下来的叙述生动描绘了她觉醒的强度:[12]

> 他这思想,譬如一件东西,含有电质在内,浑浑融融,初无表见,碰着了引电之物,将那电气一触,不由的便有电光闪出,可以烧着了衣服,毁穿了房子,其势猛不可遏,猝不及防,电气含得越多,发作得愈烈愈大。

[12]

195

潜在的活力（特别是对性别平等的要求）通过电这个奇异的隐喻描绘出来了，如同我们之前见过的，这个比喻在晚清是一个名副其实的语言发电站。它被描绘成一种重大的变革力，有着摆脱束缚甚至破坏性的潜力。可以说，整部小说中主人公的斗争之一就是去富有成效地引导这种力量，为它提供理论基础。

放足之后，黄绣球走出卧室，进到丈夫黄通理的书房，发现他"对着一个地球仪"。孩子们挤着去"看地球仪"，黄通理转头对她说："你去罢，你一个女流之辈，不要在这里搅扰，让我同两个孩子讲些学问。"

新觉醒的妇女必须越过的第一道边界就是内外空间的界限。书房是一个备受争议的空间。这在传统上被认为是男性的领域，一般位于闺阁之外，男人们在那里读书或者做其他"男人的"事儿。在这种空间的概念化中，从老师的观点来看，黄绣球显然是一个非法的接受者。然而，书房在这里基本上不呈现为一个传统定义上的空间：它仍然是男人的空间，父亲在这里教儿子，但它同时也是一个确凿无疑的"现代"空间，因为最突出的教学工具、好奇心和求知欲的对象是地球仪，此物与另一种不同的世界概念紧密联系着，即由民族国家构成的世界。虽然拒绝接纳黄绣球的父亲/丈夫的权威可能带有空间之性别区分的传统意味，但他的"学问"却不折不扣是非传统的。于是，学问的空间中就有了一道缝隙，正是通过这道缝隙，黄绣球才得以闪身溜进这个禁区。小说下文中，她不仅成了一名合法的学生，最后还成了一位老师；到小说最后，她在村里开办了一所女子学校，从而为地方改革提供了蓝图。

站在地球仪和仰慕的听众面前，黄绣球的丈夫黄通理教授新学的权威大大提升了。至少从徐继畬的《瀛寰志略》（1850）出版以来，地球仪的形象就已经与西方知识联系在一起了。① 地球仪所象征的关于世界的知识同时也使得政治经济学、社会学和历史学结合成一个知识整体;地理学不仅仅决定了物质方面的产出,还决定了民族的力量和一个民族的种族特征。② 这个形象紧密联系着西方在地球上大规模开拓殖民地的近代历史,故而它在向同时代被启蒙的文人发起震荡冲击时从未失手过。故而,黄通理书房中的地球仪同时调用了两种相互关联的情感:科学主义和民族主义,在中国新国民的教育中两者都被视为至关重要。

在回答丈夫的问题"你若要做事,却先做哪一桩"时,黄绣球指着她面前的地球仪说:"只要是地球上体面的事,一件一件的都要做出来。"这个堂皇宏大的回答立刻逗笑了黄通理,他的反应是拨凉水:

> 我们这村上,不过是地球上万万分的一分子,我是个男人,要从这万万分的一分子寻个做事的方针,还无可下手;你一个女子,小脚伶仃的,就算能做事,应着俗语所说"帮夫教子",也不过尽你一人的愚心,成了我一家的私业,好容易说道地球上的体面!

14

黄通理纠正了妻子明显的天真,但他并未止于简单地解释地球仪所代表的地理学比例。他指出了女性这个整体所遭受到的身体束缚,并假定这些束缚将不可避免地限制其潜能。这句"俗语"是对妇女之家庭位置的一种相对温和的传统定义,但益发为其角色定界增加了分量。

---

① 在徐继畬的纲要开头,他就描述了地球的物理特征,以"地形如球"开头。《瀛寰志略》,卷一,第4—5b页。转引自Drake, 1975:61。关于地理学在耶稣会士传教中所起作用的简短概要,参见 Mungello, 1985:41—42。
② 关于晚清对地理决定论的接受的讨论,参见郭双林,1996:191—217。

进一步乞灵于新学的教育权威,黄通理详细说明了地球仪所代表的知识:

> 你看这地球仪上,画的五洲形势,其中经纬度数,面积方里,盛衰沿革,野蛮文明,许多有学问的专门名家都考究不尽。

在用专家来进行说明之后,黄通理做出结论:"除非像孩子们,六七岁时就研究起来",否则一个人不可能有望成就许多。

为了说服丈夫她作为妇女也可以是一名合法的学生,黄绣球援引了他之前支持妇女参与爱国行动的话:"方才我不是问过你,说女子也可以出来做事,既是可以做事,也就可以谈谈学问。虽然我年纪大了,究竟还比你小得多……只要你有什么知识,换与我,我也慢慢的才会有知识。"从这种知识的传播延伸开去,她继而挪用了新学的象征,用"绣地球"来为自己重新命名,把原来的名字"秀秋"改成了同音的"绣球":

> 你看我庸庸碌碌的,我将来把个村子,做得同锦绣一般,叫那光彩激射出去,照到地球上,晓得我这村子,虽然是万万分的一分子,非同小可。日后地球上各处的地方,都要来学我的锦绣花样,我就把各式花样给与他们,绣成一个全地球。

接下来,她和丈夫都一致同意她改叫"绣球",这时,叙述的声音插入了:"做书的又要交代一句,黄通理的妻子,以后就统名之曰黄绣球,看官却要分清眉目。"

这样,改名赋予了女主人公一个新身份,截然不同于之前那个传统的中国妻子形象——有着一个纤弱得恰如其分的一听就是女性的名字。她的"绣"地球的新形象建基于传统的女工;这也通过地方政治活动——一个像刺绣那样务实的、精细的工作计划——显现出来了。同时,这一新身份也通过一种全球意识、一种巨大的包容性意识显现出来。这是一个被想象为英雄的、不朽的、有着神话维度的身份;这一身份赋予了主人公参与历史、创造历史的可能性。实际上,创造历史的吁求正是黄绣球在小说的剩余部分要着手回应的。

在文本的自我生产层面,叙述通过小说的题目和作者的评论强调了这个名字,使得黄绣球的改名行动成为叙述的基础。新的名字把整个经历组织到一起,一种新的写作也由之而来。因为新名字有能力建构一个新的身份、一个新的身体和一个新的作品正文。新名字标志着开端,标志着女性主体概念的象征性位置,而这个象征性位置也成了新的小说写作的开端。

绣球这个名字,请注意,是黄绣球造出来的,一个重要的初衷就是与丈夫心中关于她的形象在搏斗——这个形象在小说之初蒙蔽了他,使他看不见她"电一般的"潜能。黄通理在妻子觉醒的事上扮演了一个暧昧的角色。作为士绅阶层的一员,他受到村民们的尊敬,小说开头他有能力召集他们开会证实了这一点。由于他在传统社会组织中据有稳固、中心的地位,所以能为黄绣球提供必要的庇护,她才能参与更多不循常规的活动。当她因"妖言惑众"被逮捕时,正是他制定了一个计划把她从监狱救出。更重要的是,他自认为是一个精通新学的文明学者,正如其名字的字面意义所意味的:"一个懂道理的人"。掌握了新学和一套新的词汇,黄通理就有能力为黄绣球及其活动提供必要的合法性。对黄绣球"锦绣地球"的规划来说,她的丈夫无疑是一个同盟者、一个知识来源,有时是一个支持者。黄通理热衷于把儿子们培养成中华民族的新国民,但一开始却毫无兴趣把妻子也牵扯进来,几次三番地为妻子对他偶尔不经意的鼓励强烈直接的反应感到"惊讶"。后来的叙述中,黄通理也显示出相当狭窄地定义妇女角色的倾向。叙述中不止一次提到,黄绣球"趁着黄通理不知","向门外一跑"。

这样,黄通理对妻子觉醒的暧昧态度揭示了民族主义修辞和性别平等的要求之间的紧张的最初来源。值得注意的是,叙述并未悄悄滑过这些紧张的瞬间,也不曾把它们推向危机。取而代之,紧张的关节点处理得很微妙:它们被反复暗示,故而形成了一股潜流,但同时,又没有把它们强化。理解这一文本平衡举措的关键在妇女教育和民族主义之间的历史关联。当时争论的中心是以下问题:妇女具有读写能力以及随之而来的危险,"女学"问题重重的定义,中国传统和西方对妇女角色的不同看法之间的紧张。

"女性国民"对"国民之母"

1844 年,英国东方女子教育促进会(the British Society for Promoting Female Education in the East)的玛丽·安·欧德丝(Mary Ann Aldersey)首次在宁波成立了一所女子学校。接下来的三十年中,女子学校的数量稳步增加。到 1902 年,大约有 4000 名妇女在教会学校中学习。中国人创建的世俗女子学校在 1898 年改革运动时出现,梁启超是这场改革运动最坦率的支持者之一。进步的思想家和积极分子的妻女捐赠金钱并加入到学校中,她们的名字或她们丈夫的名字被刊印在报纸上。20 世纪头十年,女子学校到处涌现,"如同雨后春笋一般"。① 然而,女子教育的增长并非畅通无阻。1898 年,张之洞(1837—1907)——他本身也是一个改良主义者——在他著名的《劝学

---

① 至于晚清的妇女教育,参见 Burton, 1911。

篇》中宣称,由于文化传统的差异,中国不应该有女子公共教育。①1907年,《东方杂志》记录了一个女子学校的校长自杀的事,抗议社会对女子教育缺乏精神和财政支持。②

反对者常常根据中国与西方的"文化差异"来阐明其立场,就像张之洞的文章那样,改革者则基于启蒙的普适原则来拥护女子教育。例如,梁启超强调妇女的教育水平(作为未来国民的母亲)与民族健康之间生死攸关的联系。③ 在他1897年雄心勃勃的纲领性文章《变法通议》中,梁启超花了整整一章来讨论女子教育问题,指出女子教育的缺乏是"天下积弱之本"。④ 在反对当时的流行观点时,梁启超认为它们的特征就是用技术来定义西学,他说:"[此辈]不知西人之强在此(指技术——译者注),其所以强者不在此。"在梁启超的论证中,一个国家繁荣富强的源泉之一在于其女国民的教育。故而全面的改革规划在大众识字与国民理想之间建立起紧密的联系,女子教育从而在现代性想象中起着关键作用。

这篇文章中更有趣的一点是梁启超努力重塑"学"的性质。首先,学被看成是与女德协调一致的。继而,由才女所代表的传统女学被剥夺掉合法性,"本不能目之为学"。这样,一个悠久的传统就在这样一句话中被打发掉了:"古之号称才女者,则批风抹月……"这句话从晚清到民国初年被再三地重复。妇女曾经有着才女这个部分,现在其合法资格被肃清了,从而能方便地被描绘为"茕茕然、

---

① 顺便说一下,张之洞所列举的许多潜在困难也是梁启超这样的改革者后来在支持"国民之母"时所重复的。张最后修正了他关于这个问题的看法。对张之洞的讨论,参见Ayers,1971,Elman,1984 和 罗苏文,1996。
② 《东方杂志》1907年第5期:1901,收入 NQYDSL。
③ 梁启超,1936a,1:37,《论女学》。也参见词条"泰西妇女近代史",最初发表在《京华报》(1902年)上,收入 NQYDSL:195。
④ 梁启超,1936a,1:37,《变法通议:论女学》。

块块然、戢戢然"。这一修辞拒绝承认大量妇女的作者/读者身份的，同时也影响了对男人的描绘。男人们被描写成事实上的教师/启蒙者，成为唯一有权重新定义文化资本的人，唯一适合做历史的积极能动者的人。

在拒绝承认才女的学问之后，梁启超继续把现代的学问定义为具有两种特别的性质：它拓宽思想，教授有用的技能。现代学问的第一种性质似乎暗示这一学习课程不应该存在什么基于性别的差异。确实，梁启超似乎明显是一个反基本教育说者（anti-essentialist），他宣称现在的妇女明显缺乏学问并非她们内在能力的象征，而是长期受男人压迫的结果。他进一步引用"西方全盛之国"美国的例子，那儿，男女课程显然都是一样的。然而，新学的第二种性质，即现代职业所谓的有用似乎导向了相反的方向。当时对妇女缺乏教育的普遍抱怨之一，也是梁启超所赞同的，即妇女经济上依赖别人，不生产财富，只是男子（和国家）的负担。这样，新学部分地被设想为妇女的职业训练，以便她们能够成为国家经济的生产者。当提到更具体的教学规划时，梁启超引用一位无名的西方科学家来为他的论证提供合法证据，这位科学家认为，"言算学格致等虚理，妇人恒不如男子；由此等虚理而施诸实事，以成为医学制造等专门之业，则男子恒不如妇人。"基于这种"科学的"观点，新学问把妇女教育明确限制在了一个界限之内，而这个界限显然由于性的差异而"被自然化"了。

当这种启蒙观点与传统儒家对妇女位置的规定结合之后，妇女的"自然"角色变得更加"为权威所认可"（authorized）了。几个月之后，在一篇特别致力于"倡设女学"的文章中，梁启超同时调用了与女学有关的传统儒家以家庭为中心的观念和现代西方的民族国家概念："上可相夫,下可教子,近可宜家,远可善种。"①梁启超间接提到了《春秋》和《诗经》(尤其是以其启蒙教训闻名的《周南》),采用这种传统修辞为其主张提供合法化证明。这个传统可以追溯到儒家经典中所记载的史前圣人时代,圣人显然是"男女平等施教"。据梁启超所说,可惜这是一个丧失已久的传统。接下来从史前时代转到现在,梁启超再次引用了西方近代史,"泰西女学,骈阗都鄙,业医课蒙,专于女师"。梁启超随后给出了对应的中国妇女的例子,她们现在就像"游民土番"一般,因为她们无知。于是,他反问:"聚二万万之游民土番,国几何而不敝也?"

那么,什么构成了理想的女国民——她们被设想为完全不同于这种"游民土番"?一方面,梁启超似乎在证明她们有能力或者说有潜能成为不带女性性别记号的完全的国民。然而,当梁启超试图在西方的妇女教育和古典儒家的圣人教导之间建立联系时,妇女被等同于母亲,女国民也就变成了国民之母。这样,"三百五篇之训,勤勤于母仪;七十后学之记,眷眷于胎教。"诉诸经典——尽管对当时的改革者来说这是种流行惯例,常常给苦涩的信息裹上"丢失的传统"这层糖衣——就不得不继承那个传统的语言;因此,妇道、母仪和胎教这些措词都被编码进了母性,虽然它们全都强烈暗示着传统所规定的女性道德。这样,妇女被设想为改良未来国民的工具,她们被彻底工具化为有生殖力的角色而非标准化的男性国民。此即新民族的象征性"诞生"与孩子们的生物学意义上的诞生合而为一的时刻,甚至到了妇女的子宫"孕育文明、支配人种"的程度②,正如梁启超的一些同时代人毫不犹

---

① 梁启超,1936a,2:19—20,《倡设女学堂启》,最初发表于《时务报》1897 年 11 月 15 日。1936b,1:19,《上海新设中国女学堂章程》。
② 师竹:《论女学之关系》,《云南》,第 16—19 卷,收入 NQYDSL:588。也参见 Judge,1997a。

豫地宣称的那样。

在实际运作上，从性别比喻的语言滑向字面意义的生物学解释很容易使妇女教育窄化为某种类似于家庭经济学之类的玩意儿。因此，广东和广西省的一项地方政府指示通过对学校明显失当的课程表的引用，拒绝了一所女子学校的资助申请：

> 女子为国民之母，养成人格尤不可不亟，固应授以普通之知识，尤贵授以应用之技能。日本女子课程于衣食、育儿、裁缝、割烹、簿记等事，视之特重。中国家政不治，悉由女子之无知能。今该学堂欲兴女学，乃不列家事一科，虽有国文、修身、历史、地理、算学、卫生各科，仍是空言，并无实践。①

这项指示有效地遵循了梁启超主张的一个方面：强调妇女作为未来国民之母的角色。虽然包裹在民族和改革这种明显"现代"的语言中，这一指示仍然十分依赖效用和适当的概念；而这两个概念是根据如下的观念来定义的，即，无论是现代妇女还是古代妇女，她们的"适当"位置都应以家庭为中心。在把日本作为现代国家的范例方面，这项指示也是那个时代的典型。确实，正如历史学家季家珍（Joan Judge）指出的，"明治时代的日本成为重塑晚清中国女性特质的来源和空间的时期，即1890年代末和20世纪初，也正是日本官方关于妇女的话语——贤妻良母的意识形态占据主导地位的时代。"②这种意识形态强调伦理教育和为国家/民族学习，而非智力教育和为个人发展学习。

---

① 《东方杂志》；收入 NQYDSL：599。
② 关于日本对晚清妇女特质之表达的影响的历史分析，参见 Judge，1997b。在同一篇论文中，季家珍（Judge, Joan）也指出，智力教育不受重视也出现在中国翻译关于妇女教育的日文著作的过程中，表明这是一个中国改革者有选择地借用的过程。

反讽的是,对妇女教育的传统批评总是宣扬:"妇女只许粗识'柴'、'米'、'鱼'、'肉'数百字,多识字无益而有损也。"①唯一的差异在于,"过多"的知识在传统妇学中被定义为"作歌诗,执俗乐"(吕坤)——正是梁启超所谴责的那种"无用的"学问;而在晚清,妇学的定义中包括了现代教育或者说新学的全部门类。这项政府指示显示,鼓吹妇女教育可以与哀叹中国当前的境况并行不悖:在当前境况下,"妇女的无知"因为失当的、备受质疑的学校课程而增强了。这种把国家/民族的衰颓归因于妇女衰败的传统,被证实极易被编入"妇女教育至关重要"的民族主义修辞之中。那么,根据这一论证线索,急需通过一种严格限定的妇学来复活妇女的美德。

随着被狭窄限定的知识转变为行为修正的工具,对妇女教育的鼓吹从而转变成了一种关于妇女得体行为的警告,这给小说叙述的想象留下了极少的空间。这一论证线索非常类似于传统的教化观念,其中道德教导和学问未经区分,也无法区分。虽然道德在传统中国的教育中一直是一个难以分割的组成部分,晚清的改革者却主张把针对男子的德育和智育区分开。② 然而,这一区分并未扩展到妇女教育,因为妇女教育被认为是分别于教育的,教化变成了女性行为之道德编码最接近的同义词。妇女教育有效地与道德教导合并起来,并且产生了一种并不新鲜的关于读写能力的意识形态③,这种意识形态虽然闪现出女性公民身份的一线希望,最终却还是根据"国民之母"的角色来限制她们。

于是,在梁启超的妇女教育的概念中存在着三个疑难:(1)妇学,作为"新学"的一个不平等同胞;(2)民族主义既为妇女教育提供了合

---

① 《温氏母训》,一本16世纪的妇女道德教育书。转引自 Ko,1992:25。
② 参见 Chang Hao,1971:第四章。
③ 卡利茨(Carlitz,1991)讨论了晚明时一次类似的合并。

法化资源,又是限制妇女教育的根基;(3)三种教育权威源泉的局促共存:儒家学说,民族主义和西方的启蒙意识形态。

梁启超之妇女教育与国家强盛利害攸关的主张构成了小说《黄绣球》的意识形态基础。民族主义的要求最初为主人公黄绣球所想象的这种变化提供了条件。与旧帝国秩序分派给妇女的传统角色不同,民族国家这一新概念使她成了一个国民,这就意味着享有与男人平等的权利(至少在服务国家方面是如此)和参与政治的可能性。然而,黄绣球"绣地球"的规划大大扩展了梁启超所描绘的"国民之母"的角色。① 无论是主人公,还是其他的女性人物都远非只被分派了"母亲"这个角色。事实上,黄绣球对其他妇女教育的参与还远远超过了她对儿子教育的参与。小说吸取了梁启超扩展思想的教育主张,也是他全部主张中最不那么工具性的部分。对梁启超规划的认真修正在于妇学与新学这两个不对等的概念的关系上。为了使这对概念均衡对称,叙述必须充分利用不同的教育权威,而不能屈服于任何一个被当作最终权威的权威。

黄的丈夫与梁启超相似,他为自己指派的角色是启蒙"妇女和半文盲"。但是一旦黄绣球开始对她新发现的自由进行探险时——这种自由绝对新奇,仍未定型,并未受限制——源自不同阐释的紧张就显现出来了。当她显露出公然反抗留在家里这一规定角色的迹象时,她的丈夫虽然在片刻之前还支持她的解放,却不由得对这种行为感到讨厌了。黄通理正斥责他的儿子跑到庙会去玩耍,浪费时间,这时,他的妻子拖着新放的脚,一跷一拐地走进来,说她将带着孩子们去那个庙会,也习惯习惯她的新脚。黄通理继续说教,但

---

① 小说中,关于改革计划的工作伦理有一段很长的争论,例如,几个女性人物质疑是否出去工作本质上是并自然而然地就必然是解放。

第四章 罗兰夫人及其中国姐妹

现在转向了黄绣球：

> 你一向不出大门，如今便说放开了脚，要练练脚筋，也没得要去看会场的道理！若讲女人放掉了脚，今天去看会，明天去看戏，就使不得，与你那样说的话，发的誓愿，就成了一个大反对，还说什么绣那地球上的新花样，只怕村上的新鲜话把先让你绣出来了。

15

黄通理虽然支持妻子放脚——她迈向自由的第一步，但他立刻发现有必要限制这有限的自由，便描绘了一幅放脚带来巨大危险的图画。根据他的论证逻辑，因为她从未出过大门，她就不会知道她想去哪里；反之，由于他一向有自由，他就有权力指导她可以还是不可以去哪里。会场作为尤其令人反感的地方被挑了出来，因为它难以与任何"有用"的事情产生联系，除了可能带给她一些乐趣之外，而这显然不在黄通理所认为的妇女解放的目标之内。按她丈夫的描述，会场是一个混乱之地，伤风败俗，迷信鬼神。可以预言，他拿来施压的权威之一就是传统共同体"邻居们（村上）"，他们会对"放开了脚的女人"反感。

更重要的是，黄通理忠实于他的启蒙意识形态，采用民族主义修辞来限制妻子，声称不受限制的自由与爱国主义的目标相悖。对黄通理来说，民族国家貌似新概念，却有着大量帝国的遗迹。根据传统的宇宙论，帝国必须以传统家庭为模型建构，二者都等级森严，女子低于男子，并且二者都受中央控制。民族主义的平等主义理想现在被揭示出只是一个理想而已，因为它对妇女的包容顶多也只是一个勉为其难的包容，在最差的情况下，反倒是一种隐蔽的排斥。因为民族主义的理想伴随着一致的要求，其中，有权威者（以男性为代表）才有权力规定什么算合法的民族主义。在她为理想的世界秩序奋斗的起点,这位主人公就轻易地陷入了一个巨大的困境之中:民族主义修辞,既为她的声音提供了合法性,也威胁着要吞噬它。面对丈夫的权威申斥,黄绣球"也不搭白",这其实意味深长。

觉醒的梦

在这个遭受巨大挫折的时刻,主人公神秘地得病了,做了一个长长的梦。在这个高烧时做的梦中,黄绣球实现了她走出大门的愿望。确实,她不仅走出了村子,她还有了一次冒险经历,就像一个真正的旅行家那样:在这不同寻常的冒险经历中,她遇到了一位外国人长相的陌生女子。重要的是,梦中的黄绣球是在某个不明之地遇到了这个陌生女子,只提到"可能是村子边界处"。正因为黄绣球实际上从未到过村子边儿上,她想象中的越界发生在一个边界地区才特别合适;因为在这个边界地区,她打破了分界线,不仅是按性别规定的"外部"对"内部"的分界线,而且是民族国家的分界线,因为这个陌生女子不是中国人。此外,"外部"不再被表现为一个本质上并自然而然就具有重要性的空间。毋宁是,与这个神秘的外国女子的会面代表了一次临界体验,一种关于开端的经历。这意味着,主人公在梦中直接体验了极限,体验了对极限的试验和突破。这次经历将留在她清醒之后的全部生活之中。

这个陌生女子出现在梦中的时候,"身上穿的衣服,像戏上扮的杨贵妃,一派古装,却纯是雪雪白白的,裙子拖得甚长,脸也不像是本地方人,且又不像是如今世上的人。"黄绣球于是迷惑不解:"这难道是白衣观音吗?我向来也不曾相信菩萨,奉个观音斋,怎么他会来点化我?"①这个"白衣女子"给了黄绣球几本书,但在黄绣球看来,这些书画得弯弯曲曲的,一点不像有文字。白衣女子于是拿出另一本书来,封面上有三个大大的中国字,黄绣球认得其中的一个——"雄"。很快黄绣球就会知道这本书是布尔特奇(Plutarch,今译为普鲁塔克——译者注)的《英雄传》。有趣的是,这位未来的女激进分子虽然识字能力有限,却知道"雄"和"雌"的区别;这种性别身份的语言界限是她必须要打破的,以便实现她"绣地球"的梦想。于是,这位陌生女子开始粉碎这所语言牢狱:

> 你既知道有雌雄之义,雌雄是就禽鸟讲的,怎么历来的人,都把男子比作雄,女子比作雌,说是女子只可雌伏,男子才可雄飞。这句话我却不信,人那能比得禽鸟?男人女人,又都一样的有四肢五官,一样的是穿衣吃饭,一样是国家百姓,何处有个偏枯? 19

首先,"白衣女子"指出了能指与所指之间的缝隙(动物,是;人,否),削弱了这一性别身份的语言建构。腾空词语的内容之后,她继续推翻生物决定的观念,指出了男人和女人之间身体基本相似。更重要的是,她提到他们同为"国家百姓"这一相似的政治身份,以此作为他们平等的一个证据。听完这番话之后,黄绣球感到难以置信地又惊又喜。虽然她在丈夫面前常常张口结舌,在这位刚见面的陌生女子面前却相当

---

① 杨贵妃(719—756),唐玄宗(685—762)的妃子,是京剧喜欢描写的一个历史人物,其典型装扮便是着白衣。白衣观音是慈悲的女神。杨贵妃和观音唯一的联系就是她们的白袍。重要的是,这里的词汇是佛教的,观音菩萨由于引导人们开悟而广为人知。虽然小说公开批判制度上的佛教,但始终采用着佛教的词汇。对观音的讨论,参见 Paul, 1985 和 Reed, 1992。

健谈:"奶奶怎么就是神仙,知道我的心事?你便不是神仙,也真是我的知己。"在梦中这个未曾划界的领域,在村子边界这个朦朦胧胧的所在,在她本人跨界之初,黄绣球无拘无束地与这个陌生人交谈起来,表白她备受压抑的挫败感,好像在跟一个老相识交谈一般。

一从梦中醒来,黄绣球就被丈夫告知她在梦中遇到的陌生女子是某个罗兰夫人。从这一刻起,尽管黄通理仍然享有接触这种重要信息的特权,但他的妻子已经焕然一新了。她高烧时做的梦提供了一个意义重大的临界状态,当时主人公既不在这里,也不在那里,而在一种悬搁的状态中。① 因为黄绣球高烧中的梦标志着从有抱负的妇女到行动的妇女——被赋予了知识和权威的妇女——的转折点。现在,黄绣球不仅有精力去努力建设新世界,而且有知识——她的知识部分神秘地得自梦中的罗兰夫人,部分得自她对书籍如饥似渴地阅读,这些书是她从这时起要求丈夫买的。与做梦之前不同,那时黄绣球充满热情,却没有详细的计划,这也是她的丈夫能规定并审查她的行动的原因;现在她发现了自己的吁求,制订了建立一所女子学校的具体计划,并发展出了一种公开演讲的能力,这使得她能说服士绅的妻子和女儿赞助她的计划,并参与到学校中来。

在民族主义和性别平等这两个互相矛盾的吁求之间——黄绣球

---

① 黄绣球生病的这段情节接入了传统中国通俗文化中的梦/病这一传统主题。它经常是作为这样的一个临界空间:生病的人在那里有了一段非同寻常甚至超自然的经历,醒来之后其存在状态发生戏剧性的改变,有时是一种准宗教的转化。一个文学中的例子是16世纪著名的戏剧《牡丹亭》[伯奇(Birch)翻译]中的梦,主人公在梦中遇到了一个理想的年轻人;梦醒之后,她在所有方面都焕然一新。一个历史上的例子——虽然是凭空幻想的——是太平天国的领导者洪秀全的经历,太平天国发生在《黄绣球》写作之前的半个世纪。在发起太平天国运动之前,洪秀全宣扬这一著名的生病/做梦的经历,在梦中,他得到了基督教的圣经,并被告知自己是基督的弟弟。关于这个梦的记录,参见《太平天国革命在广西调查资料汇编》,和 Michael, 1971。这个梦显然是在生病后的第五年追溯性地建构的。

发觉自己处在这一困境之中,第三种因素被引入了:与这位外国女子的想象性的会面。因为罗兰夫人这个人物的外国性跨越了民族/国家的边界,打破了民族主义修辞的约束,同时她关于性别平等的教导似乎也奉上了一份普遍主义的礼物。

幽闭在闺阁之内,黄绣球还是能听到来自另一世界的传闻,关于一种不同经历的传闻,关于经历之差异的传闻。在黄绣球的梦中,这个"白衣女子"由模糊闪现、隐喻和书册组成;黄绣球试图对这个来自不同世界的幽灵进行阐释,使自身牵扯进了中国妇女所面临的直接难题中。这个"白衣女子"的形象来自何处?她有什么品质,她有什么权利获得"外国菩萨"这样慈悲又权威的地位?通过什么渠道,其人其书或书的形象流传开去?

关于罗兰夫人的第一印象:梁启超的传记

为了理解罗兰夫人这位自由的西方妇女形象的复杂叙述功能,为了探究这一现代妇女之特殊形象转变的具体过程,有必要回到有关罗兰夫人的故事的几个早期版本。从早期被引入到小说《黄绣球》中精心描绘的肖像,对罗兰夫人的建构总是与当时国内的政治有关,也与描绘她的各种文类的传统颇有关系。这部小说的文本先例是一部1904年的弹词,其中罗兰夫人的形象浸润着通俗浪漫传奇传统。这部弹词很可能是基于梁启超所发表的一篇传记,而后者又基于一篇日语译文。

1902年10月,梁启超的《新民丛报》上刊载了一篇长长的罗兰夫人传,由梁启超本人所写,以中国之新民的笔名发表。它很快成了新的经典名著之一,那些积极成为新国民的年轻知识分子都记得它。开头一段便是著名的排比问句,气势磅礴,也最经常被人引用:

> 罗兰夫人何人也？彼生于自由，死于自由。罗兰夫人何人也？自由由彼而生，彼由自由而死。罗兰夫人何人也？彼拿破仑之母也，彼梅特涅之母也，彼玛志尼、噶苏士、俾士麦、加富尔之母也。质而言之，则19世纪欧洲大陆一切之人物，不可不母罗兰夫人；19世纪欧洲大陆一切之文明，不可不母罗兰夫人。何以故？法国大革命，为欧洲19世纪之母故，罗兰夫人为法国大革命之母故。①

克莱门斯·冯·梅特涅（Klemens von Metternich，1773—1859）曾领导奥地利加入四国联盟反对拿破仑，于是就有了这样一个在晚清非常有名的笑话：既然拿破仑和梅特涅是兄弟，他们的政治路线为何如此不同呢？某个死脑筋的年轻人对此感到迷惑不解。② 然而，梁启超自己所坚持的修辞——把罗兰夫人描绘为母亲——至少也部分地证实了这一刻板思维。在这瞬间的隐喻化中，罗兰夫人不仅被认为是19世纪欧洲伟人的母亲，也是法国大革命的母亲，甚至是欧洲现代性的母亲。于是，在梁启超传记描绘的一开头，罗兰夫人的女性身份就折扣成了母性，后者又很快跃进成为一种象征的抽象。从而，通过含蓄地诉诸传统中国的母亲崇拜，直率地强调这个母亲形象和欧洲现代性之间的亲密关联，并把这二者焊接在一起，就创造出了一个罗兰夫人的形象，这个形象特别能取悦那些想要成为现代中国新国民的人，他

---

① 梁启超，1936b，12：1，《近世第一女杰罗兰夫人传》。几个月之前，梁启超写了一部雄心勃勃的传记，关于朱赛佩·马志尼（Guiseppe Mazzini，1805—1872，爱国者，意大利革命者，意大利复兴运动的领导者）、卡米洛·本索·加富尔（Camillo Benso Cavour，1810—1861，意大利政治家）和朱塞佩·加里波第（Giuseppe Garibaldi，1807—1882，意大利爱国者、战士，复兴运动的领导者）的生平经历。对这部传记的详细讨论，参见 tang，1996：88—102。
② 冯自由，1981，2：134。

们仍然深深陷在传统伦理和惯常修辞之中。

罗兰夫人传特别能感染人,显然是因为梁启超在其中倾注了大量的感情。① 对梁启超来说,这是个悲剧,最初发动议会改革的温和派罗兰夫妇和吉伦特党人被革命一扫而空,而悲剧在罗兰夫人最终被革命的激进派送上断头台时达到了顶峰。这一颇具反讽意味的历史转折必然为梁启超提供了一面镜子,就在几年之前,他才经历了1898年变法的失败和戊戌六君子的殉难。到1902年他动笔写这篇传记时,梁启超正在日本流亡,在意识形态和政治两方面都在革命和改革之间摇摆不定。② 梁启超在他1902年的小说《新中国未来记》中戏剧性地表现了这种摇摆不定的情形,这部作品的主角之一主张通过革命来破坏,而另一位主角却反对暴力革命,因为它会带来普遍的失序。与之相应,自由的理想在对罗兰夫人的描绘中也被呈现得相当含糊,她的话体现了梁启超自身所必然感受到的疑虑:"呜呼,自由自由,天下古今几多罪恶假汝之名以行!"这一模棱两可在可怕的革命中大大加强了,革命被描绘为"河出伏流,一泻千里。宁复人力所能捍御。罗兰夫人既已开柙而放出革命之猛兽"。然而,尽管摇摆不定,尽管模棱两可,这个被称为革命之"母"的妇女仍然被描绘为一位有着最纯洁意图的非凡女英雄。在传记饱含感情的结尾处,梁启超慎重表达了一个英雄毕生的目标:"死国事者,夫人之志也。……而死于革命告成之后,则非夫人之志也。"(第7页)这样,在罗兰夫人的传记中,梁启超找到了完美的媒介去传递他关于革命深刻的暧昧不明的情感,他关于这场

---

① 关于梁启超对罗兰夫人传记的私人的、政治的投入的详细讨论,参见 Tang,1996:102—116。
② 参见黄宗智(Philip C. Huang,1972,第五章)和张灏(Chang Hao,1971,第7、8章)。黄宗智和张灏都同意梁启超致力于改革的意识形态是在1903年,尽管张灏承认这二者的区别并非总是那么清楚。

革命领导者之作用的纷乱反思,和他对自由理想的矛盾情愫。

几个别的因素与当前的研究更相关,也对梁启超所描绘的罗兰夫人至关重要,即,罗兰夫人这个现代英雄的成长过程,作家/历史学家的角色,以及大概是无意地、对这位现代英雄之性别的突出表现,以及她在一个喧嚣时代所扮演的重要公共角色。

在梁启超的描绘中,对这位现代英雄的成长至关重要的是她对布尔特奇的 *Parallel Lives* 的阅读。这本书被梁启超译为《英雄传》,正是小说版本中罗兰夫人给黄绣球的那本书,罗兰夫人还是小女孩儿时:

> 常置身卷里,以其中之豪杰自拟。每从父母到教堂祈祷,必手此书偷读焉。往往自恨不生二千年前之斯巴达雅典,则掩卷饮泣,父母诧之而不能禁也。

这位将要成为现代英雄的罗兰夫人——这时还用着她未婚时的名字珍妮·玛利侬·菲利般(Jeanne Manon Phlipon)——首先是一位会被书深深感染的读者,一位如饥似渴、罗曼蒂克的读者。年幼的玛利侬被描绘为"富于理解力、想象力",自教自育,故而"于规则教育之外,其所以自教自育者,所得常倍蓰焉"。对小玛利侬来说最重要的书《英雄传》被意味深长地刻画为不怎么合法——与指望她阅读的书大相径庭——以至于小女孩需要"偷"读它。书在这里被描绘为强有力的、触犯界规的,这颇类似于梁启超早年在康有为那儿所接受的教育,也类似于梁启超自己的主张在当时被接受的情况。

小玛利侬·菲利般的教育境况清楚反映了梁启超早年的学习生涯。梁启超早期也接受传统教育,是一个杰出的学生。后来,他决定跟随康有为学习,后者对今文经的重新诠释在当时被认为是异端的、激进的。根据他自己的说法,这个转变发生在他与康有为初次会面之后的一个失眠的夜里,南海先生"乃以大海潮音,作狮子吼","摧陷廓清"了"百年无用旧学"。① 这样,不循常规的教育,这一教育小说以及传记中有关学习阶段的常见程式,帮助阐明了一位现代英雄是如何形成的,既适用于传记对象也适用于传记作者。进一步说,梁启超的罗兰夫人传既然有意直接为现代国民提供模范,那么类似这样的培养(the bildung)或造就(making)也应该传递给读者,事实上,如果他(她)读到这篇传记的话,他(她)大概已经在受非传统的教育了。于是,英雄传记的力量即"造就"英雄。这种观点与梁启超关于文学或写作之教育价值的基本看法相一致,就传记的例子而言,这种自我指涉尤其不同凡响,确实,自从梁启超写出不少这样的"英雄传"之后,其中许多就一直被当时的年轻知识分子所引用、再引用。②

不只阅读传记对罗兰夫人的形成很重要,对这种阅读的描绘也有助于传记作者/史家自身的建构。在传记叙述中,梁启超两次插入了关于布尔特奇的备注,给出了这位作家的小传和该书的简要大纲:

> 布尔奇特,Plutarch,罗马人,生于西历纪元后四五十年顷。其所作《英雄传》传凡五十人,皆希腊罗马之大军人、大政治家、大立法家。而以一希腊人一罗马人两两比较,共得二十五卷,每卷不下万余言。实传记中第一杰作也。其感化人、鼓舞人之力最大。近世伟人如拿破仑、俾士麦皆酷嗜之。

---

① 梁启超,《三十自述》,丁文江,1958:15—16。
② 在他一生中,特别是在 20 世纪最初十年,梁启超写作了大量传记,包括一些西方哲学家和重要的历史人物,诸如霍布斯、卢梭和克伦威尔;也有一些当代中国人物,诸如 1898 年戊戌变法六君子、第一位女医生康爱德;和历史传记,诸如 15 世纪的航海家郑和的传记,和公元 307 年左右命令军队"胡服骑射"的赵武灵王的传记。

3　　　　拿破仑终身以之自随,无一日不读,殆与罗兰夫人等也。

布尔特奇的《英雄传》被描述为有助于造就"近世伟人",并进一步在学院内受到公认,正如梁启超在另一句插入语中所谈到的:"布尔特奇《英雄传》省称布尔特奇,泰西学界之常语也。"这个关于学术缩写的表面看来不重要的细节恰是非常熟悉"西方学术"——现代高深学问的智识环境的证据。这一姿态含蓄地保证了梁启超传记的真实性及传记作者的权威性。除了为传记的读者提供他们所不熟悉的书目信息之外,这些备注也进一步提升了梁启超正在写作之传记的重要性,把它们升华为一种真正的再次"造就"新民的努力。

所以,政治改革者梁启超和著名传记作家梁启超经由如下两条渠道得到了认可:认同于知识分子/政治活动家罗兰夫人,同时又认同于有助于造就这种现代英雄的作家布尔特奇。然而,第一种认同中存在着一种不协调,因为传记描绘的一个重要方面集中在罗兰夫人的女性身份上,而这一点被表现为这个现代政治人物身上的一个重要因素。

至于罗兰夫人在法国大革命中的角色,梁启超的传记反复强调她对吉伦特党人的非凡贡献,她为官方报纸写作,她所写的公共报道以及她在改革政府官僚机构方面所起的作用——她的贡献如此之大以至于"狄郎士派(今译吉伦特党——译者注)之党魁,名则罗兰,实则罗兰夫人。此历史学家所同认也。"梁启超尤其对她致路易十四的著名抗议信的文风钦佩万分:"此奏议文笔精劲,词理简明。论者谓法兰西史中公牍文字,以此为第一云。"对罗兰夫人之作品风格的兴趣当然显示了梁启超作为作家的自我形象,特别反映了他对创造一种具有政治感染力的新写作风格的兴趣。然而,当这位强有力的作家碰巧也是个妇女时,就出现了一个奇特的矛盾:作为一位代笔作家(ghost writer),她的确像任何政治家或者梁启超自己所能期望的那般令人印象深刻;

5

但她似乎仍不情愿用自己的声音发言。这幅肖像颇可观：

> 其举动如何？彼尝自记曰："余自知女子之本分，故虽日日于吾前开集会，吾绝不妄参末议。虽然，诸同志之一举一动，一言一议，吾皆谛听牢记，无所遗漏。时或欲有言，吾必啮吾舌以自制。"云云。呜呼，当此国步艰难之时，衮衮英俊，围炉抵掌，以议大计。偶一瞥眼，则见彼眉轩轩、目炯炯、风致绝世、神光逼人、口欲言而唇微啮、眼屡闪而色逾厉之一美人，监督于其侧。夫人随强自制，而其满腔之精神，一身之魔力，已隐然举一世之好男儿。 [8]

谈到罗兰夫人起草过大量文件，是吉伦特党实际的党魁之后，梁启超仍然描绘了一位太懂得自身位置的合乎礼教的妇女。假设罗兰夫人的能力得到公认，她的意见就绝非无关紧要，但她对自己的成功抑制确保了这位显然现代的妇女身上具有传统美德。再进一步，她庄重的自我控制就不仅仅标志着一位具有传统美德的沉默女子了，更重要的是，还标志着一座巨大的精神发电站：她的在场鼓舞着年轻男人的行动。事实上，以迷人的细节描绘她肉体上的自我抑制似乎是一个渠道，一个把她去说、去行动的欲望传递给年轻男人即新世界之英雄的渠道。虽迂回却更重要的是，她所压抑的去说、去行动的欲望也传递给了梁启超，后者现在正代表着她讲话。从她唇边咽下的词现在跨越时空的阻碍从类似的精神中涌出，轮到历史学家梁启超成为现代中国英雄的鼓舞者和指导者了。

罗兰夫人通过身体的在场起作用，而梁启超通过他的话——这篇传记起作用。她的历史存在为他的话提供了权威，而他的话使她跨越历史在晚清中国出场，通过一种强烈而女性化的肉体性媒介，包括"眉轩轩""目炯炯"和"口欲言而唇微啮"。与创造索菲娅·彼罗维斯卡娅这个人物类似,小传再次与小照紧密联系起来,梁启超的传记精心刻画了一幅罗兰夫人印象,栩栩如生。这是她临死前在革命法庭上的最后形象:

> 夫人著雪白之衣,出于法庭。其半掠之发,如波之肩;澄碧之眼,与雪衣相掩映。一见殆如二十许妙龄绝代之佳人。

这就是罗兰夫人的流行形象——"白衣女子"的来源。女性身体细节之绝对魅力充满了升华了的性暗示,让我们想起了索菲娅赴刑场途中的形象:尽管政治历史背景不同,但这两个形象都汇聚在一点上:受难妇女的情欲化。在莫林·罗伯逊(Maureen Robertson)称为传统中文诗歌中"文人的女性声音"中,在对妇女容貌和衣着进行色情化铺陈时,她的痛苦常常被浪漫化了;她也就变成了"空的能指",一种投射男性诗人欲望的方便工具。罗伯逊进一步阐明这一色情化的受苦妇女的典型形象是被动的,"处在家庭中的女人空间内,通向那里的道路受到严密的监管;这是一个色情的禁区"①,换句话说,是一个向喜好窥阴的男性凝视诗意开放的私密空间。然而,对于描绘罗兰夫人这样的现代女英雄——一位肯定不是被动或隐居的妇女,一位实际参与到公共领域之中的妇女来说,关于受苦妇女色情化的传统修辞似乎并未完全失去其吸引力。传统修辞被天衣无缝地织进了对这位现代女英雄的描绘之中。这一"白衣女子"的肖像在后来众多文本中被调用,黄绣球所梦见的那个形象就是她的显现。

---

① Robertson, 1992: 69—70.

第二印象:弹词所表演的罗兰夫人

梁启超的传记发表之后一年左右,一个更加精细的罗兰夫人的故事版本出现在一本十卷弹词的小册子里,名为"法国女英雄弹词"。①我们对作者陈挽澜(1887—1917)知之甚少,只知道她还写过另一部小说,是辛亥革命烈士陈伯平的妹妹(1882—1907)。②

弹词版本严格遵循梁启超的版本,有时甚至直接移植梁启超的整个句子,但其导向要通俗得多,以近于口语的简单叙事散文和押流行弹词格律的韵文写成。作品的目的在开头就宣布了:

> [韵文]你看外洋各国英雄辈,多半裙钗队里人……想我同胞诸姊妹,不过是、烧香吃素念观音。将人比己真惭愧,忿火中烧不自禁。因此上、做这弹词成十卷,其中专写女豪杰,愿吾绣阁金闺女,饭后茶余看个明。

紧接着这段韵文的是这样一段以轻松白话写成的散文:"话虽如此,但是外国不是一国,也有英国,也有德国,也有意国,也有法国,也有美国,也有日本国,各国贞奇烈义的女人,络绎不绝。叫我从哪里说起?"叙述者承诺说要说"一个最有本事,最有名……的女人",但是不同于"做书的旧套……在下做这弹词,却没有一章虚设"。

有件事立刻清楚了:期待听众无疑是女性,很可能包括那些不怎么精通传统文学的妇女,因为与晚清的其他弹词比起来,它的语言多

---

① 挽澜词人,1989;最初由小说林社在1904年出版。
② 她的其他作品包括小说《女英雄独立传》,在1907年的《中国女报》上连载。关于她的哥哥陈伯平以及他为刺杀恩铭而牺牲的简略描述,参见 Rankin, 1971: 180—83。

是白话，不用典故。另一因素也暗示着这个弹词版本针对妇女，甚至可能是较低阶层背景的妇女，因为它所强调的平等主义比梁启超的版本激进得多。弹词强调了玛利侬的卑下出身，她是一个工匠的女儿。梁启超把这个现象解释成"殆时势产英雄，而非种姓之所能为力也"，弹词版本与之不同，增加了一段情节：玛利侬还是小女孩儿的时候，跟祖母一起去贵族家庭去过，因为祖母的社会地位比玛利侬自己家要稍微高一点。玛利侬既未对人家的尊贵印象深刻，也不因以平民身份作奴婢而感到满足，她想："人生贵贱原无准，并不是、上下相悬在这中。"那么，在读者/听众方面，在叙述者/表演者方面，在罗兰夫人的转变方面，弹词这个文类的选择是什么呢？

作为一个讲故事的通俗文类，弹词自明代以来就一直在扬子江下游地区欣欣向荣，以苏州为中心。主要由韵白（说的部分）和篇子（七言韵文，以三弦伴奏）交替构成。现存最早的文本确定是明代中期的。① 弹词的起源被追溯到唐代的变文，一种主要基于佛经故事的说故事的通俗媒体。明代的学者/音乐鉴赏家臧懋循（晋叔，？—1621）首次提出这一起源学说，并这样描述这个文类："盖变之最下者也……深不甚文，谐不甚俚，能使呆儿无不入于耳而洞于心。"② 所以，从早期开始，弹词就因其易于被接受而闻名，其韵文包括成语、通俗笑话和当时流行的双关语。这是一个包罗万象的文类，长于细节描绘。其典型内容从虚构的历史到传奇故事，范围广泛。其长度灵活，少则两卷，多至两百余卷。也许是其宗教来源的反映，晚清的弹词仍然保留着强烈的教诲世人的倾向。这个文类的主要活力来自书面文学和口头表演的结合。晚清著名作家李伯元也写过一部弹词，关于这一点，他总结

---

① 至于弹词完全成熟的版本，多数学者会引证杨慎（1488—1559）及其《二十一史弹词》和王穉登（1535—1612）及其《三笑缘》。
② 臧懋循：《〈仙游〉、〈梦游〉二录序》。转引自阿英，1985，2：83，《弹词小话引》。

得最好:"大书深刻,笔舌互用,故能遥吟俯唱,声泪相随。"①

对当前的讨论来说更有趣的是,弹词可以被描述为一种"性别"文类。现代历史学家阿英把它描述成一种对"妇女、市民和文盲"有特殊吸引力的文类。② 虽然阿英在把弹词归为一种纯粹的通俗文类(文盲)时可能有点夸大了,但妇女毫无争议地处在弹词的阅读、传播、写作和表演的中心。③ 晚明以来,弹词有了如此众多的女作曲者和职业女表演者,以至于一位现代学者李家瑞宣称:"从来以弹词为职业者,每以女子为多。明朝时就已有这风气"。④ 19世纪初期,随着名著《天雨花》的再版,女弹词蓬勃兴盛,出现了《再生缘》和《笔生花》这样不朽的作品。⑤ 另一位著名的晚清小说家吴趼人证实了女读者/听众对弹词的喜爱,他把上海的腐朽淫风(sexual mores)与他的家乡广东作了对比,在广东,"'淫风'二字几未曾与闻"。然后,那里道德的纯洁被归因于弹词的流行,当地称之为木鱼书,"妇人女子,习看此等书,遂暗受其教育,风俗亦因之以良也"。⑥ 然而,如同我们将会看到的,弹词的道德影响一直是个争论不休的问题。妇女也通过抄写弹词加入到文本传播中来,在某种程度上,这可能是抄写佛经这种宗教实践的遗迹,但无疑也是弹词在女性读者中间流行的一个结果。⑦ 在苏州,弹词的高峰出现在19世纪中叶。职业女唱书(弹词表演者称"唱

---

① 李伯元,《庚子国变弹词序》,转引自阿英,1985,1:34。
② 阿英,同上,《弹词小说论》。
③ 比较而言,弹词更多诉诸女作家,而不怎么诉诸散文体小说的。关于这一点的讨论,参见 Widmer,1997:366—396。
④ 李家瑞(1895—1975),《说弹词》,转引自阿英,1985,3:47。
⑤ 对《再生缘》的研究,参见陈寅恪,1975。至于弹词集,参见谭正璧,1981和赵景深,1937。对弹词音乐的英文研究,参见曹本冶,1988。
⑥《新小说》19 (1905),阿英,1985,2:80—81。
⑦ 至于"女弹词"的历史,参见阿英,1985,3:47—102,《女弹词小史》。更近的研究,参见 Hu Siao-chen,1994。

书"。——译者注)极度成功,以至于著名的男唱书马如飞感到受到了威胁,多次写弹词明目张胆地攻击女唱书的道德基础。其中最重要的一篇名为"阴盛阳衰"。① 女唱书的成功是短暂的。1854年,女唱书在苏州被官方禁止了,首先是因为马如飞这样的道德家反对男女同台演出,继而只是因为她们是当众表演的女人。许多苏州的女唱书这时转到了上海,在下一个十年左右她们再次在上海蓬勃兴盛起来。男性听众听弹词最具代表性的是在书场,这里到这个世纪的晚些时候也提供召妓的服务;而典型的女听众有两种享受弹词的方式:或者把表演者叫到私宅来;或者阅读抄本。也就是说至少有三个不同阶层的妇女卷了进来:官员和文人的妻子和女儿,她们能叫堂唱;中等人家的妇女,她们能够借来并抄写弹词;进行表演的妇女,她们一般伴着乐器口头演唱弹词。

清代的最后十年间,当时最杰出的四大小说家之一李伯元写出了有关1900年民族危机的著名弹词——《庚子国变弹词》(1901—1902),把现代历史引入了这一文类。著名的辛亥革命烈士秋瑾也写了一篇政治弹词《精卫石》。传说她1907年被逮捕的时候,这篇弹词的部分手稿被没收了,作为进行反满革命活动的证据。② 这就是《法国女英雄弹词》所利用的传统。它本身就是一个介于旧传统和新故事、中国通俗文化和西方政治史之间的混合物。它讲述了一个现代英雄参与政治事务的历史,细致描绘了一个妇女的日常生活——她与其女友、丈夫和女儿的关系。通过一个通俗的、(在某种程度上)性别化的文类传统,罗兰夫人的形象进一步变形了。

对梁启超的传记所做的一个显眼的增加与罗兰先生跟罗兰夫人之间的关系有关。虽然更早的传记没有提到任何求爱过程,这一主题

---

① 转引自阿英,1985,3:73,《女弹词小史》。
② 参见阿英,同上,:187,《关于秋瑾的〈精卫石〉》。

却成了弹词版本的一个兴趣焦点。不仅有一个求爱故事,还有一个作为信使/助手的女友,和一个作为对手/障碍的专横独断的父亲。换句话说,传统传奇的整个才子佳人的惯常架构都启动了。传奇的传统手法无疑令这个外国故事对本国听众来说更熟悉了,而"外国性"对传统手法的修正也相当可观。首先,信使/推动者不再是典型的才子佳人传奇中普遍存在的丫鬟,而是玛利侬周围三个志趣相投的女友之一。虽然这仅仅是一个细节,却为这个现代女英雄提供了一个迥异于传统女主人公的背景环境。与这种传奇中典型的女主人公幽闭在内阁之中不同,玛利侬住得远离家庭(因为她的母亲去世了——一个方便的巧合)。然而玛利侬并没有孤立隔绝,仅靠着一个婢女与外面的世界联系,她是处在一个更广泛的女性共同体之中,周围尽是女友。此外,她的父亲想要阻碍这段浪漫史,他被描写成一位独裁专制的家长。"年轻才子"罗兰和"巾帼佳人(spirited beauty)"玛利侬都被描绘成积极主动地追求爱情,这就把传统传奇转变成了五四所崇拜的"自由恋爱"的一个先驱,后者常常被认为是对父权压迫的一种反抗。这样,传统传奇的一般手法就被调用来创造这部现代传奇——投契者的结合,平等者的联姻。所以,弹词的叙述者警告读者:"这是天生佳耦当相合,要使大事将来任彼肩。并不是、濮上桑间诸旧说,看官切莫作浮言。"[205]

这部传奇被说成是与"大事"结合在一起。在法国大革命之前,罗兰夫妇的婚姻关系是真诚、热烈而理性的,正如人们看到的那样,这对夫妇"夙相契"。然而,当"大事"酝酿的时候,罗兰夫人被描绘成了温和派吉伦特党的真正领袖,而罗兰先生只是名义上的领导。这基本上跟梁启超的传记版本差不多,除了两个令人惊异地小改动之外。一个是增加了一个女同志的聚会,这未见于梁启超的版本,也未见于任何其他有关罗兰夫人这个历史人物的记录:"罗兰去招些男友来相聚,玛利侬也约些女友到家庭。"虽然这则资料毫无确实根据,却与弹词版本[207]

对玛利侬周围的女性团体的强调是一致的,这样她就不再作为男人世界中的单个妇女出现,就像梁启超的版本所强调的那样。另一处令人惊异的小改动是这对夫妇面临巨大胁迫时反差强烈的表现。谣传他们即将被逮捕时,罗兰先生已经独自逃跑了,罗兰夫人却留下来向迷惑不解的女儿解释这一困境:"我娘只为爱国心儿在,到今日啊,跳不出山岳党(今译雅各宾派——译者注)人一网中。你那父亲因胆小,先逃只为这情踪。我娘胆有身来大,至死方休万不容。一任你、刚刀过颈飞风快,我可也、横览河山一笑中。"于是,这位妇女成了真正的英雄,她丈夫的胆小怯懦益发衬托出这一点。

对罗兰夫人的正面描写以牺牲她丈夫为代价,这也与弹词版本主要兴趣一致:描绘那些品质非凡的妇女。与梁启超传记中单个的女英雄形象——男英雄的鼓舞者——相反,罗兰夫人周围的一群妇女以这样或那样的方式一起组成了一幅现代妇女的多面画卷。这一复合画卷显示,玛利侬并非生活在真空之中,也不是一个异于寻常愚妇的例外。首先,就像上文提到的,玛利侬婚前有三个亲密的女友,其中一个是她和罗兰先生的信使。另外一处也简短地提到随着革命的酝酿,玛利侬召集周围的这些"女友"。弹词中两个更重要的女性人物在玛利侬生命即将结束时才露面。一个是到狱中探访罗兰夫人的维廉女史。此即英国作家海伦·玛丽·维廉(Helen Maria Williams, 1762—1827),她在法国度过了大半生,熟悉吉伦特党人,也曾被罗伯斯庇尔投入监狱。除了诗歌和小说之外,她还因关于法国大革命的政治著作而广为人知。[1] 梁启超的传记中她只是一个被点到的人物。弹词版

---

[1] 显然,海伦·玛丽·维廉知道罗兰夫人和吉伦特党是从1788年她从英国去法国旅行开始。她也被罗伯斯皮尔投入了监狱,只是勉强逃脱了罗兰夫人的命运。除了作为"来自法国的信"发表的政治著作之外,她也写小说、诗歌。至于维廉的生平故事,参见《国家传记词典》(Dictionary of National Biography):404—05。

本对她的描绘要细致得多,特别强调了她的女性身份:"可羡维廉女子身,今朝来访狱中人。只因驰慕心常切,今见芳容大称心。"当她探访狱中的玛利侬时,她们以结义姐妹相称,这种称呼对弹词的听众来说是相当熟悉的。更重要的是,在会面最后,玛利侬交给维廉三份她在狱中所写的手稿,包括一份自传,说:"承姊姊厚情,烦姊姊带出去,代为表白了吧。"这位女作家/历史学家从而变成了玛利侬的代言人。玛利侬亲自赋予了她这一权威。

216

216

弹词版本进一步与梁启超传记分道扬镳之处是,增加了一段长长的离题情节,即夏洛特·果尔德(Charlotte Corday)的感人故事,她在那个著名的浴缸中刺杀了让·保罗·马拉。这是与罗兰夫人的故事没有明显关联的离题情节,梁启超完全没有提到过。果尔德被描述成一位"女同志",她与罗兰夫人的关系仅仅只是两个人都是女英雄,并且相继献出了生命。女刺客的化身更引入了另一个现代女英雄形象——索菲娅的一个回音,她们都为了正义的目标而使用暴力。

这四种群体的妇女——少女时代的朋友、革命时的"女友"、海伦·玛丽·维廉和夏洛特·果尔德与罗兰夫人志趣相投,支持她,书写她,并追随她赴死。这些圈子的妇女之间的共鸣必然暗暗扩展到了弹词的叙述者身上,后者进一步重复着女历史学家维廉"代为表白"的角色;通过弹词叙述者,这种共鸣又扩展到中国的女性读者/观众身上。通过对这篇弹词的阅读或倾听,文本内部与外部的女性共同体之间实现了共鸣。

与对传奇情节的修改类似,几种别的传统手法也被调用了。另一个相关例子是表现吉伦特这个政党的方式。弹词中,革命的前一天,罗兰夫妇正在巴黎旅行,"那一班志士早闻知,大家相引来相见……当时集了一个同胞会,歃血为盟"。尽管歃血为盟这个词可能只是描述结盟的惯常方法,乞灵于这种传统仪式仍然令人回想起《三国演义》和

208

《水浒传》之类的通俗历史故事中志趣相投的好汉相遇（顺带提一下，也是在路边的小酒店）并结义为弟兄的情节。这个熟悉的中文词与吉伦特党结合在一起显得有些古怪，它是乞灵于通俗侠义传奇之传统修辞的一个标志，以便令法国大革命这段外国政治史更加可读。与梁启超对法国大革命这段政治史的处理——一面反映他自身摇摆不定的意识形态立场的情感与理性之镜——相比，弹词版本借用了通俗侠义故事的传统手法，更具行动倾向。

还有一点与梁启超的传记版本相当不同，故事的悲剧结局并不在于个人奉献与非个人的革命剧变之间的政治困境，这在梁启超的版本中占据了重要地位。毋宁说，弹词版本中的悲剧在于死亡以及与爱人的分离，一个传统传奇所青睐的"别"的主题。几个很长的段落谈论了几种不同的别离：生离和死别。叙述聚焦于像罗兰夫人被处决这样的横死造成的别离所带来的特别的痛苦，并总结说"所谓天理人情，中外皆一，并不是外国情理，同中国两样的呀"。类似的，弹词版本特别关注失去双亲的女儿的命运，特意创造了女仆这个角色，她最初打算追随女主人自杀，后来承担起了养育这个孤女的责任。弹词以死别托孤为结束，是乞灵于通俗想象的另一例证，这种通俗想象是建筑在多少代读者对类似《赵氏孤儿》这类故事再三讲述之上的，其中孤儿在忠仆的帮助下长大成人并为家族之死复了仇。

这样，通俗导向的弹词版本借助了才子佳人传奇、侠义传奇和传统悲剧的传统手法。此外，这个版本创造出了围绕在罗兰夫人周围的女性圈子，更多地强调了现代女英雄的女性身份。由于弹词是一种性别化的文类，这种强调进一步扩展到了这个中文文本的女性听众／读者身上。梁启超的历史意识在他对罗兰夫人及其困境的认同中显现出来，而弹词作者的历史意识显然更加性别化：新民不仅意味着阅读布尔特奇和梁启超作品的积极主动的历史参与者，还意味着一种新的女性乃至一种新的对妇女气质（womanhood）的理解。而现代通俗历史学家的任务就是帮助创造这种新女性。

翻译罗兰夫人的通常"花样"

这两个版本——梁启超以改良过的文言文所写的传记和以简单韵文和白话写作的弹词表演本子,传播了一个现代妇女的复杂形象:一个在民族危急关头表现卓著的妇女,一个把生命奉献给了自由理想的妇女,一个公开抛头露面的暧昧不明的妇女形象。至关重要的是,她既是读者,也是作者,同时还是一个传播者。归根到底,这里的主角是一个积极主动地参与现代历史的女子形象。就是这样一个罗兰夫人拯救了小说的主人公黄绣球,当她身陷于民族主义和性别平等相互冲突的要求无法自拔之时。

经过小说进一步的改写,罗兰夫人的形象呈现出戏剧性的差异。与前两个版本不同,罗兰夫人在小说中露面时,她的丈夫完全缺席了;同样缺席的还有典型的"为妻"的约束,这在两个更早的版本中都很明显,虽然程度有别。尤其引人注目的是小说中绝没有梁启超几次出现的罗兰夫人"啮吾齿以自制"。相反,小说中的罗兰夫人明确反对男女不平等,宣称因为"男子女子……一样是国家百姓",就没有理由认为一个应该比另外那个优越。然后,她接着发表了梁启超的罗兰夫人绝不会说出口的:"偏偏自古以来,做女子的自己就甘心情愿,雌伏一世,稍为发扬点的,人家就说他发雌威,骂他雌老虎。"似乎小说中的罗兰夫人正在回应梁启超的罗兰夫人传及其显示出的对公开抛头露面的妇女的矛盾情愫。[19]

小说版本与更早的两个版本之间另一个重要差别——虽然可能是很明显的差别——是这儿的罗兰夫人不是主角,而是一位教师/导师,参与并写作历史的"女英雄"变成了黄绣球这个中国的主人公。正是以导师的角色,罗兰夫人使得黄绣球从民族主义和妇女权利之间的困境中走了出来。在黄绣球梦到罗兰夫人之前,她被描绘为具有转变的一切动力:她"含有电质在内,浑浑融融,初无表现,碰着了引电之物,将那电气一触,便有电光闪出"。叙述这样解释原因:"因感生梦,因梦生悟。""生"的隐喻很有趣,事实上,这个过程正好跟预期的相反:并非外国的"本原"简单地导致了中国女性主义者的诞生,毋宁是"本原"来自本土的女性主义者,是她的梦所造就的。黄绣球的内在欲望是使得罗兰夫人出现在她梦中的原因;罗兰夫人实际上是被创造来实现黄绣球的希望的。于是,梦境成了这样一个空间:其中,表面上来自外部的探访实际上是内部之物的表现。

更有趣的是,主人公与罗兰夫人的相似最终并非只存在于黄绣球意识里。她们的历史/意识形态背景如此类似,以至于她们可以被描述成相互的镜面形象。黄绣球认不出梦中的人,需要丈夫后来向她解释,这标志着她们所受到的类似的社会约束:罗兰夫人受到启蒙运动的约束,而黄绣球受到启蒙影响下的改良运动的约束。梁启超所描绘的受过教育的妇女是年轻国民的完美母亲,这幅图画深深得益于让·雅克·卢梭及其所创造的索菲这样的人物身上的理想妇女气质;于此,文本间的镜面映照完成了。

在18世纪末的法国,存在许多限制"真实"罗兰夫人的"真实"历史约束,这些约束直接来自于启蒙运动的意识形态悖论,特别来自卢梭这样的人物。因而,罗兰夫人在众多问题上公开声称的态度与妇女解放的目标或性别平等的主张并不一致,后两者正是小说中她传授给黄绣球的。毕竟,"真实"的罗兰夫人写下过这样的话:

看到妇女辩论那些不适合她们的权利常常令我感到愤

怒。无论在何种情况下,把作者的名义应用于她们都令我感到荒谬可笑。不论她们在某些方面的资质可能怎样,她们也绝不应该公开地展示学问或才能。①

有趣的是,她对一切"无论在何种情况下"窃用"作者"名义的妇女的谴责被一种看来是事后补记的想法给削弱了,即"她们也绝不应该公开展示学问或才能"。她的有意识的自我抑制从而清楚地证明了她所处的直接历史背景。尽管罗兰夫人对那个时代的公共事务产生过相当的影响,但她肯定并未自视为一个公共人物。她生前所有出版物都是匿名的,她写的所有重要信件都用她丈夫的名义。甚至在她自己聚集吉伦特党人的著名沙龙中,她也绝不允许自己在集会结束之前说一个字儿。确实,就算她总是"啮齿以自制",历史上的罗兰夫人也常常被讽刺为"大发雌威",吉伦特党也多次被抨击为一个受花边裙控制的党。保守派和激进派都把她在公共领域的影响看成是女性对这一政治团体的腐蚀。她卓越突出,却常常被人们拿来同那些声名狼藉的妇女相比较,包括人们非常憎恨的玛丽·安托瓦内特(Marie-Antoinetle),就她们对政治团体邪恶的女性影响而言。② 最恶毒的抨击来自像马拉这样激进的革命者,这反过来证明了罗兰夫人这样的人物的地位极不稳定。

假如历史上的罗兰夫人有得选择,假如她可以把自己改造成为一个言行一致的理想人物,她很可能不会介意遵照卢梭关于理想妇女气质的观念,成为一个朱丽(《新爱洛漪丝》)或一个索菲(《爱弥儿》)。正如她的《自传》所说的,她所期望的状态在很大程度上是由启蒙思想家

---

① 《罗兰夫人的信》,转引自 May, 1970: 174。
② May, 1970: 167, 185 和 Hunt, 1991: 108—30。她在吉伦特党会议中的缄默记载在她的《自传》第 1 卷中。这是唯一一部以她自己的名义发表的著作,在她死后出版。

特别是由卢梭所框定的,她再三地称卢梭是"人类的恩人",此外,卢梭还"是[她]在他之前就有的感情和观念的阐释者,但是只有他能解释得[令她]满意"。除了早期布尔特奇对她的影响之外——"使她倾向于成为一个共和党人",是"卢梭(向她)展示了家庭生活的快乐,对此[她]有权利去追求并能够领略到难以言喻的喜悦"。① 换句话说,罗兰夫人的自我期待是建立在由索菲和朱丽所体现的卢梭关于妇女气质的理想上的。在《爱弥儿》中,卢梭设计了针对理想男人和女人的教育规划,爱弥儿被教育以便他的自然潜能能够充分发展。而索菲从一开始就被设想为爱弥儿未来的妻子,她被教育以便能够在以爱弥儿为首的家庭中最好地发挥作用。卢梭从而得出结论,男人和女人应该以根本不同的方式培养,因为妇女主要是经由其性的角色被规定的:"男性只在某些时候是男性,而女性一生或者至少整个青年时代都是女性。"在这个自相矛盾的主张中,神圣自然的修辞力量被召唤来教化索菲:做完美妻子和贤良母亲是她的"自然角色","依照妇女服从男人的天性"。② 这就是"[向罗兰夫人]展示了家庭生活的快乐"的卢梭。

仍然令现代女性主义者苦恼的是,罗兰夫人的行为——她充分参与了政治行动并且对历史产生了很大影响——与她抹杀自我、更简单地说是非女性主义的言辞之间无法调和的矛盾。只有在她生命的尽头,她被监狱的囚室和吉伦特党不可避免的倒台荒谬地解放了,她终于以自己的名义写作,在某种程度上抛弃了自我强加的缄默,那是她毕生的特征。可以说罗兰夫人的一生体现了启蒙运动的意识形态矛盾,启蒙运动限制着她的欲望和自我表现。所以现代历史学家纪塔·梅(Gita May)试图通过"一种主观感知到的共鸣"来解释开罗兰夫人

---

① Roland, 1984,2:185; May,1970:70.
② Rousseau, 1961.

对卢梭的高度评价——"一个单方面影响的独一无二的例子"。①

然而,"主观感知到的共鸣"对于罗兰夫人或她那个时代的妇女来说可能并不是那么"独一无二的"。在一个世纪之后的一本中国小说中她自己被美化成妇女权利毫无疑问的支持者无独有偶的一个例子。卢梭是晚清时最早被翻译的西方社会思想家之一,同时被翻译的还有赫尔伯特·斯宾塞和孟德斯鸠。卢梭的《爱弥儿》最早被一个日本译者翻译成了中文,在《教育世界》上发表;《教育世界》是罗振玉和王国维1901年在上海发起创办的。接下来的几年间又出版了《爱弥儿》和《社会契约论》(杨廷栋译,1902年)的几种译本,同时出版的还有赫尔伯特·斯宾塞的《女权篇》(马均武译,1903年)和约翰·斯图亚特·密尔的《女人压制论》(马君武译,1903年)。进步杂志中常常有文章提到卢梭尤其是《爱弥儿》,论者经常把一些比他真正持有的激进得多的女性主义观点归给卢梭。② 他用母性来定义女性易于被改革者们接受,部分是因为这种观点对他们来说并非完全是异己的。因为在古典儒家传统中,众多妇女只是因为完美地扮演了母亲的角色而知名,她们明智地培养孩子,使他们成为完美的儒生。关于清代最后十年流行的成语"良妻贤母"的来源一直存在着争论,争论本身就很说明问题:一些学者把它的中文用法追溯到欧洲,中间经过了日文翻译;其他学者则把它的世系追溯到儒家学说本身,也不奇怪。像下田歌子(Shimoda Utako)这样的日本杰出女教育家受到最保守的中国教育家的热情拥护,恰恰是因为她们被视为"东亚文化价值"的保护者。③

于是,在反映罗兰夫人一生的矛盾方面,也可以说梁启超的传记版本比《黄绣球》的小说版本更"准确",这种"准确"虽然与他对"事实

---

① May, 1984:310.
② 参见 Saneto Keishu, 1982:145。
③ 参见 Judge, 1997。

资料"的掌握有关,但更与他的历史政治立场有关。同样地,《黄绣球》中的罗兰夫人的"不准确"并非仅仅是传播中的一个错误,而是一种政治需要、一种叙事需要。因为只有剥去其历史特征之后,罗兰夫人才能够给予其中国对应者以女性主义"花样",以解救后者类似的意识形态矛盾。

在《黄绣球》的叙述中,启蒙的理想主要在黄绣球的丈夫黄通理的身上体现出来。作为黄绣球的启蒙者和导师,他认出了黄绣球梦中的罗兰夫人,并为黄绣球的爱国意图提供了最初的合法性。然而,由于忠诚于他的启蒙理想,他也成了第一个阻碍她跨出大门这条妇女世界的分界线的人。像梁启超一样,黄通理的现代妇女理想既承诺了摆脱传统束缚的自由,同时又剥夺了这种自由。贯穿整个叙事的黄绣球的部分困境就是,怎样谋取黄通理的帮助而又不陷入他有关妇女理想气质的约束之中,这也正是罗兰夫人终其一生都面临着的困境。于是,似乎只有这样才恰当:被修改过了的罗兰夫人成为妇女权利的支持者,并把她的力量借给黄绣球。

从而,晚清小说中的主人公黄绣球与历史上的罗兰夫人之间的关系借用斯皮瓦克(Gayatri Spivak)的话来说就是一种"作为强制映照的主体间性(intersubjectivity as forced mirroring)"。① 当黄绣球注视梦境时,她在这一镜面映照中所看到的罗兰夫人剥除了历史文化背景。也正是由于这种无背景,罗兰夫人才能为黄绣球对自由的探求提供抉择。"强制的"镜面映照在于,共同的背景是束缚,也就是斯皮瓦克所说的"我们意识到我们共通的命运,虽然我们有着不同的具体历史(a sense of our common yet historically specific lot)"。罗兰夫人和黄绣球所"共通"的是实现未来潜能的欲望,是历史约束的存在,也是

---

① Spivak, 1987: 177.

她们都难以超越的欲望前提(the conditions of desire)。罗兰夫人的变形提供了叙述结构,通过这个叙述结构,希望变得可能,欲望前提虽然不能被超越却可以被重新规定。

罗兰夫人的流行形象在小说中被美化时,翻译的问题也变成了小说叙述中的一个争论焦点。确实,她们"共同的命运"几乎不能成为国际姐妹情谊的担保,也无助于超越她们的"历史特殊"境遇。就在黄绣球把罗兰夫人当成一个志同道合者,决定向她倾诉所有的不满时,罗兰夫人的回答把整个情形引向了种族竞争方面:

> 这是你黄姓村上的事,自然你姓黄的人关心切己,与我白家无涉。你黄家果然像你做得出点儿事,岂不叫我白家减色?

18

暗藏的种族词语对这时的黄绣球来说没有意义,因为她对世界的认识到目前为止还没有"种族"的观念,所以她不会认为罗兰夫人是"外国的",也不能理解她的种族主义的语言。

使黄绣球对这种种族主义有所警惕的是梦中的罗兰夫人继续贬损"黄家",这次用的词是破烂的刺绣花样:

> 来者无非总在贵村上,把你们的花样搁在一边,另外翻点花样,沾些光去。近来你们的花样,霉的霉、烂的烂……不能上得绷架子,动针动线,那里还能够用锦绣铺起绒来,平起金来,洒起什么花来?

18

不管黄绣球多么不满于自己的"旧花样",她对这段声明的第一反应只能是不信任:"这人的话好不蹊跷!听他的口气,不但请教不出他什么主意,怕他把我的事,还要告诉他白家人,来拆我的场子,我倒上了他老大的当。"罗兰夫人话中两个相关的暗示可能是黄绣球感觉不舒服的原因:罗兰夫人假定她的"花样"是普适的,应该被模仿并无限重复时所表现出的明显的傲慢;和不同的"家庭"(被解读为种族)模式之间最主要的关系是一场竞争的零和(zero-sum)游戏。这些假定令"新花样"的提供显得分外可疑。黄绣球所感觉到的矛盾情愫尤其强烈,因为这些"新花样"也包括她一直渴望的东西:性别平等这一主张的基础,这为一种不同的生活——一种有着重要历史地位的生活——提供了潜在的可能。重要的是,她对罗兰夫人的矛盾情愫还在身体上表现出来了,就像她最初在丈夫那里受到的挫败引发了这场梦一样:"好不烦躁,不觉的他那热血膨胀,激动了心火,一时上升,渐渐的浑身发烧。"

于是,这个张力十足的梦正好铭记了把罗兰夫人和黄绣球连在一起的不平等的势力对抗,这一势力对抗必然使得罗兰夫人的"礼物"不再清白单纯,即使这份"礼物"是性别平等。然而最终,黄绣球接受了罗兰夫人的普遍主义馈赠,但经过了一条"之字形"的曲折道路。

当罗兰夫人向她展示《英雄传》、她自己的《自传》和一本地理课本时,黄绣球开始对这些"新花样"有了更多的信心。这些书象征着一种享用权:不仅仅是因为这样的书稀罕难得(黄绣球后来专门从上海订购这类的书),更重要的是,因为黄绣球是一个不合法的学生,不该拥有任何书。所以,作为一个预期读者被赠予书,就是作为一个书所代表的文化资本的所有者被赠予了合法性。作为一个合法的学生,黄绣球能够像罗兰夫人那样跻身于读者之列,像梁启超描述的那样,成为能够被深刻影响读者——罗兰夫人被布尔特奇的《英雄传》深刻影响;黄绣球被罗兰夫人的《自传》深刻影响。黄绣球对这些书的态度的突然改变显示了它们的神奇特征。最初,书上的文字在黄绣球看来似乎是图画,她充其量就是个中文半文盲。承认自己读不懂这些书之后,黄绣球请罗兰夫人向她解释。就在这一口头传授的过程中,奇迹发生了:随着罗兰夫人的解释,书上的文字突然开始变得能够理解了,事实上,变得透明了,以至于黄绣球发现自己能够一目十行地阅读,很快便读完了这些书。通过对这些书的倾听/阅读,黄绣球从被剥夺了文化享有权变成了一个书籍的占有者,甚至背下了这些书。在罗兰夫人和黄绣球之间的紧张瞬间之后,是一个不费吹灰之力传播和完全接受的瞬间。那么,是什么使黄绣球确信这种接受的可能性呢?

因为这个瞬间呈现为梦境中的一个奇迹,叙事策略于发生在她丈夫黄通理身上的情况很相似,那时导师和学生之间的紧张被呈现、记下,继而被轻描淡写了,而这时黄绣球和罗兰夫人之间的联盟似乎太脆弱以至于不能冒险、太重要以至于不能使之涉险。在这里,两个叙述符号在解决这一文本紧张方面非常关键:翻译和刺绣。虽然罗兰夫人的书奇迹般地不需要翻译,仿佛是使用一种透明的媒介写成的一样,但叙述还是从黄绣球的视角四次把外国文字描写成"弯弯曲曲画的",这一事实似乎还是调用了译解过程中读者这个至关重要的角色。刺绣这个符号当然与这本书总体上的基本寓言结构一致:把它与翻译这个符号并置使用显得尤为恰当,因为通常用来表示 translation 的中文词是"翻",字面上的意思正好是一件刺绣品的反面儿。在谈到中国的翻译史时,现代学者/翻译家钱锺书说,"翻也者,如翻锦绮,背面俱花,但其花有左右不同耳"。①

在这里,翻译的形象彻底不同于绝对忠实于原著的理想或者罗兰夫人所暗示的"翻点花样"。"复制"的理想预示着忠实于原著以及对原著的绝对尊敬,把任何背离都视为背叛。而在这种借鉴刺绣的翻译

---

① 钱锺书,收入 LSYJZL:293。

模式中，差异被理解为不仅不可避免，还有着"它自己的花样"，这就暗示着它并不只是原著的低级派生物。这远非镜中之像，而是一种实质性的创造。这种模式解体了种族竞争之零和命题，提供了别种广泛的可能性。因而，这一翻译过程所开启的创造性空间取代了对罗兰夫人花样的简单复制，授予了黄绣球权力。也正是这一创造性空间允许对《黄绣球》的叙述把"原本的"Madame Roland de la Platière 改写成黄绣球梦中的罗兰夫人。如果把小说《黄绣球》的这个片断解读成始于梁启超的传记、在弹词版本中得到延续的一个转变过程的最后阶段，无疑正是它创造性的差异而非它忠实于原来的罗兰夫人的程度方为小说获得力量的源泉。创造性的转化才是要紧的，理解这一点，普适的女性主义这份"礼物"才会被接受，正如民族主义的吁求被充分利用一样。

质言之，小说叙述中的一个至关紧要的主题削弱了民族主义和普遍主义的集中倾向。这个主题就是黄家村这个反复出现的形象，黄家村在地理具体性和政治可能性上，都是锦绣地球的"花样"。黄家村被设想为具有地区意识，会成为"绣地球"规划的基本花样。重要的是要注意到这种地区主义（regionalism）远非传统的地方主义（provincialism），因为这种地区主义并不服从于中心，无论是以全国首都还是以普遍主义中心的形式出现的中心。它不尊敬中心，而是宣布它自身或任何其他的相关场所都能平等地作为一项组织法则起作用。此外，这种地区主义也不尊重边界；主人公反复跨越边界，自由地穿越空间和时间，从罗兰夫人那儿借用力量。

黄家村这个"花样"就是阿甘本（Giorgio Agamben）所说的"范例"：一个"避开了普遍和特殊之二律背反"的概念，因为"一方面，每个范例本质上都被当作一个真正的特殊例子；但另一方面，它还可以被理解为并非个别地发挥作用"。① 于是,黄家村可以被理解成一个范例隐喻,既非仅仅是普遍的,也非仅仅是特殊的,而是既普遍又特殊。

在小说《黄绣球》的末尾,主人公因为忙于建设黄家村而疲倦极了,她躺下来休息一下。这时,罗兰夫人以戏剧表演的姿态再次出现了;背景是一个露天戏台,锣鼓喧天,旌旗飞扬——正式传统京剧的典型场景。这次,罗兰夫人除了表明自己的身份之外,什么都没说。就在这一刻,她彻底转化了,因为她自我介绍时,竟然说着一口程式化的半古典的中文,倒非常适合这种京剧表演。处于前景的是戏台,也是罗兰夫人亮相的背景。舞台旁边挂着一副对联,宣告着她在人类历史的舞台上所扮演的英雄角色。

罗兰夫人在这一刻完全变成了象征性的,一种由表演艺术召唤出的想象性存在。然而,纯粹是因为她的到场,主人公再次被激励了。醒来之后,黄绣球显然不再疲惫,宣布自己是下一个登上舞台的"女英雄"。小说以她毫不害羞的自夸结束,没有一点她的榜样"真实"罗兰夫人的特征。尽管她们似乎是相继出现在历史舞台上的人物,黄绣球至少在语言运作上超越了罗兰夫人,因为她宣称自己不仅是一个历史中(in history)的主体,而且是一个为历史(for history)的主体;这种自我定型将会适合于新历史:"我黄绣球已经上了舞台,脚色又极其齐备,一定打一出好戏,请罗兰夫人看呢。"

---

① Agamben, 1993: 9—11.

结　语

在关于 18 世纪中国妇女的研究的末尾,曼素恩(Susan Mann)以如下方式思索了帝国晚期妇女与 20 世纪妇女之间的差异:

> 饱学闺秀(learned women)的人数自 17 世纪以来持续不断地增长,她们的权威得自古典学问和写作的力量。这种力量使得受教育的妇女能够创造出一种身份,一种在儒家高等文化"文"的语境中可以得到精神认同及世人理解的身份。同一种力量在 20 世纪的剧变中丧失了意义,这时,文的基础被革命的领导者(男性或女性都)否决了。①

我们记得,文的力量也正是林纾所反复乞灵的,不仅在他的著名译作《茶花女》(1899 年)中,也在他之后整整二十年的翻译生涯中。五四时代的巨变侵蚀了林纾译文的文化价值,也将帝国晚期饱学闺秀的权威涤荡殆尽。当梁启超首次将"传统中国妇女"描绘为"蚩蚩然、块块然、戢戢然"(1897)时,当他争辩说传统的才女之才"本不能目之为学"时,如同曼素恩所提出的,他是在否决传统高等文化的基础。

这个关键时刻构成了我研究的焦点,即,晚清及民国初年这一历史

---

① Mann, 1997: 226.

结 语

转折点,当时对传统高等文化的否决正迅速积聚起力量。我们前面读到的关于真实及想象的现代妇女的故事并不乞灵于一个终极权威,而是暗示着,男性文人对她们的表现和她们的自我表现都利用了众多资源。这些(自我)表现常常张力十足,试图将妇女定位得异于日益缺乏活力的"传统妇女"形象。我这里再讲述最后一个故事,权作结语,这个故事为重新定位现代妇女提供了图解式的说明,其中,写作/翻译的转化力量开启了一个新的空间,虽然其方式是有限的,但其启示却是耐人寻味的。

1899年冬,梁启超来到夏威夷,打算从海外华侨团体那儿寻求对变法的支持,后者刚刚在朝廷遭到惨重挫败。接下来的六个月中,何惠珍小姐——当地年轻的小学教员,因长于英文而闻名——在各种社交场合中充当梁启超的翻译和中间人。为了纪念他们在一起的时光,梁启超写了一组由二十四首诗构成的组诗,露骨地暗示一种可能的罗曼蒂克关系。与他几年后在那篇著名传记中对罗兰夫人的描绘很相似,何惠珍小姐在梁启超笔下呈现为"须眉队里已无多"的形象,因为即使在"须眉队里",她仍然"目如流电口如河"。① 在宣称"女权先到火奴奴"时,梁启超评论说,"[中国]二万万人齐下拜[何女士]"(第五首)。这些诗后来发表在日本出版的《清议报》上。既然梁启超将其私人生活暴露在众目睽睽之下,出现几个传说版本也就毫不出奇了,每一个版本都试图以不同的、有时甚至矛盾的方式来解释新男子和新女性的行为。②

---

① 梁启超,1936a,45:8—9,《纪事二十四首》,第三首。
② 一个版本说,梁启超这个当时已婚的男人主动追求何惠珍小姐,她拒绝了,理由是"文明国律"不认可一夫多妻。另一个版本颠倒了这个故事,说是梁启超拒绝了何小姐,理由是他婚姻幸福,而且早就公开摒弃了一夫多妻。确实,这些组诗中的一首宣称,梁启超和戊戌六君子之一的谭嗣同(1866—1898)最早组织起了一夫一妻社团。然而,在夏威夷逗留两年之后,梁启超却纳了一个妾,虽然没有正式承认她。参见冯自由,1981,1:117—121,《梁任公之情史》;和张朋园,1993。

从公共讲台转向私人居室,组诗中的一联这样写道:"奇情艳福天难妒,红袖添香对译书。"(第七首)诗人通过"红袖"这一提喻援引了一个文人理想,因为"红袖"通常被诠释为"红袖添香夜读书"。① 然而,"红袖"的现代化身被意味深长地重新定位了,从陪伴着勤勉学者变成了面对面地一起翻译,她的帮助可绝非仅仅添香而已(确实,因为梁启超当时不懂英语,何惠珍小姐的帮助大概是必不可少的)。② 更特别的是,如同梁启超在下面一首诗中进一步精心描述的,"似此奇情古所无"(第十六首)。从而,新男子和新女性的形象被刻画在了一起翻译的行动之中,而梁启超诗歌的发表成了这一有着重大历史意义之事件的证据。于是,在许多意义上,现代妇女都被写入了存在(being written into existence)。

在将何惠珍描绘为一位新女性时,这一叙述努力平衡儒家高等文化的原则与西方学问这一新资本。一方面,诗歌强调了她小学教员的职业;对梁启超及其读者而言,这一职业弥合了长期以来妇女受教育的闺塾(the Inner Chambers)③与现代小学教室之间(真实或想象的)距离。另一方面,她作为翻译伴侣的主要权威来源并非"文"这种儒家高级文化,而是她对英语的精通,对西方的广博知识。虽然两种权威源泉都被调用了,但"文"作为权威来源不可能再像它在帝国晚期那么稳定,西方也不可能稳固如它后来在五四时代时一般。故而,组诗第二首中的一个生动细节描绘了何惠珍处在一个虽是异国却非常熟悉的环境中:在檀香山的教室中,她口才一流,教学自如,以至于"胡儿错

---

① 参看夏晓虹,1989。
② 梁启超的妻子李蕙仙在梁启超的早年生涯中也以类似的方式帮助过他:梁启超初次从广州出来时,主要讲广东话,他讲官话的妻子对他帮助很大,使他在大城市游走自如。参见梁启超1900年5月24日写给李蕙仙的信,收入丁文江和赵丰田,1983:249—255。
③ 我从高彦颐(Dorothy Ko)《闺塾师》(*Teachers of the Inner Chambers*,1994)的题目中借用了这个词。

认是乡亲"(第四首)。

然而,"错认"者最终并非她的学生。当梁启超含蓄地声称她是一个真正的中国人时,他的俏皮话无意间写下了她处在两个世界之间的暧昧状态。不管梁启超如何把她当作自己的乡亲①,不管他诗中如何以"红袖"形象来描绘何惠珍,将她置于一个熟悉的文学传统之中,对译的必需还是开启了一个新的空间,其间的现代妇女有着不同以往的、陌生的定位。现代妇女利用其差异及其对他者的知识所赋予的权威,与自我标榜为新男子的人面对面,显然成了写作、翻译过程中一个不可或缺的伙伴。

虽然对译的过程潜在地开启了新空间,但它几乎从不承认二者地位平等;正如林纾译文的流行及其对译伙伴相对的模糊所证明的那样。这里,又是梁启超关于何惠珍的诗最终在历史中留传下来,而非她自己的故事,这非常像我们此前看过的其他许多现代妇女的故事。确实,不仅"红袖"的形象对描写女性特质来说是熟悉的,启蒙的新女性形象也是被民族主义用来应急的典型形象。我们记得,谋取何惠珍的帮助是为了梁启超的改革规划。民族主义,这个将会徘徊在中国20世纪历史中的幽灵,总是将性别平等之类的其他要求囊括其中,总是借之讽喻,把它们当作号召口号。

然而,与《孽海花》所写的故事——妓女——小妾彩云在丈夫背后"翻译"——不同,可以说,何惠珍的语言力量被民族主义的议程升华了,在梁启超的诗中受到高度赞扬。最后,这最后一个翻译故事,来自帝国-民族国家边界的故事,的确暗示着"中心"(民族国家甚至民族主义的)不能永远保持,语言(中文和英语)会互相渗透,身份的纯粹难以

---

① 历史学家把不同出身加诸何惠珍。一个版本说她来自安徽新安,另一个版本说她在夏威夷土生土长,但能说广东话,也就是梁启超的方言。参见冯自由,1981,1:118;和张朋园,1993:968。

维持(中国民族主义者、海外华人、夏威夷人、美国人)。离开中心,接近他者,必然会记下一种关于自我的不稳定感——缺乏边界,跨越进其他身份的无限可能性。在民族主义议程的合法化之下,本书之前所讨论的许多妇女形象实际上都超越了其界限——比如《东欧女豪杰》中虚构的明卿,比如女医生张竹君。她们与何惠珍一样都是帝国晚期妇女的"乡亲";也是索菲亚·彼罗夫斯卡娅和罗兰夫人的"乡亲",至少在志同道合者的意义上是。

所以,在开始重新定位自身之后,晚清及民国初年故事中的中国妇女暗示了一个新空间,这个空间借助于写作实践而产生。我们对这一临界阶段的解读暗示了神光乍现却异常广泛的可能性,许多迷人的新女性(新男子)的形象也浮现出来。稍后一个时代超越了这一研究的历史范围,到那时,妇女将会在发生翻天覆地变化的历史环境中重制其文化权威,一代新的女作家即将诞生。

参考文献

一、缩写文献

LLZL 陈平原、夏晓虹编,1989。《20世纪中国小说史理论资料:1897—1916》,北京:北京大学出版社。

LSYJZL 薛绥之、张俊才编,1982。《林纾研究资料》,福州:福建人民出版社。

NQYDSL 李又宁、张玉法编,1975。《近代中国女权运动史料:1842—1911》,2卷。台北:传记文学出版社。

WQWXCC 阿英(钱杏邨),1960。《晚清文学丛钞:小说戏曲研究卷》。上海:中华书局。

二、其 他

阿英(钱杏邨),1958。《晚清文艺报刊述略》。上海:古典文学出版社。

——[1935]1980。《晚清小说史》,重印。北京:人民文学出版社。

——[1936]1985。《小说闲谈四种》,4卷。上海:上海古籍出版社。

Agamben, Giorgio. [1990] 1993. *The Coming Community*. Trans. Michael Hardt. Minneapolis: University of Minnesota Press.

乔治·阿甘本:《即将形成的共同体》

Arkush, R. David, and Leo Ou-fan Lee, eds. 1989. *Land Without Ghosts: Chinese impressions of America from the Mid-Nineteenth Century to the Present*. Berkeley and Los Angeles: University of California Press.

欧大伟、李欧梵编:《没有鬼的土地:19世纪中叶至今中国人对美国的印象》

Ayers, William. 1971. *Chang Chih-tung and Educational Reform in China*. Cambridge, Mass.: Harvard University Press.

威廉·艾尔斯:《张之洞与中国的教育改革》

Bakhtin, Mikhail M. 1981. "Discourse of the Novel," In *The Dialogic Imagination*, ed. Michael Holquist, trans. Caryl Emerson and Michael Holquist, 259—422. Austin: University of Texas Press.

巴赫金·米哈伊尔:《小说的话语》

鲍家麟编,1979。《中国妇女史论集》。台北:牧童出版社。

包天笑,1971。《钏影楼回忆录》。香港:大华出版社。

——1974。《衣食住行的百年变迁》。香港:大华出版公司。

Barthes, Roland. 1972. "The Lady of the camellias," In *Mythologies*, trans. Annette Lavers, 103—105. New York: Hill and Wang.

罗兰·巴尔特:《茶花女》

Beahan, Charlotte L. 1975. "Feminism and Nationalism in the Chinese Women's Press, 1902—1911." *Modern China* 1/4: 379—461.

夏洛特·L·比汉:《中国女性出版物中的女权主义与民族主义》

Bernal, Martin. 1976. *Chinese Socialism to 1907*. Ithaca: Cornell University Press.

马丁·波纳尔:《到1907年的中国的社会主义》

Bijon, Isabelle, trans. 1983. *Fleur sur l'Ocean des peches*. Paris: Editions Trans-Europ-Repress.

伊莎贝尔·比军译:《孽海花》

Boon, James. 1982. *Other Tribes, Other Scribes: Symbolic Anthropology in the Comparative Studies of Cultures, Histories, Religions and Texts*. Cambridge: Cambridge University Press.

詹姆斯·布恩:《其他部落和其他文士:文化、历史、宗教与文本比较研究中的符号人类学》

Burton, Margaret E. 1911. *The Education of Women in China*. New York: Fleming H. Revell.

玛格丽特·E·伯顿:《中国女子教育》

——1912. *Notable Women of Modern China*. New York: Fleming H. Revell.

《现代中国的著名女性》

Campany, Robert Ford. 1996. *Strange Writing: Anomaly Accounts in Early Medieval China*. Albany: State University of New York Press.

康儒博:《奇异的写作:中国中古早期的反常记录》

曹雪芹、高鹗,[1791]1988。《红楼梦》,3卷。北京:人民文学出版社。

Carlitz, Katherine. 1986. *The Rhetoric of Chin p'ing mei*. Bloomington: Indiana University Press.

凯瑟琳·卡利茨:《〈金瓶梅〉的修辞》

——1991. "The Social Uses of Female Virtue in Late Ming Editions of *Lienü zhuan*," *Late Imperial China* 12/2: 117—152.

《晚明〈列女传〉中对妇德的社会性利用》

de Certeau, Michel. 1986. *Heterologies: Discourse on the Other*. Trans. Brian Massumi. Minneapolis: University of Minnesota Press.

米歇尔·德·塞尔托:《异质:关于他者的话语》

——1988. *The Writing of History*. Trans. Tom Conley. New York: Columbia University Press.

《历史的写作》

Chang, Hao. 1971. *Liang Ch'i-ch'ao and Intellectual Transition in China, 1890—1907*. Cambridge, Mass.: Harvard University Press.

张灏:《梁启超与中国思想的过渡(1890—1907)》

——1987. *Chinese Intellectuals in Crisis: Search for Order and Meaning, 1890—1911*. Berkeley and Los Angeles: University of California Press.

《危机中的中国知识分子——探寻秩序和意义(1890—1911)》

Chang, Kang-i Sun. 1991. *The Late Ming Poet Ch'en Tzu-lung: Crises of Love and Loyalism*. New Haven: Yale University Press.

孙康怡:《陈子龙柳如是诗词情缘》

——1992. "A Guide to Ming-Ch'ing Anthologies of Female Poetry and Their Selection Strategies." *Gest Library Journal* 5/2: 119—160.

《明清女诗人诗选及其择选策略导读》

陈炳坤,1931。《最近三十年中国文学史》。上海:太平洋书店。

Chen, Chi-yun. 1962. "Liang Ch'i-ch'ao's 'Missionary Education': A Case Study of Missionary Influence on the Reformers," *Havard Papers on China* 16: 66—125.

陈启云:《梁启超的"教会教育":传教士对维新派之影响个案研究》

陈东原,1928。《中国妇女生活史》。上海:商务印书馆。

陈宏谋辑,[1742]1936。《教女遗规》,收入《五种遗规》。上海:中华书局。

陈平原,1988。《中国小说叙事模式的转变》。上海:上海人民出版社。

——1989。《20世纪中国小说史:1897—1916》。北京:北京大学出版社。

——1992a。《晚清志士的游侠心态》。《学人》3:29—70。

——1992b。《千古文人侠客梦:武侠小说类型研究》。北京:人民文学出版社。

——1995。《八股与明清古文》。《学人》7:341—372。

Chen Qitian. 1961. *Lin Tse-Hsu, Pioneer Promoter of the Adoption of Western Means of Maritime Defense in China*. New York: Paragon Book Gallery.

陈启天:《林则徐,中国海上防御吸收西法的先驱》

陈寅恪,1934。"Han Yu and Tang Fiction,"(《韩愈与唐代小说》)*Harvard Journal of Asiatic Studies* 1:39—43.

——1975。《论再生缘》,收入《国学名著珍本汇刊》,杨家骆主编,1—25。台北:鼎文出版社。

——1980。《柳如是别传》,3卷。上海:上海古籍出版社。

陈玉刚等编,1989。《中国翻译文学史稿》。北京:中国对外翻译出版公司。

陈玉堂,1993。《中国近现代人物名号大词典》。杭州:浙江古籍出版社。

Chow, Kai-wing. 1994. "Discourse, Examination, and local Elite: The Invention of the T'ung-ch'eng School in Ch'ing China," In Elman and Woodside, eds. (q. v.), 183—220.

周启荣:《话语、考试与地方精英:清代桐城派的创新》

Chow, Rey. 1991. *Women and Chinese Modernity: The Politics of Reading between West and East*. Minnesota: University of Minnesota Press.

周蕾:《妇女与中国现代性:东西方之间阅读的政治》

Clark, Roger J. B. 1972. "Introduction" to Alexandre Dumas fils, *La Dame aux camellias*. London: Oxford University Press.

罗杰·J. B. 克莱克:《〈茶花女〉导言》

Cohen, Paul. 1978a. "Littoral and Hinterland in Nineteenth Century China: the 'Christian' reformers," in Fairbank, ed. (q. v.), 197—225.

柯文:《19世纪中国的沿海与内陆:"基督教"改革者》

——1978b. "Christian Missions and Their Impact to 1900," In *The Cambridge History of China*, volume 10, *Late Qing*, *1800—1911*, part 1, ed. John K. Fairbank: 543—590. Cambridge: Cambridge University Press.

《到1900年的基督教传教团及其影响》

——1984. *Discovering History in China: American Historical Writing on the Recent Chinese Past*. New York: Columbia University Press.

《在中国发现历史:中国中心观在美国的兴起》

de Crespigny, Rafe, and Liu Ts'un-yan, trans. 1984. Tseng P'u, "A Flower in a Sinful Sea" (first five chapters). In Liu and Minford, eds. (q. v.), 137—192.

张磊夫、柳存仁译:《孽海花》(前五章)

Davidson, Cathy N. 1989. "The Life and Times of Charlotte Temple: the Biography of a Book." In *Reading in America: Literature and Social History*. ed. Cathy N. Davidson, 159—179. Baltimore: The Johns Hopkins University Press.

凯西·N. 戴维森:《〈夏洛特·藤布尔〉的一生:一本书的传记》

Davis, Lennard J. 1983. *Factual Fictions: the Origins of the English Novel*. New York: Columbia University Press.

勒纳德·J. 戴维斯:《纪实小说:英国小说的起源》

Des Forges, Alexander. 1988. "Jindai wenxue: A Field Under Construction." Paper delivered at the annual conference of Association of Asian Studies. Washington, D. C.

戴沙迪:《近代文学:一个建构中的领域》。

Dictionary of National Biographies. 1885—1901. Ed. Leslie Stephen. London: Smith, Elder and Co. 69 vols.

斯蒂芬·莱斯利编:《国家传记词典》

Dikötter, Frank. 1992. *The Discourse of Race in Modern China*. Stanford: Stanford University Press.

冯客:《近代中国之种族观念》

丁文江编,1958。《梁任公先生年谱长编初稿》。台北:世界书局。

丁文江、赵丰田编,1983。《梁启超年谱长编》。上海:人民出版社。

Dirlik, Arif. 1991. *Anarchism in the Chinese Revolution*. Berkeley and Los Angeles: University of California Press.

阿里夫·德里克:《中国革命中的无政府主义》

——1994. "The Postcolonial Era: Third World Criticism in the Age of Global Capitalism." *Critical Inquiry* 20/2: 328—356.

《后殖民地时代:全球资本主义时期的第三世界批评》

Dolezelová-Velingerová, Milena, ed. 1980. *The Chinese Novel at the Turn of the Century*. Toronto: University of Toronto Press.

米列娜编:《从传统到现代——世纪转折时期的中国小说》

Dowling, Linda. 1986. *Language and Decadence in the Victorian Fin de Siècle*. Princeton: Princeton University Press.

琳达·道玲:《维多利亚时代的语言与颓废》

Drake, Fred W. 1975. *China Charts the World: Hsü Chi-yu and His Geography of* 1848. Cambridge, Mass.: Harvard University Press.

龙夫威:《中国测绘世界:徐继畬及其1848年的地理学著作》

Duara, Prasenjit. 1995. *Rescuing History from the Nation: Questioning Narratives of Modern China*. Chicago: University of Chicago Press.

杜赞奇:《从民族国家拯救历史——质疑有关现代中国的叙述》

Dumas, Alexandre. [1848]1903. *La Dame aux camélias*. Paris: Calmann-

Levey.

亚历山大·小仲马:《茶花女》

Ebrey, Patricia, 1989. "Education Through Ritual: Efforts to Formulate Family Rituals During the Sung Period." In *Neo-Confucian Education: The Formative Stage*. ed. Theodore de Bary and John W. Chaffee. 277—306. Berkeley and Los Angeles: University of California Press.

伊沛霞:《仪式中的教育:宋代阐述家庭仪式的努力》

——1993. *The Inner Quarters: Marriage and the Lives of Chinese Women in the Sung Period*. Berkeley and Los Angeles: University of California Press.

《内闱:宋代的婚姻与妇女生活》

Ebrey, Patricia, and James Watson, eds. 1986. *Kinship Organization in Late Imperial China, 1000—1940*. Berkeley and Los Angeles: University of California Press.

伊沛霞、詹姆士·沃森编:《中华帝国晚期的血族组织:1000—1940》

Elman, Benjamin A. 1984. *From Philosophy to Philology: Intellectual and Social Aspects of Change in Late Imperial China*. Cambridge, Mass.: Council on East Asian Studies, Harvard University.

艾尔曼:《从理学到朴学:中华帝国晚期思想与社会变化面面观》

——1993. "Delegitimation and Decanonization: the Trap of Civil Examination Reform: 1860—1910." 收入《第一届国际清代学术研讨会论文集》,35—50. 台湾:中山大学出版社。

《解合法化与去经典化:科举改革的陷阱(1860—1910)》

——1994. "Changes in Confucian Civil Service Examinations from the Ming to the Ch'ing Dynasty."In Elman and Woodside, eds. (q. v.), 111—149.

《由明到清儒家科举考试的变化》

Elman Benjamin A., and Alexander Woodside eds. *Education and Society in Late Imperial China, 1600—1900*, Berkeley and Los Angeles: University of California Press.

艾尔曼、亚历山大·伍德赛德编:《中华帝国晚期的教育与社会,1600—1900》

Fairbank, John King, ed. 1974. *The Missionary Enterprise in China and America*. Cambridge, Mass.: Harvard University Press.

费正清编:《在华传教事业与美国》

冯桂芬,1967.《校邠庐抗议》。台北:文海出版社(1897年版重印)。

冯自由,[1939—1944]1981.《革命逸史》,2卷。上海:商务印书馆。

——1964.《中国革命运动二十六年组织史》,12卷。台北:中华民国开国五十年文献。

Foucault, Michel. 1970. *The Order of Things: an Archaeology of the Human Sciences*. New York: Random House.

米歇尔·福柯:《词与物:人类科学的考古学》

Frankel, Hans H. 1976. *The Flowering Plum and the Palace Lady: Interpretations of Chinese Poetry*. New Haven: Yale University Press.

傅汉思:《梅花与宫女:对中国诗歌的阐释》

Frodsham, J. D., tran. 1974. *The First Chinese Embassy to the West: the Journals of Kuo Sung-t'ao, Liu Hsi-hung and Chang Te-yi*. Oxford: Clarendon Press.

傅乐山译:《中国第一个赴西使团:郭嵩焘、刘锡鸿与张德彝的日记》

Furth, Charlotte. 1990. "The Patriarch's Legacy: Household Instructions and the Transmission of Orthodox Values." In *Orthodoxy in Late Imperial China*, ed. Liu Kwang-Ching, 187—211. Berkeley and Los Angeles: University of California Press.

费侠莉:《祖先的遗产:家训与正统观念的传递》

——1994. "Rethinking van Gulik: Sexuality and Reproduction in Traditional Chinese Medicine." In Christina et al., eds. (q. v.), 125—146.

《高罗佩学说反思:中药中的性与生殖》

Fusek, Lois. 1982. *Among the Flowers: The 'hua-chien chi'*. New York: Columbia University Press.

傅恩:《花间集》

葛洪,[284—364]1986.《西京杂记》,向新阳、刘克任校注。上海:古籍出版社。

Gilmartin, Christina K., Gail Hershatter, Lisa Rofel and Tyrene White, eds. 1994. *Engendering China: Women, Culture, and the State*. Cambridge, Mass.: Harvard University Press.

克里斯蒂娜·K.吉尔马丁、贺萧、罗丽莎、泰尔尼·怀特编:《造就中国:女性、文化与国家》

Gilroy, James P. 1980. *The Romantic Manon and Des Grieux: Images of Prévost Heroine and Hero in Nineteenth-century French Literature*. Quebec: Éditions Naamande Sherbrooke.

詹姆斯·P.吉尔瑞:《浪漫的曼侬与格里奥:19世纪法国文学中普雷沃的男、女主角形象》

Gosse, Edmund, trans. N. d. *Camille*. New York: Modern Library.

艾德蒙·高斯译:《茶花女》

Grewal, Inderpal. 1996. *Home and Harem: Nation, Gender, Empire, and the Cultures of Travel*. Durham: Duke University Press.

英德帕·格里瓦:《家与妻妾:民族、社会性别、帝国以及旅行文化》

郭沫若,1979。《我的童年》,收入《郭沫若选集》。成都:四川人民出版社。

郭双林,1995。《晚清西方地理学东渐述论》,《学人》7:43—84。

——1996。《晚清西方地理环境决定论在中国的机遇》,《学人》9:191—217。

寒光,1935。《林琴南》。上海:中华书局。

Hanan, Patrick. 1981. *The Chinese Vernacular Story*. Cambridge, Mass.: Harvard University Press.

韩南:《中国白话小说史》。

——trans. 1995. *The Sea of Regret: Two Turn-of-the-century Chinese Romantic Novels*. Honolulu: University of Hawaii Press.

译著:《恨海:世纪之交的两本言情小说》

1998. "Fengyue Meng and the Courtesan Novel." Harvard Journal of Asiatic Studies 58/2:345—372.

——《〈风月梦〉与青楼小说》

Hao, Yen-P'ing, and Erh-min Wang. 1980. "Changing Chinese Views of Western Relations, 1840—1895," in *The Cambridge History of China*, Vol. 11 *Late Ch'ing*, *1800—1911*, Part 2, ed. John K. Fairbank and Kwang-Ching Liu. 142—201. Cambridge: Cambridge University Press.

郝延平、王尔敏:《中国人对西方关系看法的变化,1840—1895》

Hartman, Charles. 1986. *Han Yu and the T'ang Search for Unity*. Princeton: Princeton University Press.

蔡涵墨:《韩愈与唐朝大统一的追求》

Hawks, David, and John Minford, tran. 1973—1986. *Honglou meng*: The Story of the Stone. New York: Penguin Books.

大卫·霍克斯、闵福德译:《红楼梦》

Hershatter, Gail. 1997. *Dangerous Pleasures: Prostitution and Modernity in Twentieth-Century Shanghai*. Berkeley and Los Angeles: University of California Press.

贺萧:《危险的愉悦:20世纪上海的娼妓问题与现代性》

Hightower, James Robert. 1950. *Topics in Chinese Literature: Outlines and Bibliographies*. Cambridge, Mass.: Harvard University Press.

詹姆士·罗伯特·海陶韦厄:《中国文学论题:概览与书目》

Hsia, C. T. 1978. "Yen Fu and Liang Ch'i-ch'ao as Advocates of New Fiction." In *Chinese Approaches to Literature from Confucius to Liang Ch'i Ch'ao*. ed. Adele Austin Rickett, 221—257. Princeton: Princeton University Press.

夏志清:《新小说的提倡者:严复与梁启超》

——1984. "Hsu Chen-ya's Yu-li hun: An Essay in Literary History and Criticism." In Liu and John Minford, eds. (q. v.), 199—240.

《徐枕亚的〈玉梨魂〉:文学史与批评随笔》

Hsu, Immanuel C. Y., trans. 1959. *Intellectual Trends in the Ch'ing Period*. Cambridge, Mass.: Harvard University Press.

徐中约译:《清代学术概论》

——1983. *China's Entrance into the Family of Nations: the Diplomatic Phase, 1858—1880*. Cambridge, Mass.: Harvard University Press.

《中国走进国际家庭:1858—1880年的外交局面》

胡适,[1921]1983.《胡适文存》。台北:远东图书公司。

Hu Siao-chen. 1994. "Literary *Tanci*: a Woman's Tradition of Narrative in Verse." Ph. D dissertation, Harvard University.

胡晓真:《弹词文学:一种女性韵文写作传统》

胡文楷编,[1957] 1985.《历代妇女著作考》。上海:古籍出版社。

Hu Ying, 1993. "Angling With Beauty: Two Stories of Women as Narrative Bait in *Sanguozhi yanyi*," *Chinese Literature: Essays, Articles and Reviews* 15: 99—112.

胡缨:《追逐美人:〈三国志演义〉中以女性作为叙述诱饵的两个故事》

——1995. "The Translator Transfigured: Lin Shu and the Late Qing Logic of Writing," *positions* 3: 69—96.

《变形的译者:林纾与晚清的写作逻辑》

——1996.《亡国之患与新女学:从〈孽海花〉想起》,《今天》3/34:215—223。

——1997. "Re-configuring *Nei/ Wai*: Writing the Woman Traveler in the Late Qing." *Late Imperial China* 18/1:72—99。

《重建"内"/"外":晚清对女性旅行者的书写》

——1998. "The Many Names of the 'Modern' Woman." Paper presented at the annual conference of Association of Asian Studies. Washington, D. C. ,1998.

《"现代"女性的诸多命名》

——Forthcoming. "Naming 'The First' 'New' Woman: The Case of Kang Aide." Nannü.

《命名"第一位""新"女性:康爱德个案研究》

黄福庆,1975。《清末留日学生》。台北:中央研究院。

黄嘉谟,1985。《马君武》,收入《中华民国名人传》,泰孝仪主编,243—270。台北:近代中国出版社。

Huang, Martin W. 1995. *Literati and Self- Re/Presentation: Autobiographical Sensibility in the Eighteenth-Century Chinese Novel*. Stanford: Stanford University Press.

黄卫总:《文人与自我再/表现:18世纪中国小说中的自传性情感》

黄鸣岐,1949。《苏曼殊评传》。上海:百新书店。

Huang, Philip C. 1972. *Liang Ch'i-ch'ao and Modern Chinese Liberalism*. Seattle: University of Washington Press.

黄宗智:《梁启超与中国现代自由主义》

Hummel, Arthur W. 1943. *Eminent Chinese of the Qing Period*. 2 vols. Washington, D. C.: U. S. Government Printing Office.

恒慕义:《清代名流》

Hunt, Lynn, ed. 1991. *Eroticism and the Body Politic*. Baltimore: The Johns Hopkins University Press.

林·亨特编:《色情与身体政治》

Hunter, Jane. 1984. *The Gospel of Gentility: American Missionary Women in Turn-of-the-century China*. New Haven: Yale University Press.

简·亨特:《教养的福音:世纪之交旅华的美国女传教士》

Hutcheon, Linda. 1985. *A theory of parody: the teachings of twentieth-century art forms*. New York: Methuen.

琳达·哈琴:《戏仿:20世纪艺术形式之教义》

Huters, Theodore. 1988. "A New Way of Writing: the Possibilities for Literature in Late Qing China, 1895—1908." *Modern China* 14/3: 243—276.

胡志德:《一种新的写作方式:中国晚清文学的可能性》

——1989. "From Writing to Literature: the Development of Late Qing Theories of Prose." *Harvard Journal of Asiatic Studies* 47/1: 51—96.

《从书写道文学:晚清散文理论的发展》

——1994. "Impossible Representations: Visions of China and the West in *Niehai hua*." Paper presented at the UC Humanities Research Institure, UC Irvine.

《不可能的再现:〈孽海花〉中的中、西方视角》

——1996. "Appropriations: Another Look at Yan Fu and Western Ideas."

《学人》9:296—355.

《挪用:关于严复与西方观念的另一种看法》

——1997. "The Shattered Mirror:Wu Jianren and the Reflection of Strange Events." In Huters, Wong and Yu eds. (q.v.),277—302.

《破碎之镜:吴趼人与对奇事的反映》

Huters, Theodore, R. Bin Wong and Pauline Yu eds. 1997. *Culture and State in Chinese History: Conventions, Accommodations, and Critique*. Stanford: Stanford University Press.

胡志德、王国斌、余宝琳编:《中国历史中的文化与国家:习俗、融合以及批评》

《近代中国史料丛刊:我佛山人笔记》,1972。台北:文海出版社。

Johnson, Barbara. 1985. "Taking Fidelity Philosophically." In *Difference in Translation*, ed. Joseph F. Graham. 142—148. Ithaca: Cornell University Press.

芭芭拉·约翰逊:《从哲学层面面对信实问题》

Johnson, David, Andrew J. Nathan and Evelyn S. Rawski eds. 1985. *Popular Culture in Late Imperial China*. Berkeley and Los Angeles: University of California Press.

姜士彬、黎安友、罗友枝编:《中华帝国晚期的通俗文化》

Judge, Joan. 1994. "Public Opinion and the New Politics of Contestation in the Late Qing, 1904—1911." *Modern China* 20/1:64—91.

季家珍:《晚清的公共意见与关于论争的新政治》

——1997a. "Citizens or Mothers of Citizens?: Reimagining Femininity in Late Qing Chinese Women's Textbooks." Paper presented at the annual Association of Asian Studies meeting, Chicago. 1997.

《公民,还是公民的母亲?:晚清女性教科书中对女性特质的再想象》

——1997b. "Knowledge for the Nation or of the Nation: Meiji Japan and the Changing Meaning of Female Literacy in the late Qing." Paper presented at the conference "New Perspectives on the Qing;" UCLA, Center for Chinese Studies.

《为了民族国家的知识,或关于民族国家的知识:明治日本与晚清女性教养意义的变化》

Kahn, Ida (Kang Aide). Kahn's file, General Commission on Archives and History, the United Methodist Church. Drew University, Madison, N. J.

《记江西康女士》

Kao, Yu-Kung. 1977. "Lyric Vision in Chinese Narrative Tradition: a Reading of Hung-lou meng and Ju-lin wai-shih." In Plaks, ed. (q. v.),

227—243.

高友工:《中国叙事传统中的抒情视角:解读〈红楼梦〉与〈儒林外史〉》

Kelley, Joan. 1984. "Did Women Have a Renaissance?" In *Women, History and Theory: The Essays of Joan Kelly*. Chicago: University of Chicago Press.

琼·凯莱:《女性有文艺复兴吗?》

Ko, Dorothy. 1992a. "Pursuing Talent and Virtue: Education and Women's Culture in Seventeenth- and Eighteenth-century China." *Late Imperial China* 13/1: 9—39.

高彦颐:《追求才干与美德:17、18世纪中国的教育与女性文化》。

——1992b. "The Complicity of Women in the Qing Good Woman Cult." In *Family Process and Political Process in Modern Chinese History*, 451—488. Taibei: Institute of Modern History, Academica Sinica.

《清代善女崇拜中的女性同谋》

——1994. *Teachers of the Inner Chambers: Women and Culture in Seventeenth-Century China*. Stanford: Stanford University Press.

《闺塾师:明末清初江南的才女文化》

Kuo, Ting-yee. 1978. "Self-strengthening: the Pursuit of Western Technology." In *The Cambridge History of China*, volume. 10, *Late Qing 1800—1911*, Part 1, ed. John K Fairbank and Kwang-Ching Liu, 491—542. Cambridge: Cambridge University Press.

郭廷以:《自强:对西方技术的追求》

Lee, Leo Ou-fan. 1973. *The Romantic Generation of Modern Chinese Writers*. Cambridge, Mass.: Harvard University Press.

李欧梵:《中国现代浪漫主义的一代作家》

——1990. "In Search of Modernity: Some Reflections on a New Mode of Consciousness in Twentieth-Century Chinese History and Literature." In *Ideas Across Cultures: Essays on Chinese Thought in Honor of Benjamin I. Schwartz*, ed. Paul A. Cohen and Merle Goldman, 109—136. Cambridge, Mass.: Harvard University Press, Council on East Asian Studies.

《追寻现代性:关于20世纪中国史与文学意识研究新方法的一些反思》

Lee, Leo Ou-fan and Andrew J. Nathan. 1985. "The Beginning of Mass Culture: Journalism and Fiction in the Late Ch'ing and Beyond." In Johnson, Nathan, and Rawski, eds. (q. v.), 361—395.

李欧梵、黎安友:《大众文化的开始:晚清及此后的新闻业与小说》

Legge, James, trans. [1885]1967. Li Chi: Book of Rites. Ed. Ch'u Chai and Winberg Chai. 2 volumes. New Hyde Park: University Books.

理雅各译:《礼记》

—— trans. [1893—1895]1991. *The Chinese Classics*. 5 volumes. Taibei: SMC Publishing. (Reprint of the last edition [Oxford: Oxford University Press])

译著:《中国经典》

Leonard, Jane Kate. 1984. *Wei Yuan and China's Discovery of the Maritime World*. Cambridge, Mass.: Harvard University Press. Council on East Asian Studies.

李欧娜:《魏源与中国海洋世界的重新发现》

Levenson, Joseph. 1970. "The Genesis of Confucian China and its Modern Fate." In *The Historian's Workshop: Original Essays by Sixteen Historians*, ed. L. P. Curtis, Jr., 277—292. New York: Knopf.

约瑟夫·列文森:《儒家中国的起源及其现代命运》

李伯元,[1903—1905]1974。《文明小史》。台北:广雅书店。

Li, Peter. 1980a. "The Dramatic Structure of Niehai hua." In Doleželová-Velingerová, ed. (q. v.), 150—164.

李胜生:《〈孽海花〉的戏剧性结构》

——1980b. *Tseng P'u*. New York: Twayne Publishers.

《曾朴》

Li, Wai-yee. 1993. *Enchantment and Disenchantment: Love and Illusion in Chinese Literature*. Princeton: Princeton University Press.

李惠仪:《魅惑与祛魅:中国文学中的爱情与幻想》

——1997. "The Late Ming Courtesan: Invention of a Cultural Ideal." In Widmer and Chang, eds. (q. v.), 46—73.

《晚明妓女:一个文化理想的发明》

李孝悌,1992。《清末下层社会的启蒙运动:1901—1911》。台北:中央研究院近代史研究所。

李又宁,1981。《中国新女界的创刊与内涵》,收入《中国妇女史论文集》,李又宁、张玉法编,179—241页。台北:商务印书馆。

梁启超,1921。《清代学术概论》。上海:商务印书馆。

——1936a。《饮冰室合集:文集》,16卷。上海:中华书局。

——1936b。《饮冰室合集:专集》,24卷。上海:中华书局。

林明德编,1988。《晚清小说研究》。台北:联经出版公司。

林纾,[1899]1930。《巴黎茶花女遗事》。上海:商务印书馆。

——[1916]1985。《林琴南文集》。北京:中国书店。

——1985.《林纾选集：小说》。林薇编，成都：四川人民出版社。

——[1918]1986.《林纾选评古文词类纂》，慕容真编，杭州：浙江古籍出版社。

——1993.《林纾翻译小说未刊九种》。李家骥等编，福州：福建人民出版社。

林薇，1990.《百年沉浮：林纾研究综述》。天津：教育出版社。

林维红，1979.《同盟会时代女革命志士的活动》。收入鲍家麟编（见参考文献），297—345。

岭南羽衣女士，[1902—1906]1984.《东欧女豪杰》。台北：广雅出版公司。

Link, Perry. 1981. *Mandarin Ducks and Butterflies: Popular Fiction in Early Twentieth-century Chinese Cities*. Berkeley and Los Angeles: University of California Press.

林培瑞：《鸳鸯蝴蝶派：20世纪早期中国城市通俗小说》

刘半农[1934]1962.《赛金花本事》，收入《孽海花·附录》（见参考文献），493—536。

Liu, James J. Y. 1967. *The Chinese Knight-Errant*. Chicago: University of Chicago Press.

刘若愚：《中国之侠》

——1975. *Chinese Theories of Literature*. Chicago: University of Chicago Press.

《中国文学理论》

Liu, Lydia H. 1994. "The Female Body and Nationalist Discourse: Manchuria in Xiao Hong's *Field of Life and Death*." In *Body, Subject and Power in China*, ed. Angela Zito and Tani E. Barlow, 157—180. Chicago: University of Chicago Press.

刘禾：《女性身体和民族主义话语：萧红《生死场》中的满洲》

——1995. *Translingual Practice: Literature, National Culture, and Translated Modernity—China, 1900—1937*. Stanford: Stanford University Press.

《跨语际实践：文学，民族文化与被译介的现代性（中国，1900—1937）》

Liu Ts'un-yan and John Minford, eds. 1984. *Chinese Middlebrow Fiction from the Ch'ing and Early Republican Eras*. Hong Kong: The Chinese University Press.

柳存仁、闵福德编：《清代至民初中产阶级小说》

Liu Wu-chi. 1972. *Su Man-shu*. New York: Twayne Publishers.

柳无忌：《苏曼殊》

——trans. 1978. "The Broken Hairpin." In Ma and Lau. eds. (q. v.), 234—248.

译著:《碎簪记》

刘锡鸿,[1877]1880—1891。《英轺私记》。收入《小方壶斋舆地丛钞》(见参考文献),第 11 卷。

柳亚子、柳无忌编,1928。《曼殊全集》,5 卷。上海:北新书局。

鲁迅,[1923—1925]1958。《中国小说史略》。北京:人民文学出版社。

罗苏文,1996。《女性与近代中国社会》。上海:人民出版社。

Lyell, William A. 1976. *Lu Xun's Vision of Reality*. Berkeley and Los Angeles: University of Berkeley Press.

威廉姆·A·莱尔:《鲁迅的"真实"观》

Ma, Y. W., and Joseph S. M. Lau, eds. 1978. *Traditional Chinese Stories: Themes and Variations*. Columbia: Columbia University Press.

马幼垣、刘绍铭编:《中国传统故事:主题与变奏》

马祖毅,1984。《中国翻译简史:五四运动以前》。北京:中国对外翻译出版公司。

Mackerras, Colin. 1975. *The Chinese Theatre in Modern Times: From 1840 to the Present day*. London: Thames and Hudson.

马克林:《现代中国剧场:1840 年至今》

Mann, Susan. 1985. "Historical Change in Female Biography from Song to Qing Times: The Case of Early Qing Jiangnan." In *Transaction of the International Conference of Orientalists in Japan*, 30: 65—77.

曼素恩:《宋代到清代女性传记的历史性变化:以清初江南为案例》

——1991. "Grooming a Daughter for Marriage: Brides and Wives in the Mid-Ch'ing Period." In *Marriage and Inequality in Chinese Society*, ed. Rubie S. Watson and Patricia Ebrey. Berkeley and Los Angeles: University of California Press.

《筹备出嫁:清朝中叶的新娘与妻子》

——1992. "'Fuxue'(Women's Learning) by Zhang Xuecheng (1738—1801): China's First history of Women's Culture." *Late Imperial China* 13/1: 40—62.

《章学诚的〈妇学〉:中国第一篇女性文化史》

——1997. *Precious Records: Women in China's Long Eighteenth Century*. Stanford: Stanford University Press.

《缀珍录——18 世纪及其前后的中国妇女》

March, Andrew L. 1966. "Self and Landscape in Su Shih." *Journal of the American Oriental Society* 86/4: 377—396.
安德鲁·L·马其:《苏轼著作中的自我与山水》

Maxwell, Margaret. 1990. *Norondniki Women: Russian Women Who Sacrificed Themselves for the Dream of Freedom*. New York: Pergamon Press.
玛格丽特·麦克斯韦:《民粹主义女性:为自由之梦而献身的俄国女性》

May, Gita. 1970. *Madame Roland and the Age of Revolution*. New York: Columbia University Press.
吉塔·梅:《罗兰夫人与大革命时代》

——1984. "Rousseau's 'Antifeminism' Reconsidered." In *French Women and the Age of Enlightenment*, ed. Samia I. Spencer. Bloomington: Indiana University Press.
《卢梭的反女权主义再思》

McAleavy, Henry. 1960. *Su Man-Shu (1884—1918): a Sino-Japanese Genius*. London: The China Society.
亨利·麦克利维:《苏曼殊(1884—1918):一位中、日混血天才》

McMahon, Keith. 1995. *Misers, Shrews, and Polygamists: Sexuality and Male-Female Relations in Eighteenth-Century Chinese Fiction*. Durham: Duke University Press.
马克梦:《吝啬鬼、泼妇、一夫多妻者:18世纪中国小说中的性与男女关系》

Meng Yue, 1994. "A playful discourse, its site, and its subject: "Free chat" on the Shen daily, 1911—1918." Master Thesis for University of California, Los Angeles.
孟悦:《〈申报〉"自由谈":一种嬉戏的话语,它的定点与主题》

——1996.《商务印书馆创办人与上海近代印刷文化的社会构成》,《学人》9: 357—380。

Miyazaki Ichisade. 1981. *China's Examination Hell: The Civil Service Examination of Imperial China*. Trans. Conrad Schirokauer. New Haven: Yale University Press.
宫崎市定著,康拉德·希诺瓦考译:《中国的炼狱:中华帝国的科考》

Michael, Franz. 1971. *The Taiping Rebellion: History and Documents*. Seattle: University of Washington Press.
梅谷:《太平天国运动:历史与文献》

Mitchell, Norma Taylor. 1975. "From Social to Radical Feminism: A Survey of Emerging Diversity in Methodist Women's Organizations, 1869—1974."

Methodist History 13/3:21—44.

诺玛·泰勒·米切尔:《从社会改革到激进女权主义:关于卫理公会女性组织中逐渐浮现的差异性的考查:1869—1974》

Mohanty, Chandra T. 1991. "Under Western eyes: Feminist Scholarship and Colonial Discourses." In *Third World Women and the Politics of Feminism*, ed. Chandra Mohanty et al., 51—78. Bloomington: Indiana University Press.

察德拉·孟汉蒂:《在西方的眼睛下:女权主义学术与殖民话语》

Mungello, D. E. 1985. *Curious Land: Jesuit Accommodation and the Origins of Sinology*. Honolulu: University of Hawaii Press.

孟德卫:《神奇的土地:耶稣会士的调适策略和汉学的起源》

Ng, Mau-Sang. 1988. *The Russian Hero in Modern Chinese Fiction*. Albany: State University of New York Press.

吴茂生:《中国现代小说中的俄国英雄》

《孽海花附录》,1983。台北:桂冠图书公司。

Nivison, David S. 1962. "Aspects of Traditional Chinese Biography." *Journal of Asian Studies* 21:457—463.

倪德卫:《传统中国传记面面观》

Ono Kazuko, [1978] 1989. *Chugoku josei shi*. English translation ed. and trans. Joshua A. Fogel, *Chinese Women in a Century of Revolution, 1850—1950*. Stanford: Stanford University Press.

小野和子著、傅佛果编译:《革命世纪里的中国女性,1850—1950》

Paul, Diana Y. 1985. *Women in Buddhism: Images of the Feminine in Mahayana Tradition*. Berkeley and Los Angeles: University of California Press.

戴安娜·Y.保罗:《佛教中的女人:大乘佛教传统中的女性形象》

Plaks, Andrew A., ed. 1977. *Chinese Narrative: Critical and Theoretical Essays*. Princeton: Princeton University Press.

浦安迪编:《中国叙事文学:批评与理论文集》

——1987. *The Four Masterworks of the Ming Novel*. Princeton: Princeton University Press.

《明代小说四大奇书》

Pollard, David, ed., 1998. *Translation and Creation: Readings of Western Literature in Early Modern China, 1840—1918*. Amsterdam: John Benjamins.

卜立德编:《翻译与创造:早期现代中国的西方文学读物》

Pomeranz, Kenneth. 1997. "Power, Gender, and Pluralism in the Cult of the Goddess of Taishan." In Huters, Wong, and Yu, eds. (q. v.), 182—206.

彭慕兰:《泰山女神崇拜中的权力、社会性别及其多元性》

Pratt, Mary Louise. 1992. *Imperial Eyes: Travel Writing and Transculturation*. London: Routledge.

玛丽·路易斯·普拉特:《帝国的眼睛:游记与跨文化》

Price, Don. 1974. *Russia and the Roots of the Chinese Revolution, 1896—1911*. Cambridge, Mass.: Harvard University Press.

唐·普莱斯:《俄国与中国革命的根源,1896—1911》

Průšek, Jaroslav. 1970. "The Changing Role of the Narrator in Chinese Novels at the Beginning of the Twentieth Century." *Archiv Orientální* 38/2: 169—178.

雅罗斯拉夫·普实克:《20世纪初中国小说叙述者不断变化的角色》

——1980. *The Lyric and the Epic: Studies of Modern Chinese Literature*. Ed. Leo Ou-fan lee. Bloomington: Indiana University Press.

《抒情与史诗——中国现代文学研究》

《清史稿》,[1927]1977,529卷。北京:中华书局。

秋瑾,1960。《秋瑾集》。上海:中华书局。

Rankin, Mary Backus. 1971. *Early Chinese Revolutionaries: Radical Intellectuals in Shanghai and Chekiang, 1902—1911*. Cambridge, Mass.: Harvard University Press.

玛丽·拜克斯·兰金:《早期的中国革命家:1902—1911年沪浙的激进知识分子》

——1975. "The Emergence of Women at the End of Ch'ing: the Case of Ch'iu Chin," In Wolf and Witke, eds. (q. v.), 39—66.

《清末女性的浮现:以秋瑾为个案》

Rawski, Evelyn Sakakida. 1979. *Education and Popular Literacy in Ch'ing China*. Ann Arbor: University of Michigan Press.

罗友枝:《清代的教育与大众文化状况》

Reed, Barbara E. 1992. "The Gender Symbolism of Kuan-yin Bodhisattva." In *Buddhism, Sexuality, and Gender*. ed. José Ignacio Cabezón, 159—180. Albany: State University of New York Press.

芭芭拉·E.里德:《观音的社会性别化象征》

Robertson, Maureen. 1992. "Voicing the Feminine: Constructions of the Gendered Subject in Lyric Poetry by Women of Medieval and Late Imperial China." *Late Imperial China* 13/1: 63—111.

莫林·罗伯逊:《为女性说话:中古与晚期中华帝国抒情诗歌中女性题材的

建构》

Robinson, Douglas. 1991. *The Translator's Turn*. Baltimore: The Johns Hopkins University Press.

道格拉斯·鲁宾逊:《译者的转向》

Roland, Jeanne Manon Phlipon. 1864. *Memoires*, 2vols. Paris: Plon.

曼侬·弗利普·珍妮(罗兰夫人):《备忘录》

Rolston, David, ed. 1990. *How to Read the Chinese Novel*. Princeton: Princeton University Press.

陆大伟编:《如何读中国小说》

荣孟源等编,1992。《中国历史大词典:清史》。2卷。上海:上海辞书出版社。

Ropp, Paul. 1976. "The Seeds of Change: Reflections on the Condition of Women in the Early and Mid Ch'ing." *Signs* 2:5—23.

罗溥洛:《变化之种:关于清朝初期与中叶女性情况的思考》

——1997. "Ambiguous Images of Courtesan Culture in Late Imperial China." In Widmer and Chang, eds. (q. v.), 17—45.

《中华帝国晚期妓女文化中的暧昧形象》

Rousseau, Jean-Jacques. [1762] 1961. *Emile; ou, De l'éducation*. Paris: Garnier.

让-雅克·卢梭:《爱弥儿或论教育》

Rowe, William. 1992. "Women and the Family in Mid-Qing Social Thought: the Case of Chen Hongmou." *Late Imperial China* 13/2: 1—41.

罗威廉:《清朝中叶社会思想中的女性与家庭:以陈宏谋为个案》

Roy, David. 1971. *Kuo Mojo: The Early Years*. Cambridge, Mass.: Harvard University Press.

芮效卫:《郭沫若早年》

——trans. 1993. *Plum in the Golden Vase; or, Chin P'ing Mei*. Vol. 1, *The Gathering*. Princeton: Princeton University Press.

译著:《金瓶梅》

Saneto Keishu, [1962] 1982. *Chugokojin Nihon ryugaku shi*. 香港:中文大学。

实藤惠秀著,谭汝谦、林启彦译:《中国人留学日本》。

桑兵,1995。《清末新知识界的社团与活动》。北京:三联书店。

桑咸之,1996。《晚清政治与文化》。北京:中国社会科学出版社。

Saunders, Edith. 1951. *The Prodigal Father: Dumas Père et fils and "The*

Lady of Camellias." London: Longmans.

伊迪丝·桑德尔:《挥霍的父亲:大仲马父子与"茶花女"》

Schwartz, Benjamin. 1964. *In Search of Wealth and Power: Yen Fu and the West.* Cambridge, Mass: Harvard University Press.

本杰明·史华兹:《寻求富强:严复与西方》

Scott, Joan Wallach. 1988. *Gender and the Politics of History.* New York: Columbia University Press.

琼·华莱士·斯考特:《社会性别和历史中的政治》

沈复,[1877] 1983,《浮生六记》。英文版由白伦(Leonard Pratt)、江素惠(Chiang Su-hui)译, *Six Records of a Floating Life*。New York: Penguin Books.

Shevelow, Kathryn. 1989. *Women and Print Culture: the Construction of Femininity in the Early Periodical.* London: Routledge.

凯瑟恩·舍维娄:《女性与印刷文化:早期杂志对女性的建构》

时萌,1982。《曾朴研究》。上海:古籍出版社。

——1989。《晚清小说》。上海:古籍出版社。

《十三经注疏》,[1821]1981。台北:艺文印书馆。

Showalter, Elaine. 1990. *Sexual Anarchy: Gender and Culture at the Fin de Siècle.* New York: Viking Books.

伊莱恩·肖瓦尔特:《性的无政府状态:世纪末的社会性别与文化》

司马迁,[公元前 145—约公元前 86]1959。《史记》,重印。北京:中华书局。

《四书集注》,1968。重印。台北:世界书局。

Spence, Jonathan. 1982. *The Gate of Heavenly Peace.* New York: Penguin Books.

史景迁:《天安门:知识分子与中国革命》

Spivak, Gayatri Chakravorty. 1987. *In Other Worlds: Essays in Cultural Politics.* London: Routledge.

佳娅特丽·盖雅提·斯皮瓦克:《在另一个世界:文化政治论集》

Steiner, George. 1975. *After Babel.* Oxford: Oxford University Press.

乔治·史坦纳:《巴别塔之后》

Stewart, Susan. 1993. *On Longing: Narratives of the Miniature, the Gigantic, the Souvenir, the Collection.* Durham: Duke University Press.

苏珊·斯蒂瓦特:《论渴望:关于缩影、巨像、纪念品以及收藏的叙述》

Strassberg, Richard E. 1994. *Inscribed Landscapes: Travel Writing from Imperial China.* Berkeley and Los Angeles: University of California Press.

理查德·E.斯达伯格:《被记录下来的风景:来自中华帝国的游记》

苏曼殊,1991.《苏曼殊文集》,马以君编.广州:花城出版社.

《太平天国革命在广西:调查资料汇编》,1962.广西壮族自治区通志馆编.南宁:广西自治区人民出版社.

谭正璧,1981.《弹词叙录》.上海:古籍出版社.

——1982.《中国女性的文学生活》.台北:庄严出版社.

Tang, Xiaobing. 1996. *Global Space and the Nationalist Discourse of Modernity: The Historical Thinking of Liang Qichao*. Stanford: Stanford University Press.

唐小兵:《全球化空间与现代性的民族主义话语:梁启超的历史思考》

Tarumoto Teruo, [1977]1988. *Shinmatsu shosetsu kenkyu*. Kyoto: Horitsu.

樽本照雄著,曹本冶译:《清末小说研究》

——1998. "A Statistical Survey of Translated Fiction 1840—1920." In Pollard, ed. (q.v.), 37—42.

《1840—1920 翻译小说的统计学研究》

Thomas, Alan. 1978. *The Expanding Eye: Photography and the Nineteenth-Century Mind*. London: Croom Helm.

艾伦·托马斯:《张大的眼睛:照片与19世纪的心灵》

Topley, Margery. 1975. "Marriage Resistance in Rural Kwangtung." In Wolf and Witke, eds. (q.v.), 67—88.

玛吉瑞·托普雷:《广东农村的抗婚》

曹本冶,1988. *The Music of Su-chou T'an-tz'u*(《苏州弹词之音乐研究》). 香港:中文大学出版社.

Turner, Victor. 1969. *The Ritual Process: Structure and Anti-structure*. Chicago: Aldine.

维克多·特纳:《仪式程序:结构与反结构》.

Twentieth-Century Chinese Drama: an Anthology. Ed. Edward M. Gunn. 1983. Bloomington: Indiana University Press.

耿德华编:《20世纪中国戏剧选》

Twitchett, Denis D. 1961. "Problems of Chinese Biography." In Wright and Twitchett, eds. (q.v.), 24—42.

崔瑞德:《中国传记的问题》

Twitchett, Denis, and John K. Fairbank, eds. 1978. *The Cambridge History of China: Late Ch'ing*. Volumes 10 and 11, *Late Ch'ing, 1800—1911*, parts 1 and 2. Cambridge: Cambridge University Press.

崔瑞德、费正清编:《剑桥中国晚清史,1800—1911》

Wallerstein, Immanuel. 1991. *Geopolitics and Geocultural: Essays on the Changing World-System*. Cambridge: Cambridge University Press.

伊曼纽尔·沃勒斯坦:《地缘政治学与地理文化:改变中的世界体系论集》

Waltner, Ann. 1990. *Getting an Heir: Adoption and the Construction of Kinship in Late Imperial China*. Honolulu: University of Hawaii Press.

安·沃特纳:《传递香火:收养与中华帝国晚清血族关系的建构》

王德威(Wang, David Der-wei),1987。《从刘鹗到王祯和:中国现代写实小说散论》。台北:时报文化。

——1997. *Fin de Siècle Splendor: Repressed Modernities of Late Qing Fiction, 1849—1911*. Stanford: Stanford University Press.

《世界末的华丽:晚清小说被压抑的现代性(1849—1911)》

——1998. "Translating Modernity." In Pollard, ed. (q.v.), 303—330.

《翻译现代性》

Wang, Gungwu. 1974. *The Rebel-Reformer and Modern Chinese Biography*. Sydney: Sydney University Press.

王赓武:《反叛/改革者与现代中国传记》

汪晖,1995。"The Fate of 'Mr. Science' in China: the Concept of Science and its Application in Modern Chinese Thought,"(《"赛先生"的命运:现代中国思想中的科学观念及其应用》)*positions*, 3/1: 1—68.

王继权、周榕芳编,1991。《台湾·香港·海外学者·论中国近代小说》。南昌:百花洲文艺出版社。

王书奴,[1933]1988。《中国娼妓史》。上海:三联书店。

王曾才,1972。《清季外交史论集》。台北:商务印书馆。

挽澜词人,[1904]1960。《法国女英雄弹词》。收入 WQWXCC(见参考文献),2:202—222。

《晚清小说大系》,1984,37卷。台北:广雅出版公司。

Watt, George. 1984. *The Fallen Woman in the Nineteenth-Century English Novel*. London: Croom Helm.

乔治·瓦特:《19世纪英国小说中堕落的女性》

Watt, James C. Y. 1987. "The Literati Environment." In *The Chinese Scholar's Studio: Artistic Life in the late Ming period*, ed. Chu-Tsing Li, James C. Y. Watt 1—13. London: Thames and Hudson.

詹姆士·C.Y.瓦特:《文人环境》

魏绍昌,1980。《李伯元研究资料》。上海:古籍出版社。

——1982。《孽海花资料》。上海:古籍出版社。

——1993。《晚清四大小说家》。台北:商务印书馆。

Widmer, Ellen. 1989. "The Epistolary World of Female Talent in Seventeenth Century China." *Late Imperial China* 10/2: 1—43

魏爱莲:《17世纪中国才女的书信世界》

——1992. "Xiaoqing's Literary Legacy and the Place of the Woman Writer in Late Imperial China." *Late Imperial China* 13/1: 111—56.

《小青的文学遗产及中华帝国晚期女作家的地位》

——1997a. "Introduction." In Widmer and Chang, eds. (q. v.), 1—16.

《中华帝国晚期的女作家们·导言》

——1997b. "Ming Loyalism and the Woman's Voice in Fiction After Hong lou meng." In Widmer and Chang, eds. (q. v.), 366—396.

《忠明思想与〈红楼梦〉之后小说中的女性声音》

Widmer, Ellen and Kang-i Sun Chang eds. 1997. *Writing Women in Late Imperial China*. Stanford: Stanford University Press.

魏爱莲、孙康怡编:《中华帝国晚期的女作家们》

Wilhelm, Richard. [1950]. *The I Ching, or Book of Changes*. Trans. into German by Richard Wilhelm. Rendered into English by Cary E. Baynes, 1961. Princeton: Princeton University Press.

卫礼贤译:《周易》

Williams, Raymond. 1989. *The Politics of Modernism*. Ed. Tony Pinkney. London: Verso.

雷蒙·威廉斯:《现代主义的政治》

Wolf, Margery, and Roxane Witke, eds. 1975. *Women In Chinese Society*. Stanford: Stanford University Press.

玛杰里·沃尔夫、洛克珊·维特克编:《中国社会的妇女》

Woman: in All Ages and in All Countries. 1907. Ed. Edward B. Pollard. Philadelphia: George Barrie.

爱德华·B·朴勒德编:《各个时代与国家的女性》

Wright, A. F., and D. Twitchett, eds. 1961. *Confucian Personalities*. Stanford: Stanford University Press.

芮沃寿、崔瑞德编:《儒家人物》

Wu Hung. 1997. "Beyond Stereotypes: the Twelve Beauties in Qing Court Art and the *Dream of the Red Chamber*." In Widmer and Chang eds. (q. v.), 306—365.

巫鸿:《超脱俗套:清代宫廷艺术与〈红楼梦〉中的十二美人》

吴趼人,[1903—1910] 1978.《二十年目睹之怪现象》。北京:人民文学出版社。

巫岭芬编,1990.《夏衍研究资料专集》。杭州:浙江文艺出版社。

吴文祺,[1940]1969.《近百年来的中国文艺思潮》。香港:龙门书店。

夏晓虹,1989.《娶妻当娶……嫁夫当嫁》,《读书》1:136—143。

——1995.《晚清文人妇女观》。北京:作家出版社。

——1996.《晚清人眼中的秋瑾之死》,《学人》10:429—470。

——1998. "Ms Picha and Mrs. Stowe." In Pollard, ed. (q. v.), 241—252.
《批茶女士与斯托夫人》

夏衍,1936.《赛金花》。上海:生活书店。

《小方壶斋舆地丛钞》,1880—1891。王锡祺辑,36帙。上海:着易堂。

《新小说》,1980.重印。上海:上海书店。

熊月之,1994.《西学东渐与晚清社会》。上海:上海人民出版社。

——1998. "Degrees of Familiarity with the West in Late Qing Society." In Pollard ed. (q. v.), 25—36.
《西学在晚清社会被接受的程度》

徐天啸,[1912]1993.《神州女子新史》。台北:稻乡出版社。

徐枕亚,[1912]1936.《玉梨魂》。重印。广东:开通书局。

《荀子》,[约公元前313—公元前238]1975.熊公哲注,台北:商务印书馆。

严复,1986.《严复集》。8卷,王栻编。北京:中华书局。

杨荫深,1939.《中国文学家列传:林纾》。上海:中华书局。

Ye Weili. 1994. "Nü Liuxuesheng: the story of American-educated Chinese women, 1880s-1920s." *Modern China* 20/3:315—46.
叶维丽:《女留学生:接受了美国教育的中国女性的故事,1880—1920年代》

Yeh, Catherine. 1990. "Zeng Pu's Niehai hua as a Political Novella: A World Genre in a Chinese Form." Ph. D. dissertation, Harvard University.
叶凯蒂:《作为政治小说的〈孽海花〉:以中国形式出现的一种世界文类》

——1996.《清末上海妓女服饰家具与西洋物质文明的引进》,《学人》9:381—405。

颐琐,[1905—1907] 1989.《黄绣球》,曹玉点校,河南:中州古籍。

Yu, Pauline. 1987. *The Reading of Imagery in the Chinese Poetic Tradition*. Princeton, N. J.: Princeton University Press.
余宝琳:《中国诗歌传统中的意象解读》

袁健、郑荣编,1989.《晚清小说研究概说》。天津:教育出版社。

Zamperini, Paola. 1994. "The Harlot's Progress: Fu Caiyun's Journey in the

Sea of Retribution". Master's thesis, University of California, Berkeley.

曾佩琳:《妓女的前行:傅彩云的"孽海"之旅》

——1996. "Elective Affinities: Spiritual Resonance and Book-marketing in Some Late Qing Novels." Paper delivered at conference on "Authorship, Readership and Publishing in Late Qing China." University of California at Los Angeles.

《选择性亲和:晚清若干小说的精神共鸣与书籍行销》

——1998. "Clothes That Matter: Fashioning Modernity in Late Qing Courtesan Novels." Paper delivered at conference on "Women and Modernity in Twentieth-century China." University of California at Santa Barbara.

《重要的服饰:晚清青楼小说中对现代性的打造》

Zarrow, Peter. 1990. *Anarchism and Chinese Political Culture*. New York: Columbia University Press.

沙培德:《无政府主义与中国政治文化》

Zeitlin, Judith T. 1993. *Historian of the Strange: Pu Songling and the Chinese Classical Tale*. Stanford: Stanford University Press.

蔡九迪:《志异史家:蒲松龄与中国古典传说》

曾朴,[1905—31] 1983a.《孽海花》。台北:桂冠图书公司。

——[1927]1983b.《鲁男子》。台北:桂冠图书公司。

曾虚白,[1935]1982.《曾孟朴先生年谱未定稿》。收入魏绍昌,1982(见参考文献),152—197。

张静庐编,1962.《中国近代出版史料》,2卷。上海:上杂出版社。

——1972.《清末民初重要报刊作者笔名字号通检》。香港:中山大学出版社。

张俊才,1992.《林纾评传》。天津:南开大学出版社。

张朋园,1993.《梁启超的家庭生活》,收入《近代中国历史人物论文选》,965—994。台北:中央研究院近代史研究所。

赵景深,1937.《弹词选》。上海:商务印书馆。

郑振铎,1935. 序言,《中国新文学大系:1917—1927》,1—3。上海:良友书店。

——1938.《中国俗文学史》。上海:商务印书馆。

钟叔河,1985a.《用夏变夷的一次失败》(刘锡鸿《英轺私记》序),收入《走向世界丛书》,11—46。长沙:岳麓书局。

——1985b.《曾纪泽在外交上的贡献》(曾纪泽《出使英法俄国俄国日记》序),收入《走向世界丛书》。长沙:岳麓书局。

周作人,1957。《鲁迅与晚清文坛》,收入 LSYJZL(见参考文献),239—241.
——1970。《知堂回想录》。香港:听涛出版社。
Zonana, Joyce. 1993. "The Sultan and the Slave: Feminist Orientalism and the Structure of *Jane Eyre.*" *Signs* 18/3: 595—623.
乔伊斯·左安娜:《苏丹与奴隶:女性主义东方主义与〈简·爱〉之结构》

索 引

在此索引中,数字后面的"f"表示在下一页中有所涉及,而"ff"则表示在下两页中有所涉及。两页及以上的连续讨论用页码范围来表示,例如,"57—59"。Passim(到处)则用于频繁出现但并无逻辑关联的情况。

阿英,138,145,181
收养,121,123—126,153
乔治·阿甘本,153,195f
阿福,38f,61
夏雅丽,9,44—51,106f
艾伦·杨·J(林乐知),2,14,207 注 3;也参见"传教士势力"
美国,2ff,208 注 11
无政府主义,参见"俄国无政府主义"
《春秋》,164
反缠足协会,140,228 注 38;也参见"缠足"
阿尔芒·杜瓦,67,79—87passim,91,96
真实性,24,51f,79,107f,143f
作者角色(authorial personae),25ff
authority,27,29f,79,83—88passim,155,159f
觉醒,161f,169ff;也参见"梦"

培根,27
白话,18f,211 注 44
巴枯宁,115
班固,40

沃尔特·本雅明,67

比干,83
笔记,138
传记,3,108－117,123ff,172－179;也参见"小传"
白居易,92
观音,143,170,232 注 19
政治团体,53,189
书籍出版,参见"凸版印刷";"木版印刷"
义和团运动,52
佛教,115,143,170;参见"菩萨"
伯林盖姆使团,31
彭斯,98
拜伦,98

蔡元培,55f,63f,86
才女,5－8,127,163,197
才子佳人,54,98,182f
书法,92f;也参见"女子笔迹"
《沧桑艳》,64
广东,广东妇女,147,156,181,199
《易经》,36,39
《昌言报》,76
贞洁,48ff,62f,95－98passim;也参见"性征"
陈东原,135
陈独秀,99
陈平原,68
陈挽澜,179
陈寅恪,93
车尔尼雪夫斯基,133;也参见"俄国无政府主义"
中国红十字会,148
周蕾,208 注 15
基督教,参见"传教士势力"
褚爱林,64f
褚河南,92
春柳社,70
国民或公民,3,26,119,123ff,146－152passim,161;也参见"民族主义"

科举,24;《孽海花》中的讽刺描写,26ff,95,129f,151

文言,12－19,68,90,98f,111,115;也参见"古文"

服饰,作为社会等级的标志,35－39;作为西方时尚,67,97,100,104f;女扮男装,119f,128f,141－144

柯文(Cohen Paul),108 注 14

殖民主义话语,2,22

哥伦布,25

妾的地位,62ff

孔子,29,39,88

接触地带,12

果尔德·夏洛特(Corday Charlotte),185

妓女,9,34－41,53f,91ff;与新女性相混淆,140;

危机,23f

克伦威尔,143

装扮成异性,语言上的,145－152passim;也参见"服饰"

《茶花女》,5,9,41,67－70;对《茶花女》的翻译,71－85,98;对《茶花女》的模仿,68f,90－105

德·德塞图·米歇尔,8,106

死亡,作为故事结局,46ff,51,63,67,95,99

侦探小说,77f,221 注 36;也参见"柯南道尔";"福尔摩斯"

德育,167

电,131,133,158,188

狄更斯,86

外交史,1,21,30ff

本土化,48－51,54f,78－83passim,112f,117,129f

《东方杂志》,162

《东欧女豪杰》,10,107,117－141passim;它的作者,145－152

柯南道尔,77f,221 注 36;也参见"侦探小说"

梦,169ff,232 注 20

对译,73f,198f;也参见"翻译"

小仲马,9,41,73,94

教育,参见"德育";"女子教育";"智育"

刺绣,160f,192f

《爱弥儿,或论教育》(卢梭),189f
慈禧太后,52
德国弗雷德里克皇后,28,40—43
英国,1,13f
《天演论》,15
《劝学篇》(张之洞),162
异国情调,26f,39,130f

《法国女英雄弹词》,179—186
费正清(Fairbank John K.),208注14
翻译馆,14
女性团体,134ff,138f,183ff
"女梁启超",150
女性行为准则,35ff,96f;也参见"内"
女性主义东方主义,6
女性化,8
冯桂芬,29
冯自由,150
孝,85f,113
缠足,156,158,168;参见"反缠足协会"
福柯,14
傅立叶·查尔斯(Fourier Charles),207注5
法国,73;也参见"巴黎"
中法战争,71,91
法国文学,23,73
法国大革命,172—186passim;也参见"革命"
傅兰雅(Fryer John),14,73f
傅彩云,9,24,28;越界,34f,38—46;作为"历史的线索",51—56,65f;叙述主调,56—67,117,130
妇学,166f;也参见"女子教育"
福州船政局,71f,75

高平子,135
戈蒂耶·玛格丽特(Gautier Marguerite),67,78—85;也参见"《茶花女》"
观看,22,25f

性别平等,2,10,158

日内瓦,117,121,129,131f

地理,22,159f

地球,22,158ff;也参见"地图"

歌德,98

龚半千,92

龚孝琪,64

光绪,85

观音,参见"菩萨"

郭沫若,221注38

郭嵩焘,1,31,40,213注4;也参见"外交史"

国防文学,53

古文,15,17;也参见"文言"

哈葛德·赖德(Haggard Rider),86f

《海国图志》,14,21

韩文举,117

何惠珍,198ff

黑格尔,133f

海富孟(Helfmann Guessia),参见"俄国无政府主义"

英雄,对"英雄"的重新定义,42,48f,51,111—117passim,174f

赫尔岑,133

历史话语,5—8passim;历史分期,207注10

福尔摩斯,41,77;也参见"侦探小说"

洪钧,24,40

《红楼梦》,49ff,56—60,133

昊格矩(Howe Gertrude),3,124f

胡适,208注11

华明卿,10,117—126,129—139

花木兰,142,150

《花间词》,136

黄通理,154—162,167ff,191

《黄绣球》,10,154—162,167—171,187—196

《华生包探案》,77;也参见"侦探小说"

雨果,86

胡志德(Huters Thedore),17,214注18,217注66
赫胥黎,15

易卜生,99,151
文本间性,48ff,56—65,218注6

日本,109—115passim,191,231注14;也参见"中日战争"
贾宝玉,58ff,也参见"《红楼梦》"
姜瑰,91ff
江南制造局,14,29,74
《江苏》,130,144
桀,83
《金瓶梅》,57,60—64
金天羽,55,87,108,143f
金雯青,24,58—61,106
《精卫石》(秋瑾),107,182
巾箱,75
《迦茵小传》(哈葛德),87,224注72
圣女贞德,107,141,109ff
新闻业,10,14f,109ff
觉民,138

《佳人奇遇》,15
康爱德,110,123—126
康有为,76,117,143,174f
烟山专太郎,113,117
《近世无政府主义》(烟山专太郎),113,117
鸠摩罗什(高僧,佛经翻译者),17
凸版印刷,76;也参见"木版印刷"
列文森(Levenson Joseph),22
李白,27
李伯元,82,140f,146,180
李大钊,99
李鸿章,29
李惠仙,234注4

李叔同,70

李惠仪,93

李香君,54f

梁端,8

梁启超,76,134,173,227注35,232注26;《记江西康女士》,2,123ff,153f;《论女学》,7f,119,163f;梁启超的翻译,15f,219注23;《南海康先生传》,143;《倡设女学》,164f;《罗兰夫人传》,172－187passim;诗歌,197－200;也参见"女梁启超";"李惠仙"

莲珮,99－103

廖仲恺,113

《列女传》,145

礼法,80－83

林黛玉,56－60passim,133;也参见《红楼梦》

林纾,9,15;关于林译语言,17ff,68,70,216注44;对《茶花女》的翻译,71－76,78－85;合作者,71－74,76,219注13;书法,76,93;笔名,76;作为译者所具有的权威,83ff,87f;小说创作,90－94;也参见"茶花女"

林则徐,14

灵芳,95－98

岭南羽衣女士,117

语言的越界,11－16passim

梨娘,95－98

林译小说,77f

读写能力,46,170,193f

刘半农,18f,53

柳如是,93

《柳亭亭》,90－94

刘锡鸿,1f,13f,40f

龙逢,83

吕坤,166

鲁迅,28,57,78,99,116

罗普,145

马尼他(Lyon Mary),107

马君武,138,148－151,190

马如飞(弹词艺人),181

金夫人,35—38
麦哲伦,25
鸳鸯蝴蝶派,94
曼素恩(Mann Susan),110,197
《玛侬·莱斯科》,79f,102
地图,25,28—33passim;也参见"地球"
烈士,42,48f
马克思,134
麦克斯韦·玛格丽特(Maxwell Margaret),120
五四:语言,15,18f,24;翻译,73,78;新女性的概念,9,52,63f;对自由恋爱的崇拜,183;林纾,221注38
梅·吉塔(May Gita),190
马克梦(McMahon Keith),224注79
梦霞,95—98
梅特涅(Metternich Klemens von),172
密尔,148,190
《民报》,113,115
名妓,46,57,64f
《民权报》,94
传教士势力,2,96,124ff,147,149,227注35
流动性,参见"妇女的旅行"
现代性,现代性话语:文明,2,89,149;野蛮,2,39ff,89,100
孟德斯鸠,190
《英孝子火山报仇录》(哈葛德),86
国民之母,7,162—169passim,172f

拿破仑,172
民族主义,3,10,48,157—169passim,195,200;也参见"国民或公民"
辛亥革命(1911),95,148
内,36ff,45f,61ff,80ff;内闱,96,136f;也参见"女性行为准则";"外"
新文化运动,99
新男性,149f
新女性:定义,4f,208注11;行为,46ff,52,63f,96f,150f,199;对新女性的批评,101f,140f
报纸,参见"新闻业"

《孽海花》,9,21,26—51,106f
南丁格尔,110
虚无主义,参见"俄国无政府主义"
逆旅女子,135
娜拉,99,151
怀古,64f
女弹词,181f
《女界钟》(金天羽),143f
女侠,113,136
《女学报》,110
《女子世界》,138

《诗经》,164f
《老古玩店》(狄更斯),86
鸦片战争,14,209注16
奥索里·玛格丽特·福勒,109f

潘金莲,56,61ff
蟠溪子,87
《英雄传》(普鲁塔克),170,174ff,193
巴黎,形象,69,73,83—89passim,100
戏仿,58ff
彼罗夫斯卡娅·索菲亚,5,9f,47,107f,111—117,148,155f;作为苏菲亚,10,117—120;也参见"俄国无政府主义"
《法哲学》(黑格尔),133
照片,28,41ff,97f,110f,120
骈文,15f,94
《平报》,90
《平等阁笔记》,135f
浦安迪(Plaks Andrew),218注71
普莱西·阿尔丰西娜(Plessis Alphonsine,又名玛丽·迪普莱西[Marie Duplessis]),69;也参见"《茶花女》";"戈蒂耶·玛格丽特"
布尔特奇(Plutarch,今译"普鲁塔克"),170,174ff,193
普莱斯·唐(Price Don),111,145

钱谦益,93

钱玄同,18f

钱锺书,78,194

《清议报》,85,110,123,198

秦淮河,91

秋瑾,107,115ff,141—144,182

《九三年》(雨果),86

读者,作为读者的妇女,133ff,174f,180ff,194;也参见"女子诗歌"

地区主义(regionalism),195f

投胎再生,217注66

革命,111—115;也参见"法国大革命";"辛亥革命"

《礼记》,36

罗伯逊·莫林(Robertson Maureen),178

罗兰夫人,5,10,107,154ff,171—196

根据真人真事写成的小说(roman a clef),27

《罗密欧与朱丽叶》(莎士比亚),4,97f,224注71

容,144

罗溥洛(Ropp Paul),65

卢梭,27,133,135,148,151,188—191

《儒林外史》,27

俄国,28,31ff,108

俄国无政府主义,10,43f,106ff,111,116,134;海富孟,47;察科威团,47;克兰斯,47f,51;加克奈夫,48;维拉·查苏里奇,116,120,227注31

赛金花,24,40,52ff,64

圣西门,134

司各得(Scott Walter Sir),221注38

自我牺牲,46ff,111—117passim

别,参见"内";"外"

性征,女英雄的性征,48—51,150f

莎士比亚,参见《罗密欧与朱丽叶》"

上海,29,76f,100f,105,140,181

雪莱,98

沈复,21

《神州妇女新史》,135
《史记》,112
石美玉(Mary Stone),127
柴四郎,15
下田歌子,191
《时务报》,76
司马光,36f
司马迁,88,112
中日战争,甲午战争(1896年),23f;抗日战争(1937—1945年),53
《社会契约论》(卢梭),133,190
斯宾塞,148,151,190
斯皮瓦克,191f,208注15
史坦纳·乔治(Steiner George),21
斯图尔特·苏珊(Stewart Susan),106,129
批茶(Stowe Harriet Beecher),107
苏曼殊,98—103
苏轼,27
俗,15f,46
《碎簪记》,98—103
苏州,29,181
瑞士,131;也参见"日内瓦"
谭嗣同,234注3
弹词,10,147,179—182
陶潜,132
《桃花扇》,54f
察科威团,参见"俄国无政府主义"
桐城派,15,201注41;也参见"文言","古文"
同盟会,113,148;也参见"辛亥革命"
同文馆,14,23
可译性,13f,102f
翻译,9;翻译的最佳目标语言,12—19;晚清的翻译热,14f,68;佛经翻译,17,73;译文的忠实性,71—75,98;《圣经》的翻译,73;有意地不做翻译,102f;作为绣品的"翻",194f;也参见"对译"
译者,10—19,44f
旅行日记,1,13,21f,75

歌剧《茶花女》(Traviata La),70
普遍主义,10,17,86—89passim,193—196,154
密歇根大学,127f
条利希太学(今译苏黎世大学),130

威尔第,70
凡尔纳(Verne Jules),22

外,36ff,45f,61ff;也参见"内"
瓦德西,39,52,54f,59
沃勒斯坦·伊曼纽尔(Wallerstein Immanuel),154,196
王德威,54
汪康年,76
王寿昌,68,71ff,76;也参见"林纾";"合作者"
王照圆,8
《晚清文学丛钞》,138
魏瀚,75;也参见"林纾";"合作者"
魏源,14,21
温庭筠,136
文,18,197
《文明小史》,140f
文雅,91ff
西妇,5f,8ff,11;也参见"德国弗雷德里克皇后";"圣女贞德";"马尼他";"戈蒂耶·玛格丽特";"罗兰夫人";"夏雅丽";"彼罗夫斯卡娅·索菲亚";"批茶";"海伦·玛丽·维廉";"俄国无政府主义"
西方女性主义,6
西方语言:对西方语言的描写,13,121,170,194;作为文化谱系的西方语言,19,99—103passim,198f;对西方语言的掌握,23f,43—46,194
《怎么办》(车尔尼雪夫斯基),133
《谁之罪》(赫尔岑),133
维廉·海伦·玛丽(Williams Helen Maria),184f
威廉斯·雷蒙(Williams Raymond),4
"女性地位",2ff,123f
女子教育,2f,7,118f,126—129,162—169,174;也参见"教育";"妇学"
女子笔迹,136,146

女子诗歌,7－8;阅读,135－139;写作,138f,142f
妇女的公共角色,140f,188f
妇女的旅行,35－38,123f,129f,169
木版印刷,75,77,221注33;也参见"凸版印刷"
作家,女作家,188f;也参见"女子诗歌"
吴研人,53,181
吴汝纶,210注38,211注43

夏衍,53
夏,37
侠,37,53,112f;也参见"女侠"
《小方壶斋舆地丛钞》,22
小说,89
小照,110f,177f;也参见"照片"
小传,110,177f;也参见"传记"
《新茶花》,69
《新青年》,18,99
新小说,18,117,138,154,211注43
行状,110;也参见"传记";"小传"
《新民丛报》,110,135,148,172
新民,3,176,207注8
新文体,15f
新学,44,78,97,160
西学,17,23f,29,44,97ff,151,159f,167
徐继畬,21,131,159
徐天啸,135
徐枕亚,94－98
荀子,37
虚无党,108;也参见"俄国无政府主义"

雅,15f,46
严复,15ff,210注36,219注14
杨贵妃,169,232注19
洋务运动,29,71
颐琐,154

281

夷,37
寅半生,87
《瀛寰志略》,21,132,159
尤三姐,49ff
游记,22,132;也参见"旅行日记"
《玉梨魂》,94—98
筠倩,95—98

沙培德(Zarrow Peter),116
查苏里奇·维拉(Zasulick Vera),参见"俄国无政府主义"
曾纪泽,213 注 4
曾朴:法国文学,23ff;笔名,25;作为精英,26f;论赛金花,55ff,64ff;论翻译,211 注 44,213 注 11,216 注 44;鲁男子,230 注 83
曾虚白,56
张德彝,213 注 4
张之洞,162
张竹君,110,145,147—152
《浙江潮》,111
志怪,121,123
知音,84
智育,167
钟心青,69
《中国妇女生活史》,135
《中国女报》,110
《中国新女界》,109,112
忠义,83ff
纣,83
周瘦鹃,68
周作人,78
状元,26,29,95;也参见"科举"
《自由血》,108
总理衙门,30,32
左宗棠,71,91,219 注 14

译后记

初次知道胡缨教授,还是在《中国学术》的一次例会上,听闻她的一篇论文《九葬秋瑾》。其文不按古,匠心独运。取材之细致入微,于平凡中见新意,分析之丝丝入扣,必宛转以尽其义,处处显出女学者所独具的细腻敏锐,令人印象深刻。而这些优点在她这本更早的著作中已体现得淋漓尽致,读者若能综览全书,当知此言不谬。

《翻译的传说:中国新女性的形成(1898—1918)》远非如其标题所显示那么清晰简明,其内容纷繁错综,引人深思。如同作者在"导言"中所坦承的,"新女性"是五四时期而非清末民初所流行的一个概念,因此,此书的关注点与其说是"新女性",不如说是"新女性"的前史——晚清方生方成的文化如何为五四时期建构"新女性"提供了资源,其复杂血统远远超出了一般的想象。毫无疑问,各种西方话语在其中扮演了重要角色,由此,"翻译"为考查这一过程提供了极佳视角。然而,将"翻译"理解为关于"越界"的一个隐喻可能更为切题。通过对诸多细节的把玩,作者发现了清末民初这个"转型时期"的种种"越界":民族的越界、文化的越界、性别的越界、语言的越界、文本的越界、文类的越界、语词的越界、服饰的越界、风格的越界、身份的越界、道德规范的越界等等。而"新女性"的因子正是经由这多重"越界"才被激发出来,其间各种中、西话语与实践之间的纠缠、冲突、扭转、紧张、并进与和谐,远非中西语言间的"翻译"所能涵括。

　　第一章中作者对《孽海花》的解读可堪为例。作者抛开"社会谴责小说"这一通用的阐释范畴,反而聚焦于"叙事性想象开始脱离'真实的'历史记录、似乎有些离题的地方",即彩云的经历。作者敏锐地抓住了小妾彩云地位提升的关键:一系列的越界。最初的越界只是彩云借了正室诰服来穿,但同时,彩云便轻而易举地借取了大使夫人的头衔,跨越了双重界线:社会等级(从小妾到夫人,从底层到上层)、性别区分的界限(内室和跨洋)。之后,彩云在国外以茶花女一般的西式装扮完成了第二次越轨,跨越了文化的界限(中国传统对西方做派),从而摆脱了伴随着妻室权利而来的种种束缚。同时,从俄国虚无党人夏雅丽那里学会的德语令彩云完成了语言的越界。借由语言能力这一文化资本,彩云多次令对外文一窍不通的丈夫陷于窘境。从而,语言的越界构成了一种隐蔽的性别越界,因为这反转了彩云与其丈夫之间的权力关系,后者本来拥有掌控彩云的一切权利。最后,作者还发现,彩云这个角色超越了三个所谓的"叙事主调"(master plot),即,《红楼梦》的浪漫故事、《金瓶梅》的"淫妇"形象以及对名妓的传统描述。这些叙述主调一再试图将彩云这一角色吸收进去,但往往在读者顺着惯例兴致勃勃地以为已经完全把握住彩云时,她又不经意地溜走了。于此,作者得出结论,正是叙述主调的失败,正是因为叙事主调解释不了彩云这个人物,证明了"无论多么让人怀疑,她都称得上是新女性的一位先驱"。在我看来,这个结论倒过来说可能更好:如果说五四时期的"新女性"能从彩云身上获得些什么的话,就在于彩云跨越了中国文化固有的多重界线,冲破了现有的解释樊笼。换句话说,如果我们并不相信历史目的论,那么,我们只能说,彩云,这位谜一样的人物,这个曾朴自己也说不清道不明的人物,向着不明的未来敞开。

读者对于作者的具体结论,当然可以各抒己见。这无损于此书的魅力。它那些耐人寻味的细节、精彩纷呈的文本细读为读者的多种解读留下了广阔的空间。远非像表面上那么清晰,这是一部有着谜一般吸引力的著作,恰如晚清本身。介绍一本这样的著作,我想还是点到即止为妙。

此书由我和师妹共同翻译,在翻译期间,胡缨教授和蔼而耐心的帮助,令我们非常感激。江苏人民出版社的编辑一再为我们宽限交稿时间,也深表谢意。学力所限,译文若有不当之处,敬请方家指正。

彭姗姗

2009 年 1 月 19 日

"海外中国研究丛书"书目

1. 中国的现代化　［美］吉尔伯特·罗兹曼 主编　国家社会科学基金"比较现代化"课题组 译　沈宗美 校
2. 寻求富强:严复与西方　［美］本杰明·史华兹 著　叶凤美 译
3. 中国现代思想中的唯科学主义(1900—1950)　［美］郭颖颐 著　雷颐 译
4. 台湾:走向工业化社会　［美］吴元黎 著
5. 中国思想传统的现代诠释　余英时 著
6. 胡适与中国的文艺复兴:中国革命中的自由主义,1917—1937　［美］格里德 著　鲁奇 译
7. 德国思想家论中国　［德］夏瑞春 编　陈爱政 等译
8. 摆脱困境:新儒学与中国政治文化的演进　［美］墨子刻 著　颜世安 高华 黄东兰 译
9. 儒家思想新论:创造性转换的自我　［美］杜维明 著　曹幼华 单丁 译　周文彰 等校
10. 洪业:清朝开国史　［美］魏斐德 著　陈苏镇 薄小莹 包伟民 陈晓燕 牛朴 谭天星 译　阎步克 等校
11. 走向21世纪:中国经济的现状、问题和前景　［美］D.H.帕金斯 著　陈志标 编译
12. 中国:传统与变革　［美］费正清 赖肖尔 主编　陈仲丹 潘兴明 庞朝阳 译　吴世民 张子清 洪邮生 校
13. 中华帝国的法律　［美］D.布朗 C.莫里斯 著　朱勇 译　梁治平 校
14. 梁启超与中国思想的过渡(1890—1907)　［美］张灏 著　崔志海 葛夫平 译
15. 儒教与道教　［德］马克斯·韦伯 著　洪天富 译
16. 中国政治　［美］詹姆斯·R.汤森 布兰特利·沃马克 著　顾速 董方 译
17. 文化、权力与国家:1900—1942年的华北农村　［美］杜赞奇 著　王福明 译
18. 义和团运动的起源　［美］周锡瑞 著　张俊义 王栋 译
19. 在传统与现代性之间:王韬与晚清革命　［美］柯文 著　雷颐 罗检秋 译
20. 最后的儒家:梁漱溟与中国现代化的两难　［美］艾恺 著　王宗昱 冀建中 译
21. 蒙元入侵前夜的中国日常生活　［法］谢和耐 著　刘东 译
22. 东亚之锋　［美］小R.霍夫亨兹 K.E.柯德尔 著　黎鸣 译
23. 中国社会史　［法］谢和耐 著　黄建华 黄迅余 译
24. 从理学到朴学:中华帝国晚期思想与社会变化面面观　［美］艾尔曼 著　赵刚 译
25. 孔子哲学思微　［美］郝大维 安乐哲 著　蒋弋为 李志林 译
26. 北美中国古典文学研究名家十年文选　乐黛云 陈珏 编选
27. 东亚文明:五个阶段的对话　［美］狄百瑞 著　何兆武 何冰 译
28. 五四运动:现代中国的思想革命　［美］周策纵 著　周子平 等译
29. 近代中国与新世界:康有为变法与大同思想研究　［美］萧公权 著　汪荣祖 译
30. 功利主义儒家:陈亮对朱熹的挑战　［美］田浩 著　姜长苏 译
31. 莱布尼兹和儒学　［美］孟德卫 著　张学智 译
32. 佛教征服中国:佛教在中国中古早期的传播与适应　［荷］许理和 著　李四龙 裴勇 等译
33. 新政革命与日本:中国,1898—1912　［美］任达 著　李仲贤 译
34. 经学、政治和宗族:中华帝国晚期常州今文学派研究　［美］艾尔曼 著　赵刚 译
35. 中国制度史研究　［美］杨联陞 著　彭刚 程钢 译

36. 汉代农业:早期中国农业经济的形成 [美]许倬云 著 程农 张鸣 译 邓正来 校
37. 转变的中国:历史变迁与欧洲经验的局限 [美]王国斌 著 李伯重 连玲玲 译
38. 欧洲中国古典文学研究名家十年文选 乐黛云 陈珏 龚刚 编选
39. 中国农民经济:河北和山东的农民发展,1890—1949 [美]马若孟 著 史建云 译
40. 汉哲学思维的文化探源 [美]郝大维 安乐哲 著 施忠连 译
41. 近代中国之种族观念 [英]冯客 著 杨立华 译
42. 血路:革命中国中的沈定一(玄庐)传奇 [美]萧邦奇 著 周武彪 译
43. 历史三调:作为事件、经历和神话的义和团 [美]柯文 著 杜继东 译
44. 斯文:唐宋思想的转型 [美]包弼德 著 刘宁 译
45. 宋代江南经济史研究 [日]斯波义信 著 方健 何忠礼 译
46. 一个中国村庄:山东台头 杨懋春 著 张雄 沈炜 秦美珠 译
47. 现实主义的限制:革命时代的中国小说 [美]安敏成 著 姜涛 译
48. 上海罢工:中国工人政治研究 [美]裴宜理 著 刘平 译
49. 中国转向内在:两宋之际的文化转向 [美]刘子健 著 赵冬梅 译
50. 孔子:即凡而圣 [美]赫伯特·芬格莱特 著 彭国翔 张华 译
51. 18世纪中国的官僚制度与荒政 [法]魏丕信 著 徐建青 译
52. 他山的石头记:宇文所安自选集 [美]宇文所安 著 田晓菲 编译
53. 危险的愉悦:20世纪上海的娼妓问题与现代性 [美]贺萧 著 韩敏中 盛宁 译
54. 中国食物 [美]尤金·N.安德森 著 马孆 刘东 译 刘东 审校
55. 大分流:欧洲、中国及现代世界经济的发展 [美]彭慕兰 著 史建云 译
56. 古代中国的思想世界 [美]本杰明·史华兹 著 程钢 译 刘东 校
57. 内闱:宋代的婚姻和妇女生活 [美]伊沛霞 著 胡志宏 译
58. 中国北方村落的社会性别与权力 [加]朱爱岚 著 胡玉坤 译
59. 先贤的民主:杜威、孔子与中国民主之希望 [美]郝大维 安乐哲 著 何刚强 译
60. 向往心灵转化的庄子:内篇分析 [美]爱莲心 著 周炽成 译
61. 中国人的幸福观 [德]鲍吾刚 著 严蓓雯 韩雪临 吴德祖 译
62. 闺塾师:明末清初江南的才女文化 [美]高彦颐 著 李志生 译
63. 缀珍录:十八世纪及其前后的中国妇女 [美]曼素恩 著 定宜庄 颜宜葳 译
64. 革命与历史:中国马克思主义历史学的起源,1919—1937 [美]德里克 著 翁贺凯 译
65. 竞争的话语:明清小说中的正统性、本真性及所生成之意义 [美]艾梅兰 著 罗琳 译
66. 中国妇女与农村发展:云南禄村六十年的变迁 [加]宝森 著 胡玉坤 译
67. 中国近代思维的挫折 [日]岛田虔次 著 甘万萍 译
68. 中国的亚洲内陆边疆 [美]拉铁摩尔 著 唐晓峰 译
69. 为权力祈祷:佛教与晚明中国士绅社会的形成 [加]卜正民 著 张华 译
70. 天潢贵胄:宋代宗室史 [美]贾志扬 著 赵冬梅 译
71. 儒家之道:中国哲学之探讨 [美]倪德卫 著 [美]万白安 编 周炽成 译
72. 都市里的农家女:性别、流动与社会变迁 [澳]杰华 著 吴小英 译
73. 另类的现代性:改革开放时代中国性别化的渴望 [美]罗丽莎 著 黄新 译
74. 近代中国的知识分子与文明 [日]佐藤慎一 著 刘岳兵 译
75. 繁盛之阴:中国医学史中的性(960—1665) [美]费侠莉 著 甄橙 主译 吴朝霞 主校
76. 中国大众宗教 [美]韦思谛 编 陈仲丹 译
77. 中国诗画语言研究 [法]程抱一 著 涂卫群 译
78. 中国的思维世界 [日]沟口雄三 小岛毅 著 孙歌 等译

79. 德国与中华民国　[美]柯伟林 著　陈谦平 陈红民 武菁 申晓云 译　钱乘旦 校
80. 中国近代经济史研究:清末海关财政与通商口岸市场圈　[日]滨下武志 著　高淑娟 孙彬 译
81. 回应革命与改革:皖北李村的社会变迁与延续　韩敏 著　陆益龙 徐新玉 译
82. 中国现代文学与电影中的城市:空间、时间与性别构形　[美]张英进 著　秦立彦 译
83. 现代的诱惑:书写半殖民地中国的现代主义(1917—1937)　[美]史书美 著　何恬 译
84. 开放的帝国:1600年前的中国历史　[美]芮乐伟·韩森 著　梁侃 邹劲风 译
85. 改良与革命:辛亥革命在两湖　[美]周锡瑞 著　杨慎之 译
86. 章学诚的生平及其思想　[美]倪德卫 著　杨立华 译
87. 卫生的现代性:中国通商口岸卫生与疾病的含义　[美]罗芙芸 著　向磊 译
88. 道与庶道:宋代以来的道教、民间信仰和神灵模式　[美]韩明士 著　皮庆生 译
89. 间谍王:戴笠与中国特工　[美]魏斐德 著　梁禾 译
90. 中国的女性与性相:1949年以来的性别话语　[英]艾华 著　施施 译
91. 近代中国的犯罪、惩罚与监狱　[荷]冯客 著　徐有威 等译　潘兴明 校
92. 帝国的隐喻:中国民间宗教　[英]王斯福 著　赵旭东 译
93. 王弼《老子注》研究　[德]瓦格纳 著　杨立华 译
94. 寻求正义:1905—1906年的抵制美货运动　[美]王冠华 著　刘甜甜 译
95. 传统中国日常生活中的协商:中古契约研究　[美]韩森 著　鲁西奇 译
96. 从民族国家拯救历史:民族主义话语与中国现代史研究　[美]杜赞奇 著　王宪明 高继美 李海燕 李点 译
97. 欧几里得在中国:汉译《几何原本》的源流与影响　[荷]安国风 著　纪志刚 郑诚 郑方磊 译
98. 十八世纪中国社会　[美]韩书瑞 罗友枝 著　陈仲丹 译
99. 中国与达尔文　[美]浦嘉珉 著　钟永强 译
100. 私人领域的变形:唐宋诗词中的园林与玩好　[美]杨晓山 著　文韬 译
101. 理解农民中国:社会科学哲学的案例研究　[美]李丹 著　张天虹 张洪云 张胜波 译
102. 山东叛乱:1774年的王伦起义　[美]韩书瑞 著　刘平 唐雁超 译
103. 毁灭的种子:战争与革命中的国民党中国(1937—1949)　[美]易劳逸 著　王建朗 王贤知 贾维 译
104. 缠足:"金莲崇拜"盛极而衰的演变　[美]高彦颐 著　苗延威 译
105. 饕餮之欲:当代中国的食与色　[美]冯珠娣 著　郭乙瑶 马磊 江素侠 译
106. 翻译的传说:中国新女性的形成(1898—1918)　胡缨 著　龙瑜宬 彭珊珊 译
107. 中国的经济革命:二十世纪的乡村工业　[日]顾琳 著　王玉茹 张玮 李进霞 译
108. 礼物、关系学与国家:中国人际关系与主体性建构　杨美惠 著　赵旭东 孙珉 译　张跃宏 译校
109. 朱熹的思维世界　[美]田浩 著
110. 皇帝和祖宗:华南的国家与宗族　[英]科大卫 著　卜永坚 译
111. 明清时代东亚海域的文化交流　[日]松浦章 著　郑洁西 等译
112. 中国美学问题　[美]苏源熙 著　卞东波 译　张强强 朱霞欢 校
113. 清代内河水运史研究　[日]松浦章 著　董科 译
114. 大萧条时期的中国:市场、国家与世界经济　[日]城山智子 著　孟凡礼 尚国敏 译　唐磊 校
115. 美国的中国形象(1931—1949)　[美]T.克里斯托弗·杰斯普森 著　姜智芹 译
116. 技术与性别:晚期帝制中国的权力经纬　[英]白馥兰 著　江湄 邓京力 译

117. 中国善书研究 [日]酒井忠夫 著 刘岳兵 何英莺 孙雪梅 译
118. 千年末世之乱:1813 年八卦教起义 [美]韩书瑞 著 陈仲丹 译
119. 西学东渐与中国事情 [日]增田涉 著 由其民 周启乾 译
120. 六朝精神史研究 [日]吉川忠夫 著 王启发 译
121. 矢志不渝:明清时期的贞女现象 [美]卢苇菁 著 秦立彦 译
122. 明代乡村纠纷与秩序:以徽州文书为中心 [日]中岛乐章 著 郭万平 高飞 译
123. 中华帝国晚期的欲望与小说叙述 [美]黄卫总 著 张蕴爽 译
124. 虎、米、丝、泥:帝制晚期华南的环境与经济 [美]马立博 著 王玉茹 关永强 译
125. 一江黑水:中国未来的环境挑战 [美]易明 著 姜智芹 译
126. 《诗经》原意研究 [日]家井真 著 陆越 译
127. 施剑翘复仇案:民国时期公众同情的兴起与影响 [美]林郁沁 著 陈湘静 译
128. 华北的暴力和恐慌:义和团运动前夕基督教传播和社会冲突 [德]狄德满 著 崔华杰 译
129. 铁泪图:19 世纪中国对于饥馑的文化反应 [美]艾志端 著 曹曦 译
130. 饶家驹安全区:战时上海的难民 [美]阮玛霞 著 白华山 译
131. 危险的边疆:游牧帝国与中国 [美]巴菲尔德 著 袁剑 译
132. 工程国家:民国时期(1927—1937)的淮河治理及国家建设 [美]戴维·艾伦·佩兹 著 姜智芹 译
133. 历史宝筏:过去、西方与中国妇女问题 [美]季家珍 著 杨可 译
134. 姐妹们与陌生人:上海棉纱厂女工,1919—1949 [美]韩起澜 著 韩慈 译
135. 银线:19 世纪的世界与中国 林满红 著 詹庆华 林满红 译
136. 寻求中国民主 [澳]冯兆基 著 刘悦斌 徐硙 译
137. 墨梅 [美]毕嘉珍 著 陆敏珍 译
138. 清代上海沙船航运业史研究 [日]松浦章 著 杨蕾 王亦铮 董科 译
139. 男性特质论:中国的社会与性别 [澳]雷金庆 著 [澳]刘婷 译
140. 重读中国女性生命故事 游鉴明 胡缨 季家珍 主编
141. 跨太平洋位移:20 世纪美国文学中的民族志、翻译和文本间旅行 黄运特 著 陈倩 译
142. 认知诸形式:反思人类精神的统一性与多样性 [英]G.E.R.劳埃德 著 池志培 译
143. 中国乡村的基督教:1860—1900 江西省的冲突与适应 [美]史维东 著 吴薇 译
144. 假想的"满大人":同情、现代性与中国疼痛 [美]韩瑞 著 袁剑 译
145. 中国的捐纳制度与社会 伍跃 著
146. 文书行政的汉帝国 [日]富谷至 著 刘恒武 孔李波 译
147. 城市里的陌生人:中国流动人口的空间、权力与社会网络的重构 [美]张骊 著 袁长庚 译
148. 性别、政治与民主:近代中国的妇女参政 [澳]李木兰 著 方小平 译
149. 近代日本的中国认识 [日]野村浩一 著 张学锋 译
150. 狮龙共舞:一个英国人笔下的威海卫与中国传统文化 [英]庄士敦 著 刘本森 译 威海市博物馆 郭大松 校
151. 人物、角色与心灵:《牡丹亭》与《桃花扇》中的身份认同 [美]吕立亭 著 白华山 译
152. 中国社会中的宗教与仪式 [美]武雅士 著 彭泽安 邵铁峰 译 郭潇威 校
153. 自贡商人:近代早期中国的企业家 [美]曾小萍 著 董建中 译
154. 大象的退却:一部中国环境史 [英]伊懋可 著 梅雪芹 毛利霞 王玉山 译
155. 明代江南土地制度研究 [日]森正夫 著 伍跃 张学锋 等译 范金民 夏维中 审校
156. 儒学与女性 [美]罗莎莉 著 丁佳伟 曹秀娟 译

157. 行善的艺术:晚明中国的慈善事业(新译本) [美]韩德玲 著 曹晔 译
158. 近代中国的渔业战争和环境变化 [美]穆盛博 著 胡文亮 译
159. 权力关系:宋代中国的家族、地位与国家 [美]柏文莉 著 刘云军 译
160. 权力源自地位:北京大学、知识分子与中国政治文化,1898—1929 [美]魏定熙 著 张蒙 译
161. 工开万物:17世纪中国的知识与技术 [德]薛凤 著 吴秀杰 白岚玲 译
162. 忠贞不贰:辽代的越境之举 [英]史怀梅 著 曹流 译
163. 内藤湖南:政治与汉学(1866—1934) [美]傅佛果 著 陶德民 何英莺 译
164. 他者中的华人:中国近现代移民史 [美]孔飞力 著 李明欢 译 黄鸣奋 校
165. 古代中国的动物与灵异 [英]胡司德 著 蓝旭 译
166. 两访中国茶乡 [英]罗伯特·福琼 著 敖雪岗 译
167. 缔造选本:《花间集》的文化语境与诗学实践 [美]田安 著 马强才 译
168. 扬州评话探讨 [丹麦]易德波 著 米锋 易德波 译 李今芸 校译
169. 《左传》的书写与解读 李惠仪 著 文韬 许明德 译
170. 以竹为生:一个四川手工造纸村的20世纪社会史 [德]艾约博 著 韩巍 译 吴秀杰 校
171. 东方之旅:1579—1724耶稣会传教团在中国 [美]柏理安 著 毛瑞方 译
172. "地域社会"视野下的明清史研究:以江南和福建为中心 [日]森正夫 著 于志嘉 马一虹 黄东兰 阿风 等译
173. 技术、性别、历史:重新审视帝制中国的大转型 [美]白馥兰 著 吴秀杰 白岚玲 译
174. 中国小说戏曲史 [日]狩野直喜 张真 译
175. 历史上的黑暗一页:英国外交文件与英美海军档案中的南京大屠杀 [美]陆束屏 编著/翻译
176. 罗马与中国:比较视野下的古代世界帝国 [奥]沃尔特·施德尔 主编 李平 译
177. 矛与盾的共存:明清时期江西社会研究 [韩]吴金成 著 崔荣根 译 薛戈 校译
178. 唯一的希望:在中国独生子女政策下成年 [美]冯文 著 常姝 译
179. 国之枭雄:曹操传 [澳]张磊夫 著 方笑天 译
180. 汉帝国的日常生活 [英]鲁惟一 著 刘洁 余霄 译
181. 大分流之外:中国和欧洲经济变迁的政治 [美]王国斌 罗森塔尔 著 周琳 译 王国斌 张萌 审校
182. 中正之笔:颜真卿书法与宋代文人政治 [美]倪雅梅 著 杨简茹 译 祝帅 校译
183. 江南三角洲市镇研究 [日]森正夫 编 丁韵 胡婧 等译 范金民 审校
184. 忍辱负重的使命:美国外交官记载的南京大屠杀与劫后的社会状况 [美]陆束屏 编著/翻译
185. 修仙:古代中国的修行与社会记忆 [美]康儒博 著 顾漩 译
186. 烧钱:中国人生活世界中的物质精神 [美]柏桦 著 袁剑 刘玺鸿 译
187. 话语的长城:文化中国历险记 [美]苏源熙 著 盛珂 译
188. 诸葛武侯 [日]内藤湖南 著 张真 译
189. 盟友背信:一战中的中国 [英]吴芳思 克里斯托弗·阿南德尔 著 张宇扬 译
190. 亚里士多德在中国:语言、范畴与翻译 [英]罗伯特·沃迪 著 韩小强 译
191. 马背上的朝廷:巡幸与清朝统治的建构,1680—1785 [美]张勉治 著 董建中 译
192. 申不害:公元前四世纪中国的政治哲学家 [美]顾立雅 著 马腾 译
193. 晋武帝司马炎 [日]福原启郎 著 陆帅 译
194. 唐人如何吟诗:带你走进汉语音韵学 [日]大岛正二 著 柳悦 译

195. 古代中国的宇宙论　[日]浅野裕一 著　吴昊阳 译
196. 中国思想的道家之论:一种哲学解释　[美]陈汉生 著　周景松 谢尔逊 等译　张丰乾 校译
197. 诗歌之力:袁枚女弟子屈秉筠(1767—1810)　[加]孟留喜 著　吴夏平 译
198. 中国逻辑的发现　[德]顾有信 著　陈志伟 译
199. 高丽时代宋商往来研究　[韩]李镇汉 著　李廷青 戴琳剑 译　楼正豪 校
200. 中国近世财政史研究　[日]岩井茂树 著　付勇 译　范金民 审校
201. 魏晋政治社会史研究　[日]福原启郎 著　陆帅 刘萃峰 张紫毫 译
202. 宋帝国的危机与维系:信息、领土与人际网络　[比利时]魏希德 著　刘云军 译
203. 中国精英与政治变迁:20世纪初的浙江　[美]萧邦奇 著　徐立望 杨涛羽 译　李齐 校
204. 北京的人力车夫:1920年代的市民与政治　[美]史谦德 著　周书垚 袁剑 译　周育民 校